우연은 없다

우연은 없다

초판 인쇄 2020년 8월 24일
초판 발행 2020년 8월 31일

지은이 한율해 ┃ **펴낸이** 박찬익 ┃ **편집장** 한병순 ┃ **책임편집** 정봉선
펴낸곳 ㈜ **박이정** ┃ **주소** 경기도 하남시 조정대로45 미사센텀비즈 7층 F749호
전화 031) 792-1193 ┃ **팩스** 02) 928-4683 ┃ **홈페이지** www.pjbook.com
이메일 pijbook@naver.com ┃ **등록** 2014년 8월 22일 제2020-000029호

ISBN 979-11-5848-475-0 03810

＊책값은 뒤표지에 있습니다.

우연은
없다

한율해 장편소설

박이정

차례

.

폭풍전야

   사람이 죽었다. 상황은 이미 오래 전부터 잘못되었다. 하지만 그렇게 생각하는 사람은 나뿐인 것 같았다.

   "그래, 이고르 씨 출연료 협상은 어떻게 됐어?"

   각박한 세상이다. 나라고 그 사실을 모를까봐. 전국 인구의 절반은 직업 없이 살고 있다. 생산적인 일은 운이 좋은 소수의 사람들, 그리고 그 사람들이 부리는 인공지능이 도맡아 한다. 남은 사람들은 닭장 같은 거주 시설에서 텔레비전이나 보는 것 외에는 할 일이 없다. 그런 상황에서 사람들이 몰입할 대상을 찾는 것은 지극히 자연스러운 현상이었다. 거기까지는 나도 이해할 수 있었다. 하지만 아무리 그래도 사람의 목숨이—

   "김마리 작가?"

   혜성 오빠가 팔꿈치로 옆구리를 찌른 뒤에야 정신을 차렸다. 회의실의 모든 시선이 나를 향해 있었다. 질문이 뭐였지? 뒤늦게 팀장님의 눈치를 봤다. 팀장님이 못마땅한 표정을 짓더니 천천히 팔짱을 끼며 말했다.

   "이고르 씨 출연료 협상."

   태블릿의 화면을 빠르게 옆으로 넘겼다. 녹취된 대화 내용이 지나칠 만큼 생생한 언어로 기록되어 있었다. 이걸 회의시간에 굳이 소리 내어 읽을 필요는 없겠지. 결국 중요한 내용은 한 문장으로 요약할 수 있었으니까.

"그, 100조…… 요청하셨어요."

회의실 곳곳에서 한숨들이 터져 나왔다. 팀장님이 검지 끝으로 관자놀이를 꾹꾹 누르다가 짜증스러운 목소리로 다시금 물었다.

"우리 시청률 말씀드렸어?"

"89프로가 아니라 98프로여도 나가기 싫은 프로그램이라고……."

"아니, 뭐가 그렇게 싫대? 어? 그깟 B급 배우가?"

정말 뭐가 그렇게 싫은지 몰라서 물으시는 걸까. 할 말이 너무 많으니 도리어 입을 다물게 되었다.

주위엔. 잊으려야 잊을 수가 없는 이름이었다. 소름끼치는 연기력 때문이든, 빼어난 미모 때문이든 매혹될 수밖에 없는 배우였다. 대중은 그녀를 보며 환호했다. 2천 년 만에 나타난 초선의 환생이다, 죽어가던 충무로를 일으킨 배우다 하며. 하지만 천하의 주위엔이 작년 겨울, 촬영 중에 사망했을 때 슬퍼하는 사람은 많지 않았다. 스물넷에 맞이한 죽음이었지만 사고로 인한 죽음은 아니었다. 철저히 대본에 입각한, 정확하게 계산된, 시청자들의 요구에 따른 죽음이었다.

나는 바로 그 텔레비전 프로그램의 방송 작가다.

쏘 머치 드라마. 다들 줄여서 '쏘머드'라고 부른다. 캐스팅부터 스토리까지 시청자 투표에 의존하여 드라마를 만드는 리얼리티 프로그램이다. 덕분에 예산은 엄청 들지만, 최고 시청률이 무려 89퍼센트에 평균도 70은 넘는지라 본전은 충분히 뽑는다. 올해로 일곱 번째 시즌을 맞이할 만큼 꾸준하게도 흥행 중이다.

드라마를 만드는 프로그램이지만 쏘머드는 기본적으로 리얼리티 예능 방송이다. 다만 우리 프로그램에서 '리얼리티'는 촬영장 밖 배우들의 모습을 비춰주는 데서 끝나지 않는다. 모든 시즌의 러브라인을 연기하던 배우들은 호르몬 주사를 투여 받았다. 시즌3에서 개그우먼 정하원은 역할을 소화하기 위해 세 번의 전신성형을 거쳤다. 시즌5에서 인어공주를 연기했던 아이돌 아야미는 성대 제거 수술을 받았다. 시즌6에서 배우 주위엔은 자살 장면 촬영을 위해 스스로 목숨을 끊었다. 쏘머드에 거짓이란 없다. 연출과 연기는 모두 최소화된다. 캐릭터가 사랑을 하면 배우도 사랑에 빠진다. 캐릭터가 목소리를 잃으면 배우도 목소리를 잃는다. 같은 원리로, 캐릭터가 죽으면 배우도 함께 죽는다. 그래서 '리얼리티' 방송이다.

그뿐인가. 여론을 수렴하여 선택지를 만들고, 투표로 스토리를 결정하는 시스템까지. 배우들은 이 프로그램에서 무슨 일을 당할지 전혀 알지 못한다. 이러니 이고르 씨가 터무니없는 출연료를 요구하는 것도 충분히 이해는 되었다.

팀장님이 길게 한숨을 내쉬며 마른세수를 했다. 급기야 태블릿을 책상 위로 집어던지며 감독님한테 성질을 부리기까지 했다.

"이럴 줄 알았지, 이럴 줄 알았어. 그래서 제가 캐스팅은 전부 투표로 결정하자고 했잖아요! 지금까지 6년을 그렇게 했지만 아무 일 없었잖아요!"

잔뜩 열이 오른 팀장님과 달리 감독님은 침착한 표정을 짓고 있었다. 나직하면서도 권위적인 목소리로 대답이 돌아왔다.

"아무 일 없었긴. 배우들 연기력이 똥이라고 얼마나 불만들이 많았는데."

"다들 욕하면서도 보잖아요. 방송이 시청률만 좋으면 된 거 아닙니까?"

"천박한 소리를 하는군. 나는 내 작품에 똥묻히고 싶지 않네."

작년까지는 출연자 전원을 투표로 캐스팅했다. 그래서 내부자들 사이에서 쏘머드는 '연예계의 처형대'라고 불리기도 했다. 시청자들은 각자 싫어하는 연예인을 처형대 위에 올리고, 저들이 원하는 몰골이 될 때까지 매질을 했으니까. 하지만 그렇게 뽑힌 배우들의 연기력은 꾸준히 논란거리가 되었다. 결국 올해에는 드라마 팀 쪽에서 주연한두 명만 직접 뽑게 해달라고 요청을 했다. 결론부터 말하자면 캐스팅이 쉽지는 않았다. 제정신이 박힌 사람이라면 누구든 쏘머드에 출연하고 싶어 하지 않았으니까.

팀장님이 고혈압으로 쓰러지기 직전에 막내가 회의실 문을 벌컥 열고 등장했다. 그리고는 언제나처럼 앞뒤 안 가리고 본론만 외쳤다.

"방금 미카엘 씨 소속사에서 연락이 왔어요!"

미카엘이라면 박미카엘 말하는 건가? 감독님이 미카엘 씨한테 가장 먼저 연락을 했다는 소문이 있기는 있었는데. 너무 처참하게 차였다는 소문도 함께 들려서 다들 쉬쉬하고 있었다. 힐긋 감독님의 눈치를 봤다. 시선은 벽을 향해 있었으나 누가 보아도 막내의 말이 이어지기를 굉장히 기다리고 있는 표정이었다.

"데미얀 정 역할, 출연료 회당 10억에 수락하시겠대요."

회당 10억이면 상당히 과해도 어떻게든 맞출 수 있는 금액이었다. 아무렴 100조를 달라는 이고르 씨보다는 낫겠지. 팀장님도 같은 결론에 도달했는지 길게 한숨을 내쉬며 태블릿을 다시 집어 들었다.

이로써 가장 큰 문제였던 캐스팅이 해결되었다. 다시 태블릿으로 눈을 돌렸다. 이현우 역할에 한유신, 데미얀 정 역할에 박미카엘. 이 두 사람 외에는 모두 투표로 뽑힌 사람들이었다. '처형대'에 올릴 '죄인'들. 아이돌 권지아는 최근 낙태 루머가 있었다. 작곡가 리채호는 무표정으로 방송에 출연했다가 인성 논란이 불거졌고. 가수 최은결은 얼마 전 커밍아웃을 했다. 루머나 인성, 성 지향성은 법적으로 처벌할 수 있는 문제가 아니다. 그런 유명인들을 '처벌'하기 위해서 특별히 마련된 처형대가 바로 쏘머드였다.

정말 무언가가 잘못되었다고 느끼는 사람은 나뿐인 걸까. 이 프로그램이 계속 이렇게 존재해도 괜찮은 걸까. 태블릿 위의 이름들을 몇 번이고 읽어보다가 결국 화면을 꺼버렸다. 어차피 아무것도 해결할 힘이 없다면 더 이상 곱씹고 싶지 않았다. 그 편이 덜 괴로울 것 같았다.

* * *

"죄송합니다. 기한 내에 그런 사이즈는 무리일 것 같아요."

혹시나 했지만 역시나였다. 목록의 맨 끝에 적힌 업체의 이름을 지웠다. 여기가 마지막이었는데.

"네, 확인했습니다. 감사합니다."

"예에, 죄송합니다."

핸드폰을 테이블에 던져놓고 두 눈을 힘주어 감았다. 내가 마법사도 아니고 이틀 만에 어떻게 50평짜리 연못을 만든단 말인가. 5평짜리 연못으로 퉁 치려고 하면 혼날까. 설정상 시체만 매장할 수 있으면 되는 거 아닐까. 대체 사람을 몇 명이나 죽이려고 그러는 걸까. 일이 제대로 풀리지 않으니 잡념이 꼬리에 꼬리를 물었다. 다시 눈을 뜨고 목록을 들여다보는데 뺨에 차가운 잔 하나가 닿았다.

"에구, 왜 그런 표정이에요. 일이 잘 안 돼요?"

내게 말을 건 사람의 얼굴을 한참 들여다보았다. 깊은 아이홀, 끝이 살짝 올라간 눈매, 미인점이 찍힌 조각 같은 코와 날렵하게 말려 올라간 입꼬리까지. 진한 밤색의 앞머리는 반만 넘겨 이마를 드러냈는데 그야말로 절경이요 장관이요 명관이었다. 온 몸에서 배어나오는 짙은 여유마저도 그 외모와 너무 잘 어울렸다.

이런 묘사가 다 뭔 소용이람. 깔끔하게 요약하자면 다음과 같다. 박미카엘 실물 죽인다.

연예인 만나는 게 하루이틀도 아닌데 이 사람은 유독 연예인 같았다. 몇 번 멀뚱히 눈을 깜빡이다가 천천히 커피를 두 손으로 받아들었다. 그런 내 반응이 재미있었는지 미카엘 씨가 크게 웃음을 터뜨리며 말했다.

"편하게 받으세요! 굽히고 들어가야 하는 건 제 쪽인데 작가님이 그러시면 어떡해요."

"아니, 무슨 말씀이세요…… 저희야말로 미카엘 씨 같은 분을 모실 수 있어서……."

미카엘 씨가 다시 한 번 짧게 웃었다. 하지만 조금 전처럼 기분 좋은 웃음은 아니었다. 고개를 숙인 채 뱉은 웃음이라 표정을 제대로 뜯어보지는 못했다. 어쩌면 조소였는지도 모르겠다.

"작가님이 펜을 어떻게 굴리시느냐에 따라 제 생사가 결정될 텐데 무슨 말씀이세요."

생사. 예사 단어 선택은 아니었다. 내가 어느 부분에서 어떻게 죄책감을 느끼는지를 이미 알고 있는 듯, 빠르고 정확하게 치고 들어온 공격이었다. 황홀했던 첫인상이 불편해지는 건 순식간이었다. 그 공격에 내가 뱉은 말은 반사적이었다.

"……아무도 죽게 하지 않을 거예요."

트리거가 당겨진 탓일까. 대답이 생각보다 퉁명스럽게 나왔다. 퉁명스러운 만큼 단호하기도 했지만. 내 대답을 들은 뒤에야 미카엘 씨는 나와 시선을 맞췄다. 그리고 느릿하게 입꼬리를 끌어올렸다.

"좋은 대답이네요."

"나쁜 대답도 있어요?"

미카엘 씨가 너털웃음을 흘리며 빨대를 입에 물었다. 그리고는 살짝 고갯짓을 했다. 저쪽을 보라는 듯. 가리킨 방향에는 혜성 오빠가 있었다. 세트장을 세심하게 뜯어보며 막내에게 뭔가를 열심히 지시하고 있는 듯했다.

"저 사람은 딱 잘라서 대답하던걸요. '아고고, 어쩜 좋죠? 규정상 답해 드릴 수가 없는 질문이에요. 죄송해요오'라고."

기습 성대모사 공격을 받았다. 표정하며, 말투하며. 우스꽝스러우면서도 묘하게 높은 싱크로율에 커피를 마시다 웃음이 터져버렸다. 아. 아 사레. 사레 들렸어.

"아싸. 웃었다."

씩 웃으며 미카엘 씨가 냅킨 한 장을 건넸다. 항상 진지한 역할만 하셔서 이렇게 웃긴 사람일 줄은 상상도 못했다. 아직 남아 있는 웃음기 탓에 입을 냅킨에 묻고 또 한참 키득거렸다. 만난 지 5분 만에 황홀했다가, 불편했다가, 웃겼다가. 참 다채로운 사람이다.

"되게 좋아하시네요. 상사가 많이 괴롭혀요?"

그렇게 보였으려나. 웃음을 꾹꾹 누르며 입꼬리를 끌어내리려 애썼다. 결국은 작은 미소 정도로 타협할 수밖에 없었지만.

"아, 아니에요. 남자친구인데...... 너무 비슷하게 잘 하셔서요."

아아아. 내 대답에 뭔가 깨달았는지 미카엘 씨가 길게 탄식을 뱉으며 고개를 끄덕였다. 그제야 내 왼손 약지의 반지를 확인한 듯 조금 눈을 크게 뜨며 물었다.

"커플링?"

"약혼반지요."

"어이구...... 큰 결정하셨네요."

딱히 부정할 생각은 없었다. 그래서 빨대를 입에 물고 어깨만 한 번 가볍게 으쓱였다. 때마침 멀리서 혜성 오빠가 나를 보며 급하게 손짓을 했다. 그 모습을 본 듯 미카엘 씨도 짧게 눈인사를 하고 그대로 자리를 떴다. 나도 마주 고개만 숙여보이고는 오빠가 있는 쪽으로 갔다.

강혜성 작가님. 내게는 동료이자 약혼자. '야근 많이 하는 쏘머드 작가'라고 하면 예능국 사람들은 다 고개를 끄덕일 만큼 성실한 사람이다. 하지만 같이 사는 입장에서는 그 성실함이 썩 달갑지만은 않은 게 사실이다. 성실하더라도 밥은 먹고 잠은 자야지. 이런 내 생각은 알 턱이 없는 혜성 오빠가 안경을 벗고는 셔츠 끝으로 대충 땀을 닦아내며 물었다.

"연못은 어떻게 됐어? 역시 힘들다지?"

"응. 다들 못하겠대."

"그럼 수조 쪽으로 알아보자. 소품, 소품은......."

말끝을 흐리고는 긴 한숨. 피곤에 잔뜩 절은 얼굴이었다. 물론 나와 눈이 마주치자 언제 그랬냐는 듯 한껏 해사한 미소를 지어보였지만. 그 모양새가 조금 우스워 나도 피식 웃으며 말했다.

"뭐가 좋아서 그렇게 웃어, 땀 뚝뚝 흘리면서."

"그냥. 마리랑 같이 있는 게 좋아서."

"하여간 말은 잘해."

퉁명스러운 대답이었음에도 오빠는 굴하지 않았다. 도리어 어깨를 툭툭 두드려주며 대화를 이었다.

"아까 보니까 은결 씨도 오셨더라. 샌드위치 돌리시는 것 같던데."

가서 얻어먹고 와. 다정스레 덧붙인 말과 함께 오빠가 다시 어딘가로 급히 뛰어갔다. 언제나 하는 생각이지만 참 바쁜 사람이다. 혜성 오빠를 안쓰러워하다가 문득 내 손에 들린 목록으로 다시 눈을 내렸다. 내가 누굴 동정해. 나도 바쁜 사람이다. 길게 한숨을 내쉬고 다시 핸드폰을 집어 들었다.

* * *

2107년 8월 8일 오전 6시 30분.

혜성 오빠가 입이 찢어져라 하품을 했다. 촬영 전날 제작진 중 누군들 그러지 않았겠냐마는, 쏘머드 예능 팀 작가들은 어제 전원이 밤을 완전히 샜다. 캔을 기울여 다시금 혈관에 카페인을 충전했다. 머리는 멍한데 심장만 억지로 뛰어 몸을 깨우는 느낌이었다.

오늘부터 촬영에 돌입한다. 본격적인 드라마 촬영은 아니고, 예능 팀만 동원되어 드라마 준비과정을 촬영하는 날이었다. 첫 에피소드 가제는 〈출연진의 합숙 첫 날〉. 첫인사와 방 배정 게임부터 진행한다. 대부분의 출연진이 시간에 맞춰 출근했다. 왼쪽부터 최은결, 리채호, 박미카엘, 그리고 한유신 씨까지. 그럼에도 우리가 지금 촬영을 시작하지 못하는 것은 우리 여자 주연, 권지아 배우님께서 지각이시기 때문이다. 돌겠다. 캔을 완전히 기울여 커피를 마지막 한 방울까지 들이켰다.

"막내야! 권지아 쪽에 전화 좀 해보지?"

팀장님이 짜증스럽게 외쳤다. 힘없고 불쌍한 인턴 작가는 핸드폰을 꺼내 전화를 걸 수밖에 없었다. 통화 연결음이 세 번 울릴 때 즈음 두 명의 실루엣이 이쪽을 향해 걸어왔다. 남자 하나, 여자 하나. 여자의 실루엣이 유독 눈에 띄었다. 조막만 한 얼굴과 길고 가늘게 쭉 뻗은 다리가 일반인의 느낌은 절대 아니었다. 지아 씨가 틀림없었다. 옆에서 혜성 오빠가 다시 크게 하품을 하려는 듯 입을 열었다. 하지만 제대로 숨을 뱉기도 전에 금세 굳은 표정이 되었다.

"마리야."

작은 속삭임. 내가 듣고 있다는 눈짓을 하자 오빠가 턱을 살짝 치켜들어 지아 씨를 가리켰다.

"지아 씨, 손목."

그제야 지아 씨의 손목 안쪽으로 눈이 갔다. 손바닥만 한 크기의 살색 패치가 붙어 있었다. 자세히 보지 않으면 티가 나지 않을 만큼 자연스러운 색상과 질감이었지만, 확실했다. 그 아래의 무엇인가를 숨기기 위해 붙인 패치였다.

"느, 늦어서 죄송합니다. 차가 너무 막혀서......."

불안정한 시선, 조금 떨리는 몸, 그리고 잘 들리지도 않을 만큼 작은 목소리. 둔한 나조차도 패치 아래에 무엇이 있을지 짐작하기가 별로 어렵지 않았다. 옆에서 혜성 오빠가 길게 한숨을 내쉬며 문서에 메모를 추가했다. 대략 이런 내용일 거다. '권지아: 불안 증세를 보임. 감시카메라 추가 설치.'

"죄송한 거 아시면 됐습니다. 어여 가서 서세요."

팀장님의 퉁명스러운 말에 지아 씨가 연거푸 허리를 접어 사방으로 인사를 올렸다. 매니저에게 외투를 맡기고는, 어디에 서야 할지 몰라 우왕좌왕하며. 그 모습을 지켜보던 혜성 오빠가 다정히 말했다.

"미카엘 씨랑 유신 씨 사이에 서주시겠어요?"

속으로 내쉰다는 한숨이 겉으로 나와 버렸다. 뒤늦게 주변을 둘러보았지만 다행히 들은 사람은 없는 듯했다. 그리고 들었으면 뭐 어때. 다들 비슷한 심정일 텐데. 착잡했다. 오늘 촬영, 절대 쉽지 않을 것 같았다.

* * *

"컷, 컷, 컷. 제발...... 컷!"

감독님이 절박하게 컷을 외쳤다. 이제는 스태프들뿐만 아니라 배우들도 지쳤는지 피곤한 낯빛들을 하고 있었다. 오프닝만 벌써 32번째 촬영 중이다. 말 몇 마디 주고받는 게 이렇게까지 어려울 일인가. 지아 씨한테 어디를 어떻게 고쳐야 하는지 열심히 설명하던 피디님도 이젠 포기한 모양이었다. 급히 해동한 삼겹살마냥 흐물흐물한 모양새로 의자에 늘어져 계셨으니까. 긴 한숨을 뱉은 후 피디님이 오른손을 들며 말씀하셨다.

"밥 먹고 합시다."

감사한 마음에 하마터면 성호를 그을 뻔했다. 현재 시각 오전 11시 30분. 이제야 밤새고 첫 끼니를 먹는다. 안 그래도 과도한 카페인 섭취 때문에 속이 쓰리기 시작하던 차였다. 일어나자마자 다리에 찌르르한 통증이 일었다. 너무 오랫동안 쪼그려 앉아 있었나 보다. 피가 안 통하는 다리를 질질 끌어 걸어가는데 큼지막한 그림자 하나가 가까이 따라붙었다. 낮고 허스키한 목소리가 들려왔다.

"여기 밥차가 오네요?"

이 분이 왜 내게 말을 거는지는 나도 잘 모르겠다. 회당 1억이라는 제법 무난한 출연료도 흔쾌히 승낙해주셔서 몹시 이미지가 좋은 사람이기는 했다. 가수 한유신. 데뷔한 지는 오래되었지만 뜨기는 최근에 뜬 인물이다. 분명 스무 살 즈음에는 청순한 소년의 느낌이었던 것 같은데. 어느 날 태닝을 하고 머리를 짧게 치더니, 언젠가부터 웃통을 까고 야한 춤을 추기 시작했다. 그 때부터 스타로 급부상했다.

나와 눈이 마주치자 유신 씨가 해사하게 눈매를 휘어보였다. 항상 진하게 화장하고 야한 춤추는 모습만 봐서 날카로운 사람일 거라 생각했는데. 실제로 보니 큼지막한 체격이나, 순진한 표정이나. 영락없는 대형견의 이미지였다. 묘하게 느껴지는 귀여움에 나도 모르게 조금 웃으며 대답했다.

"네, 뭐...... 밥차가 제일 편해서요."

"와, 신기하다. 혹시 오늘 반찬 뭔지 아세요?"

내가 처음 UKBS에 취직한 게 쏘머드 시즌4 때였는데. 그 때부터 지금까지 일하면서 저런 질문은 처음 받아봤다. 자진해서 촬영을 하게 된 사람의 여유 같은 걸까.

"그것까지는...... 저도 모르겠어요. 직접 가서 보세요."

"같이 먹어도 돼요?"

고개를 끄덕이려다 멈칫했다. 혜성 오빠 생각이 난 탓이다. 이왕 식사를 같이 할 거면 다른 스태프와도 대화를 나눠보는 편이 낫지 않겠는가. 오빠가 방금 있던 자리를 보았지만 흔적조차 찾을 수 없었다. 어디 갔지. 주변을 둘러보려던 차에 유신 씨가 내 시야로 얼굴을 슥 들이밀었다. 다른 곳은 완전히 보이지 않을 때까지. 그리고는 혜실, 쳐다볼 수밖에 없는 미소를 지으며 말했다.

"디저트는 제가 살게요. 아이스크림 좋아하세요?"

쌍꺼풀 없이 큼직하고 시원한 눈매가 천진하게 웃었다. 시야를 가득 채우는 그 얼굴을 뜯어보다 나도 웃어버렸다. 하루쯤 다른 사람이랑 밥을 먹는다고 혜성 오빠가 삐치지는 않겠지.

"환장하죠."

*　*　*

"컷! 오케이! 좋아요. 밥 먹고 오길 잘했네."

피디님의 시원한 오케이 사인이 내려왔다. 촬영장 곳곳에서 안도의 한숨이 새어나왔다.

"합숙소로 이동할게요!"

자리에서 일어나려는데 핸드폰이 한 번 짧게 진동했다. 화면에 웬 문서 하나가 띄워져 있었다. 처방전이었다. 환자명, 권지아. 프로작이 목록의 맨 위에 있는 것을 보아하니 아무래도 우울증인 것 같았다. 낯선 전문용어들 사이로 단어 하나가 유독 눈에 들어왔다. 바르비탈. 내 기억이 정확하다면 진정제 겸 수면제로 사용되는 약이다. 우울증이 불면 증세를 동반하면, 으레 먹는 약이기는 하지만. 그래도 조심해서 나쁠 것은 없겠다 싶었다.

제작진들 사이에서 팀장님을 찾는 데에는 시간이 한참 걸렸다. 내가 가까이 다가서자 팀장님이 가볍게 한쪽 눈썹을 올렸다. 할 말이 있냐고 묻는 듯한 표정. 설명을 하기 전에 핸드폰 화면을 팀장님 앞에 내밀어보았다.

"팀장님, 그…… 지아 씨 약 중에 바르비탈 있잖아요."

"어, 있지."

"사람 안락사……시킬 때 쓰는 약물 아닌가요?"

내 말을 들은 뒤에야 팀장님이 뭔가를 곰곰이 생각하는 표정을 지었다. 한참 뒤에야 판단을 마친 듯 내 어깨를 한 번 툭 치며 말했다.

"권지아도 합숙소 들어가기 전에 몸수색 한 번 하자."

* * *

쏘머드 합숙소에는 반입금지 물품이 몇 가지 있다. 전자기기, 의약품, 각종 도검류와 총기 등. 출연진은 쏘머드 촬영을 진행하는 동안 자신에 대한 여론을 확인할 수 없다. 따라서 외부의 소식을 접하게끔 해주는 전자기기는 모두 압수된다. 의약품은 제작진에게 처방전을 제출하면 거기에 적혀 있는 약품만 방송작가가 직접 전달한다. 가끔 약으로 자살을 시도하는 출연진들이 생겨서 취하게 된 조치다.

하지만 모든 출연진을 상대로 몸수색을 하는 것은 아니다. 전과가 있거나, 병력이 있거나 한 요주의 인물들만 수색을 받는다. 이번 시즌에는 그런 사람이 딱 둘이었다. 전과자 최은결 씨와 환자 권지아 씨.

막내와 함께 합숙소 3층에 도착했다. 두 개의 방 앞에 최은결 씨와 권지아 씨가 앉아 있었다. 조금 굳어 있는 지아 씨와는 달리, 은결 씨는 굉장히 편한 모습이었다. 복도가 자기 집 안방이라도 되는 양 머리를 문에 기댄 채 두 다리를 쭉 펴고 있었다. 백금색의 일자단발과 도톰한 입술에 꽉 채워 바른 새빨간 입술이 한 장의 화보처럼 보이기까지 했다. 인기척을 느낀 듯 은결 씨의 시선이 느릿하게 우리를 향해 돌아왔다. 나와 막내가 다가서자 씩 웃는 여유마저 보였다.

"늦으셨네요."

지적을 하는 여유마저 보였다.

"죄송합니다."

늦은 건 사실이니까. 다른 말이 나올세라 급히 고개를 숙여 말했다. 즉각 올린 인사에 은결 씨는 어깨만 으쓱해 보였다. 사과를 할 필요까지는 없었는데, 라고 말하는 듯한 표정이었다. 짤막한 대화가 끝나자 막내가 은결 씨에게로 쪼르르 달려갔다.

은결 씨가 전과자라고는 하지만 나는 은결 씨보다 지아 씨가 훨씬 더 걱정이 되었다. 어찌 되었든 은결 씨 본인은 꽤 차분한 상태처럼 보였으니까. 하지만 지아 씨는 금방이라도 부서질 듯 위태로운 모양새였다. 쭈그려 앉아 지아 씨와 눈높이를 맞췄다. 그제야 지아 씨도 천천히 고개를 들어 나와 시선을 마주했다. 조막만 한 얼굴에 저리도 예쁜 이목구비가 오목조목 자리한 게 굉장히 신기했다. 상냥하게, 최선을 다해 상냥하게.

"들어가실까요?"

영혼 깊은 곳의 상냥함까지 박박 긁어모아 물었다. 하지만 별 효과는 없었던 것 같다. 지아 씨가 시선을 떨어트린 채 느릿하게 고개를 끄덕였다. 천천히 자리에서 일어나 지아 씨 방 앞에 섰다.

숙소 층의 모든 문은 지문인식으로 열고 닫을 수 있다. 하지만 우습게도, 방의 주인이 아니라 스태프의 지문에만 반응하도록 되어 있었다. 위에서는 극성팬의 난동을 막기 위한 장치라고 말했지만, 사실은 도주나 자살 따위의 사고를 막기 위한 장치였다. 아침저녁으로 스태프가 숙소 상태를 확인할 수 있다는 점에서 안전하기는 했다.

기계 위로 엄지를 가져가자 문이 부드럽게 열렸다. 뭐라 말을 하기도 전에 지아 씨가 먼저 방 안으로 들어갔다. 10평 정도 되는 공간. 책상과 침대, 그리고 간이 화장실이 있는 방이었다. 지아 씨가 주변을 가볍게 둘러보더니 그대로 침대에 걸터앉았다.

"벗으면 돼요?"

몸수색에 이렇게까지 협조적인 경우는 드물어서 내가 더 당황했다. 저렇게 나오시는데 벗어!—라고 무섭게 말할 필요성까지는 느끼지 못했다. 우선은 본인이 물건을 꺼낼 기회부터 드리고, 그 후에 옷을 뒤져보는 게 낫겠지.

"가지고 계신 물건부터 보여주실 수 있을까요?"

내 말에 지아 씨가 짧게 고개를 끄덕였다. 그리고는 주머니에 손을 넣어 물건들을 하나둘 꺼내기 시작했다. 걱정한 게 무색할 정도로 굉장히 협조적인 태도였다. 침대 위에 올라온 물건은 몇 개 되지 않았다. 립밤, 핸드크림, 그리고 핸드폰.

"핸드폰은 반입이 안 되세요. 제가 맡아서 관리하고 있겠습니다."

핸드폰만 밀폐 봉지에 담아 넣었다. 사실 이 정도면 수색은 다 한 게 아닐까 싶기는 했지만, 역시 몸수색을 했다고 말하려면 옷도 전부 확인해야겠지. 최대한 상냥하게 웃으며 입을 떼었다.

"이제 옷 수색 할게요. 벗어서 침대 위에 펼쳐주시겠어요?"

이번에도 역시 저항 없는 끄덕임. 입은 옷이라고는 재킷과 원피스가 전부였던지라 벗는 데에 시간이 오래 걸리지는 않았다. 침대 위에 펼쳐진 옷을 뒤지는데 지아 씨가 조심스레 입을 떼었다.

"저기...... 언니."

"네?"

"속옷까지 벗어야 해요?"

그제야 고개를 들어 속옷 차림의 지아 씨를 마주했다. 다리가 워낙 날씬해서 이런 볼륨감은 기대하지 않고 있었는데, 확실히 연예인은 연예인이다. 마냥 마른 게 아니라 전체적인 라인이 굉장히 부드럽고 예뻤다. 몸이 저렇게 날씬한데 가슴이 저렇게 클 수가 있나. 내적으로 한참 감탄을 하다가 뒤늦게 정신을 차렸다. 일해야지, 일. 남의 가슴 구경할 때가 아니다.

얇은 레이스로 되어 있는 흰색 브라렛과 팬티 차림이었다. 물건은 커녕 보형물도 제대로 못 넣는 디자인. 설마 저 안에 뭔가를 숨기지는 못했을 거다.

"아뇨, 그럴 필요까지는 없을 것 같아요."

내 말에 지아 씨가 몇 번 가벼이 고개를 끄덕였다. 그리고 그 때즈음 나도 옷 수색을 모두 끝냈다. 이렇게나 쉬운데. 아무 문제도 없는데. 괜히 긴장해서는.

문이 잠긴 방 안은 상상 이상으로 평화롭고 고요했다. 나의 모든 걱정들이 내가 예민하기 때문에 일어난 것이라고 말해주는듯.

그 고요가 마음에 들어서, 나도 모르게 그 무언의 속삭임이 믿고 싶어졌다.

사람이 죽었다. 상황은 오래 전에 잘못되었을지도 모른다. 하지만 역시, 그렇게 생각하는 사람은 나뿐인 것 같았다.

어둠

"퇴근해."

짐을 주섬주섬 싸며 팀장님이 말했다. 설마 방금 퇴근하라고 하신 건가? 내가 잘못 들은 건가? 몇 번 멀뚱히 눈을 깜빡이다 조심스럽게 입을 떼었다.

"저, 제가 잘못 들은 것 같은데......."

"오늘은 더 이상 일 없으니까 퇴근하라고. 강 작가한테도 전해."

일이 없다고? 어떻게 촬영 중에 방송작가가 일이 없을 수가 있지? 나 앞으로 3개월간 퇴근 안 할 각오하고 있었는데? 핫식스도 한 상자 주문했는데? 당장 오늘 할 일만 해도 엄청 많은데? 배우들 소등도 시켜줘야 하고, 연출 쪽이랑 합의해서 촬영 팀에 알려줄 것도 산더미인데? 그리고 무엇보다. 5시가 정시퇴근인데 지금은 아직 3시 30분도 안 됐잖아.―라는 복합적인 의문이 들었지만 일단 나도 짐을 쌌다. 직장인이 퇴근을 마다할 이유는 없었다. 이게 얼마만의 이른 퇴근인가! 맛있는 거 먹으면서 텔레비전 봐야지. 얼마 전에 주문해놓고 시간이 없어서 쓰지 못한 팩도 붙여야겠다. 완전 신나! 집에 간다!

빛의 속도로 팀장님이 먼저 가방을 들고 사무실에서 나갔다. 나도 짐은 다 챙긴 상태였으나 아직 혜성 오빠가 돌아오지 않아 조금 더 기다리기로 했다. 뭘 해야 하나. 턱을 괴고 손끝으로 뺨을 톡톡 두드리다 결국 핸드폰을 켰다. 새로 올라온 기사가 눈에 띄었다.

*

UKBS 뉴스
'쏘머드' 시즌7 주연 권지아 "악플로 인한 우울증, 대인기피증...... 치료 중"
입력 2107-08-12 15:28

[UKBS 정이월 기자] 아이돌 그룹 카넬리아의 멤버 권지아가 우울증을 겪고 있다고 고백했다.

권지아는 UKBS '쏘 머치 드라마'(이하 쏘머드) 시즌7의 사전 인터뷰에서 "최근 많이 힘들었다. 우울증과 대인기피증 진단을 받고 현재 약물 및 심리치료를 진행하고 있다. 다행히 증상은 호전되는 중"이라고 털어놓았다.

안정이 필요한 환자를 쏘머드와 같은 위험한 리얼리티 프로그램에 출연시키는 것이 옳은가에 대한 논란이 일고 있다. 권지아의 팬들은 하차를 위한 서명운동을 진행 중이다. 현재 상황에 대해 UKBS 측은 아무런 조치도 취하지 않고 있다.

......

*

고작 2분 전에 올라온 기사였건만 댓글이 벌써 5만 개를 돌파하고 있었다. 물론 거의 다 악성 댓글이겠지. 몸을 막 굴린 죗값이다, 양심 없는 년, 아예 깔끔하게 자살을 하지 그러냐. 읽기 힘들 만큼 저급한 주제에 용케도 꾸준히 올라오는 댓글들. 이 기사는 약 5분 동안 악플에 시달리다가 결국 검열에 걸려 삭제될 거다. 평소라면 그러지 않았겠지만 오늘은 굳이 스크롤을 올려 기자 이름을 확인했다. 정이월 기자. 만나게 되면 커피라도 한 잔 사드려야겠다.

짧게 한숨을 내쉬고 핸드폰 화면을 껐다. 그 순간 사무실 문이 열렸다. 피곤한 표정의 혜성 오빠가 등장했다. 두 손이 가벼운 걸 보니 일은 대강 마무리를 한 듯했다. 오빠가 어리둥절한 표정으로 빈 사무실을 둘러보다 나와 눈을 맞추며 물었다.

"뭐야? 다들 퇴근했어?"

"응. 오늘 더 할 일 없으니까 가라던데."

"......없을 리는 없지만."

오빠가 그리 중얼거리며 자리를 정리했다. 집에 가서까지 일을 하고 싶은 생각은 없었는지, 작은 가방에 소지품만 몇 개 넣어서. 오빠가 머리칼을 한 번 쓸어 넘기고는 나와 시선을 맞추며 헤실 웃었다.

"우리 사뒀던 팩 오늘 붙이면 되겠다."

반드시 그래야겠다. 요 며칠간 잠도 못 자고 밥도 제대로 못 먹어서 오빠 피부가 말이 아니었다. 푸석푸석하고 칙칙하고. 다크서클은 광대뼈까지 내려와서 불쌍할 지경이었다. 요즘 같은 시대에 직업이 있다는 사실만으로도 감사해야 한다지만 역시 힘든 건 어쩔 수 없다. 피곤에 절은 오빠의 얼굴이 조금 안쓰러워서 웃으며 뺨을 쓰다듬었다.

* * *

욕실로 들어갔다. 프리지아 향 수증기에 몸과 마음의 긴장이 다 풀어지는 기분이었다.

하지만 나는 선뜻 욕조에 몸을 담그지 못했다. 핏빛 욕조 위에 힘없이 늘어져 있던 주위엔 씨의 싸늘한 시신이 기억난 탓이었다. 한동안은 욕조를 보는 것만으로도 힘들어서 제대로 씻지도 못했는데. 침을 삼켰다. 지금은 그 정도는 아니었다. 길게 숨을 들이쉬고 목욕물에 발부터 천천히 담갔다. 안정적인 온기에 길게 숨을 뱉었다. 순식간에 얼굴까지 물속에 담가버렸다.

혜성 오빠만 없었어도 퇴사를 해버렸을 거다. 내 무식한 성격대로라면 분명 그랬을 거다. 하지만 앞으로 이 사람과 가정을 꾸릴 마음이 있는 이상, 그런 엄청난 결정을 내 멋대로 내릴 수는 없었다. 답답하다. 숨이 막힌다. 한계가 올 때까지 수면 아래에서 숨을 참았다. 어차피 물 밖으로 나가도 비슷한 기분을 느낄 거라는 생각에서 한 행동이었다. 더 이상은 못 버티겠다 싶어졌을 때에야 비로소 물에서 얼굴을 뺐다.

그리고 욕실 불이 꺼졌다.

혜성 오빠가 이런 유치한 장난을 칠 사람은 아닌데. 실수로 치고 지나갔나. 어찌 되었든 내가 알몸으로 욕실에서 할 수 있는 일은 많지 않았다. 도움을 요청하는 수밖에 없었다. 얼굴의 물기를 손으로 몇 번 문질러 닦아내고 목소리를 높였다.

"오빠."

"으응, 조금만 기다려. 야영용 전등 찾고 있어."

정전인가 보다. 전기가 없으면 아무것도 못 하는 시대에 이토록 정전이 잦은 건 참 유감스러운 일이다. 길게 한숨을 내쉬고 다시 목욕물에 머리 꼭대기까지 몸을 담갔다.

물속에서만 느낄 수 있는 특유의 고요가 좋았다. 세상의 모든 소리로부터, 세상의 모든 빛으로부터 자유로워진 기분. 하지만 수면 아래의 자유는 호흡이라는 것을 대가로 거두어갔다. 숨을 위해서는 자유를 포기해야 했다. 자유를 위해서는 숨을 포기해야 했다. 오늘따라 그 생각이 왜 머리를 세게 치고 지나가는지 모르겠다. 자주 하는 생각인데. 인간은 죽기 전까지는 절대로 완전히 자유로울 수 없다는 생각.

다시 몸을 일으켰다. 눈 주변의 물기를 비벼 닦아내는데 욕실 문이 열렸다. 혜성 오빠가 노란기가 도는 은은한 빛과 함께 나타났다. 야영용 전등을 가져온다더니 홀로그램 무드등을 들고 왔다. 언젠가 시내에서 데이트를 하다가 충동적으로 산 달 모양의 등이었다.

"야영용 전등은 너무 밝더라고."

민망한 듯 배시시 웃으며 오빠가 말했다. 생각해보니 그런 것 같기도 했다. 반경 1km를 밝히는 캠핑라이트라는 광고를 봤던 기억이 난다. 욕실에서 쓰기에는 좀 과하지.

달 모양의 빛이 세면대 위로 올라왔다. 예쁘다. 달을 보면서 노천욕을 즐기는 느낌이었다. 물론 밀폐된 욕실의 갑갑한 공기마저 감추기에는 역부족이었지만, 그래도 낭만적인 느낌이 가득하니 되었다. 욕조 끄트머리에 턱을 괴고 욕조를 손끝으로 느릿하게 두드렸다. 이 분위기를 그냥 버리기에는 조금 아까운데.

"오빠."

"응?"

"같이 씻을래?"

* * *

메리골드. 집에서 목욕을 한 날이면 혜성 오빠의 몸에서 나는 향기였다. 그러나 오늘은 살갗의 가장 얕은 곳에서 프리지아가 존재감을 뽐내고 있었다. 묘하게 섞인 향이 싫지만은 않아서 목에 짧게 입을 맞췄다. 이에 응답하듯 짧은 웃음. 물이 찰랑이는 소리와 함께 익숙한 온기가 허리를 감싸왔다. 내가 있는 이곳이 현실이라고 말해주는 듯한, 내가 있는 이곳이 집이라고 말해주는 듯한 온기가. 긴 한숨과 함께 오빠가 말을 뱉어내었다.

"아...... 팩 붙여야 하는데."

"하는데?"

"힘 빠져서 아무것도 못하겠어."

"오빠 나이 먹어서 그래."

"같이 늙어가는 처지에 놀리지 말아줘......."

식었던 목욕물에 다시 온기가 돌기 시작했다. 그와 동시에 욕실 불이 켜졌다. 전기가 들어온 모양이었다. 그제야 다시 마주한 오빠의 얼굴에는 얕게 홍조가 번져 있었다. 눈이 마주치자 민망한 듯 작게 웃기까지 했다. 하지만 당장 일어날 기력은 없었는지 다시 나를 당겨 끌어안았다. 나른한 목소리.

"조금만 더 이러고 있자."

"나 배고픈데."

"딱 30초만 더."

저렇게까지 말하는데 매몰차게 일어날 만큼 배가 고프지는 않았다. 그래서 30초만 더 기다려보기로 했다. 삼십. 이십구. 이십팔. 이십칠...... 십구 초가 남았을 때 즈음 밖에서 요란한 진동 소리가 울렸다. 언제나 진동이 빠르고 급한 혜성 오빠의 핸드폰. 작게 앓는 소리를 뱉으며 오빠가 내 어깨에 얼굴을 묻었다.

"......스팸이면 울 거야......."

그렇게 투정을 부리면서도 전화는 받아야겠다고 판단했는지 혜성 오빠가 천천히 몸을 일으켰다. 나라고 여기에 남아 있을 이유는 없었다. 욕조에서 일어나 가운을 걸쳤다. 물 빠지는 소리를 뒤로 한 채 욕실에서 나왔다. 오빠가 조금 일그러진 얼굴로 핸드폰을 들여다보고 있었다. 그 표정을 살피다 조심스레 물었다.

"왜 그래? 무슨 전화야?"

오빠가 대답을 하는 대신 내게 액정 화면을 들어서 보여주었다.

INCOMING CALL
이하영 인턴

막내다. 얘 아직 퇴근 안 했나? 무슨 일로 전화지? 오빠는 바로 전화를 받았다. 나도 들으라는 듯 스피커폰으로. 그 뒤에 방을 가득 채운 것은, 인사도 보고도 아닌 울음소리였다.

"서, 서, 선배님......."

정리되지 않은 호흡. 딸꾹질. 훌쩍임. 항상 웃기만 하던 막내가 이런 소리도 낼 수 있다는 사실에 조금 놀랐다. 혜성 오빠의 표정이 순식간에 굳었다. 하지만 표정과 달리 오빠가 입 밖으로 낸 목소리는 놀랍도록 침착했다.

"응, 하영아. 천천히 말해봐."

대답이 없었다. 아까보다 거세진 울음소리만이 들려올 뿐이었다. 하지만 오빠는 더 이상 막내를 재촉하지 않았다. 가운 주머니에 손을 찔러 넣은 채, 초조한 시선을 이리저리 옮길 뿐이었다.

"지, 지아...... 씨가요......."

"응. 지아 씨가."

긴 침묵이 흘렀다. 이따금씩 하영이의 딸꾹질 소리만 들렸다. 한참 후에야 낮게 가라앉은, 힘이 전혀 들어가지 않은 목소리가 들려왔다.

"......죽은 것 같아요......."

* * *

2107년 8월 12일 오후 5시 46분. 권지아 사망 확인.

지갑을 두고 왔다는 사실을 깨달은 막내가 오후 5시 즈음 다시 방송국을 찾았다. 물건을 챙겨 나오다가 합숙소 CCTV를 우연히 보았다고 한다. 지아 씨가 침대에 누워 있었다. 아무것도 입지 않은 나체 상태로, 베개에 약간의 토사물을 묻힌 채. 무언가 이상하다는 사실을 깨닫고 합숙소에 가보았을 때에는 이미 늦은 상태였다.

"사인은...... 바르비탈 과다복용이래요."

그제야 조금 진정이 된 듯 하영이가 한결 정리된 목소리로 말했다. 여전히 톡 건드리면 울 것 같은 얼굴을 하고 있기는 했지만.

갑자기 도시 단위의 정전이 일어나는 바람에 지아 씨가 죽은 과정에 대해서는 아무런 기록도 남지 않았다. 하지만 부검 결과가 바르비탈 과다 복용으로 인한 사망이라면, 짐작되는 이유는 하나 있었다.

우울증으로 인한 자살.

"마리가 몸수색 했잖아."

한참 침묵을 지키던 혜성 오빠가 입을 떼었다. 표정을 읽을 수가 없었다. 그래서 섣불리 해명을 할 수도 없었다.

오빠의 몸에서는 메리골드 향이 섞인 프리지아 향이 났다.

나는 억울했다. 옷 수색은 속옷 빼고 다 했는데. 속옷도 물건을 숨길 여지가 전혀 없다고 판단해서 수색을 안 했다. 나도 위아래로 속옷을 입는 사람이다. 그 정도는 판단할 능력이 된다. 아주 얄팍한 재질이었다. 속이 훤히 들여다보일 만큼.

"마리 선배님 잘못 아니에요. 브래지어 보정패드 안에 숨기고 있었대요."

패드가 들어갈 공간도 없을 만큼.

혜성 오빠는 대답을 하는 대신 길게 한숨을 내쉬며 눈을 감아버렸다. 미간을 살짝 찌푸린 채였다. 짧은 침묵이 지난 뒤에야 오빠의 목소리가 흘러나왔다.

"김마리 작가님."

"……네."

"속옷은 수색을 안 했습니까?"

무서울 만큼 차분하면서도 딱딱한 말투였다. 애인으로서의 강혜성이 아니라, 전문 방송작가로서의 강혜성만이 들려줄 수 있는. 애인 강혜성이었다면 억울하다고 말이라도 해볼 텐데. 상사 강혜성에게 내가 할 말은 이 정도가 전부였다.

"죄송합니다."

다시금 침묵이 흘렀다. 천천히 드러난 혜성 오빠의 눈동자 속 복합적인 감정을 내가 읽을 수 있을 리 없었다. 하지만 그 입술 새로 흘러나온 한숨에는 조금 마음이 놓였던 것도 같다. 몇 번 마른세수를 하던 오빠가 나직한 목소리로 말했다.

"월요일 오전 10시까지 사직서 제출하세요."

결국은 이렇게 되는구나. 사태에 대해서 책임을 질 사람은 필요했으니까. 그리고 지금의 상황에서 책임이 가장 큰 사람은 나였으니까. 억울하지만 납득은 되는 판단이었다.

"……알겠습니다."

내 대답을 들은 뒤에야 혜성 오빠가 나와 시선을 맞췄다. 싫은 소리를 한 게 조금 미안했는지 뺨을 한 번 쓰다듬어주었지만 그 이상은 없었다. 금세 손이 거두어졌다. 혜성 오빠가 아직 수습이 되지 않은 합숙소를 눈으로만 슥 훑고, 덜 마른 머리칼을 짜증스럽게 헝클이더니 자리를 떴다.

"선배님."

혜성 오빠가 합숙소에서 나간 뒤에야 막내가 입을 떼었다. 빈 방의 문에 기대어 앉은 채, 무릎을 끌어안고. 나를 한참 올려보다가 물었다.

"괜찮아요?"

"해고당한 사람이 괜찮으면 이상한 거지."

"그거 말고."

단호한 말투. 몇 번 눈을 깜빡이며 시선을 맞췄지만 무엇을 묻는지 알 수가 없었다. 결국은 막내가 다시금 입을 떼었다.

"지아 씨 죽은 거 말이에요."

죄책감에 대한 질문이었다.

주위엔 씨 때에는 그렇게 힘들었는데. 이상하게도 이번에는 그렇게까지 죄책감이 크지는 않았다. 그야, 주위엔 씨의 죽음에는 내 책임이 있다고 느꼈고. 이번에는. 이번에는…….

"슬퍼. 당연히 슬픈데."

"……."

"……모르겠다. 정말 내 잘못인지는 모르겠어."

하영이는 대답이 없었다. 내 눈을 피해 시선을 내리깔 뿐이었다. 그제야 말을 잘못 했나 싶어 다시 입을 떼었다.

"물론 원망스럽다, 이런 건 아니고—"

"됐어요. 더 말할 필요 없어요."

하영이가 단호하게 말을 끊어내었다. 조금 비틀거리면서도 자리에서 일어나 제 바지에 묻은 먼지를 조금 털었다. 어느새 나보다 조금 높은 눈높이에서 나를 내려다보다, 한결 정리된 표정으로 말했다.

"선배 잘못 아니잖아요."

"……."

"죄책감을 못 느낄 만큼 뻔뻔한 사람은 아니니까. 선배가 확신한다면 맞겠죠."

말을 마친 하영이가 짧게 한숨을 내쉬었다. 그대로 내 어깨를 잡고 꾹 힘을 주더니 입꼬리를 느릿하게 끌어올렸다. 아직 눈물자국이 짙게 남은 얼굴로 그런 억지미소를 짓는 모양새가 조금 우스웠지만.

"믿어요."

저 말을 해준다면야. 어떤 모양새든 상관없었다.

* * *

주말인데다가 강제 퇴근 조치가 내려진 탓에 사고를 수습하기 위해 나온 스태프들이 많지 않았다. 결국 대책회의는 월요일로 미루기로 했다. 자정이 가까워진 시각의 퇴근길, 혜성 오빠는 말이 없었다.

밤의 서울은 아름다웠다. 온갖 형광색의 불빛들이 어둠 속에 수놓아진 풍경. 100년 전 즈음만 해도 하늘에 별이라는 것이 보였단다. 문득, 그 광원들이 내는 빛이 지금의 야경보다 아름다웠을까 하는 의문이 들었다.

한참 밖만 내다보다가 혜성 오빠에게로 시선을 돌렸다. 반곱슬의 부스스한 머리칼과 긴 속눈썹, 턱관절을 세세하게 그려낼 수 있을 만큼 고스란히 드러나는 옆선까지. 참 오래 사랑하고 더 오래 지켜봤던 옆얼굴이었다. 안경이 코 중앙까지 흘러내렸음에도 집중하느라 의식은 하지 못하는 것 같았다. 서울 밤의 빛이 비추는 그 옆얼굴은 욕실에서 보았던 얼굴과는 많이 달랐다. 놀랍도록 침착하고, 놀랍도록 차분했다. 차갑다고 느껴질 정도로.

그럼에도 불구하고, 이 말은 해야 했다.

"나 억울해, 오빠."

내 말에 혜성 오빠의 표정이 살짝 일그러졌다 펴졌다. 이어진 긴 한숨과 함께 완전히 풀어진 냉기. 오빠가 몇 번 입술을 달싹이다가 결국 핸들 옆의 자율주행 버튼을 눌렀다. 그 후 혜성 오빠가 내게 한 말은 조금 의외였다.

"알아."

"……어?"

"안다고. 네 잘못 아닌 거."

나의 억울함을 뒷받침할 근거들을 머릿속에서 한참 정리하고 있었는데. 저 대답에는 할 말을 잃었다. 내 잘못 아닌 거 알았으면서 왜 변호도 안 해준 건데? 왜 그렇게 단호하게, 당연하다는 듯 내게 사직서를 요구한 건데? 내가 내겠다고 해도 말렸어야 하는 거 아냐? 내가 아무 대답도 하지 않자 오빠가 내 손 위에 양 손을 포개어 잡았다. 시선을 맞춘 채, 특유의 다정하고 조곤조곤한 목소리로.

"너 어차피 여기서 일하는 거 힘들어했잖아."

"그렇기는…… 했지."

"빨리 정리하는 편이 나아. 지아 씨가 죽은 건 돌이킬 수 없는 사실이고, 사람들은 사고가 일어나면 그 책임을 특정 인물한테 미루고 싶어 하거든."

"……"

"신상 털리기 전에 빨리 그만두는 게 현명한 거야."

듣고 보니 그런 것 같기도 했다. 내가 월요일에 사직서를 제출하면 기사에 'UKBS 예능국 소속 김마리 작가'라고만 기록될 거다. 하지만 늦어지면 늦어질수록 사람들은 책임을 질 사람을 찾아 신상조사를 시작하겠지. 그러다가 마침내 내 이름이 나오면, 정말 쏘머드 다음 시즌의 주연은 내가 될지도 모른다.

솔직히 우습긴 했다. 애초에 지아 씨를 미워하고 해치려 했던 건 자기들이었으면서.

"네 잘못 아닌 거 알아."

오빠가 내 얼굴을 양 손으로 감싸 안으려는 듯 천천히 손을 뻗었다. 하지만 나는 고개를 돌려 그 손길을 피했다. 싫다는 사람의 뺨을 굳이 어루만질 생각은 없었는지, 혜성 오빠가 짧게 한숨을 내쉬며 다시 핸들을 잡았다.

* * *

사직서. 문서의 가장 위에 선명하게 적힌 석 자. 아래의 빼곡한 글씨를 가볍게 눈으로 훑어보던 혜성 오빠가 얕은 한숨을 내쉬었다. 그리고는 스캐너 위로 종이를 올려놓았다. 오빠의 모니터로 내 사직서가 옮겨지는 건 순식간이었다.

"그동안 고생했어."

"……응."

"오전 내로 처리될 거야. 기다리고 있어."

이제 정말 끝인가. 3년 넘게 내 자리였던 책상을 내려다보고 있자니 기분이 묘했다. 나도 그만둘 생각이 있었으면서 왜 이렇게 찝찝한 기분이 남는 건지 모르겠다. 역시 내 의지로 그만두는 것과, 타인의 압력에 의해 그만두는 건 다른가.

메시지가 도착했다는 알림이 떴다. 사직처리가 완료되었다는 소리 겠지. 그리 생각하며 메시지를 열어보았으나, 내가 예상한 것과는 사뭇 다른 내용이었다.

쏘머드 시즌7 대책회의
11:30AM, 1605호

아주 마지막의 마지막까지 굴려먹겠다는 의미다. 어쩔 수 없다. 사직서를 내도 위쪽에서 수락을 하지 않으면 임금지급기가 지나야 계약이 해지된다. 우리는 시즌별로 임금을 지급받으니 내년 봄까지 다. 사직서가 받아들여지거나, 내년 봄이 되거나. 둘 중 하나가 되기 전까지는 회사의 말을 들는 수밖에 없었다.

아직 회의까지는 시간이 좀 남았다. 그대로 책상에 머리를 박았다. 아무 생각도 하고 싶지 않았다.

＊ ＊ ＊

"지아 씨 사고가 터지면서 여자주연 자리가 공석이 됐어."

피디님이 심각한 표정으로 말씀하셨다. 사실 나는 여자주연이 없는 게 그렇게까지 심각한 일인가 싶기는 했다. 정해진 대본이 있는 것도 아니고, 장르도 로맨스가 아닌 느와르인데. 적당히 사랑 이야기를 빼면 될 일 아닌가? 굳이 필요하다면 은결 씨를 여주인공으로 수정하거나.

"워낙 중대한 문제라 이사회에서 이 안건을 다뤘나봐. 그리고......."

짧은 침묵. 테이블을 내려다보던 피디님의 시선이 내게 돌아왔다.

"......여론을 고려했을 때, 김 작가가 들어가는 게 좋겠다는 결론이 나왔어."

쏘머드 작가들 중에 김 씨라면 나밖에 없다. 그리고 피디님이 쳐다보는 것도 나밖에 없다. 지아 씨의 죽음에 직접적으로 연루되어 있는 것도 나밖에 없다. 그렇다면 내가 맞을 텐데. 내 이야기를 하는 게 맞을 텐데.

그런데 내가 왜 쏘머드에 나가?

"......네?"

혜성 오빠의 얼굴이 모처럼 크게 일그러졌다. 오빠가 밖에서 저렇게까지 표정을 무너뜨리는 건 처음 봤다. 한참 찌푸려진 표정으로 피디님만 노려보다가, 어이가 없다는 듯 너털웃음을 흘리며 말했다.

"이건 아니죠, 피디님."

"나라고 내리고 싶어서 내린 결정은 아냐."

"연예인들은 계약서에 동의 항목이 있으니 출연이 가능한 거죠. 방송작가를 무슨 명분으로 내보냅니까?"

"명분은 없어."

간단한 말. 하지만 그 말속에 담긴 의미는 결코 간단하지 않았다. 핑계 같은 게 없어도 너희들 쯤은 원하는 대로 굴릴 수 있다는 의미였다. 이 제안을 거부했을 때 내려올 벌이 결코 가볍지 않을 거라는 의미였다. 하마터면 잊을 뻔했다. UKBS는 우리나라의 유일한 언론 방송사다. 손이 얇게 떨리고 있었다. 침착해야 하는데. 침착해야 하는데. 이런 상황에 침착함마저 잃으면, 정말 내게는 아무것도 남지 않는데.

"김 작가."

피디님이 나를 불렀다. 한결 누그러진 목소리였다. 하지만 나는 피디님의 눈을 똑바로 볼 용기가 없었다. 아직도 손이 떨리고 있었다.

"김 작가의 사직서를 처리할 생각이 없대. 대신 시즌이 끝나면 연봉이랑 출연료 모두 정상적으로 지급할 거야. 쏘머드 출연료 센 거 알잖아. 거기다 퇴직금도 줄 거고."

욕조에 힘없이 늘어져 있던 주위엔 씨의 싸늘한 시신이 생각났다.

"그 때까지는 출연자이자 직원이니까, 아무래도 타 출연자보다는 자유로워. 문도 마음대로 열고 닫을 수 있고, CCTV도 원한다면 켜거나 끌 수 있게 해줄 거야."

그 손목 위로 길게 나있던 상처도 생각났다.

"나쁘지만은 않은 조건이잖아?"

손이 떨리는 게 싫어서 꽉 주먹을 쥐었다.

쏘머드에 출연하면 피해를 보는 건 나뿐이다. 그마저도 내가 처신만 잘하면 살아남을 수 있다. 그래, 저번 시즌 황제현 씨처럼. 아주 불가능한 이야기는 아니었다. 특히 나에게는 아직 방송작가라는 메리트가 있으니까.

떨림이 멈추지 않았다. 다시 주먹을 폈다.

하지만 출연하지 않는다면 무슨 일이 일어날지 모른다. 혜성 오빠가 아직 UKBS에 소속되어 있는 상황에서는 더더욱. 방송사가 아주 앙심을 품어서 정부와 손을 잡기라도 한다면 큰 일이 일어난다. 내가 아니라 내 주변사람들까지 함께 위험해진다.

옆자리의 혜성 오빠가 내 무릎 위로 손을 올렸다. 내가 돌아보자 작게 고개를 저었다. 거절해, 제스처와 표정만으로도 무슨 말을 하고 싶은지 알아차리기에는 충분했다. 하지만 나는 이번만큼은 이 사람의 말을 들을 생각이 없었다. 고개를 돌려 피디님과 시선을 맞췄다. 손의 떨림이 조금 작아졌다. 힘껏 양쪽 입꼬리를 끌어올리며 대답했다.

"좋아요."

폭탄이 떨어진 것처럼 회의실이 어색한 고요에 잠겼다. 조금 뒤에야 피디님이 쓰게 웃으며 입을 떼었다.

"행운을 빌어."

역전

"김마리."

회의실에서 나가려는 내 손목을 혜성 오빠가 급히 붙잡았다. 평소와 달리 낮게 깔린 목소리였다. 적잖게 화가 난 모양이었다. 오빠가 속상해 하는 건 역시 싫은데. 그래도 이번만큼은 어쩔 수가 없었다. 긴 속눈썹 아래의 가을빛 눈동자를 한참 들여다보다가 차분하게 입을 떼었다.

"출연료랑 퇴직금까지 받으면 개폐식 천장 설치할 수 있겠다."

"그런 중대한 결정을 그렇게 홧김에 내리면 어떡해."

"오빠 그 천장 로망이라고 했잖아."

"내가 지금 이 상황을 어떻게 받아들여야 해?"

"오빠는 행복해야지."

평행선마냥 서로를 스치던 말들이 그제야 멈췄다. 혜성 오빠의 입술 새로 짧게 헛웃음이 새어나왔다. 나도 오빠가 싫어할 거라는 사실쯤은 짐작하고 한 말이었다. 하지만 상황이 이렇게 되어버린 이상, 솔직하게 나가는 편이 낫다고 생각했다.

"지금 그걸."

나를 붙잡은 손에 힘이 들어가는 게 느껴졌다. 긴 침묵. 한참이나 나를 노려보던 오빠가 결국 고개를 떨어트렸다.

"……그걸 말이라고 해?"

이런 말이 나올 줄 알았지. 저럴까봐 오빠가 보내준 눈짓도 무시하고 피디님의 제안을 승낙한 거다. 혜성 오빠는 어떻게든 나만 살면 그만이라는 생각으로 판단을 할 테니까. 하지만 나는 싫었다. 나는 살아남는다 해도 내 애인, 가족, 친구들이 다치는 건 싫었다. 굳이 선택해야 한다면 내가 위험을 감수하는 편이 나았다.

"나 안 죽어, 오빠."

내 대답에는 제법 만족스러운 단호함이 묻어나왔다. 오빠의 손 위에 내 손을 겹쳤다. 그리고 굳이 내리깐 시선 끝에 가서 눈을 맞췄다. 이제 보니 안경 안쪽에 눈물이 조금 묻어 있었다.

"아무 일 없을 거야."

혜성 오빠는 한참 동안이나 말이 없었다. 하지만 그렇다고 내 시선을 피하지도 않았다. 느릿하게 눈을 깜빡일 때마다 눈이 젖어갔다. 내 입꼬리에 짧게 입을 맞춰줄 때 즈음에는 열기가 방울져 떨어졌다.

"……약속해."

떨림은 가라앉은, 하지만 지나치리만큼 차분한 목소리. 저 결연한 말에 내가 해줄 수 있는 대답은 하나뿐이었다.

"약속."

그제야 오빠도 미소를 지었다. 자연스러움과는 한참 거리가 먼 미소였지만 그래도 미소는 미소였다. 강해지겠다는 약속이었다. 참아내겠다는 약속이었다. 혜성 오빠가 호흡을 정리하려는 듯 길게 숨을 들이쉬었다가 내쉬었다. 급히 안경 안쪽으로 손을 밀어 넣어 눈가를 닦고는 내 원피스의 리본 장식을 다시 매주며 물었다.

"갈 거야? 지아 씨 장례식."

"가야지."

"유가족분들 계실 텐데 괜찮아?"

"이젠 더한 것도 견뎌야 할 테니까."

길고 가는 손끝이 떼어지자 가슴 위로 예쁜 리본이 내려앉았다. 이렇게 완벽한 모양을 빚어냈으면서도 뭔가 불만스러운지 오빠는 자꾸 입술을 잘근거렸다. 혹여나 다시 묶겠다고 할까봐 그대로 오빠의 손을 잡아끌었다.

"가자, 오빠. 지아 씨 보러."

* * *

쏘머드 인턴작가가 된 날부터 나의 사회생활이 시작되었다. 그 사회생활에는 조문 역시 포함되었다. 처음에는 어디부터 들르는지, 절을 몇 번 하는지, 밥은 왜 주는 건지도 잘 몰랐는데. 이제는 조객록 서명이 제법 자연스러울 정도로 적지 않은 죽음들을 방문했다.

그런데 상갓집에서 이런 분위기가 나는 건 처음 본다. 연예인이 죽었으니 기자들이 몇 올 거라고는 예상했지만, 상갓집에 찍을 게 뭐가 있다고 저리 많은 인파가 몰려들었는지는 모르겠다. 플래시가 정신없이 터지고 있었다. 말소리는 한 마디도 들리지 않았음에도 시끄럽다는 생각이 들 정도로.

"유명한 사람이 왔나보다."

혜성 오빠는 언제나처럼 나보다 상황파악이 조금 더 빨랐다. 가능성 있는 이야기였다. 지아 씨는 연예인이니까, 지인들 중에서도 유명인이 제법 있을 거다. 그 중에는 기자 떼를 몰고 다니는 인물도 있을 테고. 하지만 아무리 그래도 그렇지, 누가 상갓집에서 이렇게 경박스러운 분위기를 연출해.

인파를 겨우 헤치고 조객록 앞에 섰다. 그리고 익숙한 누군가의 이름을 발견했다. 황제현. 그제야 저 모든 소란이 이해가 되었다. 제현 씨라면 그럴 만했다. 펜을 들어 그 이름 옆에 내 이름을 적었다. 어째 제현 씨는 장례식장에서만 만나는 것 같았다. 마지막으로 본 게 주위엔 씨 장례식장에서였는데.

제현 씨는 저번 시즌 쏘머드의 남자 주연이었다. 자살이라는 끔찍한 결말을 맞이한 위엔 씨와 달리, 제현 씨는 상처 하나 없이 엔딩까지 촬영을 마쳤다. 쏘머드 역사상 무 부상 엔딩은 황제현 씨가 처음이었다. 어쩌면 마지막일지도 모르고.

상주 자리에 아무도 없어서 분향부터 하기로 했다. 영정 속 지아 씨는 환한 미소를 짓고 있었다. 나는 본 적이 없는 미소였다. 그 미소를 똑바로 쳐다볼 자신이 없었다. 시선을 내려 향에 불을 붙였다. 향으로 옮겨 붙은 불길은 꽃으로 피어오르지 못했다. 붉은 빛만 조금씩 달싹이며 얄팍한 제 생명력을 갉아먹을 뿐이었다.

어느새 혜성 오빠가 다가와 내 왼쪽에 섰다. 향에 불을 붙이는 대신 꽃 한 송이를 영정 앞에 바치고. 오빠가 묵념을 하는 동안 나는 절을 올렸다. 아래에서 올려다본 지아 씨의 영정은 평소와는 사뭇 다른 느낌을 주었다. 마냥 예쁘고 사랑스러운 지아 씨의 모습은 아니었다. 그것만은 확실했다.

걸음소리가 들렸다. 돌아보자 검은 한복 차림의 한 사람이 서 있었다. 오밀조밀한 이목구비가 영정 속 여자와 퍽 닮아 있는 중년의 여인이었다. 나와 눈이 마주치자 그 얼굴이 눈에 띄게 일그러졌다.

"……당신이지?"

"……"

"우리 지아 죽게 내버려둔 게 당신이잖아."

상상했던 것만큼 격렬한 반응은 아니었다. 나는 머리채를 잡힐 각오로 머리도 묶고 왔는데. 당장이라도 울 것 같은 목소리였지만, 당장이라도 무너질 것 같은 표정이었지만. 그럼에도 어머님은 나와 일정 거리를 유지했다. 언성도 크게 높이지 않았다. 대신 싸늘하게 식은 목소리로, 악의가 담긴 눈을 한 채 중얼거리듯 말했다.

"당신은 그 수용소에서 얼마나 멀쩡하게 살아나오나 볼 거야."

수용소. 딱 맞는 표현이다. '사회적으로 비난받아 마땅한 유명인들'을 모아놓은 장소. 그들을 갱생시킨답시고 온갖 고문을 해대다, 다치거나 죽어버리면 어깨를 으쓱이고는 만다. 일이 그렇게 되어버렸네, 유감이야. 이따위 말들을 위로랍시고 하며. 이제는 나도 그 수용소의 일원이다. 모든 말과 행동을 조심해야 한다. 그렇지 않으면 피해는 고스란히 나에게로 돌아온다.

이 상황에서 내가 드릴 수 있는 말씀은 없었다. 죄송하다는 말조차 도움이 전혀 되지 않는 최악의 상황이었다. 그래서 그대로 무릎을 꿇었다. 어차피 한 번 절은 해야 했다.

"그 어린 애가...... 어린 애가 오죽 힘들었으면......."

당연하게도 맞절은 돌아오지 않았다. 울음이 터진 유가족이 멀쩡하게 절을 해줄 거라고 생각하는 게 이상한 거다. 어떻게 해야 할지 몰라 한참을 엎드린 채 가만히 있었다. 일어나기도 좀 어색하고, 일어나서 밥을 먹는 건 상상도 못하겠다.

"아...... 엄마아, 또 운다, 또."

가벼운 발소리가 가까워졌다. 어머님을 달래는 듯 사근사근한 말투로 그리 말하다, 앞에 엎드려 있는 나를 발견했는지 조금 놀란 목소리로.

"일어나세요. 누구신지는 몰라도......."

따뜻한 손길이 나를 잡아끌었다. 그제야 고개를 들어 확인한 얼굴은, 역시나 빼어난 미인. 지아 씨보다는 조금 더 얼굴선이 굵직한 여자였다. 하지만 얇게 쌍꺼풀이 진 큼지막한 눈매는 그 누가 보아도 가족의 것이었다. 내 얼굴을 살피던 여자의 표정이 조금 굳었다. 하지만 돌아온 건 따귀가 아닌 한숨이었다. 따뜻한 손길은 떼어지지 않았다.

"일어나세요. 작가님 잘못 아니잖아요."

"죄송합니다."

"아니에요. 그러실 필요 없어요."

말은 그렇게 했지만 표정은 무표정에 가까웠다. 여자는 한 번 더 얕은 한숨을 뱉고는, 내 팔목을 잡은 손에 가볍게 힘을 실었다.

"와주셔서 감사합니다. 식사라도 하고 가세요."

그 말을 마지막으로 지아 씨의 언니인지 동생인지 모를 여자는 손을 놓았다. 그럼에도 왠지 소매 위로 온기가 남아 있는 것 같아, 괜스레 한 번 더듬어보았다.

상이 있는 곳으로 시선을 옮기다 제현 씨와 눈이 마주쳤다. 아까부터 나를 보고 있었는지 전혀 놀란 눈치는 아니었다. 제현 씨가 입꼬리를 부드럽게 끌어올리며 눈인사를 했다. 그리고는 나와 눈을 맞춘 채 본인의 건너편에 있는 자리를 톡톡, 손끝으로 두드렸다.

"천천히 먹고 전화해. 난 피디님이 부르셔서, 회사 좀 다녀올게."

옷매무새를 정리하며 혜성 오빠가 말했다. 같이 먹고 가려고 했는데, 또 무슨 급한 일이 생긴 모양이다. 내 핸드폰은 이제 죽은 것처럼 잠잠한데. 잠시 오빠의 얼굴을 살피다 애써 웃으며 대답했다.

"응, 다녀와."

"술 너무 많이 먹으면 안 된다?"

혜성 오빠가 내 어깨를 한 번 꽉 안아주고 식장에서 나갔다. 검은 정장 차림의 뒷모습을 한참 바라보다가 자리에 앉았다. 어째 애인이라는 사람이랑 밥 한 끼를 못 먹는다.

"오랜만입니다."

그런 내 생각을 끊어낸 것은 제현 씨의 인사였다.

처음 봤을 때부터 느꼈지만 분위기가 남다른 사람이다. 한 폭의 수묵화 같은 수려한 외모 때문만은 아니었다. 작은 움직임 하나하나에 담긴 기품, 말투의 높낮이와 호흡의 길이, 그리고 능숙한 표정관리까지. 평범한 인물은 절대 아니라는 생각이 들게 하는 사람이었다.

"그러게요."

내가 할 수 있는 최대한의 대답이었다. 그제야 제현 씨가 조금 표정을 풀었다. 입꼬리를 끌어올리며 건넨 말은 다음과 같았다.

"작가님이랑 같이 먹으려고 아직 식사 안 받았어요."

"아...... 그러실 필요까지는......"

"있어요, 그럴 필요."

본인이 말해놓고도 머쓱했는지 제현 씨가 작게 웃었다. 호의를 표하기에는 충분하면서도, 장례식장에서 크게 과하지는 않은 웃음이었다. 언제 봐도 감탄이 나오는 표정관리다.

이리도 처신에 능한 인물이 어쩌다가 쏘머드의 주연까지 되었느냐. 탈세 논란이 터졌기 때문이다. 황제현의 탈세에 관한 기사가 포털사이트 메인에 30초가량 올라간 적이 있었다. 그리고 평소 '훌륭한 인성'으로 칭찬을 받던 연예인에게 탈세 논란은 그 자체로 아주 큰 타격이 되었다. 가식, 위선자, 사기꾼, 거짓말쟁이. 제현 씨는 그런 말과 함께 쏘머드의 세트장으로 내몰렸다.

UKBS 근무자로서 증언하자면, 그 글이 삭제된 것은 UKBS에서 올린 것이 아니었기 때문이다. IP 추적 결과 포항의 어느 PC방에서 올린 글로 밝혀졌다. 고도의 기술력을 갖춘 안티 팬의 소행으로 결론은 지어졌으나, 한 번 짜낸 치약은 다시 튜브에 넣을 수 없었다. 소문의 파급력은 컸다.

황제현 씨가 실제로 탈세를 했는지 안 했는지는 나도 모른다. 그에 관련된 사과나 해명이 전혀 없었기 때문이다. 다만 확실한 건, 쏘머드 시즌6에서 제현 씨가 시청자들의 마음을 다시 사로잡았다는 사실이다. 뛰어난 연기력, 여자주인공에 대한 헌신적인 애정, 그리고 오프더레코드에서 보여준 소탈한 모습들까지. 배우 황제현은 엔딩 후 전성기를 맞이했다.

여전히 플래시가 터지고 있었다.

"요즘 몸은 좀 어떠세요?"

이 소란 속에서도 제현 씨가 차분하게 물어왔다. 눈만 올려 제현 씨의 표정을 살피다 작게 대답했다.

"뭐…… 나쁘지는 않아요."

"좋지도 않다는 의미처럼 들리는걸요."

"솔직히 좋기는 힘들죠."

내 말에 제현 씨는 느릿하게 고개를 끄덕일 뿐, 별다른 말을 하지는 않았다. 많은 의미를 함축하고 있는 침묵이었다. 그 손이 상 한쪽에 놓인 소주병과 유리잔을 향해 갔다. 작은 잔에 독한 것이 따라졌다. 잔 하나를 내게 내밀고, 새 잔을 채우며 제현 씨의 유려한 입술선이 달싹였다.

"저는 어떻게 요령껏 피해갔어요. 정말 잘 피해갔는데요."

대화 주제가 무엇으로 바뀌었는지 파악하기란 어렵지 않았다. 제현 씨는 쏘머드를 촬영하면서 용케 대중의 미움으로부터 벗어나는 데에 성공했다. 나는 그게 모두 계산된 전략이라고 생각했는데. 본인은 '요령껏 피해갔다'고 말하는 걸 보니 그렇지만은 않았던 모양이다.

"작가님은 왠지 그 이상을 해내실 것 같아요."

제현 씨가 시선을 맞춰왔다. 깊이를 재기가 어려울 만큼 새카만 눈동자였다. 그 이상을 해낼 것 같다. 그 말에 담긴 의미가 무엇인지 정확히 파악하기란 쉽지 않았다. 제현 씨는 꽤 오랫동안이나 나를 빤히 바라보다가, 한참 뒤에야 잔을 입술로 가져가며 속삭이듯 말했다.

"김마리 작가님의 무사귀환을 위하여."

지금 상황에 저것보다 더 잘 맞는 건배사가 없을 것 같다. 물론 장소가 장소인 만큼 소리가 나게 잔을 부딪치는 건 불가능했지만, 저 정도의 위로만으로도 충분했다. 그래서 나도 천천히 잔을 들며 속삭이듯 대답했다.

"……위하여."

* * *

정신을 차렸을 땐 아침이었다. 머리도 크게 아프지 않았고, 속도 크게 미식거리지 않았다. 하지만 어젯밤의 기억이 없었다. 전혀 없었다. 이것만으로도 술을 얼마나 마셨는지 대충 예상은 되었다. 나 제현 씨랑 별로 친하지도 않은데. 그 날 장례식장에 기자들 엄청 많았는데. 설마 이상한 짓 하지는 않았겠지. 않는 소리를 내다가 베개에 얼굴을 묻어버렸다.

"일어났어?"

부엌에서 혜성 오빠의 목소리가 들려왔다. 고소한 북엇국 냄새가

났다. 창문으로 들어오는 햇살이 제법 강한 걸 보니 적어도 10시는
된 것 같았다. 오늘 화요일인데. 왜 출근 안 하지.

"오빠 출근 안 해……?"

"월차 냈어."

"나는……?"

그 뒤로 짧게 침묵이 흘렀다. 약간은 지나칠 만큼 차분한 목소리
로 오빠가 말했다.

"입소 전날은 쉬어야지."

아. 맞다, 그랬지. 나 더 이상 일반 방송작가 아니지. 내일부터는
합숙소에서 지내야 하지. 다시 앓는 소리를 내며 베개에 얼굴을 묻었
다. 일어나기 싫다. 하지만 더 자게 내버려둘 생각은 없었는지 혜성
오빠가 방 안으로 들어왔다. 다만 평소처럼 어깨를 잡아 일으킨다든
가, 이불을 치워버린다든가 하지는 않았다. 침대 끝에 걸터앉고, 천
천히 내 머리칼을 쓰다듬어주며 말했다.

"술이 확 깨는 얘기 해줄까."

"세트장에…… 폭탄 떨어졌어?"

대답 대신 돌아온 건 너털웃음. 그리고 그 뒤를 이은 건.

"너 어제 만취 상태로 인터뷰했어."

제대로 미친 소리였다. 곧장 몸을 일으켜 앉았다. 술이 확 깼다.
내 주사가 인터뷰하기인 줄은 나도 몰랐다. 인터뷰 내용은 확인하는
게 좋을까? 안 하는 게 좋을까? 사과문부터 구상할까? 내 표정을 읽
던 혜성 오빠가 작게 웃었다. 그리고는 뺨을 톡 건드리며 한결 풀어
진 얼굴로 말했다.

"좋은 소식."

"……어?"

"반응이 괜찮아."

조금 전의 말에는 잠이 깼다면, 이 말에는 사고가 정지되었다. 정말 영문을 모르겠군. 힌트라도 달라는 의미에서 혜성 오빠와 눈을 맞췄다. 하지만 오빠는 새침한 표정으로 시선을 위로 한 채 눈만 몇 번 깜빡이다, 한참 뒤에야 헤실 웃으며 말했다.

"밥부터 먹자. 배고파."

내 등을 가볍게 토닥이고 혜성 오빠가 침대에서 일어났다. 저렇게까지 말하는데 별 수 있나. 내가 무슨 헛소리를 해서 긍정적인 반응을 얻었는지 정도는 알 필요가 있었다. 마른세수를 하고 그대로 엉킨 머리를 위로 높게 올려 묶었다. 여느 때와 크게 다르지 않은 밥상이었다. 내 그릇에 담긴 콩나물국이 지옥에서 올라온 듯한 붉은색이었다는 점만 뺀다면. 숟가락을 들었다. 얼큰하니 좋았다.

"괜찮아? 간 맞아?"

"응."

"좋아. 그럼 이제 말할게."

만족스러운 미소를 지은 뒤에야 혜성 오빠도 수저를 들었다. 차갑고 매끈한 숟가락 표면이 도자기 그릇과 부딪히며 맑은 소리를 냈다.

"사실 인터뷰랄 것도 없었어. 질문은 많이 했지만 의미 있는 답이 몇 개나 되었겠어."

돌려 말했지만 결국 내가 헛소리를 했다는 의미였다.

"그런데 그 얼마 안 되는 답들이 생각보다 괜찮았거든."

그대로 읽어줄게, 짧게 덧붙인 말. 오빠가 핸드폰을 집어 든 채 몇 번 목을 가다듬었다. 그리고 아나운서마냥 또박또박한 발음과 맑은 목소리로 기사를 읽었다.

"'고 권지아의 장례식장에서 김마리 작가를 만났다. 슬픔과 죄책감을 술로 이기려 했던 걸까. 취재진이 도착했을 때 그는 이미 취한 상태였다. 이것은 불시에 진행한 인터뷰에도 친절하게 응해준 김마리 작가의 이야기다.' 여기까지가 도입이고."

짧은 기침. 목소리를 정리한 후 오빠가 말을 이었다.

"'쉽지 않은 결정이셨을 텐데. 왜 쏘머드에 출연하기로 하셨나요?'"

설마 사실을 곧이곧대로 말하지는 않았겠지. 방송국의 압박을 이기지 못하고 자원했다—라고. 정말 그렇게 말했다면 이건 결코 '웃긴 인터뷰'에 그치지 않았을 거다. 지금쯤 우리 집이 다 타서 없어졌겠지.

"'지아 씨가 너무 불쌍해서요.'"

"......내가 뭐라고 했다고?"

"'지아 씨가 너무 불쌍해서요.' 진짜 이렇게 적혀 있어."

거 참. 필름이 끊길 때까지 취했는데도 용케 위험한 말은 안 했네. 왜 출연을 결정했냐는 질문에 '지아 씨가 불쌍하다'라는 대답을 한 건 다소 의외기는 했지만. 어찌되었든 나쁜 답은 아니었다.

"그 다음은...... 성대모사니까 그냥 넘길게."

"......성대모사?"

"다른 대답들도 다 괜찮았어. 대부분 웃겼고. 논란이 될 만한 이야기는 없었고."

스크롤을 올리며 댓글을 훑어보던 오빠가 다시 핸드폰을 내려놓았다. 그제야 나와 시선을 맞춘 채 눈웃음을 지으며 말했다.

"아까 하영이한테 연락 왔어. 협찬이 막 들어오고 있대."

"......웃긴 내용이 대부분이라며."

"응."

궁금해서 더는 안 되겠다. 기자 이름을 확인하기 위해서라도 기사를 직접 내 눈으로 볼 필요가 있었다. 식탁 반대편에 놓인 혜성 오빠의 핸드폰을 덥석 집었다. 그리고 오빠가 말리기도 전에 기사를 가볍게 눈으로 훑었다.

Q. 어렸을 때 꿈이 뭐였습니까? 혹시 배우나 가수, 이런 쪽에 관심이 있으셨나요?

A. 공룡이 되고 싶었어요.

Q. 무슨 공룡이요?

A. 프테라노돈이요.

Q. 왜요?

A. 고기를 먹고 하늘을 나니까요.

그 뒤로 이어지는 격렬한 익룡 성대모사. 더는 볼 자신이 없었다. 핸드폰을 내려놓고 숟가락을 들었다. 이로써 나는 전 국민 앞에서 만취 상태로 주정을 부린 것과 비슷한 효과를 거두었다. 여론이 좋고 나쁘고를 떠나서, 상상 이상의 쪽팔림이었다. 캡처 당해서 영원히 고통 받겠지. '우울할 때 읽는 썰 저장소' 같은 데에 이미 올라갔을지도 모르겠다.

"마리 얼굴 빨개졌어. 창피해?"

웃음 섞인 질문. 핸드폰을 회수해가며 혜성 오빠가 굳이 되물었다. 내가 눈을 흘기자 꾹 웃음을 눌러 참기는 했지만.

나를 인터뷰한 사람도 틀림없이 UKBS 기자일 텐데. 대체 무슨 생각으로 만취한 나한테 말을 걸어올 생각을 했을까. 그리고 나는 대체 무슨 패기로 그 낯선 사람의 인터뷰에 응했을까. 제현 씨는 왜 날 말리지 않았을까.

'작가님은 왠지 그 이상을 해내실 것 같아요.'

어제 제현 씨가 내게 했던 말이 기억이 났다. 필름이 끊기는 바람에 결국 그 말이 무슨 의미였는지에 대한 설명도 제대로 못 들었다. 확실히 제현 씨 이상의 무언가를 해내기는 했네. 남의 장례식장에서 술을 만취할 때까지 마시고, 한술 더 떠 그 상태로 인터뷰까지 하고. 내가 대체 무슨 생각으로 술을 그렇게 마셨을까.

"인터뷰하신 기자님이 죄송하다고 전해달래. 상부 명령이라 어쩔 수가 없었다고."

"......그 기자님 성함이?"

"정이월이라고, 들어본 적 있을 걸? 꽤나 사고를 치고 다니시는 분이라."

정이월. 그 이름을 어디선가 본 적이 있는데. 어디였는지는 정확히 기억이 나지 않았다. 다만 기억이 흐릿한 것으로 미루어보아 직접 만난 적은 없는 것 같았다. 역시 그냥, 소문이나 기사로만 접했던 사람인 걸까. 그런 것 치고는 인상이 강하게 남았던 느낌인데.

"그렇게 사고를 치고 다니는데도 안 잘려?"

"사장님 따님이라."

"아......."

"정말 죄송해하시는 것 같았어. 결과적으로 잘 됐으니까 보복 같은 건 하지 말자."

"......오빠, 보복이 문제가 아니라......."

내 말에 혜성 오빠가 다시 웃음을 참는 표정을 지었다. 아무래도 당분간은 계속 놀림을 당할 것 같았다. 은은한 미소를 띤 채 오빠가 수저를 들며 물었다.

"프테라노돈?"

"......"

"마리가 고기를 좀 좋아하긴 하지."

"제발, 오빠…… 내가 다 잘못했어."

내가 간절한 목소리로 항복을 선언하자 오빠가 다시 웃었다. 이번에는 조금 크게. 하지만 그 뒤에 장난을 친다든가, 숟가락 위로 김치를 올려준다든가 하지는 않았다. 긴 침묵이 흘렀다. 혜성 오빠의 낯에서 웃음기가 싹 지워지기에는 충분할 만큼 긴 시간이.

"잘못했지?"

"……응."

"이번엔 운이 좋았어."

그 말을 마지막으로 부엌에는 다시금 침묵이 내려앉았다. 이따금씩 숟가락이 그릇을 긁으며 내는 소리만이 울릴 뿐이었다. 말소리는 오랫동안 들리지 않았다. 운이 좋았다는 표현이 가장 잘 어울리는 상황이었다. 악의를 가진 기자였다면, 첫 댓글을 단 사람이 나를 싫어했다면, 방송국 측에서 앙심을 품고 여론조작이라도 했다면. 그랬다면 나는 촬영을 시작하기도 전에 해를 입었을 거다. 남은 밥을 한꺼번에 국에 넣어서 말아버렸다.

내일부로, 세상은 언제든 나를 부술 수 있는 존재가 된다.

독 사과

"걱정 마. 소원대로 해줄게."

싸늘한 눈빛으로 유신이 총을 겨눈다. 셔츠에는 검붉은 빛이 잔뜩 튀어 있다. 진하게 번진 자국이 없는 것을 보아하니 제 피는 아니다. 목표물을 물어뜯는 과정에서 불가피하게 희생된 같잖은 것들의 흔적이다.

총구의 끝에는 도도한 모양새로 다리를 꼬고 앉은 은결이 있다. 은결의 입술 사이로 짧은 비웃음이 새어나온다. 환웅파에서 상냥한 새끼를 보냈네. 죽기 전에 죽으라고 말도 해주고. 은결이 슬 눈동자를 굴리고는 저를 겨눈 총구를 똑바로 마주한다. 유신의 손끝이 서서히 방아쇠를 당긴다.

"커엇!"

그리고 나는 다시 한 번 등장 타이밍을 놓쳤다.

컷 신호가 떨어짐과 동시에 두 배우의 얼굴에서 진한 느와르의 빛이 싹 가셨다. 은결 씨는 책상에 머리를 세게 박기까지 했다. 감독님이 땅이 꺼져라 한숨을 내쉬고 무릎에 얼굴을 묻었다. 그 옆에서 피디님이 조금씩 녹아내리고 있었다. 대본은 다 외웠는데, 나름 연기 연습도 열심히 했는데. 저 둘이 불꽃연기를 하는 모습을 보고 있으면 나도 모르게 빨려 들어갔다. 문제는 배우로서 빨려 들어간 것이 아니라, 시청자로서 빨려 들어갔다는 점이다. 잘생긴 사람들이 슈트 입고 총질하는 걸 어떻게 안 보고 배겨.

2107년 8월 22일. 쏘머드 시즌7 드라마의 첫 촬영일이자 내 입소일이었다. 권지아 씨 사건 때문에 촬영 스케줄이 굉장히 빡빡해졌다. 덕분에 뒤늦게 합류한 나는 대본 리딩에도 참여하지 못하고 바로 카메라 앞에 서게 되었다. 안 그래도 연기는 태어나서 처음 해보는 건데. 준비까지 부족했으니 촬영이 순탄할 리가 없었다.

"다시 한 번 가자. 김마리 씨 정신 차리고?"

잡생각을 하다 감독님의 목소리에 다시 정신을 차렸다. 대답 대신 고개를 한 번 끄덕였다. 이번엔 잘 해야지. 주먹을 한 번 꼭 쥐었다가 폈다. 은결 씨의 비웃음 후에 바로 들어가는 거다.

"레디, 액션!"

장면은 유신 씨가 문을 걷어차면서 시작되었다. 이전의 테이크에 비해 확실히 큰 소리와 함께 세트장의 문이 결국 떨어져 나갔다. 당황할 법도 하건만 유신 씨의 표정은 전혀 변하지 않았다. 구두소리가 울렸다. 걸음에 맞춰 은결 씨가 한쪽 입꼬리를 올렸다.

"늦었다, 새꺄."

"성급하긴."

짧은 대사에 어떻게 저리 짙고 무거운 감정을 담아내는지 모르겠다. 둘 다 배우가 본업인 사람들도 아닌데. 침묵을 유지한 채 하나, 둘, 셋. 정확하게 박자를 맞추고 유신 씨가 총을 느릿하게 들었다.

"걱정 마. 소원대로 해줄게."

피식, 짧은 비웃음. 죽음이 내민 손길을 피할 생각이 없는 고고한 모습......이라는 묘사는 별로 중요치 않다! 지금 들어가야 한다!

"그건 너무 쉽잖니."

목소리가 조금 떨리긴 했지만 큰 무리 없이 대사를 쳤다. 부서진 문 뒤에서 천천히 걸어 나왔다. 구두소리 한 조각 한 조각이 마이크에 스며들게끔. 유신 씨의 옆에 서자 총을 든 손이 거두어졌다. 몇 초 동안 무표정을 유지하다가 한쪽 발을 은결 씨가 앉은 책상 위로 올렸다. 흑색 책상 위에 올라간 구두의 새빨간 태가 꽤나 자극적이었다.

상체를 숙여 은결 씨와 시선을 맞췄다. 고운 백금발, 하얀 얼굴, 오묘한 색의 눈동자, 뒤틀린 미소. 모든 것이 아름다웠건만 나는 유독 그 붉은 입술에서 눈을 떼지 못했다. 피를 머금은 듯, 꽃잎을 베어 문 듯 아주 선명한 붉은색이었다. 독 사과를 받아든 백설 공주의 입술이 저런 색채를 띠지 않았을까.

아, 젠장! 저 입으로 어떻게 내가 신은 신발 따위를 핥으라고 해!

"……컷."

결국은 NG가 나고 말았다. 피디님의 한숨 소리가 여기까지 들리는 것 같았다.

"중도인터뷰 촬영부터 하자. 유신부터."

아, 또 망쳤다. 천천히 책상에서 발을 거두었다. 내 모습을 지켜보던 은결 씨가 미간을 찌푸린 채 푸스스 웃었다. 그리고는 도도하게 꼬았던 다리를 풀며 물었다.

"쉽지 않죠? 연기."

최은결. 속칭 록발라드의 여왕. 노래 실력도 기가 막혔지만 어떤 색조든 기가 막히게 소화해서 온갖 화장품 광고를 섭렵한 위인이었다. 특히 붉은색 립스틱이 기가 막히도록 잘 어울렸다. 쏘머드 출연이 확정되기 전까지는, 나름 이 바닥의 꼭대기에서 놀던 사람. 하지만 정상에서 굴러 떨어지는 건 한 순간이었다. 지금은 나한테 머리채를 잡히는 역할로 전락했지.

"쉽지 않은 게 아니라...... 어려운데요."

"이해는 해요. 나도 처음엔 그랬거든."

짧은 침묵이 흘렀다. 긴장감을 고조시키는 침묵도, 두근두근 설레는 침묵도 아니었다. 그냥 숨 막히는 어색함의 침묵이었다. 이건 아니다 싶어 내가 다시 입을 떼었다.

"죄송해요. 첫 신부터."

괜찮다든가, 이해한다든가, 이런 말을 기대하고 있었는데. 은결 씨가 새빨간 입술 새로 뱉어낸 것은 말이 아닌 웃음이었다. 비웃음 같지는 않았으나 썩 기분 좋은 웃음도 아닌, 내가 읽어내기에는 너무 섬세한 감정을 담아낸 웃음이었다. 은결 씨가 몸을 앞으로 기울였다. 그리고 느릿하게 눈을 깜빡이며 나를 올려보다가 물었다.

"우리 말 놓을까요?"

예상치 못한 제안. 촬영이 시작된 후로 이런 돌발 상황은 늘 나를 당황케 했다. 평소 같았으면 별 생각 없이 뱉었을 말들, 취했을 행동들이 어떤 결과를 불러올지 알 수가 없었으니까. 나처럼 둔한 사람은 그럴 때마다 일단 멈추고 천천히 계산을 해보아야만 했다.

잘 생각해보자. 출연진들과 관계가 좋은 것은 플러스가 된다면 되었지, 마이너스가 되지는 않는다. 사회성이 떨어지는 모습을 보이면 그나마 붙어 있던 협찬도 떨어져 나가지 않을까. 저 비싼 구두를 신어봤자 친구가 생기지 않는다는 당연한 진리를 시청자들이 새삼 깨닫기 때문이지. 그렇다면 답은 자명했다. 입꼬리를 끌어올리며 대답했다.

"그럴까?"

내 대답이 조금 의외였는지 은결 씨가 한쪽 눈썹을 올렸다. 물론 금세 웃음소리와 함께 표정이 풀어졌지만. 무슨 의미인지 모를 고갯짓을 조금 하다가 다시 나를 마주했을 때에는, 그 새빨간 입술이 제법 예쁜 호선을 그리고 있었다.

"빠르네. 시원해서 좋다, 야."

그 말을 마지막으로 다시금 침묵이 흘렀다. 긴장감을 고조시키는 침묵도, 두근두근 설레는 침묵도 아니었다. 하지만 이번에는, 어색함의 침묵도 아니었다.

"김마리 배우님?"

유신 씨가 쭉 기지개를 켜며 인터뷰실에서 나오고 있었다. 그 뒤로 보인 것은 수천 번, 수만 번도 내 이름을 불렀을 익숙한 얼굴. 나와 눈이 마주치자 혜성 오빠가 느릿하게 입꼬리를 끌어올렸다.

"들어오세요. 인터뷰 하셔야죠."

* * *

촬영 전 날 오빠와 많은 이야기를 했다. 구질구질한 이별의 대화는 아니었다. 그보다는 실용적인 전략회의에 가까웠지. 리얼리티 프로그램에서 콘셉트를 잡는 것이 얼마나 중요한지, 그 콘셉트가 논란을 일으킬 여지가 없나 확인하는 것이 얼마나 중요한지, 그리고 그 콘셉트가 나랑 어울리나 알아보는 것이 얼마나 중요한지까지. 그런 이야기들을 주고받았다.

"첫 신에서만 NG를 여덟 번이나 내셨어요."

대본을 읽는 오빠의 눈썹 끝이 조금 내려갔다. 이런 질문이나 해서 미안하다는 의미였다. 하지만 어쩔 수 없다는 것쯤은 나도 안다.

땅이 꺼져라 길게 한숨을 내쉰 뒤 입을 떼었다.

"죽겠어요."

내 콘셉트는 솔직하고 친근한 쪽으로 잡아야 한다—가 결론이었다. 혜성 오빠는 그런 콘셉트가 인간다움을 어필하기에는 더 좋다며 위로했지만, 내가 아무리 눈치가 없다 해도 진실은 알았다. 나는 인간미 말고 어필할 수 있는 매력이 별로 없었다. 이미 음주 인터뷰가 세상에 공개가 된 상태였으니까. 시크한 척, 똑똑한 척은 씨알도 먹히지 않을 거다. 시켜준다 해도 그리 잘하지는 못했을 것 같지만.

"못 하자니 죄송해 죽겠고, 잘하자니 그것대로 죽겠네요."

솔직한 심정이었다. 아무리 가격 미정의 명품 스틸레토 힐이라 해도 그렇지. 이걸 어떻게 은결 씨 같은 사람한테 핥으라고 들이밀어.

"캐릭터에 감정이입이 잘 안 되시나 봐요?"

그래, 솔직히 말하면 잘 안 된다. 내가 이입해야 할 캐릭터는 '아름답고 현명하고 대담하고 계산이 빠르고 잔인하지만 가끔 인간적인 면모도 있는' 거대 조직의 보스였다. 그게 무슨 분식집에서 화이트와인과 에스카르고를 주문하는 소리인가. 내가 소화하기에는 너무 과한 캐릭터였다. 그것만은 확실했다. 하지만 이렇게 대답하면 배우의 자질 어쩌고 하는 말이 분명 나올 거다. 대외적으로 나는 '자원'한 사람이기 때문에 더더욱.

"이입 자체가 안 된다기보다는, 지속이 어려워요. 이입을 했다가도 상대 배우님 얼굴을 보면 자꾸 김마리가 튀어나오네요."

"신발 핥게 하기가 죄송해서요?"

"당연하죠."

비단 인터뷰 주제가 아니라도 고민되는 부분이었다. 어떻게 하면 내가 이 장면을 망설임 없이 촬영할 수 있을까. 쏘머드 특성상 대본을 바꾸는 건 불가능하다. 그렇다면 소품을 바꿔볼까. 신발을 깨끗하게 하면 좀 나을까. 그런 생각의 흐름을 따라가다가 무심코 이런 말을 뱉어버렸다.

"신발을 소독하고 들어갈까 봐요."

"에탄올 빌려드릴까요?"

에탄올은 왠지 조금 꺼려진다. 소독 효과는 확실하겠지만, 손으로 만지는 것도 아니고 혀로 핥는 건데. 그런 걸 잘못 먹었다가는 죽지 않을까. 이럴 줄 알았으면 학교 다닐 때 과학 공부 좀 열심히 할걸 그랬다. 한참을 말없이 눈만 깜빡이다가 되물었다.

"소주는 없나요."

* * *

한참 신발을 내려다보다 솜 하나를 더 꺼냈다. 오른쪽 앞 코가 아직 잘 닦이지 않은 것 같았다. 내 행동을 가만히 지켜보던 하영이가 나직한 목소리로 말했다.

"전 선배님이 장난하시는 건 줄 알았어요."

"……"

"분량 뽑으려고. 재미있으라고."

다리를 들어 매끈매끈 반짝반짝한 구두의 표면을 직접 눈으로 확인했다. 육안으로 세균까지 확인할 수는 없으니 잘 모르겠지만, 이 정도면 아주 나쁘지만은 않은 것 같았다. 구두를 좌우로 돌려보며 대답했다.

"나 미련한 거 알잖아."

"너무 잘 알죠."

조금은 아니라고 해줄 줄 알았는데. 막내의 대답은 단호했다.

마침 은결 씨가 느릿하게 인터뷰실에서 걸어 나왔다. 묘한 색의 눈동자가 느릿하게 촬영장 전체를 훑고 지나갔다. 붉은 신발, 젖은 솜, 소주병, 카메라의 시선. 새빨간 입술 사이로 웃음이 터져 나오기까지는 그리 긴 시간이 걸리지 않았다.

"마리 씨 뭐해!"

저렇게까지 웃을 줄은 몰랐다. 도도한 외모와 달리 다소 경박스러운 웃음이었다. 그 모양새를 지켜보다가 나도 모르게 조금 미간을 좁혔다. 내가 누구 때문에 이 짓을 하는데.

"신발 소독해. 최은결 배우님 핥기 좋으시라고."

다행히 내 목소리에 짜증이 실리지는 않았다. 하지만 은결 씨가 알아듣기에는 충분한 내용을 담은 말이었다. 그제야 은결 씨가 조금씩 웃음을 삼켜냈다. 하지만 눈물이 고이도록 웃은 이상 이미 너무 늦었다.

"……다 웃었어?"

"아니. 다 웃으면 카메라 메모리 모자랄 것 같아서!"

말은 그렇게 하면서도 아까보다는 확실히 진정된 모습이었다. 얼굴에 남아 있는 웃음기를 새빨간 입술 사이로 흘려내며 내 뺨을 쿡 찔렀다.

"간만에 웃었네."

뺨에 닿아온 손끝은 생각보다 차가웠다. 고개를 들어 마주한 두 눈동자는 언제나처럼 기이한 색이었다. 초록색도 조금, 금색도 조금, 아주 짙은 회색도 조금 섞여 있는. 일반인과는 확실히 다른, 색도 광채도 확실히 다른 그런 눈동자였다. 그 눈동자가 내게 조금 웃어보였다.

"닦은 김에 제대로 하자. 머리끄덩이 확실히 잡아."

역시 프로다 이건가. 아무리 연기라 해도 머리끄덩이를 잡히고 구두를 핥는 건 싫을 것 같은데. 은결 씨는 제법 씩씩한 미소까지 지어 보이며 말했다.

"잘 부탁해, 마리 씨."

* * *

한쪽 발을 책상 위로 올렸다. 흑색 책상 위에 올라간 구두의 새빨간 태가 꽤나 자극적이었다. 그대로 은결 씨의 밝은 금색 머리칼을 한 움큼 잡아 책상에 강하게 내리쳤다. 고개를 숙여 마주한 두 눈동자는 언제나처럼 기이한 색이었다. 초록색도 조금, 금색도 조금, 아주 짙은 회색도 조금 섞여 있는. 일반인과는 확실히 다른, 색도 광채도 확실히 다른 그런 눈동자였다.

"핥아보렴, 예쁜아?"

그 눈동자가 내게 조금 울어보였다.

여인의 입술은 피를 머금은 듯, 꽃잎을 베어 문 듯 아주 선명한 붉은색이었다. 새빨간 입술이 열렸다. 그 속의 새하얀 치열이 보일 정도까지는 아니었지만, 탐스러운 적색의 혀끝이 보일 만큼. 붉은 입술이 붉은 구두 끝을 느릿하게 탐한다. 백설 공주가 독 사과를 베어 무는 것처럼.

백설 공주가 백치라는 기록은 없다. 그렇다면 공주는 어째서 그리 순순히 문을 열어줬을까. 공주는 어째서 그리 순순히 사과를 베어 물었을까.

은결 씨의 눈동자에는 확실히 남다른 광채가 있었다. 비단 그 독특한 색깔 때문만은 아니었다. 하지만 저 광채가 정확히 무엇을 의미하는지를 알아보는 것은 내게 무리였다. 궁금하기는 했다. 몹시 예쁜 빛이었으니까.

입술이 떨어졌다. 길게 타액이 늘어졌다.

* * *

"에, 수고하셨습니다. 스토리 투표는 1화 방영일 후로부터 나흘간 진행되고, 3화 대본 리딩은 다음 주 수요일에 하겠습니다. 대본이 배부되면 그 후에 숙지해오시면 됩니다."

현재 시각 오후 11시. 다행히 자정을 넘기지는 않았다. 첫 장면을 제외하고는 큰 어려움 없이 촬영이 진행되었다. 내가 적응이 되었다기보다는 다른 배우들의 하드캐리 덕분이었다. 본업이 가수인 은결 씨도 저렇게 연기를 잘하는데, 베테랑 배우 박미카엘 씨는 말할 필요도 없었다. 심지어는 연기가 처음이라는 열일곱 살 작곡가 리채호도 NG 한 번 내지 않았다. 나만 잘하면 되는 상황이었다.

"오늘 이후로 소등은 김마리 작가님이 도와주실 겁니다."

팀장님이 그리 말하며 나를 슬쩍 눈짓했다. 뭐, 그렇게 됐다. 어차피 나는 합숙소에서 지내야 하니까 지내는 김에 다른 사람들까지 재워라 이거다. 방송작가라는 타이틀을 유지하려면 촬영 일을 조금은 도와야 했다. 소등이라면 시간이 많이 걸리거나 책임이 큰 업무는 아니었던지라 나도 흔쾌히 승낙했다.

"그리고 김마리 작가님은."

덧붙이려다 끊어진 말. 팀장님이 내게로 시선을 돌렸다. 그리고는 몇 번 눈을 깜빡이다가 다시금 입을 떼셨다.

"입소 전에 몸수색 한 번 하자."

몸수색? 은결 씨는 이미 한 번 수색을 받지 않았나? 힐긋 그 쪽으로 눈길을 돌렸다. 크게 상관은 없었다. 어차피 나는 시키는 대로 하면 되니까. 어깨를 으쓱하고 대답했다.

"네, 알겠습니다."

"김 작가."

짧은 침묵. 나를 불러놓고도 뭐가 그리 걸리는지, 팀장님이 한참 말을 아꼈다. 그러다 결국은 들고 있던 서류 뭉치로 시선을 돌리며 말을 덧붙였다.

"김마리 작가를 수색하는 거다."

그 말을 이해하는 데에는 조금 시간이 걸렸다. 나를 왜 수색해? 내가 지아 씨처럼 지병이 있기를 하나, 은결 씨처럼 전과가 있기를 하나. 나는 수색을 당할 이유가 없는데? 상황 파악을 제대로 하기도 전에 따뜻한 손길이 내 손목을 잡아끌었다. 익숙한 온기, 익숙한 다정함. 고개를 돌려 마주한 곳에는 혜성 오빠가 있었다. 썩 밝지만은 않은 표정으로 오빠가 입꼬리만 끌어올려 웃었다.

"갈까?"

* * *

"날 왜?"

"……"

"아니, 사장님이 나를 왜 콕 집어서? 내 어디가 그렇게 위험해?"

혜성 오빠는 대답이 없었다. 내가 가지런히 벗어놓은 옷가지들을 꼼꼼히 더듬어가며 그 속의 물건들을 확인할 뿐이었다. 위험한 게 있을 리 없었다. 내가 이래봬도 쏘머드 시즌을 네 개째 함께한 작가인데. 반입 금지 물품도 숙지하지 못했을 리가 없다. 약은커녕 핸드폰도 안 들고 왔다. 가져와봤자 바로 빼앗겨버릴 텐데 왜 들고 와.

"마리야."

"응."

오빠의 귀 끝이 약간 붉어져 있었다. 고개는 내 쪽으로 틀었으면서 시선은 다른 곳에 둔 채 입을 떼었다.

"속옷도 좀......."

와. 어쩜 저렇게 일밖에 안 하지. 조금 약이 올랐다. 브래지어부터 벗어서 굳이 오빠의 양손에 꼬옥 힘주어 쥐어주었다. 귀 끝에만 보이던 붉은 기운이 귀 전체로 번져 갔다. 오빠는 금세 고개를 돌려서 속옷을 침대 위에 올린 뒤 수색을 이어갔지만.

"팬티도 벗어줘?"

"아냐, 그럴 필요까지는......."

"왜? 내가 팬티 속에 폭탄을 숨겨왔을지 알 게 뭐야."

잔뜩 까칠하게 말을 했건만 오빠는 여전히 대답이 없었다. 수색이 대강 끝났는지 작게 한숨을 내쉴 뿐이었다. 그리고는 어깨 너머로 시선만 슬 돌려 나를 가볍게 살폈다.

"됐어. 그런 디자인에 뭘 숨겨."

저 생각, 내가 지아 씨 몸수색 할 때에도 했던 생각인데.

사고가 터진 직후만 해도 확신이 있었다. 지아 씨가 그런 속옷에는 아무것도 숨기지 못했을 거라는, 내가 잘못했을 리가 없다는 확신이 있었다. 하지만 수많은 기사들이, 댓글들이, 사람들이 말하는 걸 들은 탓일까. 이제는 그냥 정말로 내가 잘못한 것 같았다.

"김마리 배우님 몸수색 완료되었습니다. 반입 금지 물품은 없는 것으로 확인되었습니다."

지극히 사무적인 투로 혜성 오빠가 말했다. 감정이 싹 빠진 건조한 말투와는 달리, 귀는 여전히 새빨갛게 달아올라 있었지만. 오빠가 차곡차곡 옷을 개켜 내게 건네주었다. 그리고는 뒤도 돌아보지 않고 방에서 나갔다. 깔끔하게 개킨 옷더미의 위에는 쪽지 한 장이 올라가 있었다. 방의 단면도 위에 붉은 점이 몇 개 찍혀 있었다. 아무래도 카메라의 위치를 표시해둔 것 같았다. 침대 머리맡에 하나, 책상 앞에 하나, 문 앞에 하나....... 총 7대. 위치 파악이 끝나는 즉시 쪽지를 구겨서 휴지통에 던져 넣었다.

내가 어쩌다가 여기까지 왔을까. 악의적이라고 생각할 수밖에 없는 빌어먹을 우연들이었다.

주섬주섬 옷을 입었다. 시계를 확인했다. 자정 3분 전. 어느덧 소등을 할 시간이었다. 지문 인식기에 엄지를 가져다 대자 문이 미끄러져 열렸다. 방 밖으로 나왔을 뿐인데 공기가 제법 쾌적했다. 아무리 공기청정기를 달았다 해도 방은 역시 밀폐된 공간인지라. 길게 숨을 들이쉬었다가 내쉬었다. 그리고 복도의 끝에서부터 천천히 방을 하나씩 확인했다.

채호 군 방, 소등 및 취침 확인. 유신 씨 방, 소등 및 취침 확인. 잠꼬대를 조금 요란하게 하시지만 어쨌든 잠든 거다. 그 다음 방은 내 방이고. 다음은 은결 씨 방인데.......

문이 열렸다. 어두웠던 다른 방들과 달리 은결 씨의 방에는 불이 환하게 켜져 있었다. 바닥에는 투명한 유리조각들이 잔뜩 흩어져 있고, 뭔지 모를 시커먼 물이 바닥에 쏟아진 채였다. 은결 씨가 대본을 가지고 유리 파편을 쓸어 담고 있었다. 누군가가 올 거라는 사실을 예상하고 있던 걸까. 갑자기 문이 열렸음에도 은결 씨는 그리 놀란 눈치가 아니었다. 하지만 나와 눈이 마주치자 민망하기는 했는지 작게 웃고는 말했다.

"콜라 엎었다."

"……응, 그래 보여."

"도와줄 거냐?"

길게 한숨을 내쉬고 일단 알았다는 의미로 고개를 한 번 끄덕였다. 박미카엘 배우님 방만 확인하고 돌아와야겠다.

* * *

청소 시스템을 가동했다. 콜라처럼 끈적끈적한 액체는 청소가 까다로워서 시간이 제법 걸린다. 컴퓨터가 예상한 시간은 30분이었다. 덕분에 은결 씨는 30분 동안 꼼짝 없이 방 밖에 있어야 했다. 물론 나도 마찬가지였다. 출연진 전원을 재운 뒤에 자는 것이 소등 업무의 실질적인 의미였으니까. 입이 찢어져라 하품을 했다. 졸리고 지루했다.

"마리 씨."

은결 씨가 내 이름을 불렀다. 그제야 표정을 가다듬고 시선을 돌렸다. 표정을 정리한다고 했는데. 그럼에도 내 얼굴에 졸림이 묻어 있었는지 은결 씨가 작게 웃었다.

"여기 공기도 탁한데 옥상 좀 다녀오자."

"옥상?"

"응. 오늘 달 밝더라."

청소 완료까지 남은 시간 24분. 24분 동안 공기 탁하고 할 일 없는 여기서 노는 것보다는 옥상이 나을 것 같기는 했다. 설마 나랑 같이 올라가서 자살을 시도하거나 하지는 않을테니까. 괜찮은 제안 같아서 고개를 한 번 가볍게 끄덕였다.

합숙소는 총 세 층으로 이루어진 커다란 건물이었다. 1층에는 영화관, 오락실, 노래방 등의 유흥시설들이 마련되어 있었다. 2층에는 공동욕실과 운동시설이 있었다. 그 위 3층에는 침실이 있고. 당연하게도 그 위가 옥상이었다. 숨 막히는 침실 층에서 딱 한 계단만 더 올라가면 나타나는 공간. 계단 문이 열리자 실내와는 차원이 다른 상쾌함이 불어왔다. 은결 씨는 어지간히 기분이 좋았는지 크게 기지개를 켜기까지 했다. 그 뒤에야 나를 돌아보고는 피식 웃으며 말했다.

"여기 좋지 않냐?"

달빛 아래 은결 씨의 흰 피부가 더욱 희게 보였다. 눈동자와 입술 색이 더 도드라지는 효과가 났다.

"응, 좋네."

"공기도 좋고, 하늘도 보이고. 무엇보다."

은결 씨가 주머니에서 무엇인가를 꺼내들었다. 어두워서 잘 보이지는 않았다. 검고 네모난 무엇인가. 일종의 상자인 것 같았다.

"여긴 카메라가 없더라."

검은 상자에서 가느다란 흰색의 시가레트가 나왔다. 은결 씨는 온갖 색이 섞인 광채 어린 눈동자로 나를 바라보다, 이내 당당하게 그 담배를 새빨간 입술 새로 물었다. 그리고는 나에게 씩 웃어 보이기까지 했다.

두뇌 회전이 빠른 사람은 좋겠다. 이럴 때 상황을 파악하고 본인이 할 수 있는 행동을 정하는 게 바로 되니까. 하지만 안타깝게도 나는 그런 사람이 아니었다. 천천히 생각을 해야 했다.

의문 1번. 옥상에 카메라가 설치되지 않았다는 사실을 은결 씨가 어떻게 알았는가. 방송작가인 나조차도 카메라들이 정확히 어디에 설치되어 있는지 모른다. 확인은 가능하지만, 딱히 그럴 필요가 없기 때문에 한 적은 없다. 아마 혜성 오빠나 팀장님도 정확한 카메라 위치는 모를 거다. 의문 2번. 은결 씨는 어떻게 시가레트를 들고 들어왔는가. 내가 지아 씨 몸수색을 하던 날 막내는 은결 씨의 몸수색을 했다. 성실하고 말 잘 듣는 막내가 수색을 제대로 하지 않았을 리가 없다. 그렇다면 은결 씨가 시가레트를 숨겨서 가지고 들어온 건가? 아니면 하영이가 실수를 한 건가? 의문 3번. 은결 씨가 대체 왜 내 앞에서 저런 말과 행동을 취하는가. 다른 사람들도 많을 텐데, 왜 하필 내게 저러는가. 머리를 굴려봤지만 떠오르는 건 없었다. 그래서 그냥 직접 묻기로 했다.

"은결 씨."

짧게 불빛이 일었다가 사라졌다. 라이터까지 아주 풀세트로 가져오셨다. 달빛 아래 새빨간 입술 사이로 연기가 새어나왔다. 나와 시선을 맞추고는 은결 씨가 느릿하게 입꼬리를 끌어올렸다.

"자꾸 씨, 씨 하니까 정 없다, 야. 언니라고 불러."

지금 그게 문제가 아닌 거 뻔히 알면서. 대체 왜 저렇게 말을 빙빙 돌리는지 모르겠다. 결국 약간 짜증이 섞인 목소리로 물었다.

"지금 뭐하자는 거야?"

내 질문에도 은결 씨는 담배를 거두지 않았다. 하지만 내 말의 의미를 파악하지 못한 건 아니었다. 연기를 뱉어내는 그 숨결에 웃음기가 섞였으니까. 한참 느릿하게 눈을 깜빡이며 달을 올려다보다가 마침내 입을 뗐다.

"좀 봐줘라, 야."

"그거 들키면 하영이 혼나."

은결 씨의 붉은 입술에서 웃음기가 싹 가셨다. 너무 순식간에 나타난 표정변화라 조금 무섭기도 했다. 기묘한 색의 눈동자 한 쌍이 나를 마주했다. 눈빛이 어둠 속에서 맹수마냥 번뜩였다.

"혼나?"

저런 질문을 왜 저렇게까지 무게를 실어서 하는지 모르겠다. 하지만 확실히 효과는 있었다. 기가 눌린 탓에 대꾸할 말이 쉽게 떠오르지 않았다. 내 말에 큰 논리적 오류는 없다는 사실을 확인한 뒤에야 느릿하게 입을 떼었다.

"……혼나지, 그럼. 나도 지아 씨 수색 잘못 해서 이 꼴이 됐는데."

침묵. 이어지는 웃음소리. 어이가 없다는 듯 작게 흘린 조소가 조금씩 크게 번져 갔다. 은결 씨가 한참 동안이나 고개를 숙인 채 큭큭 웃어댔다. 소리가 크지는 않았지만, 몸의 떨림으로 미루어보아 결코 작은 웃음은 아니었다. 한참 그렇게 웃은 뒤에야 고개를 들어 나와 시선을 마주했다.

"여유가 좀 있네, 김마리?"

"……"

"너는 자원자다 이거냐?"

은결 씨는 카메라 앞에서도 워낙 거침없이 말을 했다. 그래서 이 사람은 촬영 중일 때와 아닐 때의 온도차가 크지 않을 거라 생각했다. 턱 없이 어리석은 생각이었다. 저런 눈으로, 저런 표정으로 저런 질문을 할 수 있는 사람인데. 카메라 앞에서는 굉장히 순해지는 거다. 은결 씨가 다시금 시가레트 끝을 입에 물었다. 연기를 한 모금 삼키는 동안 침묵이 흘렀다. 후우, 조금 긴 숨결과 함께 뱉어낸 백색의 막대 끝에는 붉은 립스틱 자국이 남았다.

"걔는 그냥 좀 혼나고 말지."

뉘앙스를 파악하는 데에는 그리 긴 시간이 걸리지 않았다. 새빨간 입술이 달싹이며 속삭이듯 목소리를 뱉어내었다.

"나는, 씨발, 뒤질 수도 있어."

그 이상의 대답은 필요가 없었다. 죽을 것을 감수하고 피우는 담배라는 의미였으니까. 혹자는 왜 고작 니코틴 정도에 저리도 유난이냐 할 수도 있다. 하지만 당연히 그런 얄팍한 동기는 아니었을 거다. 마지막 자존심이었으리라. 대답을 하는 대신 시선을 돌려버렸다. 크게 위험한 것도 아니고, 담배 정도는 괜찮겠지. 저런 눈이 자살이나 테러를 계획하는 사람의 눈은 아니니까. 한참 말없이 야경만 보고 있었다. 그러자 내 행동의 의미를 이해한 듯 은결 씨가 피식 웃었다. 이어 옥상 난간에 팔을 기대며 말을 이어갔다.

"히야...... 독특하네."

은결 씨의 뒤로는 서울의 야경이 길게 펼쳐져 있었다. 거대한 유리 돔 아래, 오밀조밀 형광 빛으로 피어난 밤의 사연들. 그 사연들의 가장 앞에 서서, 붉은 입술의 이 여자가 내게 독특하다는 말을 했다.

"......칭찬이야?"

"해석하기 나름이겠지."

어깨를 으쓱하며 은결 씨가 입술에서 담배를 거두었다. 하지만 불을 끄지는 않았다. 담배를 통째로 태워 없애려는 모양이었다.

바람이 불었다. 백금색의 머리칼이 걷히면서 은결 씨의 왼쪽 귀에서 뭔가가 작게 반짝였다. 연합한민국 사람들에게 왼쪽 귓바퀴의 피어싱은 신분을 증명하는 하나의 수단이다. 보육원 출신이다, 군인이다, 공무원이다 등등. 그 중에서 사람들이 유독 조심스럽게 보는 것은 아웃컨츠였다. 그곳의 피어싱은 전과자에게 주어지는 것이었으니까. 강간, 살인, 테러, 그리고.......

"......뭐 보냐?"

금지물품 소지. 역시 버릇은 남 못 주는 듯하다. 합숙소에도 금지물품을 들고 들어온 걸 보면. 은결 씨가 소지했던 정부지정 금지물품이 뭐였을까. 총기? 화약? 아니면 마약류일까? 나는 대답을 하는 대신 은결 씨의 귀를 슬쩍 눈짓했다. 그러자 은결 씨가 귓바퀴를 만지작거리며 말했다.

"아...... 이거. 금서 갖고 있다 걸려서."

금서. 그 단어에는 조금 흥미가 동했다. 연합한민국에 금서 목록이 있다는 이야기는 학교 다닐 때 어렴풋이 들었는데. 단순한 소문으로 치부하고 그만뒀다. 막상 이야기를 들으니 정말 궁금해지기는 했다. 대체 어떤 내용을 담은 책들이 '금서'라는 무시무시한 이름 아래에 분류가 되는 걸까. 아주 잔인한 내용일지도, 아주 야한 내용일지도, 혹은 아주 날카로운 내용일지도 모른다. 솔직히 읽어보고 싶었다.

"에―이! 야, 야, 그런 표정 하지 마. 나도 그러다가 이 꼴 났다."

손을 휘휘 내저으며 은결 씨가 단호하게 말했다. 그러다 움찔하며 손끝에서 타들어가던 담배를 떨어트렸다. 데인 모양이었다. 에이씨, 작게 짜증을 뱉고는 은결 씨가 급히 귓불을 잡았다.

"어쩌다가 걸렸는데?"

"어?"

"금서라는 책을 카페에서 읽지는 않았을 것 같아서."

내 말에 은결 씨가 피식 웃었다. 조금 쓴 웃음이었다. 그리고는 한참 뜸을 들였다. 신발코로 꾹꾹 남은 담뱃재를 부수다가, 그 가루를 전부 배수구 아래로 흘려보낸 뒤에야 붉은 입술이 다시 달싹였다.

"......애인이 신고해서."

애인. 은결 씨의 이름을 타고 나온 그 일상적인 단어에는 일상 이상의 무게가 실려 있었다. 이유는 말을 하지 않아도 대충 알 것 같았다. 연예계의 처형대, 쏘 머치 드라마. 이곳에 올라온 가수 최은결의 죄는.

"씨바, 내가 다시 연애 하나 봐라."

여자로서 여자를 사랑했다는 점이다.

동성애자라는 건 알고 있었지만 애인이 금서 소지를 신고했다는 이야기는 처음 들었다. 그도 그럴 것이, 우리 쏘머드 방송작가들은 캐스팅 투표에 거의 관여하지 않으니까. 배우들의 사적인 이야기까지 알 리가 없었다.

"언니."

이런 예민한 사연을 묻는데 원하는 호칭으로 불러주기라도 해야지. 내가 이렇게 나올 거라고는 생각지 못했는지 은결 언니가 푸스스 웃었다. 그리고는 양 주머니에 손을 찔러 넣으며 말했다.

"아...... 별로 유쾌한 이야기는 아닌데."

다시금 바람이 불었다. 밝은 금빛의 머리칼이 가볍게 살랑이다 떨어졌다. 그 뒤로 독특한 빛깔의 두 눈동자가 유독 밝게 빛났다.

* * *

은결은 외로운 사람이었다.

후배가 건네어 온 포옹에 얼굴을 붉혔을 때부터. 아니, 음악실에서 피아노를 치던 소녀를 보았을 때부터. 아니 아니, 짝꿍이 여자아이였으면 좋겠다고 생각했을 때부터. 은결은 본인이 남들과는 조금 다른 사람임을 알았다.

하지만 말을 할 수는 없었다. 본 것이 너무 많았다.

은결은 뉴스를 보았다. 동성 간의 성행위는 일반인에게 객관적으로 혐오감을 유발한단다. 타고난 본성과 그릇된 욕구를 혼동해서는 안 된단다. 결혼은 반드시 한 남자와 한 여자의 결합으로 이루어져야 한단다. 최근 연구 결과에 따르면 동성애 유전자는 없다고 밝혀졌단다.

은결은 친구를 보았다. 룸메이트가 게이라 씻을 때마다 제 몸을 볼까봐 소름이 끼친단다. 그 잘생긴 후배의 고백을 거절하다니 제정신이 아니란다. 레즈비언으로 오해받기 싫으면 머리를 좀 기르란다. 이 세상에 호모 새끼가 존재한다는 생각만 해도 징그럽단다.

은결은 가족을 보았다. 이 지구상에는 남자들끼리의 결혼을 허용하는 망측한 국가도 존재를 한단다. 시집 못 갈까 겁나니 화장을 좀 곱게 하란다. 동성에게 관심을 가지는 건 사춘기의 일시적 현상이란다. 여자가 남자를 사랑하지 못하는 것은 천륜에 반하는 행위란다.

그럼 씨발 나는 뭔데.

정말 그딴 유전자가 없다면. 정말 게이가 그리 징그러운 존재라면. 정말 남자를 사랑하지 못하는 게 천륜에 반하는 행위라면. 이 땅을 밟고 이 공기를 마시면서 존재하는 나는 대체 뭔데.

하지만 말을 할 수는 없었다. 본 것이 너무 많았다.

후배가 건네어 온 포옹에 얼굴을 붉혔을 때부터. 아니, 음악실에서 피아노를 치던 소녀를 보았을 때부터. 아니 아니, 짝꿍이 여자아이였으면 좋겠다고 생각했을 때부터. 은결은 본인이 남들과는 조금 다른 사람임을 알았다.

은결은 외로운 사람이었다.

*

외로운 사람이 으레 그렇듯, 은결은 인간이 아닌 것을 벗으로 삼았다.

은결에게는 그것이 음악이었다. 솔직히 작곡을 할 수 있을 만큼 영민한 머리는 아니었다. 하지만 노래는 할 수 있었다. 타고난 음역대도 넓었고, 음정과 박자에 대한 감각도 좋았고, 목소리에 감정을 빚어내는 데에도 퍽 능했다.

무엇보다 은결은 독종이었다. 제가 가진 가장 강력한 무기가 목소리임을 은결은 너무나 잘 알았다. 그 무기를 최대한 활용해야 했다. 그것만이 세상에게 인정을 받을 수 있는 유일한 길이었다. 절대로 시간 속에 흘러가는 물결로 남을 생각 없었다. 내가 여기에 서 있음을 똑똑히 보여주고 싶었다. 제 존재를 부정하는 세상에게, 내가 이렇게 굳건하게 두 다리로 서서 존재하고 있음을. 지울 수 없을 만큼 뚜렷하게 존재하고 있음을 보여주고 싶었다.

무대 위에서 노래를 할 때만큼은 은결을 부정하는 사람이 없었다. 부정하기에는 워낙 출중한 실력이었으니까. 연합한민국의 가장 재능 있는 아이들만 간다는 서울예고에서 수석으로 졸업을 한 것도 그리 놀랄 일은 아니었다.

졸업 후 은결은 계획했던 대로 가수가 되었다. 비록 계약서에 이상한 항목들이 많긴 했지만. 음반에 국가를 찬양하는 노래를 한 곡씩 넣지 않으면 발매가 불가했지만. 아침저녁으로 욕을 너무 많이 먹어서 밥을 안 먹어도 배가 부를 지경이었지만. 사실 돈만 잘 벌면 그만이었다. 차트 꼭대기의 유명한 가수 수준은 아니었다. 그래도 실력과 학벌이 받쳐준 덕에 돈 걱정은 할 일이 없었다. 다만 주변에 진심으

로 머무르는 사람은 적었다. 은결에게 의지하던 후배들도 데뷔 뒤에
는 하나둘씩 멀어져 갔다.

외로운 사람이 으레 그렇듯, 은결은 인간이 아닌 것을 벗으로 삼
았다.

*

제현은 정말 인간이 아닌 것 같은 사람이었다.

외모도 그랬고 재능도 그랬지만 그것만은 아니었다. 성격. 그 완
벽한 성격. 그것은 도저히 인간의 것이라고 볼 수가 없었다. 당최 화
를 내는 법이 없었다. 당최 실수하는 법이 없었다. 당최 당황하는 법
이 없었다.

물론 그래봤자 촬영 한두 번 같이 한 적 있는 지인 수준이었다.
그가 어느 날 은결에게 이 말을 꺼내기 전까지는 그랬다.

"선배님은 늘 외로워 보이세요."

아무도 은결에게 그런 말을 한 적이 없었다. '외로워 보이는 사람
이다'라는 생각을 속으로 하는 사람은 있었을지언정, 그 생각을 입
밖으로 내뱉는 사람은 드물었으니까. 그런 의미에서 제현은 은결을
처음으로 당황케 한 인간이었다.

은결은 처음으로 음악 외의 것을 벗 삼고 싶어졌다. 제현은 은결을
있는 그대로 볼 줄 알았다. 은결을 무시하지도, 징그러워하지도, 동
정하지도 않았다. 좋은 친구였다. 겸손하고, 예의 바르고, 똑똑하고.

은결은 고민을 제현과 나누기를 즐겼다. 제현의 혜안으로 상황을
바라보면 늘 최선의 선택이 나오고는 했으니까. 부채를 들고 다니는
꼬락서니나, 조곤조곤 조언을 하는 모양새나. 장난삼아 불렀던 제갈

량이라는 이름은 어느 사이에 애칭이 되어 굳어졌다.

"네가 잘 봤어. 외롭다, 야."

와인 두어 잔에 툭 뱉은 말이었다. 제현은 한참 말없이 눈을 깜빡이기만 했다. 그러다 입꼬리를 올리며 한 조언은 다음과 같았다.

"본래 놀랄 일들은 혜성처럼 찾아오는 법이죠."

또 무슨 뜬구름 잡는 소리인가. 은결은 피식 웃어버리고는 그만두었다. 제현은 으레 저런 시구 같은 말로 위로를 하고는 했다. 그래서 이번에도 그냥 위로랍시고 한 말이라고 생각했다.

하지만 그 여자는 정말 혜성처럼 나타났다.

＊

그 여자의 신분은 '새로운 코디'였다. 170이 훌쩍 넘는 큰 키, 조금 부스스하게 내린 갈색 머리칼, 러시아 혼혈 특유의 얼굴선. 재수 없는 외모네, 여자에 대한 은결의 첫인상은 딱 이 정도였다. 뺀질뺀질해 보이는 외모와는 달리 제법 성격이 싹싹한 녀석이었다. 눈치도 빨랐다. 감각도 있었다. '은결 씨는 키가 작으니까'를 입에 붙이고 사는 이전 코디보다는 훨씬 마음에 들었다.

"언니."

여자는 은결을 이리 불렀다. 그 호칭 뒤에는 으레 제안이 따라붙었다. 언니, 금발로 염색하는 건 어때요? 언니, 머리를 펴는 게 어때요? 언니, 소매는 긴 게 귀엽지 않을까요? 언니, 홍채 염색 수술은 싫어요? 언니, 언니, 언니. 은결은 머리부터 발끝까지 녀석의 감각에 맞는 모습이 되었다. 곧게 뻗은 백금발의 단발, 소매가 긴 와이셔츠, 그리고 금빛과 초록빛이 섞인 눈동자까지. 여자의 선택은 늘 정확했고, 은결은 거울 속의 제 모습이 제법 마음에 들었다. 은결에게서 그녀의 흔적은 더 이상 지울 수 없는 것이 되었다.

그녀의 취향에 맞는 사람이 되고 싶다는 생각이 든 것은 그 때 즈음이었다.

무거운 감정이 매일 밤 침대 위 은결을 짓눌렀다. 밤새 짓눌린 은결은 무거운 걸음으로 아침을 맞이했다. 피부가 거칠어졌다. 몸무게가 줄었다. 하지만 섣불리 세상에 말할 수는 없었다. 그러기에는 본 것이 너무 많았다. 그러기에는 들은 것이 너무 많았다. 털어놓을 사람이 딱 한 사람만 있으면 좋겠다고 생각했다.

결국 은결은 제현의 앞에서 모든 것을 토해냈다. 어릴 적 경험에 대한 이야기, 새로 온 코디 이야기, 그리고 매일 밤 저를 짓누르는 새로운 감정에 대한 이야기까지. 제현은 표정의 큰 변화 없이 은결의 이야기를 들었다. 그리고는 채도 높은 옥색의 부채를 테이블 위에 내려놓으며 단호하게 말했다.

"사랑이네요."

간결하고도 명료한 대답이었다. 은결이 가장 듣고자 했던 말이자, 가장 듣기 두려워했던 말이기도 했다.

"이성이라 사랑으로 치부하고, 동성이라 우정으로 치부하는 일들이 많죠."

제현은 은결의 붉은 입술을 보았다. 그 입술이라면 금단의 과실을 베어 물 수도 있다고 생각한 걸까. 무슨 생각으로 그리 말을 하는 건지 은결은 알지 못했다.

"그래도 그 쪽 눈치도 좀 살펴야 하니까."

제현의 매끈한 입꼬리가 조금 말려 올라갔다. 그리고 은결의 잔에 와인을 채웠다. 은결의 입술보다는 푸르고, 제현의 부채보다는 붉은

색채가 차올랐다.

"일단 떠보기부터 하세요."

*

"손톱 괜찮아? 좀 웃기지 않아?"

탐스러운 붉은 빛의 입술이 달싹이며 물었다. 그리 묻는 은결의 입속은 바싹바싹 타들어가고 있었다.

"뭐가요. 짧은 손톱에 매니큐어 바르는 게요?"

"어. 이게 레즈들이나 하는 거라던데."

그 뒤로는 짧게 침묵이 흘렀다. 아주 짧은 침묵이었지만, 은결에게는 영원과도 같은 침묵이었다. 조마조마했다. 무시하면 어쩌지. 징그러워하면 어쩌지. 동정하면. 날 동정하면 그 땐 어쩌지. 영원이 흘러 지나갔다. 그리고 여자는 해사하게 웃으며 대답했다.

"그게 뭐요?"

은결에게 그 이상의 대답은 필요가 없었다. 웃음을 눌러 참느라 입술이 떨렸다. 그 입술 위로 직접 붉은 빛을 칠하는 녀석이 그 떨림을 알아차리지 못할 리 없었다. 장난스러운 꼬집힘이 이어졌다.

"쓰읍. 가만히 있어요."

작은 손짓마저도 어쩜 그리 귀여운지. 은결은 기어코 웃음을 터뜨리고 말았다. 새빨간 립스틱이 길게 미끄러져 입꼬리를 한껏 올렸다.

"아! 망쳤잖아요!"

"미안, 미안."

"씨이, 예쁘게 잘 됐었는데."

젖은 티슈가 귀까지 말려 올라간 입꼬리를 지워냈다. 은결도 얼굴에서 웃음기를 지워냈다. 크게 불쾌감이 없는 건 확인했다. 하지만 그 이상은 아직 모르는 일이다. 붉은 기를 머금은 붓이 다시 은결의 입술을 그려냈다.

"……이건 비밀인데요."

여자가 조심스럽고 나직한 목소리로 운을 떼었다. 너무 가까이 다가와서 도리어 표정을 확인하기가 어려웠다. 은결은 그녀의 낯을 살피려다 결국 포기해버렸다. 아예 눈을 감은 채 되물었다.

"뭔데."

"저 첫사랑이 여자였어요."

그 말에는 조금 놀라 눈을 뜰 수밖에 없었다. 다행히 은결의 입꼬리는 크게 움직이지 않았다. 이번에는 붓이 미끄러지지 않고 은결의 도톰한 입술을 온전히 칠했다. 여자가 가벼운 웃음과 함께 눈매를 휘었다. 그리고 제 입술 위에 검지를 가져다 대며 덧붙였다.

"언니니까 말해주는 거예요."

저랑 비슷한 사람을 만나게 되면 기쁠 거라 생각했는데. 저랑 같은 사람을 만나게 되면 안도할 거라 생각했는데. 막상 말을 들은 뒤 머릿속에는 아무 생각도 들지 않았다. 그래서 한참 동안이나 그녀가 메이크업 도구를 정리하는 모습을 바라만 보았다.

'사랑이네요.'

다시금 붉은 입꼬리가 올라간 건, 제현의 말을 기억해낸 뒤였다.

*

그렇게 조금 삶이 즐거워지나 했는데.

계기는 사소했다. 할아버지가 선을 보라 하셨다. 은결이 시집가는 모습을 보는 것이 증조할머니의 평생 소원이셨다며. 위독하시니 그쯤은 들어드릴 수 있지 않느냐고 하셨다. 선을 볼 상대는 아주 성실하고 듬직한 남자라고 하셨다. 들어드릴 수 없는 소원이었다. 증조할머니에 대한 애정과는 별개의 문제였다.

결혼할 생각 없다, 내 나이가 몇인데 벌써 결혼을 하냐, 아직은 일에 집중하고 싶다. 처음에는 그렇게 돌려 말했다. 하지만 할아버지는 쉽게 포기하지 않으셨다. 할아버지의 목소리가 커졌다. 따라 은결의 목소리도 커졌다.

기어코 은결의 입에서 사랑하는 사람이 있다는 말까지 나왔다. 그제야 할아버지의 얼굴에 화색이 돌았다. 그제야 이해를 한다는 표정을 지었다. 결혼할 생각 없다는 말, 일에 집중하고 싶다는 말은 귓등으로도 안 들어놓고. 사랑하는 사람이 있다는 말에는 이해를 했다.

"그러면 그 사람이라도 좀 데려와 봐."

"사귀는 사이는 아니에요."

"그럼 영화라도 보러 가자고 해!"

은결의 빨간 입술 사이로 헛웃음이 새어나왔다. 웃기지도 않다. 정말 그 사람을 데려와 보여줘도 저런 말씀을 하실까. 호적에서 파내지나 않으시면 다행이지. 할아버지는 은결의 웃음을 이해하지 못했다. 표정이 심상치 않다는 사실만을 눈치 채고, 어깨를 가볍게 치며 장난스러운 말투로 이리 말할 뿐이었다.

"조선시대도 아니고, 여자가 적극적인 게 무슨 흉이라고."

"아. 그래요?"

은결을 제어하던 마지막 퓨즈가 녹아내렸다. 그 동안 잘 숨겨왔는데. 뉴스도, 친구도, 가족도 모를 만큼 꽁꽁 잘 숨겨왔는데. 새빨간 입술이 아프게 진실을 뱉어내었다.

"그 사람도 여자인데. 그럴 땐 어떻게 하나요?"

*

물론 이해해줄 리 없었다.

엄마가 울었다. 아빠는 담배에 불을 붙였다. 정신병원에 예약을 하겠다는 말이 오빠의 입에서 나올 때 즈음 짐을 싸기 시작했다. 소매가 길고 넓은 와이셔츠, 끝이 뾰족하고 광이 나는 구두, 70개가 넘는 각기 다른 빨강의 립스틱까지. 그 집의 사람들과는 관계없는, 온전히 자기를 말하는 물건들만 챙겨 나왔다.

장소는 문제가 없었다. 사람이 문제였다.

운전을 할 수 있었다면 좋을 텐데. 평생 남이 운전해주는 차만 타다보니 그럴 수도 없었다. 은결은 무작정 지하철을 탔다. 가끔 저를 알아보는 학생들이 한 구석에서 수군거리다 저들끼리 웃고는 했다. 하지만 다가가서 싸인을 해줄 기력은 없었다. 은결은 모자를 눌러 썼다.

핸드폰을 꺼내들었지만 연락할 사람은 없었다. 언제나처럼. 가족들에게는 당연히 연락할 수가 없었다. 제현은 쏘머드 촬영 중이라 신세를 지기는커녕 연락도 불가했다. 그렇다고 후배 놈들에게 손을 내밀자니 설명할 것이 너무 많았다.

이럴 때 찾아갈 애인이라도 있었으면. 은결의 머릿속에 여자의 얼굴이 떠올랐다. 하지만 금세 고개를 저어 없앴다. 아니다. 그건 아니다. 이 난리를 치고 무작정 찾아가 사랑을 고백하는 건 예의가 아니다. 길거리에 누워서 자는 한이 있어도 그건 아니다.

열차는 서울을 세 바퀴 돌았다. 해가 지고 밤공기가 내려앉았다.

은결은 열차에서 내렸다. 캐리어를 질질 끌고 들어간 것은 서울 변두리의 어느 싸구려 모텔이었다.

밤새 끊이지 않고 오던 전화가 결국은 배터리를 죽였다. 하지만 은결은 다시 충전을 하지 않았다. 그럴 필요가 없다고 느꼈다.

가족들이 저를 이해하지 못한다는 건 오래 전에 알았다. 독실한 기독교에, 항상 십일조를 헌납하고, 결국 그 큰 아들은 목사로 키우기까지 한 집안이었으니까. 그런데도 새삼 배신감이 밀려왔다. 아무리 그래도 피가 섞인 관계 아닌가. 내가 여자를 사랑하는 것이 피조차 부정할 정도로 큰 죄악이었던가. 정말 그 잘난 신이 존재를 한다면 묻고 싶었다. 그렇게 욕할 거면 대체 날 왜 만들었냐고.

울던 엄마 얼굴이 기억났다.

이불을 뒤집어 쓴 채 사흘 밤낮을 보냈다. 펑크 낸 스케줄만 열 개는 될 것 같았다. 하지만 이제는 될 대로 되어라 싶었다. 죽을 것처럼 외로웠다. 죽을 것처럼 배도 고팠다. 차라리 이렇게 죽어버리면 좋겠다고 생각했다. 왜 나는 평범하게 남자를 사랑하지 못했을까. 그 무엇보다도 제 자신이 싫었다.

나흘쯤 되자 비가 내리기 시작했다. 배가 심각하게 고팠다. 현기증도 일었다. 기력이 없으니 잠이 끊임없이 밀려왔다. 이렇게 자는 시간이 조금씩 길어지다가, 결국은 죽게 되지 않을까 싶었다.

하지만 그런 행운은 오지 않았다. 문 두드리는 소리가 났다. 숙박비는 꼬박꼬박 다 냈는데. 주인장이 또 옆방이랑 헷갈린 모양이었다. 이불을 뒤집어 쓴 채 어기적어기적 문 앞으로 기어나갔다. 탐스러운 금발이 잔뜩 헝클어지고, 붉은 립스틱이 입 주변에 가득 번져 있었다. 며칠 전과 같은 건 금빛과 초록빛이 섞인 밝은 눈동자 한 쌍뿐이었다.

그래서 문 앞에 서 있는 사람을 보았을 땐, 거울이라도 좀 보고 나올 걸 그랬다 싶었다.

"......언니."

여자의 입에서 익숙한 호칭이 새어나왔다. 그 호칭 뒤에는 제안이 따라왔다. 이번에는 독특하게도, 잔뜩 눈물에 젖은 목소리로.

"돌아와요."

사랑은 삶의 전부가 아니다. 그 사실을 은결이 모를 리 없었다. 그래서 흔들리지 않으려 했다. 부, 명성, 음악, 무대. '사랑'이라는 얄팍한 감정에 버리기에는 너무나도 많은 것들이었다. 사랑은 삶의 전부가 아니다. 하지만 죽고 싶을 때, 정말 죽고 싶을 때. 그럴 때 사랑이 문 앞에 서 있으면. 그렇다면 가끔은 속아줘도 괜찮겠다 싶었다.

은결은 여자의 멱살을 잡아 끌어당겼다. 그리고 눈물이 채 닦이지 않아 짜고 쓴 입술에 입을 맞췄다. 채도 높은 붉은색의 입술이 처음으로 사랑을 찾았다. 사랑을 탐했다. 하얀 얼굴과 붉은 입술로 독 사과를 베어 물던 동화 속의 여인처럼. 백설 공주는 분명, 독이 든 사과인 걸 알고도 처먹은 거다.

*

애인의 집에서 함께 살았다. 제법 괜찮은 나날들이었다.

엄마한테 전화가 왔다. 아버지는 괜찮아지셨다고 했다. 오빠는 아직 병원을 찾고 있다고 했다. 증조할머니는 결국 은결이 시집가는 것을 보지 못하고 돌아가셨다. 이런 말 저런 말이 많았지만, 결론은 하나였다.

"엄마는 우리 딸이 어떤 사람이든 사랑해."

그 날은 조금 울었던 것 같다.

회사에는 부모님과 싸우고 나와서 코디의 집에 신세를 진다고 해뒀다. 어차피 같이 출근을 해야 했으니 크게 문제될 것은 없었다. 매니저는 들를 곳이 하나 줄었다고 좋아하기까지 했다. 무리 없는 거짓말이었다. 주변에 진실을 알려서 좋을 건 없다고 판단했다.

물론 예외는 있었다.

"다행이네요."

살아남은 자, 황제현. 쏘머드라는 그 징그러운 텔레비전 프로그램에서 상처 하나 없이 말끔한 모습으로 돌아온 제현이었다. 그는 여전히 좋은 친구였다. 은결의 소식을 듣고 안도의 한숨을 내쉬어줄 수 있을 만큼 좋은 친구였다.

은결은 제현이 좋았다. 조금 존경스럽기까지 했다. 이 시대를 살아가는 사람이라기에는 너무 맑은 정신과 밝은 눈을 가진 사람이었다. 여자에 대한 감정을 털어놓을 때 조금도 당황하지 않고 '사랑이다'라고 답해줄 수 있는 이가 얼마나 될까. 은결은 세상에 제현과 같은 사람들이 더 많아져야 한다고 느꼈다.

"야, 제갈량."

"네?"

"너 왜 그렇게 똑똑해. 비결이 뭐야."

제현이 은결에게 책을 빌려주기 시작한 건 그 이후였다. 처음에는 시집이었다. 윤동주라는, 듣지도 보지도 못한 시인의 시집에서 시작하여 점차 그 장르를 넓혀가기 시작했다. 소설. 수필. 논설문. 그 드물다는 프랑스나 독일의 번역서도 가끔 읽었다. 21세기 초중반의 한국어로 되어 있는 책들이 많아 단어가 조금 어려웠지만 아주 읽지 못할 수준은 아니었다. 새로운 내용들이었다. 하지만 한평생 노래만 불러온 은결은 그 책들의 특별함을 눈치 채지 못했다. 그냥 모든 책들이 그러려니, 했다.

하지만 애인은 은결이 책 읽는 것을 별로 좋아하지 않았다. 제현과 만나고 술잔을 기울이는 것은 더 좋아하지 않았다. '귀여운 놈. 왜 남자를 질투하고 그러냐.' 처음에는 그런 말로 가볍게 넘겼다. 하지만 애인의 표정은 은결의 미소에도 쉽게 풀리지 않았다. 단순한 질투가 아니었으니까. 그녀는 진심으로 은결을 걱정하고 있었다.

*

"금지물품 소지로 신고가 들어왔습니다."

대답은 기다리지도 않고 경찰복 차림의 사람들이 성큼성큼 집 안으로 들어왔다. 신발을 신은 채로. 염병, 방금 청소시스템 돌렸는데. 무심한 제복들이 집을 뒤지기 시작했다. 거실, 침실, 그리고 화장실까지. 은결의 방에 들어갔던 경찰관이 책 두 권을 들고 나타났다.

"윤동주의 〈하늘과 바람과 별과 시〉는 4급, 이테인 드 라 보에시의 〈자발적 복종〉은 1급 금서에 해당됩니다."

윤동주 시집은 마음에 든다고 했더니 제현이 선뜻 선물을 해줬다. 자발적 복종은 이번 주에 새로 받아서 읽기 시작한 책이었다. 아직 반도 못 읽었는데. 은결은 선뜻 '제 책이 아닙니다'라는 말을 하지 못했다. 제현의 책장을 뒤지면 이러한 책들이 수없이 쏟아져 나올 거라는 사실을 알았으니까. 가장 친한 친구였다. 직접 변명을 듣기 전에 제가 먼저 신고할 수는 없었다.

"몰랐네요. 저 감옥 가나요?"

"물품은 압수되고 5000만 원 이하의 벌금형에 처합니다. 1급 금서를 소지하셨기 때문에 아웃컨츠 피어싱이 추가되고요."

아웃컨츠 피어싱이 추가된다는 건 정부의 감시 리스트에 오른다는 의미였다. 전과자 피어싱에는 위치 추적 기능이 있다고 들었다. 이제 합법적으로 24시간 감시를 받게 될 거다. 한동안 방송활동에 제지를 당할지도 모른다. 은결은 시선을 내리깐 채 몇 번 느릿하게 눈을 깜빡였다. 제현과 만나는 장소는 항상 제현의 집이었다. 책을 가지고 나오는 걸 본 사람이라고는 황제현밖에 없다. 제현이 신고를 했을 리는 없는데. 그럼 대체 누구란 말인가. 한참 고민을 하던 은결이 물었다.

"신고자명은 안 알려주죠?"

"신고자 보호 차원에서 알려드릴 수 없습니다."

"사생 팬이면 어떡해?"

의도적으로 목소리에 까칠함을 섞었다. 은결의 말에 경찰관의 미간이 살짝 찌푸려졌다 펴졌다. 뭐 저런 질문을 하나 하는 표정이었다. 그 표정을 읽어낸 은결이 한쪽 손을 슬 들어보였다.

"아. 이해해줘요. 내가 일하는 바닥이 그렇다 보니, 좀 예민해."

그의 뒤로 다른 경찰관이 다가와 뭔가를 속삭였다. 내용은 알 수가 없었지만 뭔가 도움이 되는 말이었던 것만은 확실했다. 은결의 앞에 서 있던 경찰관이 길게 한숨을 내쉬며 이리 말했으니까.

"신고자명은,"

이어진 것은 애인의 이름이었다.

＊

"내가 이 상황을 어떻게 받아들여야 하냐?"

여자는 대답이 없었다.

신고자명을 밝혀도 된다고 말을 해뒀단다. 어차피 한 집에 사는데 숨길 생각도 없었다나 뭐라나. 무엇보다 자신은 떳떳했단다. 은결을 설득하고 올바른 길로 인도할 자신이 있단다. 웃기기도 하지.

"왜 그랬어?"

침묵이 흘렀다. 바닥을 향해 있던 여자의 시선이 다시 올라와 은결을 마주했다. 목소리를 높일 줄도 모르는 겁쟁이 주제에. 세상을 똑바로 볼 줄도 모르는 멍청이 주제에. 잘도 그런 밝은 눈을 하고 있었다. 여자가 입술을 짓씹다 입을 떼었다. 목소리가 조금 떨렸다. 저의 진심을 몰라주는 은결이 미웠다.

"그 사람이랑 만나지 말라 했잖아요, 제가."

"그냥 친구라니까."

"질투하는 게 아니라고요."

"그럼 뭔데."

정말 그녀는 신고 행위에 악의가 전혀 없었다. 은결이 제현에게 우정 이상의 감정을 느끼지 않는다는 것도 알았다. 질투 따위의 유치하고 얄팍한 동기가 아니었다. 진심으로 걱정이 되었다. 그리고 집에서 경찰이 방을 뒤지는 정도의 충격이 강해지면 은결이 제 말을 들을 거라 생각했다.

"걱정되어서 그러죠! 언니가 미친 사상에 물드는 것 같아서!"

미친 사상. 그래, 미쳤다면 미친 사상이었지. 표현의 자유, 불의에 저항할 권리, 성적 소수자들의 인권. 혼란스러웠던 21세기에나 먹혔을 법한 낙후되고 위험한 사상들이었다. 하지만 이미 미쳐버린 세상에서는, 한 번 더 미치는 게 정상 아닌가.

"언니 그러다 진짜 감옥 갈 수도 있어요!"

은결은 여자가 덧붙이는 말에 대꾸도 하지 않고 비웃음을 뱉었다. 보란 듯이 담뱃갑에서 시가레트 한 개비를 꺼내 입에 물었다. 불을 붙였다. 이번만큼은 녀석이 말린다 해도 절대 연기를 거둘 생각 없었다. 담배라도 피우지 않으면 자신을 제어하지 못할 것 같았다. 은결의 기이한 눈동자가 뜨겁게 끓어올랐다. 그 독기가 차갑게 식은 건, 연기가 새빨간 입술 사이로 새어나올 때 즈음이었다.

"이 집 네 명의지?"

여자는 은결의 말을 제대로 이해하지 못했다. 하지만 은결은 설명을 해줄 생각이 없었다. 처음 집을 나올 때 쌌던 캐리어를 다시 들었다.

"그럼 내가 나가는 수밖에 없네."

외침이 들렸다. 하지만 마음을 정한 은결에게 그 소리들은 소음에 불과했다. 소매가 길고 넓은 와이셔츠, 끝이 뾰족하고 광이 나는 구두, 70개가 넘는 각기 다른 빨강의 립스틱까지. 그 사람이 너무 깊게 녹아든, 온전히 자기를 말하지 못하는 물건들만 챙겨 넣었다.

사람은 문제가 없었다. 사회가 문제였다.

"어디 가는데요!"

문을 나서려는 은결에게 여자가 마지막으로 물었다. 그 말에는 걸음을 멈췄다. 동정심이나 미안함 때문은 아니었다. 만약 그랬다면, 뒤를 돌아 눈을 맞추며 대답했겠지. 은결은 여자에게 등을 보인 채 나직하게 대답했다.

"기자 만나러."

커밍아웃을 할 생각이었다. 회사 계약서는 위반하는 셈이겠지만, 어차피 앞으로 방송활동을 할 수 있을지도 의문이었다. 아마 세상 사람들이 죄다 돌팔매질을 하겠지. 운이 좋으면 쏘머드에 캐스팅이 될지도 모른다. 팔이 잘릴지도 모르고, 눈이 뽑힐지도 모르고. 아주 운이 좋으면 죽을지도 모른다. 은결은 제 몸을 망가뜨릴 생각으로 일을 저질렀다. 의미 없는 희생일지도 모른다. 기억 없는 죽음일지도 모른다. 그럼에도 은결은 한 번 정한 마음을 바꾸지 않았다. 세상에 진실을 말하고, 또 세상이 저를 처참하게 물어뜯는 모습을 보여줄 생각이었다. 그 모습을 보며 한 명이라도. 이 넓은 세상에 단 한 명이라도 세상이 미쳤다는 생각을 해준다면. 그걸로 만족할 수 있었다.

"똑똑히 봐. 미친 게 어느 쪽인지."

은결은 그렇게 독 사과를 받아들었다.

* * *

"그리고 짠. 여기까지."

이야기를 마치며 은결 언니가 과장된 몸짓으로 인사를 올렸다. 마치 공연이 끝난 뒤의 광대처럼. 입꼬리는 올라가 있었지만, 저 이야기를 다 듣고 언니의 미소를 있는 그대로의 미소로 받아들이기는 어려웠다.

"……슬픈 이야기네."

새빨간 입술 사이로 비웃음이 새어나왔다. 독 사과를 받아들고, 한 입 크게 물고, 머지않아 삼키게 될 그 새빨간 입술 사이로.

"슬플 것까지 있냐."

언니가 가볍게 어깨를 으쓱였다. 그리고는 주머니에서 사탕 두 개를 꺼내들었다. 하필 사과 맛 사탕이었다.

"먹을래?"

"……됐어."

맛있는데. 언니가 그리 중얼거리며 사탕을 입에 던져 넣었다. 사과 향이 금세 담배 냄새를 덮었다. 그 새콤한 향기를 입속에서 굴리다 언니가 크게 기지개를 켰다. 그리고는 내 어깨를 툭 치며 말했다.

"내려가자. 청소 다 됐겠다."

앞서 가는 은결 언니의 뒷모습을 한참 바라보았다. 작은 체구였음에도 묘한 무게감이 실려 있었다. 걸음걸이 하나하나에도 읽어낼 수 있는 무게였다. 아마 언니의 눈에서 보았던 묘한 빛은, 그런 무게에서 온 것이겠지.

참 지독한 사과 향이었다.

사랑벌이

"여, 김마리! 받아라."

새빨간 사과 하나가 빠른 속도로 떨어졌다. 가까스로 잡았다.

"좀 평범하게 주면 안 될까."

"싫은데?"

붉은 입술로 씩, 시원스러운 호선을 그려 웃으며 은결 언니가 장난스럽게 대답했다. 결국에는 나도 피식 웃어버렸다.

투표가 진행되는 동안 출연진이 할 수 있는 일은 많지 않다. 대본도 없고, 스케줄도 없고. 그래서 노는 거라도 마음대로 놀라고 합숙소에 오락실이니 영화관이니 설치해 놓은 거다. 실내에 그렇게 쾌적한 유흥시설을 많이 마련해두었건만 내가 주로 찾는 곳은 정원이었다. 우선은 바깥 공기가 좋았기 때문이고, 둘째는 은결 언니가 정원의 사과나무에서 사과를 따먹는 걸 좋아하기 때문이었다. 공짜라 좋단다.

은결 언니가 가벼운 몸놀림으로 나무에서 내려왔다. 빨간 입술에 빨간 사과를 문 채였다. 나무 기둥에 기대어 앉았다. 그러자 언니도 미끄러지듯 내 옆에 앉았다. 아삭, 시원한 소리와 함께 새빨간 사과 안의 탐스러운 속살이 드러났다.

"김마리."

입속에 사과가 잔뜩 든 탓에 웅얼거리는 발음으로 언니가 내 이름을 불렀다. 그리고는 엄지, 검지, 중지를 펼친 채 말을 이어갔다.

"한유신. 리채호. 최은결. 이 세 명을 분류해봐."

사과 먹다 말고 갑자기 무슨 소리인가 싶었다. 만유인력의 법칙이라도 발견한 걸까. 그래도 일단은 생각을 해보기로 했다. 뭔가 전달하고 싶은 바가 있으니 저렇게까지 이야기를 하겠지.

"......185, 175, 155.....?"

하지만 나는 어릴 적부터 눈치가 없다고 혼나던 몸이다.

"야, 너 진짜!"

내 대답에 은결 언니가 약간 짜증이 섞인 목소리로 대꾸했다. 하지만 눈빛에 날카로운 광채는 없었다. 짧은 웃음소리, 다시금 사과의 살점이 떼어져 나갔다.

"우선 한유신."

짧은 침묵. 입속의 달콤한 것을 모두 씹어 삼킨 뒤에야 언니가 말을 이었다.

"사랑받기 위해 태어난 사람. 비교적 큰 노력 없이도 온 몸에서 '사랑받는 이'의 아우라가 뿜어져 나오는 사람. 착하고. 외모 좋고. 실력 좋고."

잠시 시선을 내리깔고 생각에 빠졌다. 그런 것 같기도 하다. 유신 씨랑 알고 지낸 지 그리 오래 되지 않아서 잘은 모르겠지만 그 사람 싫다는 이야기는 못 들었다. 기부천사에, 굉장히 성실하고, 어깨 넓이가 60센티인 사람을 싫어하기가 쉽지는 않지. 잠깐 생각을 곱씹다가 고개를 작게 끄덕였다. 일단 대강 납득은 됐다.

"그리고 리채호."

아삭. 다시 한 번 시원한 소리.

"사랑받는 법을 아는 사람. 상당한 악조건 속에 놓여 있지만, 어떻게 하면 본인의 사랑스러움을 어필할 수 있는지 알아. 그래서 오래 보면 볼수록 좋아지지."

이건 확실히 동의가 된다. 크고 단호하게 고개를 한 번 끄덕였다. 채호랑은 아직 한 번도 대화를 못해보긴 했지만, 텔레비전에서는 자주 봤으니까. 이북 출신이 연예계에서 성공을 하기는 굉장히 힘들다. 반짝반짝 끝내주는 미인이 아닌 이상은 불가능에 가깝다. 그런데 채호는 그걸 해내고야 말았다. 사랑받는 방법을 알기 때문에 가능한 일이라고 생각했다.

"마지막으로 최은결."

사랑받기 위해 태어난 사람, 그리고 사랑받는 법을 아는 사람. 그럼 마지막은 뭐가 되려나. 사랑받지 못하는 사람? 사랑받기 힘든 사람? 무서운 말을 하면 반드시 반박을 해야지. 그렇게 생각하며 소매로 사과 표면을 조금 닦아냈다.

"사랑을 벌기 위해 악에 받친 사람."

사랑을 벌다. 은결 언니는 그런 표현을 썼다. 사랑을 받으면 받는 거고, 주면 주는 거지. 번다는 표현은 처음 들었다. 하지만 참, 적절한 표현이다 싶었다. 웬만하면 받아치려고 했는데. 맞는 말 같아서 딱히 말을 꺼내지 않았다. 대신 나도 사과를 한 입 크게 물었다.

"선배님! 또 뭘 그렇게 드세요!"

크고 맑고 또렷한 목소리가 들려왔다. 고개를 들자 박미카엘 씨의 길고 훤칠한 실루엣이 들어왔다. 정말 볼 때마다 놀랍다. 어떻게 사람이 저렇게 생겼지. 늘씬한 체구하며, 100m 밖에서도 자기주장이 뚜렷한 이목구비하며.

"신경 꺼!"

저렇게 잘생긴 사람이 말을 걸어왔건만 은결 언니의 목소리에는 약간의 짜증이 섞여 있었다. 하지만 미카엘 씨는 그러든 말든 상관도 않겠다는 듯 배시시 웃으며 다시 대꾸했다.

"선배님 요새 살 찌셨어요!"

"아니야!"

"사과만 먹고 살 찌기도 힘들어!"

"아니라고!"

대화만 들어서는 둘이 서로 사이가 좋은지 나쁜지 모르겠다. 친한 것만은 확실한데. 그마저도 미카엘 씨가 일방적으로 은결 언니를 쫓아다니는 식으로 친한 것 같았다.

"야. 나 살 쪘냐?"

그렇게 극구 부인을 했으면서 내심 걱정은 됐나 보다. 은결 언니의 얼굴을 한참 살피다 조심스레 말했다.

"언니 피부 되게 좋다."

"……쪘다 이거군."

언니가 본인의 뺨을 손끝으로 조금 주물러보다 다시 미카엘 씨에게로 시선을 돌렸다. 물론 호의적이지는 않은 눈빛이었다.

"오락이나 계속 하지 왜 기어 나왔냐?"

그리고 보니 미카엘 씨가 정원에 나와 있는 모습은 본 적이 없다. 보통 1층에서 게임을 하거나 2층에서 운동을 하거나 하던데. 자연광에서 보니까 더 잘생겼다. 잘 빚어놓은 르네상스 시대의 동상 같은 외모였다. 흠 잡을 데 없이, 완벽하게. 너무 잘생겨서 지구에 위해가 될까봐 외출을 안 하는 걸까. 어느새 우리의 코앞까지 다가온 미카엘 씨가 몸을 낮췄다. 그리고 우리 둘을 번갈아보며 잔뜩 애교스러운 표정을 지은 채 말했다.

"2인용 게임이 하고 싶은데 유신이가 안 일어나요."

"……"

"머릿수 좀 맞춰줘요잉."

긴 침묵이 흘렀다. 은결 언니의 표정을 읽기가 무서웠다. 정원에도 카메라 있을 텐데. 여기서 폭발하면 안 되는데. 혹여나 큰 소리가 날까봐 내가 먼저 일어났다. 그대로 미카엘 씨 소매를 잡아끌었다.

"제, 제가 하겠습니다. 제가 하게 해주세요."

"선배님이 자기만 빼놓고 논다고 서운해 하시지 않을까요?"

이 사람은 은결 언니를 놀리는 일이 삶의 큰 즐거움인 걸까. 아주 조심스레 어깨 너머로 시선을 돌려 언니의 표정을 살폈다. 참을 인을 마음속으로 두 글자는 쓴 듯한 표정이었다. 기이한 색의 눈동자가 상당한 광채를 내뿜고 있었다. 그 눈빛을 그대로 유지한 채, 은결 언니가 입꼬리만 올리며 말했다.

"꺼져."

빛의 속도로 꺼지자. 미카엘 씨의 의견도 묻지 않고 일단 소매를 잡아 합숙소를 향해 빠르게 걸었다. 게임은 중학생 때 이후로 해본 적 없는데. 잘할 수 있을지는 모르겠지만 은결 언니를 자극해서 폭발시키는 것보다는 낫다고 판단했다. 오락실 앞에 도착해서 손을 놓으려 했다. 그런데 이번에는 미카엘 씨가 내 손목을 잡았다. 그리고는 씩 입꼬리를 올리며 말했다.

"잡았다."

"……네?"

"우승의 영광은 최은결 선배님께 돌립니다."

못 알아들었다. 애초에 알아들으라고 한 말도 아닌 듯했지만.

오락실의 문이 열렸다. 클래식 컴퓨터 게임부터 가상현실 게임까지 화려한 색으로 반짝이고 있었다. 그리고 그 중 2인용 고전 레이싱 게임 앞의 자리 하나에서 누군가가 우리를 돌아보았다.

"작가님!"

"……유신 씨?"

주무신다며.

내 표정을 살피던 미카엘 씨가 웃음을 터뜨렸다. 멍청해 보이는 게 적잖게 웃겼나 보다. 아직 웃음기가 채 가시지 않은 얼굴로 미카엘 씨가 설명을 시작했다.

"내기했거든요, 저희. 작가님을 직접 부르지 않고 모셔올 수 있느냐 없느냐 가지고."

우승이라는 건 그런 의미였군. 천천히 생각해보니, 정말 미카엘 씨는 단 한 번도 내 이름을 부르지 않았다. 은결 언니를 자극하는 모습에 내가 도리어 조급해져서 먼저 이리로 왔지. 유신 씨가 너무 강적을 만났다.

"그…… 뭐…… 축하를 드리면 될까요?"

"기분 나빴다면 죄송해요. 그런데 작가님이 필요하긴 했어요."

쏘머드 합숙소에서 방송작가의 도움이 필요한 일은 정말 많다. 특정 시스템을 작동시키거나, 특정 시스템을 취소시키거나, 하다못해 본인 숙소에 들어가거나 나올 때에도 스태프 지문이 필요하니까. 시선을 맞춘 채 고개를 갸웃하며 물었다.

"제가…… 뭘 도와드리면 될까요?"

"외출 좀 다녀오게 해주세요."

물론 외출 시에도 작가와의 동행이 필수적이다.

"맥주 마시고 싶어요."

용건도 묻기 전에 유신 씨가 푸스스 웃으며 그리 말했다. 일어난 지 얼마 안 되었는지, 아직 붓기가 덜 빠진 얼굴로. 일어나자마자 내기하면서 맥주 타령이라니. 자원해서 출연한 사람들이라 그런지 확실히 여유가 남달랐다. 대부분의 출연진은 식사 시간을 제외하고는 개인 숙소에서 잘 나오지도 않는데. 심지어 이번 시즌의 리채호 군은 식사할 때조차 얼굴을 잘 못 봤다. 물론 그런 행동양상이 바람직한 것은 아니었다. 배우들의 일상 기간 역시 촬영과 방영이 되니까. 크게 실수를 하지 않을 자신이 있다면 밖에 나와서 활동하는 게 아무래도 좋다. 분량도 많아지고 캐릭터 어필도 가능해진다.

"좋아요. 지는 분이 가는 건가요?"

"네, 뭐…… 그렇게…… 정하기는…… 했는데."

말끝을 흐리는 미카엘 씨의 미간이 살짝 찌푸려졌다 펴졌다. 그와 달리 유신 씨는 부은 얼굴로도 나와 시선을 맞춘 채 맑게 웃고 있었다. 그도 그럴 것이, 이런 핑계라도 없으면 외출이 아주 불가능하니까. 아무리 오락 시설을 잘 설치해뒀다 해도 합숙소는 감옥이랑 크게 다를 것이 없는 공간이었다.

"……왜 진 것 같은 기분이 들지."

그리고 나도 출연진이 된 이상 이런 명분이 없으면 외출이 불가했다. 아무나 나와라.

"무르기 없어요, 형!"

미카엘 씨가 다른 말을 하지 못하도록 유신 씨가 급하게 말을 끊었다. 그리고 나와 시선을 맞춘 채 헤실 웃으며 말했다.

"가요, 작가님."

"출연진한테 이렇게 운전대 막 넘겨줘도 되는 거예요?"

"아...... 제가 운전을 할 줄 몰라서요."

"자율주행 시스템도 있잖아요."

"그거 오류 나면 즉사래요."

내 대답에 유신 씨가 푸스스 웃었다. 뭐가 그리 우스운지는 정말 모르겠다. 빨간 불 앞에서 유신 씨가 차를 멈췄다. 그리고는 뭔가를 찾으려는 듯 차 내부를 한 번 눈으로 훑었다. 조금 뒤에 한결 풀어진 표정으로 말을 이었다.

"여긴 카메라 없네요?"

"......저희 예산이 그렇게까지 넉넉하지는 않아요."

틀린 말은 아니었다. 물론 방송국 내에서는 가장 많은 예산을 받고 있지만, 그건 이 프로그램의 규모가 워낙 크기 때문이다. 예능국도 동원되고, 드라마국도 동원되고, 거기에 출연료도 굉장히 많이 주어야 하니까. 일상 기간 촬영에 사용될 휴대용 무인카메라까지 구비하지는 못했다.

"아, 다행이다."

긴 한숨과 함께 유신 씨가 조금 자세를 풀었다. 다시 신호가 초록색으로 바뀌었다.

"내기에서 지길 너무너무 잘했네요."

그런 생각이 들 만도 했다. 합숙소에 틀어박혀 게임만 하는 것도 하루 이틀이지. 이제는 좀이 쑤실 때도 되었다. 나도 그랬으니까. 등받이에 몸을 완전히 기댄 채 되물었다.

"답답하셨죠?"

"답답했다기보다는."

짧은 침묵. 큰 표정이나 목소리의 변화 없이 유신 씨가 다시금 입을 떼었다.

"작가님이랑 같이 있는 게 좋아서요."

참 예쁜 말만 한다. 은결 언니가 말했던 '사랑받기 위해 태어난 사람'이 무슨 의미인지 알 것 같았다. 계산 없이 솔직하게 뱉는 말 한두 마디가 모두 동글동글했다. 악의가 없는, 깨끗하고 예쁜 말들이었다. 유신 씨의 까무잡잡한 옆얼굴을 뜯어보다 웃으며 말했다.

"영광이네요."

"저야말로."

깜빡이가 켜졌다. 차선이 바뀌었다. 깜빡이가 꺼졌다.

"사실 조금 놀랐어요. 작가님 자원하셨다는 기사 보고."

촬영을 시작한 후로 그 말만 몇 번을 들었는지 모르겠다. 물론 자세한 사정을 이야기할 수는 없는 입장이라, 나는 늘 이런 말로 얼버무리고는 했다.

"아...... 예, 뭐. 제가 아니면 누가 하겠어요."

"멋있다고 생각했어요."

하지만 이럴 때에는 조금 힘들었다. 절대로 그런 이유에서 자원을 한 건 아닌데 말이지. 거짓말에 재능이 없어서 이런 상황에서는 정말 몸 둘 바를 모르겠다. 옷자락을 조금 만지작거리다 창밖으로 시선을 돌리며 말했다.

"그러는 유신 씨도 자원하셨으면서."

"으음...... 저는 그런 멋진 이유가 아니에요."

"용감한 행동인 건 마찬가지잖아요."

짧지만은 않은 침음. 우회전 후 좁아진 도로에 진입한 뒤에야 유신 씨가 푸스스 웃으며 말했다.

"아니에요, 저는."

"아니에요?"

"전 순전히 욕심 때문에 나오기로 한 거거든요."

대체 사람이 어떻게 하면 이딴 프로그램에 '욕심' 때문에 자원을 할 수가 있을까. 보험금이라도 타러 나오셨나. 내가 대답을 하지 않고 침묵을 유지하자 유신 씨가 다시금 나직한 목소리로 입을 떼었다.

"인정받고 싶었어요."

이 톱스타가 지금 뭐라는 걸까. 유신 씨 수준으로 자기 분야에서 사랑을 받는 사람이 인정을 받고 싶어 한다? 내 나쁜 머리로는 상황이 잘 상상되지 않았다. 혹시 아직도 본인을 인정하지 않는 특정 인물이 있는 걸까. 부모님이라든가. 한 번 더 조심스럽게 물었다.

"누구한테……요?"

침묵이 흘렀다. 그제야 안 좋은 기억을 건드린 건가 싶어서 걱정이 되었다. 조금 눈치를 보다가 급하게 덧붙였다.

"그, 불편한 이야기라면 굳이 말씀하지 않으셔도—"

"저 자신한테요."

내가 말을 마치기 전에 유신 씨가 그렇게 대답했다. 나직한 목소리에 조금 과한 무게감이 실려 있었다. 역시 민감한 이야기인가 싶어서 입을 다물었다. 그 뒤로는 한참 대화가 이어지지 않았다.

타이어가 매끈하게 굴러 매장 안으로 들어갔다. 역시 평일 오전인지라 주차장이 빽빽하게 차 있지는 않았다. 제법 좋은 자리에 차를 세웠다. 내릴 생각으로 안전벨트를 풀었다. 그런데 유신 씨가 시동을 끄지 않았다. 핸들도 양 손으로 꼭 잡고 있었다. 내가 이상하게 쳐다보자 그제야 유신 씨가 입을 떼었다.

"보여드릴 게 있어요."

심상치 않은 비장함이었다. 갑자기 가라앉은 분위기에 도리어 당황한 건 내 쪽이었다. 유신 씨의 표정은 비교적 안정적이었지만 목소리는 떨리고 있었다. 몇 번 멀뚱히 눈을 깜빡이다가 최대한 조심스레 물었다.

"뭔......데요."

"압수하지 않기로 약속해줘요."

"네?"

"압수하지 않겠다고 약속해주세요."

또 뭘 들고 온 건데. 모르긴 몰라도 아마 지금 내 표정, 굉장히 구릴 거다. 하지만 저 사람이 핸들을 잡고 있는 이상 내게 선택지가 많지는 않았다. 길게 한숨을 내쉬고 대답했다.

"......무기만 아니면 압수 안 할게요."

그 말에 유신 씨가 차의 시동을 껐다. 그리고는 조심스럽게 바지 주머니에서 무엇인가를 꺼내들었다. 핸드폰이었다. 이번 시즌 출연진들은 왜 다 금지물품을 하나씩 들고 들어오시는 건지 모르겠다. 수면제, 담배, 라이터, 핸드폰까지. 이제는 채호 군이 폭탄을 들고 왔다고 해도 별로 놀라지 않을 것 같다. 이럴 줄 알았으면 나도 강아지 한 마리 입양해서 데리고 들어올걸 그랬다.

핸드폰 전원이 켜졌다. 유신 씨가 내게 화면을 보여주었다. 다음 화 스토리 투표였다.

Q. 유쯔한(최은결)에 대한 환웅파의 처분은?

1) 부하로 들인다   (11813표, 3.7%)

2) 전투 최전선에 내보낸다   (249132표, 78.1%)

3) 혀를 뽑아 일을 시킨다 　　　　(16785표, 5.3%)

4) 다리를 잘라 인질 삼는다 　　　　(41231표, 12.9%)

현재 가장 우세한 의견은 최전선에 보내는 쪽. 1번은 확실한 안전과 함께 스토리가 진행되는 쪽이라면, 3번과 4번은 확실한 부상과 함께 스토리가 진행되는 선택지였다. 1번은 너무 재미가 없으니 표를 많이 못 받았을 테고. 3번과 4번에 표를 던지기에는 그래도 죄책감이 좀 드는 모양이었다.

하지만 2번은 책임을 회피하기가 상대적으로 쉬운 선택지였다. 전투 세트장에 배우를 밀어 넣고, 그 부상의 정도에 맞춰 스토리를 짜는 루트. 가벼운 수준의 부상에 그치면 다행이지만, 총이라도 동원되면 죽을 수도 있다. 그래서 전투 세트장에서 촬영을 할 때 의료진을 대기시켜놓기는 한다. 하지만 과연 의사들이 구멍 난 뒤통수를 다시 메울 수 있을까. 투표가 끝날 때까지는 5시간도 채 남지 않았다. 이제 와서 1번이 우세한 여론이 되도록 유도하는 것은 불가능하다.

내 표정을 읽던 유신 씨가 작게 한숨을 내쉬었다. 그리고는 핸드폰을 거두어갔다.

"처음에는 기사 확인하면서 제 행동 조심하려고 챙겨왔는데요."

빛이 꺼진 핸드폰 액정을 유신 씨가 엄지로 몇 번이고 쓰다듬었다. 미간이 작게 찌푸려졌다. 목소리가 조금 떨렸는지도 모르겠다.

"그런데 막상 이걸 보니까 그건 너무…… 너무 욕심 같고."

말을 하다 말고 유신 씨가 아랫입술을 꼭 깨물었다. 생각이 말보다 빠를 때가 있다. 너무 빨라서, 언어화가 되기 전에 머릿속을 스쳐 지나버릴 때. 그럴 때에는 느끼는 바가 많아도 표현이 되지를 않는다. 아마 지금 유신 씨가 그런 상태일 것 같아, 굳이 먼저 말을 하지 않았다. 한참 뒤에야 유신 씨가 길게 한숨을 내쉬며 핸드폰을 주머니에 넣었다. 그리고는 조금 표정을 가다듬고 나와 시선을 맞춘 채 웃어보였다.

"맥주는 핑계였어요."

사랑받기 위해 태어난 사람. 그 말을 새삼 실감하는 순간이었다. 가장 이타적인 사람은 가장 축복받은 사람인 경우가 많다. 가진 게 많은 사람에게는 남을 돌아볼 여유가 많으니 베풀 수 있게 되는 거다. 느릿하게 눈을 깜빡이다 유신 씨와 시선을 맞췄다. 그리고 애써 입꼬리를 따라 올렸다.

"마트에서 방탄조끼를 팔지는 않을걸요."

"방탄조끼는 안 팔지만......."

유신 씨가 차 문을 열었다. 그리고는 다시금 특유의 미소를 지으며 말했다.

"요새 에너지 드링크가 좋더라고요."

* * *

2107년 9월 7일. 쏘머드 시즌7의 첫 전투 장면 촬영.

전투 세트장은 늘 너무 하얘서 이질적이라는 느낌을 주었다. 하얀 세트장 주변에서 예능국이고 드라마국이고 할 것 없이 스태프들이 정신없이 뛰어다니고 있었다. 그래도 촬영장이 평소와 비교했을 때 특별히 복잡하지는 않았다. 그도 그럴 것이, 오늘은 은결 언니 단독 촬영이었으니까.

나는 방송 작가의 명분으로 와 있었다. 그래봤자 하는 일이라고는 다리를 떨고 있는 은결 언니의 곁을 지키는 것밖에 없었지만. 어제 유신 씨가 사왔던 에너지 드링크를 내밀었다. 그제야 언니가 내 존재를 알아차린 듯 다리 떨기를 멈추었다. 고맙다. 짧은 인사와 함께 캔을 받아들었다. 여전히 시선은 불안정했다.

"언니."

"엉."

"떨려?"

답은 없었다. 너클 낀 손으로 캔을 기울일 뿐이었다.

연출과 연기를 최소화하는 쏘머드의 특성상 모든 전투는 실제로 진행된다. 스턴트맨 같은 게 있을 리 없다. 싸움을 못하면 그냥 맞다가 컷 사인이 떨어질 때 실려 가야 했다. 의료진을 대기시키기는 하지만 완치가 불가한 부상을 입은 배우들도 많았다.

전투의 상대는 인간이 아니라 로봇이다. 인체와 유사한 강도로 제작되었으며, 기절이나 사망으로 처리되는 치명상을 입으면 가동이 중지된다. 나름 섬세하게 제작되어서 각종 급소를 공격당했을 때의 반응은 물론, 눈이나 귀처럼 감각기관을 공격당했을 때의 반응도 프로그래밍 되어 있다. 스태프의 입장에서는 전투 장면처럼 좋은 장면이 또 없었다. 전투 영상을 다양한 각도에서 찍어, CG 작업을 거쳐서 내보내기만 하면 되었으니까. 대본을 보니 은결 언니의 전투 장면 촬영에는 3분이 할애되었다. 180초. 로봇 하나를 30초로 환산하면 대충 시간이 맞으니 로봇은 여섯 대 정도가 나올 거다.

멀리서 막내가 드라마국 작가님 한 분을 도와 짐을 나르고 있었다. 아마 저게 무기일 것 같았다. 빠른 걸음으로 가까이 갔다.

"막내야."

"아, 선배님!"

"무기 뭐 들어왔어?"

드라마국 작가님이 자리를 뜨셨다. 그리고 막내는 흔쾌히 상자를 열어 무기를 하나씩 내게 보여줬다. 식칼 한 자루, 쇠파이프 셋, 야구방망이 하나, 그리고 도무지 의미를 알 수 없는 채찍도 하나. 총은 없었다. 그렇게 짧은 시일 내에 총기 소지 신청을 하고 승인까지 받기는 쉽지 않았겠지. 다행이다. 총이 없다면 오늘 은결 언니가 이 장면을 촬영하다가 즉사할 확률은 극히 적다. 칼에 찔린 상처는 어떻게든 치료가 가능하다. 시즌2에서 목을 찔렸던 배우도 죽지는 않았다. 다시 막내에게 시선을 돌리며 물었다.

　"전투 난도는 몇으로 한대?"

　"어어…… 아마 5에서 8 사이로 갈 것 같아요."

　전투 난도는 1에서 10까지로 다양하다. 평범한 고등학생이 씩씩거리며 팔만 휘휘 내젓는 난도가 1이라면, 난도 10은 주먹 한 번에 기절이 가능한 수준이다. 그런데 최대치가 8이라니. 굳이 그렇게까지 할 필요가 있을까.

　"여섯 대 중 세 대는 5고, 그 다음부터 하나씩 6, 7, 8이에요."

　내 표정을 읽었는지 막내가 설명을 덧붙였다. 그리 도움이 되는 말은 아니었다. 솔직히 조금 못마땅했다. 상자 안에 들어 있는 채찍의 손잡이를 몇 번 만져보다가 물었다.

　"은결 언니한테는 겨우 너클 한 쌍 쥐어주고?"

　"……."

　"6대 1로? 쟤네는 쇠파이프 드는데?"

　내 말에 막내가 길게 한숨을 내쉬었다. 그래, 안다. 이건 하영이의 잘못은 전혀 아니다. 그러니까 하영이한테 짜증을 내는 건 굉장히 의미 없는 일이었다. 미안, 짧게 사과를 뱉고는 새삼 밀려오는 자괴감에 이마를 기둥에 박았다.

"무슨 문제라도 있습까."

아주 큰 문제가 있죠. 국가에서 방송을 통해 다구리를 장려하고 있어요.

그렇게 생각하며 어깨 너머로 시선을 돌렸다. 처음 보는 여자가 서 있었다. 높게 올려 묶은 암갈색 머리. 동그란 얼굴형. 쌍꺼풀 없이 샐쭉 꼬리가 올라간 눈매. 그리고 한 번 보면 도대체 잊을 수가 없는 자극적인 곰돌이 캐릭터 맨투맨까지. 가벼운 삼백안인 데다가 오른쪽 눈 아래의 눈물점이 인상을 강하게 잡아주어서 결코 만만해 보이지 않는 인상이었다.

"오랜만임다, 작가님."

내가 아무리 얼굴을 못 외운다고 해도 쏘머드 스태프는 다 알아보는데. 이 사람은 정말 모르는 사람이었다. 하지만 저 사람은 나를 아는 듯했다. 대체 나를 어떻게 알지? 상황 파악이 전혀 되지 않았다. 내가 이상한 표정으로 올려다보자 여자가 품에서 명함 한 장을 꺼내 내밀어보였다.

"UKBS 기자 정이월입니다."

이 사람이구나. 내 유년 시절 익룡의 꿈을 전 국민에게 까발린 사람. 일단 제대로 인사는 드려야 할 것 같아서 허리를 숙였다. 하지만 기자님은 인사는 됐다는 듯 가볍게 손을 내젓고 순백색의 세트장을 휘 둘러보았다.

"전투 신 촬영 준비 중임까?"

"네에, 뭐......."

다구리 신이라는 말에 가깝지만 일단 공식적으로는 전투 신이니까. 기자님의 눈이 무기 상자로 돌아갔다. 식칼. 쇠파이프. 야구 방망이. 채찍. 기자님의 조금 표정이 일그러졌다.

"······전투에 채찍이 필요합니까?"

"그러게 말입니다."

퉁명스러운 내 대답에도 기자님은 크게 당황하거나 불쾌해하지 않았다. 여전히 채찍에 시선을 고정한 채 흠, 작게 침음을 낼 뿐이었다.

"로봇 세팅 들어갈게요!"

피디님의 크고 맑은 목소리가 들려왔다. 그제야 막내가 조금 놀란 표정으로 무기들을 몇 개 꺼내 흰색 세트장으로 뛰어 들어갔다. 상자 속에는 식칼이 남아 있었다. 그 날카로운 광채가 기분 나빴다. 이렇게 하면 날이 무뎌지기라도 할 것처럼 한참이나 칼을 노려보았다.

* * *

그런데 걱정할 필요 없었던 것 같다.

너클을 낀 손이 첫 번째 로봇의 인중을 정확히 가격했다. 삐, 짧은 알림음과 함께 로봇의 작동이 중지되었다. 쇠파이프를 든 손이 힘없이 바닥에 떨어졌다. 첫 공격에서부터 크리티컬이 나오는 경우는 드문데. 요즘 에너지 드링크 효과 대단하다.

"······저거 난도 6짜리였는데."

곁에서 지켜보던 막내가 눈을 크게 뜬 채 넋이 빠진 듯 웅얼거렸다. 에너지 드링크의 문제가 아니었다. 그럼 너클이 좋은 건가.

뒤에서 두 번째 로봇이 달려들었다. 은결 언니가 몸을 숙여 가볍게 공격을 피하고는 그대로 로봇의 턱을 아래에서 위로 강하게 가격했다. 기절처리가 되기에는 부족한 모양이었다. 로봇은 조금 휘청거리다가 금세 다시 균형을 잡았다. 하지만 그러기 무섭게 작은 체구가 빠르게 파고들었다. 오른쪽 팔을 붙잡고 그대로 한 바퀴를 뒤로 돌렸다. 기어코 투두둑, 하는 무시무시한 소리가 났다. 쇠파이프가 바닥에 떨어졌다. 사람으로 치면 어깨뼈를 부러트린 거다. 너클의 문제도 아니었다.

이제 제작진은 물론 의료진도 놀란 표정으로 촬영현장을 지켜보고 있었다. 아무도 은결 언니가 그 작은 체구로 저리 살인적인 완력을 자랑할 거라고는 상상을 못한 모양이었다. 사실 나도 언니가 죽을 것만 걱정하고 있었지, 이런 상황은 전혀 예상하지 못했다. 앞으로 절대 언니한테 대들지 말아야지.

후. 은결 언니가 얼굴 위로 떨어진 머리칼을 조금 불어 치워냈다. 그리고 바닥에 떨어진 쇠파이프를 집어 들었다. 남은 촬영시간 2분 13초. 남은 로봇은 4대.

세 번째 로봇이 달려들었다. 채찍을 든 로봇이었다. 저래 봬도 전투강도는 7이라고 한다. 5나 6짜리가 다루기에는 섬세한 컨트롤을 요구하는 무기라나 뭐라나. 바람을 가르는 날카로운 소리와 함께 은결 언니가 황급히 몸을 숙였다. 하지만 완전히 피하지는 못했는지 뺨에 스친 자국이 남았다. 언니의 표정이 크게 일그러졌다. 짜증이 잔뜩 섞인 외침이 들려왔다.

"씨팔 어떤 덜떨어진 조폭이 채찍을 들고 싸우냐!"

드라마국의 작가님 한 분이 크게 움찔했다. 저 분이 무기 목록에 채찍을 넣으셨나 보다.

분노의 외침과 함께 쇠가 부딪히는 맑고 청명한 소리가 울려 퍼졌다. 쇠파이프가 로봇의 머리를 굉장히 세게 가격했다. 다시금 알림음이 울렸다. 전원이 꺼진 로봇이 힘없이 바닥 위로 무너져 내렸다. 남은 시간은 1분 48초.

이번에는 야구 방망이를 든 로봇이 무기를 휘둘렀다. 굉장히 큰 소리가 울렸다. 쇠파이프와 방망이가 충돌하면서 난 소리였다. 은결 언니는 그 공격을 피하지 않고 정면으로 막아냈다. 충격이 작지는 않았는지 언니가 얼굴을 살짝 일그러뜨렸다. 하지만 손목을 살핀다든가 하는 대신 구둣발로 로봇의 복부를 걷어찼다. 로봇이 휘청거리며 뒤로 밀려났다. 틈을 주지 않았다. 다시 한 번 맑고 청명한 소리와 함께 파이프가 로봇의 머리를 가격했다. 알림음이 울렸다. 남은 시간은 1분 2초. 쓰러트린 상대는 쇠파이프 둘, 채찍 하나, 방망이 하나. 이제 남은 건.......

쇠파이프를 든 로봇이 정면에서 무기를 휘두르며 달려들었다. 이제 그 정도는 별로 놀랍지도 않은 듯 언니가 가볍게 공격을 피했다.

그 순간 흰색 바닥 위로 굵직한 핏방울이 떨어지기 시작했다. 오른쪽 등에 식칼이 박혔다. 뒤에서 들어온 공격이었다. 피하지 못했다. 막지도 못했다. 흰색 와이셔츠 위로 붉은 피가 무서운 속도로 번져 갔다. 남은 시간 48초.

촬영 시간이 끝나기 전까지는 의료진이 개입하지 못한다. 상처를 확인한 은결 언니의 표정이 눈에 띄게 구겨졌다. 이 가는 소리가 들리는 듯했다. 로봇이 식칼을 뽑아내기 전에 언니가 파이프를 든 팔을 크게 휘둘렀다. 로봇이 피하려는 듯 고개를 숙였지만 역부족이었다. 언니의 작은 체구 특성상 빗맞을 리 없는 높이에서 공격이 가능했으니까. 로봇이 목을 강하게 맞았다. 하지만 알림음이 울리지는 않았다. 그러자 다시금 너클 낀 주먹이 허공을 갈랐다. 이번에는 인중이나 턱 따위가 아닌, 눈을 향해서였다. 착용한 너클에는 징이 박혀 있었다. 시력을 잃어 방황하는 로봇은 뒤로 한 채 은결 언니가 다시금 파이프를 쥐었다.

흰 셔츠가 더 이상 피를 머금지 못하고 바닥에 붉은 자국을 떨어트렸다. 조금 힘들었는지 은결 언니가 입술을 세게 깨물었다. 그리고 는 파이프를 양 손으로 고쳐 잡았다. 남은 시간 12초. 배트를 휘두르 듯 아주 크고 과감한 스윙이 이어졌다. 아까의 소리들과는 또 차원이 다른, 확실하게 크고 맑은 소리가 들려왔다. 너덜너덜한 목관절로 마 지막 로봇이 바닥에 맥없이 무너져 내렸다.

시간 종료를 알리는 긴 사이렌이 울렸다. 숨 막히는 싸움이었다. 생각해볼 것도 없이 쏘머드 역사상 가장 훌륭한 전투 장면이었다. 컷. 오케이! 감독님의 지시가 떨어짐과 동시에 곳곳에서 박수가 터져 나왔다. 조금만 상태가 좋았어도 은결 언니가 크게 인사를 올렸을 것 같았다. 하지만 지금은 아니었다. 이번에는 아니었다. 짜증스러운 목 소리가 울렸다.

"의료진 박수 치지 말고 나와요, 좀!"

그야 등에 식칼이 박혀 있었으니까.

* * *

"최은결 전투신 촬영 현장."

정이월 기자님이 핸드폰 마이크를 입 가까이에 대고 웅얼거렸다. 짧은 침묵. 미간을 조금 찌푸렸다 펴고는 영 못마땅한 표정으로 말을 이었다.

"빠른...... 치료조치로...... 부상은......."

"경미한 수준."

기자님의 문장을 끝낸 건 혜성 오빠였다. 기자님이 묘한 표정으로 오빠에게 시선을 돌렸다. 눈이 마주치자 오빠가 특유의 미소를 지어 눈매를 완전히 접은 채 말을 이었다.

"기자님 안녕하세요! 쏘머드 예능 팀 강혜성 작가입니다."

"알고 있슴다."

"피디님이 찾으셔요."

기자님이 한쪽 눈썹을 올리더니 그대로 고개를 한 번 짧게 끄덕여 인사를 했다. 혜성 오빠도 마주 인사를 하더니 기자님이 지나간 지 한참 후에야 허리를 폈다. 그리고는 어깨 너머로 정이월 기자님을 한 번 쳐다보았다. 아까와는 달리 친절함이 싹 가신 얼굴이었다. 어느 정도 거리가 확보된 뒤에야 오빠가 내 손을 잡고 말했다.

"마리야."

"응."

"앞으로 정이월 기자님 오시면, 상대하지 말고 바로 나한테 보내."

그 말을 완전히 이해하지는 못했다. 물론 오빠가 하는 조언이라면 분명 합당한 이유가 있겠지 싶었다. 하지만 그럴 만한 이유가 있음을 아는 것과 그 이유 자체를 이해하는 것에는 분명한 차이가 있었다. 내가 멀뚱히 눈만 깜빡이고 있자 오빠가 피식 웃으며 내 뺨을 가볍게 쓰다듬었다.

"워낙 어디로 튈지 모르는 사람이라. 조심해서 나쁠 거 없잖아."

그건 그렇지만. 반박할 말이 떠오르지 않아서 오빠의 손을 그대로 붙잡고만 있었다. 그러자 내 손을 떼어낸 건 도리어 오빠 쪽이었다. 약간의 거리를 유지한 채 입꼬리만 슬 올려 말했다.

"이제는 기자들 많으니까. 나랑도 너무 붙어 있으면 안 돼."

"......이미 알 사람들은 다 아는데?"

"사진과 함께 기사화되는 건 또 다르잖아."

오빠가 시선을 피하며 뒷목을 긁적였다. 본인이 그리 말해놓고도 기분이 썩 좋지는 않은 모양이었다. 한참 뒤에야 다시 꺼낸 말은, 또 철저하게 일과 관련된 것이었다.

"은결 씨 봉합은 다 끝났는데, 연고는 꾸준히 발라줘야 하거든?"

"응."

"근데 연고도 의약품이라 직접 드릴 수가 없어. 마리가 소등하면서 발라드려."

하여간 UKBS는 사표까지 쓴 사람을 참 열심히 굴려먹는다. 아주 뽕을 뽑겠다 이거로군. 출연에, 소등에, 개인 의료 서비스까지. 몹시 불만스러웠지만 어쩔 수 없었다. 길게 한숨을 내쉬고는 작은 목소리로 대답했다.

"……알겠어."

"기운이 없다, 김마리. 선배님 속상하다."

"알겠다고요."

내가 힘을 실어 대답을 한 뒤에야 혜성 오빠가 푸스스 웃었다. 다시금 어깨 너머로 기자님의 위치를 확인하더니, 내 입술 위로 짧게 입을 맞췄다. 그리고는 재빨리 자리를 떴다. 기사 나면 안 된다면서 왜 저래. 그렇게 생각하면서도 입술 사이로는 짧게 웃음이 샜다. 실은 조금 짜증이 나려던 차였는데. 타이밍 한 번 귀신같이 잡아서 이렇게 예쁜 짓을 한다.

길게 한숨을 내쉬고 다시 촬영장을 훑었다. 해야 할 일 목록에 업무가 추가되었다. 하나, 의료진한테서 연고 받기. 둘, 소등 전 은결 언니 상처에 발라주기. 이건 내가 할 일이었다. 누군가를 사랑하는 대가로 내가 지불해야 하는 값이었다.

$$* * *$$

은결 언니 방의 문을 열었다. 침대 위에 금발의 괴생명체 하나가 엎드려 있었다. 엄청 긴장했다가 일이 끝나고 나니 졸음이 밀려온 모양이었다. 작게 쌔근거리는 소리가 들려왔다. 아직 불도 안 껐는데. 깨워야 하나. 일단은 깨우지 않고 약을 발라보기로 했다. 자고 있는 사람의 옷을 벗기자니 범죄를 저지르는 기분이라 썩 유쾌하지는 않았다. 바지 안에 넣은 셔츠 자락을 조심스럽게, 아주 조심스럽게 잡아당겼다. 다쳤으니 아주 작은 접촉에도 예민하게 반응하리라. 깨우고 싶지 않으면 아주 조심―

"아!"

―해봤자 깨는구나.

부은 얼굴로 은결 언니가 몸을 일으켰다. 화장도 지우지 않고 잠들었는지 하얀 베개 위에 새빨간 립스틱이 잔뜩 번져 있었다. 언니가 게슴츠레하게 눈을 몇 번 끔뻑이며 주변을 둘러보았다. 그러다 한참 뒤에야 내 얼굴을 알아보고는 물었다.

"너 변태냐."

"……아니거든."

"오늘 속옷 안 예쁜 거 입었어. 가."

잠이 덜 깬 건가 싶어서 그냥 무시하기로 했다. 셔츠를 아주 위로 젖혀버렸다. 붕대가 꽤 넓은 범위를 감싸고 있었다. 하지만 환부가 어딘지 궁금해 할 필요는 없었다. 패드를 덧댄 부분이 확연히 도드라져 있었으니까.

"아, 하여간 말 진짜 안 들어."

은결 언니가 셔츠자락을 잡아 끌어내리며 말했다. 짜증이 잔뜩 섞인 목소리였다. 붉은 립스틱이 조금 번지긴 했지만, 절대로 잠이 덜깬 얼굴은 아니었다. 빨간 입술 새로 퉁명스럽게 말이 튀어나왔다.

"왜 왔냐."

"연고 발라주러."

"그걸 왜 네가 하냐. 내가 바를게."

"의약품이라."

언니의 붉은 입꼬리가 움찔했다. 뭐라 반박은 하고 싶은데 떠오르는 말은 없는 눈치였다. 은결 언니는 자존심이 강한 사람이었다. 다른 그 무엇보다 약한 모습을 보이기 싫어하는. 참 우습지. 때로는 약한 모습을 보이는 게 사랑을 받는 더 쉬운 방법일 수도 있는데. 그걸 싫어하니 사랑을 힘들게 버는 신세를 벗어나지 못하는 거라는 생각이 들었다. 물론 그걸 비난할 생각은 없었다.

"불편할 거 알아, 언니. 미안해."

그제야 조금 마음이 누그러졌는지 은결 언니가 시선을 떨어트렸다. 눈을 똑바로 보고 짜증을 내기는 어려운 모양이었다. 까칠하긴 하지만, 그렇다고 천성이 못된 사람은 아니었으니까. 더 상냥한 목소리로 한 번 더 조심스럽게 말했다.

"지시하는 거 아니야. 부탁하는 거야."

쐐기를 박듯 한 말에 은결 언니가 눈을 감았다. 그리고는 길게 숨을 들이쉬었다 내쉬었다. 눈을 뜨기도 전에 셔츠 단추를 먼저 끄르며 언니가 입을 떼었다.

"영광인 줄 알아라."

"……뭐가."

"나 방송에서 막 벗고 그러는 사람 아니다."

한유신 개처럼. 작게 덧붙인 투덜거림은 못 들은 척 하기로 했다.

흰색 셔츠가 침대 위로 떨어져 내렸다. 언니가 나를 등진 채 돌아앉았다. 하얀 피부 아래의 제법 단단한 몸이 눈에 들어왔다. 조금 놀라긴 했지만 생각해보면 그리 의외는 아니었다. 건강한 성인 남성의 어깨뼈를 부러트릴 수 있는 완력의 소유자인데. 붕대를 천천히 풀었다. 한 꺼풀 한 꺼풀이 벗겨질 때마다 패드의 윤곽이 조금씩 또렷해졌다. 마침내 패드를 벗겨내고는 놀란 티를 내지 않으려 잠시 숨을 참았다. 패드 안쪽이 피에 잔뜩 절어 있었다. 한 뼘은 가뿐히 넘는 길이의 상처. 새하얀 피부 위의 새카만 실이 유독 징그럽게 대조를 이루고 있었다. 금방이라도 꿈틀거리며 검붉은 선혈을 토할 것만 같은 모양새였다. 칼에 베인 상처는 대부분 깔끔하다. 하지만 이건 일부러 손목을 비틀며 상처를 파고들어 뭉갠 상처였다. 끔찍하다. 그 말 외의 단어로는 표현이 되지 않았다.

경미한 수준?

정이월 기자는 정말 그렇게 보도했을 거다. 이 프로그램을 보는 수많은 시청자들도 그런가보다, 하고 말겠지. 그들에게는 이 상처를 직접 두 눈으로 확인할 기회가 없을 테니까. 나도 처음 봤다. 상처를 관리하는 건 대개 혜성 오빠가 도맡아서 하는 일이었다. 크진 않아, 오빠는 으레 그리 말하고는 했다. 그래서 나도 경미한 수준인 줄 알았다. 지금까지 수많은 시즌을 거치면서 생긴 수많은 부상자들의 상처가, 전부 경미한 수준인 줄 알았다.

얼마나 아팠을까.

"빨리 바르고 나가라. 나 졸리다."

언니가 목소리를 낮게 깔며 말했다. 안다. 지금으로서는 그게 가장 현명한 선택이다. 내가 지금 언니를 동정한다고, 언니에게 호의를 베푼다고 변하는 것은 없었다. 은결 언니의 방에도 카메라가 설치되어 있다. 어설프게 옹호를 했다가는 그 불똥이 나한테 튈 수도 있다. 알고 있다. 다 아는데.

그래도 이건 아니잖아.

연고를 손끝에 조금 덜어내었다. 손이 조금 떨렸지만 제어를 못할 수준은 아니었다. 연고가 묻은 손을 상처 위로 가져다 댔다. 당장이라도 생명을 가지고 그 흰 살갗을 파고들 것 같은 상처 위로. 검은 실 한 땀 한 땀의 감촉이 소름 끼치도록 선명하게 전해져왔다. 억누르는 듯한 신음. 그리고 몸의 미세한 떨림. 분명 치료해주는 건데. 도리어 괴롭히는 기분이 들어서 손을 떼버렸다.

"……언니."

일단 부르긴 했는데. 막상 할 말은 떠오르지 않았다. 괜찮으냐는 질문은 의미가 없었다. 괜찮을 리가 없으니까. 아프냐는 질문도 의미가 없었다. 당연히 아플 테니까. 불쌍하다는 말도, 미안하다는 말도 필요가 없었다. 그런 말들을 백 번 해봤자 상처가 아물지는 않을 테니까. 할 말이 없었다. 단 한 마디도.

내가 말을 잇지 않자 언니가 고개를 든 채 길게 한숨을 내쉬었다. 그리고 한참 뒤에야 침대 위의 붕대를 둥글게 말아 정리하며 입을 떼었다.

"말했잖아."

"……."

"사랑을 벌기 위해 악에 받쳤다고."

잔뜩 뭉개진 상처 위의 불투명한 연고가 퍽 가식적으로 보였다. 이런 얄팍한 가식으로 저리 깊은 상처를 어떻게 치료할 수 있나 싶었다. 은결 언니가 어깨 너머로 슬쩍 내 낯을 살폈다. 그리고는 뭐가 그리 좋은지 피식 웃으며 말했다.

"자라. 늦었다."

언니는 이런 상황에서도 웃었다. 자존심 때문이었는지, 예의상의 제스처였는지는 모르겠다. 하지만 어느 쪽이든. 저렇게 끔찍한 상처를 허리 한쪽에 간직한 사람이 지을 표정은 아니었다. 아마 수년을 저러면서 살았겠지. 피에 절은 패드로 다시 상처를 덮었다. 그리고 은결 언니가 능숙한 솜씨로 붕대를 감는 모습을 한참 동안이나 지켜보았다. 그렇게 징그럽던 상처도 한두 번 감싸고 나니 정말 경미한 부상처럼 보였다.

사랑벌이라는 거. 사람이 할 짓이 아니다 싶었다.

온도

참 우습지. 잠을 설쳐도, 등에 칼이 꽂혀도, 진실이 밝혀지지 않아도 아침은 꼬박꼬박 온다. 빌어먹을 만큼 정확한 시간에.

한참 세면대에 기대어 선 채 멍하니 눈만 깜빡였다. 졸렸다. 사람의 에너지를 배터리에 비유한다면, 플러그를 꽂지 않은 채 밤새 충전기에 연결만 한 기분이었달까. 은결 언니의 상처가 곪아 터지는 꿈을 꿨다. 피고름이 생명을 가진 것처럼 내 손목을 타고 올라왔다. 그리고 결국은 내 목을 조르기에 이르렀다. 헐떡이다가 새벽에 한 번 깼다. 너무 피곤해서 다시 잠을 청했지만 깊게 잘 수 있을 리가 없었다. 한참 뒤척이다가 결국 이렇게 아침을 맞이했다.

다시 자고 싶었다. 하지만 다시 자더라도 출연진 문은 다 열어드리고 자야 했다. 찬 물을 틀어놓고 멍하니 있다가 겨우 정신을 차렸다. 세수를 하고 나니 조금 정신이 드는 것 같기도 했다. 거울 속 얼굴 꼴이 말이 아니었다. 피부가 좋아진 것도 아니면서 붓기는 엄청 부었네.

찢어지게 하품을 하며 방에서 나왔다. 더 자고 싶다는 생각 외에는 아무 생각이 없었다. 문 앞의 형광 주황색 텐트를 걷어차기 전까지는.

텐트 뒤의 묵직한 체중이 발끝에서 전해졌다. 움찔하며 조금 뒤로 물러났다. 뭐야, 이게. 왜 숙소에 갑자기 텐트가 들어온 건데. 혜성 오빠인가? 야근을 하는 걸로는 모자라서 이젠 아주 텐트를 치고 살기로 한 걸까? 지퍼 내려가는 소리와 함께 잔뜩 부은 얼굴이 하나 쏙 등장했다. 눈을 제대로 뜨지 못할 정도로 부은 얼굴이었다. 형광 주황색의 몸뚱이에 탱탱한 만두 모양의 머리가 달린 동물 같았다. 나와 시선이 마주치자 만두가 내게 한 번 고개를 숙여 인사를 했다.

"작가님 잘 주무셨습니까."

"……예……?"

"아침 공기가 찹니다."

얼굴을 알아보는 데에 생각보다 많은 시간이 걸렸다. 기자님이다. 정이월 기자님.

그제야 잠이 깼다. 열정적인 기자들은 숱하게 보아왔지만 숙소에 텐트를 치는 패기를 가진 분은 처음 봤다. 예사 인물은 아니구나 싶었다. 사장님 자제분이 굳이 이사직이 아닌 기자직을 선택했을 때부터 알아봤어야 했다. 일단은 배우 분들 문부터 열어드리고 설득을 하든 협상을 하든 하기로 마음을 먹었다.

가장 먼저 찾은 건 은결 언니의 방이었다. 문이 열렸다. 언니는 이미 오래 전에 일어난 건지 샤워가운을 걸친 채 미니 냉장고를 뒤지고 있었다. 문이 열리자 그제야 어깨 너머로 나를 보고는 툭, 무심하게 말을 뱉었다.

"늦었다."

"곧 밥차 올 텐데 뭐 먹게?"

"녹차. 나 다이어트 한다."

캔이 열리는 경쾌한 소리가 울렸다. 드물게도 립스틱을 바르지 않

은 입술 사이로 냉기가 흘러 들어갔다. 화장기 없이 약간 부은 얼굴
로 언니가 느릿느릿 밖으로 걸어 나왔다. 슬리퍼가 질질 끌리는 소리
가 들렸다.

"아...... 콜라 먹고 싶다...... 씨발 뭐야!"

록발라드의 여왕다운 발성이었다. 옆에 있던 내가 더 놀랐다. 하
지만 정이월 기자님의 표정은 하나도 변하지 않았다. 여전히 형광 주
황색의 텐트에서 얼굴만을 내민 채 멀뚱히 우리를 바라보고 있을 뿐
이었다. 공손하게 고개를 숙여 인사를 하기까지 했다. 은결 언니의
경악스러운 표정을 살피다 입을 떼긴 했지만.

"놀라셨습까."

"그럼 안 놀랍니까! 그 해괴망측한 주황색 그건 뭡니까, 대체!"

"원터치 텐트입니다."

"염병, 색깔 한 번....... 좀 접으시죠, 이제?"

최은결 씨는 아군일 때 최고로 든든한 사람이다. 이 사람이랑 친
구가 되어서 정말 다행이라는 생각이 들었다. 단호한 그 말에 정이월
기자님이 작은 주황색 텐트에서 조금씩 몸을 끄집어냈다. 흡사 번데
기에서 나비가 나오는 형상이었다. 조금 징그러웠다. 정말 저 기이한
텐트는 대체 어디서 구하신 걸까.

"김마리. 저거 규정 위반 아니냐?"

정이월 기자님이 변태하는 모습을 게슴츠레하게 바라보며 은결 언
니가 물었다. 그제야 머릿속으로 천천히 사진촬영 및 취재에 관련된
규정들을 떠올렸다. 기자에게는 숙소를 취재할 권리가 주어진다. 숙
소 곳곳에서 24시간 동안 촬영이 진행되는 만큼 기자 역시 원한다면
24시간 동안 취재를 할 수 있다. 다만, 쏘머드는 24시간 밀착 취재를
한다 해도 별로 건질 게 없다는 프로그램이라 그런 경우가 잘 없었

다. 보도할 가치가 있는 사건들은 모두 기사로 나가기 전에 방영이 되니까.

"······규정상으로는, 위반 아닌 것 같은데."

물론 상식상으로는 위반이다.

은결 언니가 작게 욕을 하며 다시 방 안으로 들어갔다. 그 때 즈음 기자님이 텐트에서 온전히 몸을 뺐다. 오늘은 검은색 맨투맨을 입고 있었다. 가슴에는 붉은 꽃을 문 곰돌이가 그려져 있었다. 텐트에서 기어 나온 기자님이 리모컨의 버튼 하나를 눌렀다. 해괴한 형광 주황색 텐트가 순식간에 손바닥만 한 크기로 줄어들었다. 기자님이 의기양양한 표정으로 작아진 텐트를 가리키며 덧붙였다.

"원터치."

"······."

"쩔지 않습까."

뭐라 말씀을 드려야 할지 모르겠다. 쩐다고 말을 해야 할까 말아야 할까 고민하던 중 계단에서 인기척이 들렸다. 두 사람의 목소리였다. 내게는 꽤나 익숙한.

"당연히 쫓아내야지, 인마!"

"하지만 기자님이 너무 완고하셔서······."

"그런 마음가짐으로 무슨······ 어디 있는데?"

쾅. 큰 소리와 함께 계단의 문이 열렸다. 밤을 샌 듯 안색이 나빠진 막내와 짜증이 얼굴에 가득한 팀장님이 등장했다. 팀장님이 저렇게 짜증을 내시는 걸 보니 오늘 아침식사를 못 하셨나보다. 불쌍한 우리 막내. 저 짜증을 혼자 받느라 얼마나 힘들었을까. 팀장님의 눈동자가 상황을 가볍게 훑었다. 그리고 곧 목에 핏대를 세우며 외쳤다.

"기자님 여기서 이러시면 안 됩니다!"

이제부터는 용과 호랑이의 싸움이다. 나는 출연진 방 문을 모두 열고 내려가서 아침식사를 하면 된다. 그런 생각으로 빠르게 지문 인식기마다 엄지를 들이댔다. 문 열리는 속도가 느리게 느껴졌다. 뒤에서는 팀장님의 외침과 정 기자님의 차분한 대답이 교차되어 들려왔다.

"선배님 잘 주무셨어요......?"

급한 내 마음을 알아차린 듯 막내가 문 여는 것을 거들며 물었다. 도톰한 애교살 아래로 다크써클이 짙게 내려온 모습이 안쓰러웠다. 나는 6시간 이상 침대에 누워 있기라도 했지. 막내는 환기도 잘 안 되는 사무실에서 밤새 일을 했을 거다. 차마 잠을 못 잤다는 말을 할 수가 없었다.

"으응...... 뭐 그럭저럭."

"어휴, 한 사람이라도 잘 잤다니 다행이네요."

막내가 어깨 너머로 팀장님과 기자님을 곁눈질했다. 그리고는 다시 나를 보며 목소리를 조금 낮춘 채 말했다.

"기자님이 어제 새벽 4시에 갑자기 들어오셨어요."

"4시에? 갑자기?"

"네. 촉이 발동했다면서."

한결같은 무표정으로 고집을 부렸을 기자님과 난처해했을 막내의 모습이 눈에 선했다. 불쌍한 막내. 불쌍한 우리 막내. 마지막 문까지 연 뒤에야 막내가 길게 한숨을 내쉬며 마른세수를 했다. 나와 눈이 마주치자 해사하게 웃기까지 했다.

"이제 팀장님이 오셨으니 어떻게든 되겠죠."

그 말에 나도 어깨 너머로 시선을 돌려 다툼을 구경했다. 얼굴이 잔뜩 붉어진 팀장님과 달리 기자님의 표정은 지나칠 만큼 평온했다.

조금 지루해 보이기까지 했다.

"텐트까지 들고 들어온 기자는 전무후무하다 이 말입니다!"

"저 원래 그런 거 좋아함다. 유일, 최초, 그런 거."

"상도덕이 있지. 출연진 사생활 보호는 어떡합니까?"

기자님의 무표정한 얼굴이 살짝 일그러졌다. 어찌 보면 비웃음 같기도 하고, 어찌 보면 얼굴을 찡그리는 것 같기도 했다. 기자님이 팀장님을 지나쳤다. 그리고 바닥에 작게 접힌 텐트를 집어 들며 나지막한 목소리로 말했다.

"개인 욕실까지 촬영하는 프로그램을 찍으면서 그런 말씀을 하십까."

더 들을 필요도 없다는 듯한 태도였다. 기자님은 여유로운 걸음으로 나와 막내까지 지나쳐 계단을 향해 갔다. 복도에 남은 팀장님의 얼굴이 잔뜩 붉어져 있었다. 어지간히 분한 모양이었다.

"이하영!"

목소리에 날카로운 긴장이 잔뜩 섞여 있었다. 정말 말단은 서럽다. 저 짜증을 받아주는 것 외에는 별다른 수가 없다. 막내가 종종걸음으로 팀장님 앞에 섰다. 팀장님이 자기 머리칼을 확 헝클인 뒤에야 말을 이었다.

"오늘 밤에는 책임지고 여기서 못 자게 해. 알았어?"

대답은 듣지도 않고 팀장님이 쿵쾅거리며 계단을 내려갔다. 막내는 망연자실한 표정으로 팀장님이 서 있었던 곳을 한참 바라보고 있었다. 그도 그럴 것이, 이틀 연속 야간 당직은 사람이 할 짓이 아니었으니까. 나야 여기서 쪽잠이라도 자면서 지킬 수 있지. 막내는 그러지도 못할 거다.

"……거 참."

작게 웅얼거리며 은결 언니가 방에서 나왔다. 여전히 화장기 없는 얼굴이었지만 아까보다는 확실히 멀끔한 차림새였다. 묘한 빛깔의 눈동자가 닫힌 계단에서 우리에게로 돌아왔다. 막내의 표정을 읽던 언니가 느릿하게 입을 떼었다.

"이 작가님."

언니가 턱으로 계단 문을 가리켰다. 그리고는 살짝 입꼬리를 올리며 입을 떼었다.

"내가 쫓아줄게요. 오늘은 퇴근해."

막내의 얼굴에 밝은 빛이 화악 번졌다. 물론 마지막 양심이 그 표정변화에 제동을 걸기는 했지만.

"저야 감사하지만 너무 죄송한데......."

"일찍 자야 키 커요. 열아홉이면 아직 늦지 않았으니까."

언니가 하니 왠지 더 와 닿는 말이었다.

그제야 막내가 활짝 웃으며 무릎에 얼굴이 닿도록 허리를 접어 몇 번이고 인사를 올렸다. 감사합니다, 감사합니다! 그렇게 인사를 했는데도 뭔가 부족하다 느꼈는지 결국 은결 언니한테 와락 안기기까지 했다. 그런 반응은 예상을 못했는지 언니가 잠시 눈을 동그랗게 떴다. 결국은 피식 웃으며 등을 조금 토닥여줬지만.

"투표 열심히 할게요! 빨리 나으세요!"

감동을 받은 표정으로 막내가 마지막 인사를 올렸다. 은결 언니는 한 손을 슬 올려 보일 뿐이었다. 다시 계단 문이 열렸다가 닫혔다. 발소리가 멀어졌다. 그 뒤에야 나는 은결 언니에게 시선을 돌리며 말했다.

"언니."

"엉."

"어떻게 쫓으려고?"

내 말에 언니가 잠시 시선을 위로 한 채 몇 번 눈을 깜빡였다. 생각을 하는 듯. 결국 어깨를 으쓱하며 뱉은 말은 딱 이 정도였지만.

"어떻게든."

역시나 별 생각 없었던 건가.

".......그렇게 큰 소리 쳐놓고."

짜증을 낼지도 모른다고 생각했는데. 의외로 언니는 내 뺨을 툭 건드리며 피식 웃어주었다. 그리고는 주머니에 양 손을 찔러 넣은 채 계단을 향해 걸음을 떼며 말했다.

"언니 한다면 하는 사람이다. 밥 먹자. 베이컨 나온다더라."

한다면 하는 일에 다이어트는 포함되지 않는 모양이었다.

* * *

복도 창밖을 내다보았다. 정원 앞에 대기 중인 차 두 대가 보였다. 저 검은색 밴은 미카엘 씨 차량이고, 은색 밴은 채호 군 차량이다. 혜성 오빠는 아직 오지 않았다.

쏘머드 출연진이라 해도 연예인은 연예인인지라, 매니저나 코디 등의 개인 스태프들이 따라다닌다. 비록 숙소 내에 출입이 전혀 불가하고, 시즌이 끝날 때까지 다른 스케줄이 없으니 사실상 반백수가 되기는 하지만. 그래도 있긴 있었다. 반면 나는 코디는커녕 촬영장까지 차를 몰아줄 사람조차 없었다. 처음에는 혼자 자율주행 차라도 몰고 갈까 했는데 혜성 오빠가 극구 본인이 데려다주겠다고 고집을 부려서 도움을 받고 있었다. 아무리 바빠도 늦는 사람은 아닌데. 오늘은 무슨 일인지 약속한 시간이 지나도록 오지 않았다.

검은 밴에 시동이 걸렸다. 하지만 앞으로 나아가지는 않았다. 메이크업 수정이라도 하나 보지, 그리 생각하고 말았는데 미카엘 씨가 밴에서 내렸다. 그리고는 갑자기 정원을 가로질러 합숙소를 향해 전력질주를 하기 시작했다. 저렇게까지 뛸 필요가 있나. 아직 늦지는 않으셨는데. 계단 문이 벌컥 열리는 소리, 급한 구두 소리. 소리의 간격으로 미루어보아 한 번에 계단을 두세 개는 뛰는 것 같았다. 혹시 두고 간 물건이라도 있으신 건가 싶어서 미카엘 씨의 방을 슬쩍 보았다. 하지만 한 치의 어질러짐도 없이 깔끔하게 정리되어 있는 모습을 보고는 다시 고개를 돌렸다. 설령 있다 해도 이렇게 해서는 볼 수 없을 것 같았다. 마침내 3층의 계단 문이 열렸다. 그 뒤로 숨을 조금 헐떡이며 미카엘 씨가 모습을 드러냈다. 땀을 흘려도 잘생겼군. 나와 눈이 마주치자 미카엘 씨가 특유의 매끈한 미소를 지었다.

"다행이다. 아직 안 가셨네요?"

차가 안 왔는데 어떻게 갑니까. 대답을 하는 대신 몇 번 멀뚱히 눈을 깜빡였다. 미카엘 씨가 문에 기대어 섰다. 숨을 고르다, 조금 과장된 몸짓으로 계단을 향해 손짓하고는. 코에 찍힌 미인점을 살짝 일그러뜨리며 웃었다.

"오늘은 저희 차량으로 모시겠습니다."

다시금 창밖으로 시선을 돌렸다. 여전히 혜성 오빠의 차는 오지 않았다. 그제야 무슨 일이 있는 건가 싶었다.

"오늘 혜성 오빠...... 아, 아니. 강혜성 작가님 출근 안 하셨나요?"

"그 분 출근 안 하신 지 일주일 넘었다는데요."

"그게 무슨 말이에요. 촬영장에 꼬박꼬박 나왔잖아요."

얕은 웃음. 내려가면서 말하겠다는 듯 미카엘 씨가 다시금 계단을 향해 크게 손짓했다. 일단 그렇게까지 말씀하시니 가긴 가겠지만. 미카엘 씨와 문을 몇 번 번갈아보다가 느릿하게 걸음을 떼었다. 내가 계단을 내려가기 시작한 뒤에야 미카엘 씨가 입을 떼었다.

"열흘 가까이 퇴근을 안 하셨대요. 퇴근이 없으니 출근도 없죠."

그런 의미였나. 그럼 그냥 그렇게 말씀하시지, 이해하기 어렵게 돌려 말하긴. 발소리만이 계단을 꽉 채웠다. 미카엘 씨가 말을 잇기 전까지는.

"그냥 퇴근만 안 했으면 다행인데, 계속 밤샘을 했나 봐요. 결국 팀장님이 어제 강제로 퇴근시키셨어요. 안 그러면 시말서 쓰게 할 거라고 협박해서. 오늘은 오후 출근이래요."

그제야 오늘 아침에 본 막내의 얼굴을 기억해냈다. 혜성 오빠가 아닌 사람이 야간당직으로 나왔을 때부터 이상하다고 생각했어야 했다. 내가 눈치가 조금만 더 빨랐다면 좋았을 텐데. 팀장님보다 내가 먼저 알아차렸어야 했다. 그리고 내가 어르고 달래 퇴근을 시켰어야 했다. 하다못해 잠이라도 재웠어야 했다.

문이 열렸다. 바깥 공기가 제법 싸늘했다. 앞서 걷던 미카엘 씨가 어깨 너머로 나와 시선을 맞췄다. 부드러운 밤색 눈동자가 나를 똑바로 마주했다. 다시금 그 아름다운 얼굴 위로 미소가 번졌다. 이번에는 조금 장난기가 섞인 미소였다.

"작가님 설마 지금 자책하고 계신 거 아니죠?"

맞는데요. 내 속마음을 읽은 듯 미카엘 씨가 작게 너털웃음을 흘렸다. 그리고는 나와 걷는 속도를 맞추며 누그러진 목소리로 말했다.

"그 사람이 성실한 게 왜 작가님 잘못이에요."

"그야, 제가 말리지 못했으니까요⋯⋯?"

미카엘 씨가 미간을 일그러뜨린 채 조금 크게 웃었다. 내 말의 어디가 그렇게 웃겼는지는 잘 모르겠다. 미카엘 씨가 그 표정을 유지한 채 고개를 갸웃거리다 대답했다.

"와...... 정말 신기해요."

"뭐가요?"

"어떻게 그렇게까지 사랑을 해요?"

그 말에 대한 대답을 생각하기도 전에 밴에 도착했다. 문이 아직 열려 있었다. 미카엘 씨가 창가 쪽의 빈 좌석을 향해 손짓했다. 안에는 이미 스태프가 네 명이나 타고 있었다. 내가 등장하자 8개의 눈동자가 동시에 반짝이며 돌아왔다. 카메라만큼이나 부담스럽다. 이런 데에서 사랑에 대한 논의를 하는 건 너무 부끄러웠다. 대답은 하지 않기로 했다. 조심스럽게 밴에 탔다. 미카엘 씨도 내가 이런 분위기에서 뻔뻔하게 대화를 이을 거라고 생각지는 않은 모양이었다. 다시 질문을 하지도, 내게 눈치를 주지도 않았으니까. 사람들의 시선이 잔뜩 내게로 쏠린 그 불편한 밴에 탑승했다.

* * *

사내가 청회색의 가죽장갑을 벗는다. 손가락에 새겨진 은청색의 활자들이 드러난다. 하지만 손이 자꾸 움직이는 탓에, 얼굴이 시선을 분산시키는 탓에 활자를 읽어내기가 쉽지 않다. 사내가 고운 미소를 지은 채 어깨를 으쓱한다. 걸음마다 구두소리가 맑고 깔끔하게 울린다.

"이 험한 바닥에서 그 어린 나이에 정상을 꿰차신......."

걸음은 여인의 앞에서 멈춘다. 상체를 숙여 그녀와 눈높이를 맞춘다. 밤색의 눈동자가 여인의 상을 온전히 담아낸다. 아름다운 입술이 달싹이며 숨결처럼 속삭임을 뱉어낸다.

"비결이 궁금할 뿐입니다."

여인의 입술 사이로 비웃음이 샌다. 꼴에 얼굴값은 하겠다고 말을 참 빙빙 돌려서 한다. 환웅파 보스 자리는, 주먹도 쓸 줄 모르는 어린 계집년이 있을 자리가 아니다 이거지. 여인의 손이 주머니에 들어갔다가 나오면, 손에는 작은 칼 한 자루가 들려 있다. 여인은 경고도 없이 칼끝을 사내의 목에 겨눈다. 사내의 표정은 변하지 않는다. 그럼에도 여인은, 자신이 그제야 완연한 우위를 점했다고 생각한 듯, 입꼬리를 느릿하게 끌어올린다.

"이전 보스라는 사람을 내가 죽였거든."

여인이 칼등으로 천천히 사내의 목 위에 길게 선을 그린다. 사내 놈이 예쁘장하고 호리호리해서 싸움이나 제대로 하겠냐 싶었지만. 전 보스도 자신에 대해 그런 생각을 하다가 허무한 죽음을 맞이하지 않았는가. 여인은 사내가 예쁜 얼굴 뒤에 구르는 재주라도 숨겼을 거라 판단한다. 목에 칼이 들어와 있건만 사내는 여유롭게 너털웃음을 흘린다. 가죽장갑을 곱게 접어 양복의 가슴 주머니에 넣고, 장난스럽게 뱉은 대답.

"상상한 것보다는 상식적이네요."

"그래서. 너도 하려고?"

"못할 것도 없지 않겠습니까."

여인은 한참 동안이나 제 앞의 사내를 바라본다. 보통내기는 아니다. 침착하고, 대범하고, 두뇌회전도 빠르고. 가까이 두고 보면 쓸 만할지도 모른다는 생각이 든다. 이 무식한 세계에서도 힘과 피가 매양 능사는 아니니까. 이제는 패러다임이 조금 바뀔 때도 되었지. 여인은 칼을 거둔다. 얼굴에 만족스러운 미소가 번진다. 칼이 거두어지자 사내가 짧게 고개를 숙여 인사한다. 그 낯에는 단순한 공손함을 넘어,

약간의 고집과 확연한 도발이 담겨 있다.

"컷! 오케이!"

컷 사인이 내려지자 미카엘 씨가 금세 얼굴에서 감정을 지워냈다. 이어지는 장난스러운 미소.

내가 아직은 연기 초짜라 한 번에 오케이가 떨어지는 일이 굉장히 드물었다. 드물긴 했지만 아주 없는 경우는 아니었다. 그리고 그 드문 오케이 사인은, 늘 미카엘 씨와 합을 맞출 때에만 떨어졌다. 신기하지. 상대 배역이 어떻게 연기를 해주느냐에 따라 기본기 없는 배우도 자연스러움과 지옥의 어색함 사이를 넘나들 수 있다. 단순히 정확한 발성과 진중한 눈빛 때문에 생기는 차이는 아니었다. 그 이상의 무엇인가가 있었다. 장황하게 말하자면, 타인의 어려움을 미리 파악한 후 그곳에 패드를 깔아주는 느낌. 단순하게 말하자면, 일종의 친절이었다.

"연기가 많이 느셨습다."

미카엘 씨의 잘생긴 얼굴과 친절함을 곱씹고 있는데 누군가가 산통을 깼다. 저 나른한 목소리가 누구의 것인지는 고민할 필요도 없었다. 짧게 주마등이 스쳐 지나갔다. 아침에 보았던 형광 주황색 원터치 텐트, 꽃을 문 곰돌이가 그려진 캐릭터 맨투맨, 그리고 특유의 무심하게 뭉개지는 말투. 표정을 가다듬고 어깨 너머로 시선을 돌렸다. 왼쪽 귀 위에 터치펜을 꽂은 정이월 기자님이 서 계셨다.

"감사......합니다......?"

"저한테 감사하실 건 없고."

기자님이 귀에서 터치펜을 빼서 손에 들었다. 그리고 핸드폰의 화면을 톡톡 두드리며 말을 이었다. 기습 인터뷰였다. 살려주세요.

"쏘머드의 호르몬 주사 투여에 대해 어떻게 생각하십니까?"

어쩜 질문도 이런 불편한 것만 골라서 하실까. 나 저 이야기, 진짜 싫어하는데. 한참 뒤에야 어색한 미소와 함께 한 대답은 내가 생각해도 형편없었다.

"……기대가 많이 되네요."

부정적인 반응을 하실 줄 알았는데. 기자님은 한결같은 무표정을 유지한 채 톡톡 핸드폰 액정을 두드릴 뿐이었다. 대답이 짧았던지라 기록에 오랜 시간이 걸리지 않았다. 기자님이 다시 고개를 들어 나와 시선을 맞췄다.

"여자 주인공은 보통 주사를 두 번 맞지 않습니까."

모를 리가 없다. 작년에 주위엔 씨가 왜 죽었는데.

연출과 연기를 최소화하는 쏘머드. 이 프로그램에서 배우들을 사랑에 빠트리기 위해 이용하는 것이 바로 호르몬 주사다. 엄밀히 따지면 호르몬을 직접 주입하는 주사가 아니니, 호르몬 분비 유도 주사라고 말하는 게 맞겠지. 하지만 너무 길고 귀찮아서 다들 그냥 호르몬 주사라고 부른다. 사랑을 할 때 분비된다는 옥시토신, 도파민, 그리고 성호르몬의 분비를 촉진시키는 주사다. 두 배우에게 이 주사를 맞히고 24시간 동안 데이트를 내보내면 돌아올 때 즈음에는 사랑에 빠져 있다. 호르몬이 사랑의 전부가 아닐 수는 있다. 하지만 확실히 효과는 있었다. 일시적이기는 했지만 모든 시즌의 배우들은 열렬히 사랑에 빠졌다. 삼각관계의 핵심이 되는 여자 주연들은 실제 배우와 주어진 대본 사이에서 갈등하는 경우도 잦았다.

주위엔 씨는 바로 그 주사의 희생양이었다.

"작년과 같은 사고를 방지하기 위한 해결책이 있습니까?"

그건 저도 알고 싶은데요. 어떻게 대답을 해야 할지 몰라 몇 번이고 입술만 달싹였다. 기자님은 다른 질문으로 넘어갈 생각이 전혀 없으신 모양이었다. 불편했다. 아침에 과식을 한 탓인지 머리도 잘 돌지 않았다. 누구든 좋으니 아무 스태프나 나를 불러줬으면 좋겠다는 생각을 했다. 내 앞에 미카엘 씨가 불쑥 튀어나오기 전까지는 그랬다.

"하이고오, 기자님! 오랜만입니다!"

미카엘 씨가 기자님의 동의는 구하지도 않고 두 손을 덥석 잡았다. 그런 과감한 스킨십은 예상하지 못했는지 기자님이 조금 눈을 크게 떴다. 몇 번 격렬하게 악수가 이어졌다. 다섯 번째 셰이크가 시작될 때 즈음 기자님이 천천히 손을 뺐다.

"오랜만......입다."

미카엘 씨가 코의 미인점을 조금 일그러뜨리며 웃었다. 그리고는 애교가 잔뜩 섞인 목소리로 고개를 갸웃하며 말했다.

"왜 저는 인터뷰 안 하시구."

"규정 관련 인터뷰는 작가와 하는 게 옳다고 판단했습니다."

"그럼 죠오기, 팀장님이랑 하시지 왜."

장난스러운 말투였지만 뼈가 박힌 말들이었다. 정이월 기자님의 고동색 눈동자가 내게로 돌아왔다. 다시금 입술이 달싹였다.

"김마리 작가님을 인터뷰하면 안 될 이유라도 있습까."

내게 하는 질문인지, 미카엘 씨에게 하는 질문인지 알 수 없었다. 대화는 미카엘 씨와 하고 있었지만 눈동자는 분명 나를 향해 있었으니까. 아무 말이나 뱉기에도 굉장히 불편한 상황이 되어버렸다. 나는 '아닙니다' 이상의 대답을 생각해내지 못했다. 그래서 그냥 입을 다물고 있기로 했다.

"김마리 작가님은 주연이시거든요. 감정선 깨지면 안 되잖아."

말 안 하고 있길 잘했다. 미카엘 씨의 대답이 천재적이었으니까.

짧은 침묵이 흘렀다. 기자님의 무표정에 생각하는 기색이 스쳐 지나 갔다. 납득을 했는지 기자님이 다시 터치펜을 귀 위에 꽂았다. 그리 고는 내게 고개를 숙여 인사를 해보이기까지 했다.

"죄송합니다. 그 생각까지는 못했습니다."

너무 상식적인 반응이라 솔직히 조금 놀랐다.

"인터뷰는 촬영이 끝난 후에 마저 진행하겠슴다."

무시무시한 속편을 암시하고 정이월 기자님이 느릿한 걸음으로 자 리를 떴다. 미카엘 씨가 그 뒷모습을 바라보다가 짧게 한숨을 내쉬 며 머리를 쓸어 넘겼다. 그리고는 어깨 너머로 나와 시선을 맞추며 말했다.

"드디어 갔다, 그렇죠?"

모범답안이었다. 남을 곤란한 상황에서 구해주고 오답을 말하는 사람들도 있다. 왜 당하고만 있느냐고, 자기가 구해주지 않았으면 어 쩔 뻔했냐고. 하지만 미카엘 씨가 덧붙인 말은 하나의 친절을 완성하 는 최고의 멘트였다. 너무 무겁지도 않고, 너무 가볍지도 않은. 체온 으로 치자면 딱, 36.5도.

"박미카엘 배우님 들어오실게요!"

미카엘 씨가 씩 웃으며 내 왼손을 꼭 쥐었다가 놓았다. 그 뒤에야 인터뷰실로 걸음을 옮겼다. 딴에는 위로나 격려의 의미였겠지만 별 효과는 없었던 것 같다. 미카엘 씨에게 잡혔던 손을 만지작거리며 한 참을 그 자리에 가만히 서 있었다. 잘 잊고 있었는데. 기자님 때문에 다시 생각나버렸다.

시즌6 초반에는 황제현 씨와 주위엔 씨의 러브라인이 유일하게 지 지를 받았다. 그래서 두·사람에게는 평균보다 조금 많은 양의 약물을 투여했다. 쏘머드의 주연 배우들이 다들 그랬듯 둘은 실제로 사랑에 빠졌다. 약이 많은 까닭이었는지, 이전의 다른 커플들보다 훨씬 깊게. 촬영을 진행하면서 꽤나 예쁘게 연애를 했다. 잘 어울리는 커플이었다. 러브라인이 갑자기 변경되기 전까지는 그랬다.

막상 커플이 성사가 되고 편하게 연애를 하니 재미가 떨어진 듯했다. 본래 조연이었던 배우 윤강과의 러브라인 쪽으로 여론이 훅 쏠렸다. 기존에 투여한 약물의 양이 많았던지라, 두 번째에는 더 양을 늘려야만 했다. 치사량은 아니었다. 하지만 권장된 양을 훅 넘긴 것은 사실이었다. 자세한 건 알지 못하지만, 그 주사가 최음제와 유사한 역할을 했다고 우리는 추정하고 있다. 배우 주위엔과 윤강이 어느 노천탕에서 정사를 벌이는 영상이 인터넷에 유출되었다. 두 사람의 데이트를 몰래 따라갔던 어느 파파라치의 소행이었다.

아직 황제현 씨와 결별한 상태가 아니었기 때문에 그 영상은 큰 논란을 불러 일으켰다. 단순한 비난으로 끝나지 않았다. 단순한 욕설로 끝나지 않았다. 대중은 정의구현을 원했다. 저를 열렬히 사랑해주는 남자를 두고 다른 남자와 몸을 섞는 여자는 죽이기를 원했다. 그 뒤로는 모두가 다 아는 이야기다. 주위엔 씨는 자살 장면을 촬영하며 죽었다. 황제현 씨는 동정표를 얻어 상처 하나 없이 쏘머드에서 걸어 나갔다.

사람들은 친절하다. 개개인의 사람은 그렇다. 온도의 차이는 있지만, 그 어떤 측면에서도 친절하지 않은 사람은 드물다. 혜성 오빠의 친절은 체온보다는 조금 높은 37도 정도. 따뜻하지만 자연스러운 수준. 은결 언니의 친절은 체온보다 조금 낮은 36도 정도. 역시 자연스럽지만 따뜻하다는 느낌은 들지 않는 숫자다. 정이월 기자님은, 글쎄. 한 33도 정도 되지 않을까. 대신 유신 씨는 40도에 가까운 고열을 뿜어내니까. 그렇다면 그 개인들이 모였을 때에는, 36.5도의 이상적인 온도가 나와야 하는데.

주위엔 씨의 차게 식은 시신이 기억났다. 개인적으로 만나는 사람들은 이렇게나 친절한데. 어째서 이름을 알 수 없는 익명의 대중은 그렇게까지 냉혹한 걸까. 적어도, 다수의 친절이 결코 개개인 친절의 단순한 평균은 아니라는 의미겠지.

"김마리 배우님 메이크업 수정 들어가실게요!"

그제야 다시 정신이 들었다. 얕게 한숨을 내쉬고 내 이름이 들린 곳을 향해 갔다.

* * *

오늘은 단독촬영이 길었다. 대체 이 드라마의 주인공은 왜 이렇게 생각이 많은 걸까. 피곤했다. 뒷목을 꾹꾹 누르며 숙소로 향하는데 복도의 자극적인 형광 주황색 텐트가 눈에 들어왔다. 지금 툭 치면 잠들어버릴 것 같은데 기자님까지 상대할 정신은 없었다. 짧게 앓는 소리를 내고 그대로 은결 언니의 방으로 들어갔다. 책임지고 내쫓아 준다며 큰소리 칠 때는 언제고, 대체 뭘 하고 있는 거야. 불이 켜져 있는 걸 보면 아직 잠든 건 아닌데.

"언니?"

내가 부르자 은결 언니가 고개를 돌렸다. 한 손에는 유리컵을 들고 있었다. 투명한 액체가 반쯤 담긴. 나와 시선이 맞자 언니가 짧게 눈인사를 하고는 컵을 기울였다. 입속의 것을 모두 삼킨 후 내게 얼른 들어오라는 듯 손짓하며 말했다.

"야, 마침 잘 왔다."

신발을 벗고 안으로 들어가자 비로소 언니의 침대가 보였다. 그리고 그 위에 쓰러진 한 여자가 보였다. 얼굴에는 홍조가 짙게 번져 있고, 입을 반쯤 벌린 채 새근새근 자고 있었다. 검은색 맨투맨의 한 가운데에 그려진 치명적인 곰돌이만이 눈을 반짝이며 나를 유혹하고 있었다. 정이월 기자님이다.

바닥에는 신문지가 깔려 있었다. 육포 몇 조각, 과자 부스러기, 그리고 비어 있는 소주병 네 개. 아마 은결 언니가 지금 들이키고 있는 저 투명한 액체는 소주겠지. 술판을 벌인 모양이었다. 그제야 기자님의 몸에서 얕게 나는 술 냄새를 눈치 챘다. 언니가 잔을 끝까지 기울인 뒤에야 말을 이었다.

"가서 한유신 좀 불러와라. 내가 업고 내려갈 자신이 없다."

은결 언니의 얼굴에도 얕게 홍조가 번져 있었다. 말은 똑바로 하고 제정신을 잡고 있는 것 같기는 했지만, 정신을 잡는 것과 똑바로 걷는 것은 또 별개니까. 혹시 모를 사고를 방지하기 위해서라도 유신 씨를 부르는 편이 낫다고 판단했다.

유신 씨의 방 앞에 섰다. 문은 활짝 열려 있었지만 나는 아직 방을 자유롭게 드나들 정도로 유신 씨와 친하지는 않았다. 조금 망설이다 조심스럽게 벽을 몇 번 두드렸다.

"네?"

귀도 좋지. 노크하는 소리가 들리기 무섭게 유신 씨가 벽 뒤에서 나타났다. 그리고는 나와 시선을 맞추며 해사하게 눈웃음을 지어보였다.

"작가님!"

"늦은 시간에 죄송해요."

"아니에요, 아니에요. 마침 심심하던 차였어요."

아무리 심심해도 취한 기자님 업고 가는 건 별로 즐거운 일이 아닐 텐데. 그 말은 목구멍 뒤로 삼키고 다시금 입을 떼었다.

"그…… 부탁 하나만 드려도 될까요."

"아, 그럼요! 뭐든 말만 하세요."

다시금 헤실, 화사한 눈웃음. 저런 표정을 보니 도리어 더 말을 하기가 어려웠다. 40도. 유신 씨의 친절은 늘 그렇게 뜨거웠다.

미카엘 씨의 경우에는 친절이 행동에 자연스럽게 배어나왔다. 너무 자연스러워서 고맙다는 생각을 새삼 하기 어려울 정도로, 그리고 너무 자연스러워서 내게만 베푸는 것이 아니라는 확신이 들 정도로. 반면 유신 씨는 항상 친절을 베풀기 위해 준비하고 있는 사람 같았다. 눈에 훤히 보이는, 자연스럽기에는 너무 티가 나는 커다란 친절들을. 핸드폰이 있으니 지금도 투표결과를 가끔 확인하겠지. 그리고 자기가 보기에 안타까운 결과가 나오면 어떻게든 도와주려 애를 쓸 거다. 그 피해자가 누가 되었든.

따라서 기자님도 도울 수 있으면 분명 도울 사람이다. 그렇게 결론을 내리고 말을 이었다.

"지금 은결 언니 방에 정이월 기자님이 술 먹고 뻗으셨거든요."

내 입에서 나온 말이 의외였는지 유신 씨가 눈을 조금 크게 떴다. 하지만 곧 상황을 이해한 듯 짧게 웃음을 터뜨리고는 자리에서 일어났다. 내가 더 말을 잇기 전에 신발을 구겨 신으며 입을 떼었다.

"어디까지 데려다드리면 되죠?"

"정문까지요. 작가팀 호출할 거예요."

"어쩌다가 그렇게 드셨대요?"

"그건 차차 은결 언니 괴롭혀서 알아내려고요."

내 대답에 유신 씨가 짧게 웃음을 터뜨렸다. 꽤 예쁜 웃음이었다. 유신 씨 본인만큼이나. 웃을 때 눈매가 초승달 모양으로 접히는 모양새도, 짧은 흑색 머리칼이 달빛을 받아 내는 광채도. 참 예쁜 사람이다. 은결 언니가 말했던 '사랑받기 위해 태어난 사람'이 어떤 의미인지, 알 것도 같다.

"선배님. 한 잔 걸치셨어요?"

은결 언니의 방 앞에서 특유의 허스키한 목소리로 유신 씨가 물었다. 은결 언니는 한 손에 다시 꽉 찬 잔을 들고, 다른 한 손을 들며 가볍게 인사를 했다. 빨간 립스틱이 조금 뭉개져 있었다.

"자는데 깨운 건 아니지?"

"그럴 리가요."

언니가 다시금 잔을 훅 기울여 술을 쭉쭉 넘겼다. 크으, 목을 긁는 감탄사를 내뱉더니 손등으로 입술을 슥 닦으며 말했다. 언니의 손등에 립스틱이 잔뜩 묻어 있었다.

"그럼 이 사람 좀 업고 나가라. 내가 지금 힘을 못 쓰겠다."

박미카엘 씨라면 분명 '힘을 써도 기장 때문에 발이 질질 끌리지 않을까요?' 따위의 말로 신경을 긁었을 텐데. 유신 씨는 그런 장난을 치기에는 너무 순한 사람이었다. 상대방을 놀릴 방법조차 제대로 고안해내지 못하는. 그 사실을 증명이라도 하듯 유신 씨가 다시금 헤실 웃었다. 유신 씨의 왼쪽 뺨에 점이 하나 있다는 사실을 그 때 알았다.

"네에. 선배님은 먼저 주무세요."

이런 사람이 자동차 핸들을 잡고 내게 핸드폰을 압수하지 말라는 협박을 하느라 얼마나 가슴을 졸였을까. 문득 그런 생각이 들어 조금 웃어버렸다. 다행히 유신 씨는 기자님을 업느라 정신이 없어 내 웃음소리를 듣지 못한 모양이었다.

유신 씨의 넓은 등 위로 기자님이 힘없이 늘어졌다. 움직임을 알아차릴 정신은 있었는지 뭐라 작게 중얼거리기는 했지만, 발음이 너무 뭉개져서 잘 알아듣지는 못했다. 다만 주어가 '파인애플 피자'인 것으로 미루어보아 그리 중요한 이야기는 아니라고 판단했다.

"내일 술 깨고 드세요, 파인애플 피자."

유신 씨가 기자님을 고쳐 업으며 그리 대답했다. 어린 아이를 달래듯 다정함이 잔뜩 묻어 나오는 말투였다. 그 모양새를 지켜보다가 복도로 나갔다. 호출 버튼을 눌렀다. 연결음이 몇 번 길게 울렸다. 그리고 익숙한 목소리가 들려왔다.

"네에, 쏘머드 예능국 작가팀입니다."

오늘도 야근맨 강혜성 작가님이다. 그나마 다행인가. 막내는 운전 면허가 없으니까. 은결 언니의 방에서 실랑이하는 소리가 들려왔다. 정이월 기자님이 주사라도 부리는 모양이었다. 급해진 마음에 빠른 속도로 말을 뱉었다.

"오빠. 정이월 기자님 지금 내보내니까 댁까지 좀 모셔다줘."

"......정이월 기자님을?"

"팀장님이 어떻게든 쫓아내라고 하셔서 은결 언니가 술 먹였거든."

짧은 침묵. 그제야 상황 파악이 대충 되었는지 오빠가 작게 너털웃음을 흘렸다. 하지만 그 뒤에 오빠가 한 말은 듣지 못했다. 기자님이 울기 시작했기 때문이다.

"왜! 피자 위에 파인애플을 올리는 겁니까아아!"

통신기 저편에서 혜성 오빠가 크게 웃었다. 그래, 지금은 웃겠지. 단 둘이 차에 탔을 때에는 어떻게 감당하시려고. 짧게 한숨을 내쉬고 말했다.

"......빨리 와줘, 오빠. 제발."

"응응, 알았어. 날아갈게."

그렇게 통화가 끊겼다. 기자님이 상상 이상으로 서럽게 울고 있었다. 정말 주사 더럽다. 기자님들 회식 꽤 자주 하는 걸로 알고 있는데 같이 술을 마셔야 하는 분들은 대체 무슨 죄인가. 재빨리 은결 언니의 방으로 돌아갔다. 아비규환이 따로 없었다.

"기절시키면 안 되냐."

"오...... 자제해주세요, 선배님."

"안 아프게 할 수 있는데."

"선배님을 믿지만 그래도 안 돼요."

기자님이 파인애플 피자를 욕하며 유신 씨의 등 위에서 울고 있었다. 그 소리가 정말 듣기 싫었는지 은결 언니가 계속 주먹을 쥐었다 폈다를 반복하고 있었고. 불쌍한 유신 씨만 그 두 거대한 산맥 사이에서 치이고 있었다.

친절한 사람의 삶은 저렇게나 피곤하다. 본인의 삶을 챙기기 위해서 해야 할 고민과 고생이 얼마나 많은데. 친절을 과하게 베풀면 타인의 고민과 고생에도 얽히게 된단 말이지. 지금 은결 언니의 방에는 친절이 두 개 얽혀 있었다. 우선은 막내가 해야 할 일을 대신 하겠다고 한 은결 언니의 친절이 있었고, 그 다음으로 은결 언니를 돕겠다며 나선 유신 씨의 친절이 있었다. 둘 모두 정이월 기자님이 안 계셨다면 필요하지 않았을 친절이었다.

"쉬림프 피자가 있어서 괜찮아요, 기자님!"

유신 씨가 한껏 에너지를 실은 목소리로 그리 말했다. 기자님이 작게 몇 번 훌쩍였다. 그러다 유신 씨의 목을 더 가까이 끌어안으며 웅얼거리듯 물었다.

"......괜찮아?"

"네! 쉬림프 피자는 맛있거든요!"

무슨 논리인지는 모르겠지만 먹히고 있었다. 정이월 기자님이 한결 편안해진 표정으로 순순히 유신 씨의 등에 업혔으니까. 여전히 숨결은 고르지 않았지만, 다시 울음을 터뜨릴 것 같지는 않았다. 그제야 은결 언니가 길게 한숨을 내쉬며 몇 번 마른세수를 했다.

"주사 한 번 진짜......."

언니가 화장실로 들어가며 유신 씨의 팔을 툭툭 두드려주었다. 그제야 유신 씨가 내게로 시선을 돌렸다. 눈매를 초승달 모양으로 접는 특유의 미소. 하지만 조금은 민망한 표정.

"죄송해요. 시끄러웠죠?"

"유신 씨가 죄송할 일은 아니죠."

"아니에요, 아니에요. 제가 더 조심히 업어드렸어야 했는데."

그렇게 남들 때문에 불필요한 고민과 고생을 하고 나면 대개 친절에 회의감이 들기 마련이다. 그 회의감이 친절을 식게 만든다. 하지만 가끔, 아주 가끔 그런 상황 속에서도 온기를 유지하는 친절들이 있다. 호의를 베풀어도 좋은 말을 듣기 어려운 세상에서는 참 보기 드문 사람들인데.

"깨지 않게. 그렇죠, 기자님?"

대답은 없었다. 기자님이 어느새 다시 잠에 들어버린 탓이다. 한결 고르게 변한 숨소리. 그 소리만으로도 대강 상황파악이 되었는지 유신 씨가 푸스스 웃으며 기자님을 고쳐 업었다. 그리고는 내게도 미소를 지어보이며 말했다.

"작가님도 들어가세요. 밖에 추워요."

"문은 어떻게 여시게요."

"그거 그냥...... 발로 이렇게 이렇게 하면......."

저렇게 대답할 것 같았지. 얕게 한숨을 내쉬고는 앞서 걸었다. 그리고 유신 씨가 지나가기 좋게 계단 문을 열어 완전히 젖혀놓으며 말했다.

"그러다 다쳐요."

사양할까봐 걱정했는데. 막상 열어주니 또 그것대로 싫지는 않은 모양이었다. 유신 씨가 다시금 푸스스 웃으며 느릿하게 걸음을 뗐다.

촬영이 모두 끝난 후의 합숙소 계단은 죽은 듯 고요했다. 사람의 체온을 감지한 전등만 깜박일 뿐. 유신 씨는 본인의 무게 위에 한 사람의 무게를 하나 더 얹었음에도 참 조용한 발소리를 유지했다. 소리가 잘 울리는 그 비좁은 공간이 유독 적막하게 느껴진 건 이 탓이었다.

"작가님."

침묵이 깨졌다. 유신 씨 특유의 나직한 목소리가 벽을 타고 공간 전체에 울려 퍼졌다.

"네."

"저 양심고백할 거 있어요."

"……또 뭐요."

유신 씨가 대답 대신 너털웃음을 흘렸다. 그 의미는 알 수 없었다. 세 사람의 온기에 덴 전등이 퍼뜩 불을 켰다. 정이월 기자님의 새근 거리는 숨소리가 다시 들려왔다.

"저 작가님이 챙겨주시는 거 너무 좋아요."

마지막 전등이 켜진 뒤에야 그 거창한 양심 고백이 들려왔다. 말의 의미를 곱씹기에는 타이밍이 굉장히 안 좋았다. 다시 문을 열어드려야 했으니까. 두꺼운 철문이 열리고 찬 가을 공기가 훅 밀려 들어왔다. 온기나 낭만 따위는 한 순간에 식힐 수 있을 만큼 차가운 공기었다. 초가을이라고는 믿기 어려울 정도로.

"다행이네요."

내 말이 아주 마음에 들지는 않았던 걸까. 유신 씨가 해사하게 웃는 대신 매끈한 눈매만 초승달 모양으로 접어보였다. 묵직한 걸음이 잔디 위로 올라갔다. 걸음의 무게를 새삼 실감한 건 그 때였다. 잔디가 힘없이 툭툭 꺾여 뭉개졌다. 때로는 가장 조용한 발소리가 가장 무거운 발소리일 수도 있다. 그런 생각이 들어서 황급히 덧붙였다.

"저도 좋아요. 유신 씨 챙겨드리는 거."

유신 씨가 고개를 돌려 나와 시선을 맞췄다. 그리고는 그제야 환하게 웃었다. 얼굴의 작은 근육 하나하나가 호의로 반짝이는 특유의 웃음이었다. 오른쪽 귓바퀴 전체를 감싼 이어커프가 차가운 달빛을 온색으로 반사했다. 저 이어커프는 단순한 장신구가 아니었다. 장기 기증 신청자들에게 정부에서 나누어주는 것이었다. 한유신 저 사람은, 기부를 하다하다 자기 장기까지 기부한 사람이었다.

사실 나는 아직도 감이 잡히지 않았다. 친절의 온도를 대체 어느 정도로 유지해야 하는지. 너무 차가우면 야박하다고 욕을 먹고, 너무 뜨거우면 순진하다며 떼어 먹고. 그 중도를 유지하는 건 아주 어려운 일이었다. 체온과 달리, 친절의 온도를 재는 온도계는 아직 발명되지 않았으니까.

유신 씨의 넓은 어깨 위에 늘어진 기자님의 얼굴을 가만히 뜯어보았다. 그렇게 무작정 숙소에 텐트를 치고, 무작정 인터뷰를 요구하는 사람. 불친절한 사람이다. 그것만은 확실했다. 하지만 권지아의 이야기를 처음으로 보도한 사람이기도 했고, 나와의 인터뷰를 호의적으로 편집해준 사람이기도 했다. 순순히 죄송하다며 고개를 숙이던 모습도 기억이 났다. 그러니까, 나쁜 사람은 아니었다.

촬영 중에 미카엘 씨가 잡았던 왼손을 다시금 느릿하게 만지작거렸다. 이제는 온기도, 향기도 남지 않았을 텐데. 그럼에도 나는 천천히 그 감각을 더듬었다. 이렇게 하면 그 사람을 더 구체적으로 기억해낼 수 있을 것 같아서.

섭씨 36.5도. 가장 정상적이고 이상적인 체온. 미카엘 씨의 친절은 딱 그런 느낌이었다. 대개 그런 친절을 베푸는 사람은 둘 중 하나다. 선천적으로 적정 온도의 친절을 타고난 사람이거나, 혹은 인위적 노력을 통해 그 온도를 유지하는 사람. 너무 이상적인 온도는 도리어 의심을 산다. 그 뒤에 있을 것이 상상이 되지 않기 때문이다.

주위엔 씨의 싸늘한 시신이 다시금 기억의 수면 위로 떠올랐다.

"아, 저기 오시네요."

현실로 다시 돌아온 것은 유신 씨의 목소리가 들린 뒤였다. 코너에서부터 한 쌍의 헤드라이트 불빛이 드러났다. 예능국 차량 한 대가 가까워졌다. 날아온다더니, 정말 빨리 왔다. 그제야 느릿하게 입꼬리를 끌어올렸다.

"다행이에요. 유신 씨 감기 걸리기 전에 와서."

유신 씨가 다시금 고개를 돌려 해사하게 웃어보였다. 오른쪽 귓바퀴 전체를 감싼 이어커프가 차가운 달빛을 온색으로 반사했다. 파란 기운을 완전히 뺀, 아주 따뜻한 금빛으로.

덫

　　살짝 벌어진 채 신음을 뱉는 입술. 펴질 기미가 보이지 않는 미간. 그리고 초점을 잃은 눈까지. 저 얼굴을 안다. 저 표정을 안다.
　　"선배님, 숙취해소제 사왔습니다!"
　　숙취다.
　　정이월 기자님이 초점 없는 눈으로 뚜껑을 땄다. 그리고는 병을 기울여 그 안의 것을 막힘없이 넘겼다. 아, 저 맛없는 걸. 한 숨에 병을 완전히 비운 기자님이 얼굴을 잔뜩 찌푸린 채 손등으로 입을 슥 닦았다. 그 옆에서 인턴기자 한 명이 안절부절 못하고 있었다.
　　"제가 부탁했던 인터뷰 섭외는 어떻게 됐슴까."
　　"……그게……."
　　인턴 기자가 말끝을 흐렸다. 정 기자님이 한쪽 눈썹을 올리자 그제야 문장이 이어졌다.
　　"기숙학교라 담임선생님의 승인이 있어야만 외출이 가능하다는데……."
　　"승인을 안 해주십니까?"
　　인턴 기자가 고개를 한 번 짧게 끄덕였다. 이월 기자님이 가벼운 손놀림으로 유리병을 분리수거함에 던져 넣었다. 그리고는 한참 바닥을 보며 눈을 깜빡이다 느릿하게 자리에서 일어났다.

"신촌의고 1학년 맞슴까."

"네? 아...... 네! 맞아요."

"알겠습니다. 그럼 제가 직접 가겠슴다."

그 말에 인턴 기자가 조금 당황한 표정을 지었다. 자기가 제대로 일처리를 못해서 상사가 나선다는 의미였으니. 하지만 이월 기자님의 말이나 행동에 짜증은 전혀 보이지 않았다. 무심하기까지 한 말투로 이렇게 덧붙였으니까.

"더 할 말이 있으심까?"

"네? 아, 아뇨, 그건 아니고......."

"그럼 가서 일 보십쇼."

그제야 인턴 기자가 90도 각을 맞춰 인사를 올렸다. 그리고는 주섬주섬 짐을 챙겨 촬영장에서 나갔다. 이월 기자님이 내게 시선을 돌린 건 그 때 즈음이었다.

"작가님은 왜 거기 계십니까."

너무 대놓고 쳐다보고 있었나 보다. 이제 와서 눈을 돌려봐야 너무 늦었겠지. 어색하게 웃으며 조심스레 대답했다.

"......오늘 옷이 예뻐서요."

기자님이 살짝 고개를 숙여 본인의 코디를 확인했다. 짙은 남색에, 가슴 한가운데에 곰돌이가 그려진 맨투맨. 오늘의 곰돌이는 엉덩이춤을 추고 있었다. 의외의 칭찬이었는지 기자님이 살짝 미간을 찌푸렸다. 하지만 칭찬을 잡고 늘어질 생각은 없으셨는지 곧 표정을 풀며 말했다.

"어제 작가님이 제 귀가를 도와주셨다는 이야기는 들었습니다."

오늘 안 그래도 기분 안 좋아보이시는데. 쫓아냈다고 화를 내시려

나. 슬쩍 주변을 둘러보았다. 이곳은 쏘머드 드라마 촬영장. 촬영장에 카메라가 없을 리는 없었다. 따라서 내가 여기서 하는 반론은 어떤 모양새든 좋지 않게 비춰질 거다. 화를 내시면 그냥 납작 엎드려야겠다. 무조건 잘못했다고 빌어야지.

"……그, 음. 크흠. 감사합니다."

죄송하다고 말하려던 찰나에 감사인사를 받았다. 기자님이 살짝 귀를 붉히기까지 했다. 시선을 내리깐 채 뒷목을 긁적이며 웅얼거리는 말들은 잘 알아듣지 못했다. 원래 술이 그렇게 약하진 않은데, 평소에 주사가 그리 심하진 않은데. 뭐 이런 말들일 거라 짐작만 하고 있었다. 조심스럽게 입을 떼었다.

"저보다는 유신 씨가 훨씬 고생하셨죠."

"……네, 그것도…… 전해 들었습다."

지옥의 어색함을 담은 침묵이 흘렀다. 기자님의 정처 없는 눈동자가 꽤나 인상적이었다. 항상 그렇게 안정된 눈을 하고 지루한 표정을 짓던 사람이 저렇게까지 패닉을 하실 줄이야. 한참 기자님의 낯을 살피다 조심스럽게 물었다.

"……기억나세요?"

"저는 맹세하건대 파인애플 피자에 대한 악감정이 없습니다."

기억나시는군.

"김마리 배우님! 스탠바이!"

그제야 고개를 돌려 세트장을 제대로 확인했다. 조명, 감독님, 피디님, 그리고 오늘의 상대역 박미카엘 배우님까지 옹기종기 모여 있었다. 그제야 기자님과 똑바로 시선을 맞추며 말했다.

"그럼 전 먼저 가볼게요."

정이월 기자님은 다른 인사를 하는 대신 내게 짧게 고개를 숙여보였다. 여전히 귀를 붉힌 채였다. 그 모습을 지켜보다가 조금 웃어버렸다. 정말 사람이라는 건 알다가도 모르겠다. 어제만 해도 그렇게 무섭게 느껴지던 사람이었는데.

고개를 돌렸다. 내게 손을 흔드는 박미카엘 배우님이 보였다. 아름다운 사람. 아름답다는 말이 가장 잘 어울리는 사람. 인체의 모든 황금 비율을 모아놓은 것 같은, 친절에 있어서도 최적의 비율을 찾아 남에게 내보이는 사람. 그리고 너무 완벽해서 도리어 거리를 두게 되는 사람.

어제는 불편한 사람이었지. 오늘은 어떻게 되는지 보자.

* * *

"아름다우십니다."

어떻게 그렇게까지 사랑을 하냐고 물었으면서. 잘도 저런 눈으로 나를 올려다보고, 잘도 저런 달콤한 말을 속삭였다. 거짓임을 알았다. 연기임을 알았다. 호르몬 주사도 투여하지 않은 상태에서 나온 대사다. 정말 한 치의 진심도 담겨 있지 않은 건조한 언어일 뿐인데. 저리도 예쁘게 반짝이는 밤색 눈동자에는 사람을 흔드는 무서운 힘이 있었다. 주문을 속삭이는 것 같았다. '내 진심이 뭐가 그리 중요한가요. 어차피 당신은 나를 사랑할 수밖에 없잖아요. 안 그래요? 내가 이렇게나 아름다운데.'

"입에 발린 소리."

내 대사가 싸늘해서 다행이었다. 만약 나도 달콤한 말로 대답을 해야 했다면, 조금 흔들렸을지도 모르겠다. 미카엘 씨의 입가에 은은한 미소가 번졌다. 내 손을 잡은 따뜻한 손끝의 온기는 물러나지 않았다. 그 위의 은청색 글자로 자꾸만 시선이 갔다. Gorgeous. 눈부시고, 화려하고, 기가 막히게 아름다운.

"컷! 오케이!"

한 번에 오케이가 떨어졌다. 감독님이 꽤 만족스러운 표정을 짓고 계셨다. 하지만 컷 사인이 떨어진 뒤에도 미카엘 씨는 내 손을 놓지 않았다. 눈에서 힘을 빼지도 않았다. 한쪽 무릎을 꿇은 채, 그 달콤한 밤색 눈동자로 나를 한참 바라볼 뿐이었다. 다른 사람이라면 별생각 없었을지도 모르겠는데, 박미카엘 배우님은 너무 잘생겨서 불편했다. 정처 없이 시선을 옮기다 조심스럽게 입을 떼었다.

"손...... 계속 잡고 계실 거예요?"

미카엘 씨는 답이 없었다. 느릿하게 눈동자를 깜빡이며 은은한 미소를 유지할 뿐이었다. 그러다 이내 시원스럽게 입꼬리를 끌어올리며 장난스럽게 말했다.

"불편해요?"

"네."

"그럼 작가님이 먼저 놓으세요."

그래도 되나. 본인이 한 말이니 놓아도 되는 거겠지. 천천히 손에서 힘을 뺐다. 하지만 그럴수록 미카엘 씨는 더 악착같이 손에 힘을 꾹 주었다. 그러면서 짓는 익살스러운 표정이 우스워 작게 웃어버렸다. 아, 이런 장난에 웃어주면 안 되는데. 그럼 계속 할 텐데.

"호오...... 지구인치고는...... 제법이군요......."

그렇지만 웃긴 걸 어떡해. 이번에는 약간 크게 웃었다. 그제야 미카엘 씨도 푸스스 웃으며 본래의 표정으로 돌아왔다. 하지만 잡은 손을 놓치는 않았다. 그래, 뭐. 상관없겠지. 나도 손을 빼는 것을 그만두고 느릿하게 눈을 깜빡이다 시선을 떨어트렸다. 미카엘 씨 손가락의 은청색 문신 위로.

박미카엘 문신. 꽤 유명하다. 따라하는 사람들도 많았다. 양 손 검지부터 계지까지 한 글자씩 알파벳을 새긴 형태다. 양 손으로 주먹을 만들어 둘을 붙이면 하나의 단어가 완성되도록. 은청색의 잔뜩 멋을 낸 그 글씨체는 이런 단어를 만들어냈다. GORGEOUS. 눈부신, 화려한, 기가 막히게 아름다운. 문신과 관련된 어느 인터뷰에서 미카엘 씨가 이리 대답했던 것이 문득 기억이 났다. 'Be gorgeous. 제 좌우명이거든요.' 세상에 저렇게 좌우명을 잘 실천하는 사람이 몇이나 될까.

"예쁘죠, 문신?"

내 시선이 어디를 향해 있는지 알아차린 걸까. 미카엘 씨가 코의 미인점을 일그러뜨리며 웃었다. 그제야 그 밤색 시선을 똑바로 보았다. 그리고는 마주 웃으며 말했다.

"네. 예쁘네요."

"김마리 배우님!"

조금 날카로운 외침이 대화를 깔끔하게 잘라내었다. 인터뷰실 앞에 짐을 내려놓으며 카디건을 벗는 혜성 오빠의 모습이 보였다. 인터뷰 시간이다. 그제야 미카엘 씨가 잡은 손에서 느릿하게 힘을 뺐다. 하지만 여전히 한쪽 무릎을 꿇고 나를 올려다보며 말했다.

"다녀오세요."

"다녀올게요."

인터뷰실을 향해 빠르게 걸어갔다. 문을 닫고 들어가는 혜성 오빠의 뒷모습이 유독 눈에 밟혔다. 그러면서도 나는 한참 동안이나 잡혔던 손을 어루만졌다. 따뜻했다.

* * *

카메라의 붉은 빛이 꺼졌다. 혜성 오빠의 입가에 편안한 미소가 번졌다.

"어제는 못 데려다줘서 미안해."

"사과하는 부분이 잘못됐는데."

내 말에 오빠가 조금 웃으며 고개를 떨어트렸다. 본인이 뭘 잘못하고 있는지는 충분히 알고 있는 표정이었으니 됐다. 더 쪼아봤자 속상하기만 하겠지. 혜성 오빠가 누구 때문에 불안해서 그렇게 밤샘을 했는데. 내게는 비난을 할 자격이 없었다. 오빠가 팔을 한참 쓰다듬다가 나직한 목소리로 말했다.

"호르몬 주사 처방 나왔어."

벌써 스토리가 그렇게 됐나. 하여간 우리나라 사람들 러브라인 없으면 드라마 못 보는 건 알아줘야 한다. 그 정도면 병이다.

일단 스토리 흐름상 나와 러브라인이 주어지는 남자배우는 박미카엘과 한유신이다. 마음 같아서는 그냥 그 둘이 사귀는 루트가 생겼으면 좋겠는데. 아직 우리나라가 그런 작품을 지상파 텔레비전에서 보기에는 한참 보수적이다. 그러니 어쩔 수 없었다. 일단은 시키는 대로 주사를 맞고 촬영을 진행하는 수밖에 없었다.

솔직히 말하자면 조금 무서웠다. 나는 혜성 오빠를 사랑했다. 우리 둘 사이의 감정은 단순한 호르몬의 장난, 그 이상일 거라고 믿었다. 하지만 한편으로는 본 것이 너무 많았다. 서로 말도 잘 못 섞던 배우들이 주사를 맞고는 사랑에 깊게 빠진 채 돌아왔으니까. 주위엔 씨도 그랬고.

"언제 맞는데?"

"촬영이 지금 속도대로 진행된다면...... 내일?"

빠르기도 하지. 혜성 오빠의 눈을 똑바로 볼 자신이 없었다. 그래서 약간 시선을 내려 입술에 시선을 고정한 채 조심스럽게 말했다.

"......괜찮을까."

오빠의 입술 사이로 대답 대신 한숨이 새어나왔다. 오빠가 의자에서 일어났다. 그리고는 기어코 내 바로 앞에 쪼그려 앉아 나와 눈높이를 맞췄다. 쌉싸래한 가을빛의 시선이 나를 마주했다.

"마리야."

"응."

"네 입으로 말했잖아. 아무 일 없을 거라고."

내가 죄책감을 가질까봐 괜히 저런 말을 하는 걸까. 그런 생각으로 한참 혜성 오빠의 눈을 들여다보았다. 하지만 그 눈동자에 담긴 감정은 의심할 여지없이 확신이었다. 오빠는 진심으로 내가 이 주사를 맞고, 다른 남자들과 촬영을 해도 우리의 관계가 틀어지지 않을 거라 믿고 있었다. 적어도 눈에 읽히는 바로는 그랬다. 정작 나는 확신이 없는데도 말이다.

"주사는 누구부터 맞아?"

러브라인이 완전히 확정되기 전까지는 관계에 얽힌 배우들이 모두 약을 투여를 받아야 한다. 짝사랑이 8갈래로 얽혀 있었던 시즌3 때에는 주사 맞히는 데에만 총 1시간이 소요되었단다. 모든 조합으로 24시간 데이트를 보내는 데에는 총 2주가 걸렸고. 다행히 이번에는 삼각 이상으로 관계가 꼬일 여지는 없었으니 이틀이면 되었다. 어느 분과 먼저 데이트 파견을 당할지는 모르겠지만.

"미카엘 씨부터."

미카엘 씨는 좋은 사람이었다. 적어도, 지금까지 내가 보고 들은 바로는 그랬다. 부담스럽지도 원망스럽지도 않을 선에서 베푸는 친절. 친해지기 쉬운 특유의 밝고 재미있는 성격. 발성부터 눈빛까지 흠 잡을 구석이 없는 연기. 거기에다가 외모도 눈을 뗄 수 없을 만큼 아름답지 않은가. 분명 싫은 구석이 없는 사람인데 왜 불편할까. 이 사람을 생각하면 꼭 주위엔 씨의 싸늘한 시신이 떠올랐다. 붉은 피로 가득 찼던 그 새하얀 욕조와 함께.

"......나 미카엘 씨 좀 불편해."

나도 모르게 뱉어낸 진심. 대본에 무엇인가를 적던 혜성 오빠의 손이 멈췄다. 짧은 침묵이 흘렀다. 느릿하게 고개를 든 오빠가 나와 시선을 맞춘 채 고개를 갸웃했다.

"미카엘 씨가 왜?"

"그러게."

흠. 오빠의 입술 사이로 짧은 침음이 흘렀다. 잠시 생각을 하는 듯 느릿하게 깜빡이는 눈. 긴 속눈썹이 뺨에 작게 그림자를 드리웠다 거두기를 반복했다. 그러다 이내 안경 너머의 가을빛 시선이 다시 내 눈을 똑바로 마주했다. 한참 동안이나 그 상태를 유지하다가 오빠가 조심스레 입을 떼었다.

"솔직하게 말해도 돼?"

"거짓말보다야 낫겠지."

"네가 미카엘 씨를 사랑하게 될까봐 겁이 나서 그런 것 같아."

묵직한 직구였다. 저런 대답을 들을 거라고는 생각지 못했다. 하지만 아주 근거 없는 이야기는 아니었다. 나는 미카엘 씨나 유신 씨와의 러브라인을 굉장히 불편해하고 있었다. 혹시라도 정말 그 사람들을 사랑하게 될까봐. 그래서 내가 혜성 오빠한테 상처를 주게 될까봐. 더군다나 미카엘 씨는, 정말 흠 잡을 데 없이 완벽한 사람이었으니까. 사랑하기가 너무나도 쉬운 사람이었으니까. 그래서 내 마음속에서 미리 벽을 세웠을 수 있다. 충분히 가능한 이야기였다. 뭔가를 깨닫는 듯 시원한 느낌까지는 아니었지만 적당히 납득은 됐다.

"미카엘 씨 팬 분들이 밥차 보내셨대. 저녁 먹고 퇴근해."

혜성 오빠가 그렇게 말하며 눈매를 휘어 웃어주었다. 하지만 나는 그 가을빛 눈동자에 담긴 감정을 완전히 읽어내지 못했다. 읽어낸다 해도 달라지는 건 없을 거라는 생각은, 딱히 위로가 되지 않았다.

* * *

밥차 앞에 선 은결 언니의 미간이 살짝 찌푸려졌다. 밥을 보면서 얼굴을 찌푸릴 사람이 아니지만 오늘은 이해할 수 있었다.

"……사랑받네, 박미카엘 배우님."

밥차 한쪽에 미카엘 씨의 얼굴이 크게 인쇄되어 붙어 있었으니까.

한두 대가 아니었다. 고급 출장뷔페가 나왔다. 갓 잡아 회를 뜬 싱싱한 초밥부터 시작해서, 두께가 족히 4cm는 될 것 같은 스테이크까지. 저쪽에 줄을 서서 받아먹는 건 랍스터 구이인 것 같았다. 야근에 찌든 제작진의 표정에 모처럼 행복감이 번졌다. 안티가 많은 사람들이 출연진의 주를 이루는 쏘머드의 특성상 '조공'을 받는 건 처음이었다. 솔직히 나도 당장 접시를 들고 싶었다.

"난 그냥 사과 먹으련다. 넌 가서 먹든가."

은결 언니가 그리 말하며 슬쩍 자리를 뜨려 했다. 누군가의 손이 나와 언니의 어깨를 잡기 전까지는.

"하이고오, 우리 팬들이 또 일을 내버렸네요, 또!"

"이거 놔라."

"선배님 맛있는 거 드리고 싶어 하는 내 마음을 어떻게 알고."

미카엘 씨가 그렇게 말하며 씩 웃었다. 은결 언니 혈압 오르는 소리가 여기까지 들리는 것 같았다. 어떻게 저렇게까지 신경을 긁을 수 있으며, 어떻게 저렇게까지 신경이 긁힐 수 있는지 신기할 지경이었다. 은결 언니가 미카엘 씨의 손을 쳐냈다. 그리고는 미카엘 씨를 올려다보며 으르렁거리듯 나직한 목소리로 말했다.

"너 깝죽대는 거 고질병이다."

"아, 우리 선배님 또 카메라 없다고 성질 나오신다."

"적당히 해."

그 말에는 미카엘 씨가 짧게 너털웃음을 흘렸다. 그리고는 손으로 부드럽게 머리칼을 쓸어 넘겼다. 동서양의 미가 완벽히 조화된 얼굴선. 그 흠 잡을 데 없이 완벽한 얼굴로 미카엘 씨가 입을 떼었다.

"힝. 미까엘 똑땅해."

순간이었지만 은결 언니가 주먹을 꽉 쥐는 것을 분명 보았다. 다행히 유혈사태는 일어나지 않았다. 언니가 너클을 끼고 있었으면 상황이 달랐을지도 모르겠다. 더는 상대하고 싶지도 않다는 듯 은결 언니가 미카엘 씨를 어깨로 툭 치고 지나갔다. 키 차이 탓에 정작 친 곳은 어깨가 아닌 팔이었지만. 씩씩대며 지나가는 은결 언니의 뒷모습을 미카엘 씨는 한참 지켜보았다. 그리고는 나와 시선을 맞춘 채 해사하게 웃으며 물었다.

"너무 귀엽지 않아요?"

본인이 애교를 부린 뒤에 한 질문이라 누구에 대한 이야기인지 잠깐 헷갈렸다. 아무리 미카엘 씨가 뻔뻔한 사람이라 해도 설마 자기 자신에 대해 저런 질문을 하진 않겠지. 조금 망설이다 조심스럽게 되물었다.

"……은결 언니요?"

"그럼 누구겠어요."

혹시나 해서요.

미카엘 씨가 장난스럽게 웃었다. 콧등이 찡그려지면서 미인점이 조금 일그러졌다. 하여간 잘생기기는 정말 잘생겼다.

박미카엘. 직접 만나기 전에는 개인적으로 좋아하는 배우였다. 이 사람이 출연하는 작품은 많이 챙겨봤다. 작품 보는 눈이 나와 잘 맞았다. 너무 들뜨지 않고, 그렇다고 너무 가라앉지도 않은. 스토리부터 색감, 연출까지 한 폭의 유화처럼 아름다운 작품들을 선택했다. 그리고 미카엘 씨는 그런 명작에 완벽하게 녹아들었다. 누구보다 강한 존재감을 뽐내며. 예능에서 본 적은 없어서 성격이 이런 줄은 몰랐지.

"친하신가 봐요, 두 분……?"

이제 은결 언니도 없으니 마음 놓고 많이 먹을 수 있겠다. 그렇게 생각하며 접시를 들었다. 그러자 미카엘 씨도 자연스럽게 내 옆에 서서 접시로 손을 뻗었다. 한결 차분해진 목소리로 대답이 돌아왔다.

"학교 선후배예요. 현대무용과 복수전공, 같이 했거든요."

박미카엘 씨도 서울예고 출신이었군. 유명한 연예인들이 대부분 그렇긴 하지만. 느릿하게 고개를 끄덕이는데 미카엘 씨가 코를 찡긋하며 덧붙였다.

"친하다기보다는 제가 일방적으로 쫓아다니는 거지만."

알긴 아시는구나.

미카엘 씨가 거침없는 손길로 큼지막한 새우 몇 조각을 접시에 올렸다. 그리고는 내게도 하나 먹겠냐고 묻는 듯 집게를 들어보였다. 접시를 내밀었다. 소스까지 추가로 부어주며 미카엘 씨가 다시금 입을 떼었다.

"작가님은 어떻게 그리 쉽게 친해졌어요? 비결 좀 알려줘요."

옥상에서 담배 피우는 걸 보고 인생 망친 이야기를 들었어요—라고 곧이곧대로 대답하기는 좀 그랬다. 은결 언니가 담배 피우는 게 비밀이기도 했고, 옥상에 카메라가 없다는 사실을 말해서 좋을 게 없을 것 같았다. 그래서 대강 얼버무리기로 했다.

"그냥, 뭐…… 얘기해봤는데 잘 맞는 것 같았어요."

미카엘 씨는 한참 대답이 없었다. 이유는 알 수 없었다. 대꾸할 말을 찾으려고 그랬는지, 메뉴 구경에 집중을 하느라 그랬는지. 하지만 미카엘 씨가 대답을 한 뒤에도 그 침묵의 의미는 이해하기가 어려웠다.

"독특하시네요."

요새 그 말 참 자주 듣는다.

"은결 언니랑 잘 맞으면 독특한 건가요?"

조금 까칠한 목소리로 말이 흘러나왔다. 이상한 점을 알아차렸는지 미카엘 씨가 한 손을 휘휘 내저으며 말했다.

"아뇨, 아뇨, 그런 게 아니라."

"그럼요?"

"왜, 전과자에 동성애자라고 하면…… 보통 피하잖아요."

은결 언니가 카메라 없을 때 사나워진다고 생각했는데. 이렇게 보면 나도 크게 다를 것이 없었다. 그 말에 내가 한 질문은, 시비조에 가까운 목소리로 나왔으니까.

"누가 그래요?"

내가 이렇게까지 반응할 거라고는 생각을 못했는지 미카엘 씨의 낯에 약간의 당혹감이 번졌다. 하지만 얼마 가지는 못했다. 큼지막한 웃음소리와 함께 그 감정이 흔적도 없이 날아갔다. 웃음을 거두며 몇 번 크게 고개를 저었다. 그 뒤에 미카엘 씨가 한 말은 조금 의외였다.

"아, 다행이다."

뭐가 다행이라는 건지. 내 나쁜 머리로는 이 대화의 흐름을 쉽게 따라갈 수가 없었다.

"저도 작가님이랑 같은 생각이거든요."

이번에는 피자. 미카엘 씨가 한 조각을 집어 올리자 치즈가 쭉 길게 늘어졌다. 본인의 접시보다 내 접시에 먼저 조각이 올라왔다. 달라고 말한 적도 없는데. 음식을 보는 내 표정만 읽고도 뭘 집을지 예상한 것처럼 굉장히 자신 있는 태도였다. 미카엘 씨의 입술이 달싹이며 다시금 말이 흘러나왔다.

"사람들이 그걸 이해를 못하는 것 같아요. 인물의 입체성?"

문학은 열심히 공부를 안 해서 잘 모르겠네요. 웅얼거리듯 뱉은 말과 함께 이야기가 이어졌다.

"타이틀 이상의 것은 생각하지 않아요. 선배가 잘 나갈 땐 그게 '록발라드의 여왕'이었고. 지금은 '전과자 레즈비언' 정도 되겠죠."

팬이 아닌 이상은 그렇지. 어쩌면 당연한 일이었다. 세상 사람들에게 다른 사람의 다양한 면모까지 뜯어볼 여유는 없으니까. 하지만 미카엘 씨의 말도 이해는 되었다. 그 모든 면모를 다 뜯어보지는 못해도, '존재한다'는 것쯤은 생각해줄 수 있지 않을까. 미카엘 씨가 내 접시에 구운 가지 한 조각을 올리며 말을 이었다.

"가령 후배들 밥 사줄 때 통이 굉장히 크시다는 거. 강아지보다는 고양이를 좋아하신다는 거. 몸에서 담배 냄새가 날까봐 굉장히 신경 쓰신다는 거. 싸움을 굉장히 잘하신다는 거. 이런 것들이요."

말의 박자에 맞춰 느릿하게 고개를 끄덕였다. 로봇 여섯 대를 때

러눕히던 언니의 모습이 생각이 났다. 수프를 한 국자 크게 뜨며 대답했다.

"......싸움은 진짜 잘하더라고요."

"어휴, 그럼요. 촬영 때 보셨겠구나."

나만 알고 있으려고 했는데. 장난스러운 말을 덧붙이고는 미카엘 씨가 빈 테이블 앞에 서서 의자를 빼주었다. 이어 앉으라는 듯 가볍게 손짓.

"최은결 선배님, 학교에서 꽤 유명했거든요. 실용음악과 차석 입학생! 엄청 예뻐! 무용도 잘하고 연기도 잘 해! 크으."

아주 과장된 말투였지만 듣기 싫지는 않았다. 쫀득한 말에 맞춰 적절히 추가되는 표정이 제스처가 참 좋았다. 처음 만났을 때부터 생각한 거지만, 말을 재미있게 하는 사람이다. 내 건너편 자리에 앉으며 미카엘 씨가 이야기를 이어갔다.

"그런데도 싫어하는 사람들이 있었어요. 못났죠."

있었겠지. 입이 거칠고 성격이 까칠한 사람은, 아무리 천성이 착해도 환영을 받기는 어려우니까. 하지만 장소가 학교라면 그것 때문만은 아니었을 거다. '그런 사람'이 자기보다 잘난 게 싫었던 거겠지. 미카엘 씨가 포크와 나이프로 피자를 스테이크 썰듯 썰기 시작했다.

"어느 날은 대담한 놈 하나가 선배님 립스틱을 훔쳐서 변기통에 넣고 물을 내려버렸어요. 비싼 거였대요. 무슨 프랑스 브랜드 한정판 제품."

나이프가 미끄러져 접시를 가볍게 긁었다. 하지만 날카로운 소리는 나지 않았다.

"근데 은결 선배님이 합의금은 됐다며 이렇게 말씀하셨어요. '딱한 대만 맞으면 용서해준다.' 그 사람 어떻게 되었게요?"

미카엘 씨가 눈을 반짝이며 시선을 맞췄다. 밤색 머리칼과 눈동자. 예쁘게 톡 튀어나온 이마. 곧고 높은 코. 깊은 아이홀. 진하지만 부담스럽지는 않은 눈매. 그리고 콧대 조금 오른쪽에 매력적으로 자리를 잡은 점까지. 얼굴 구경을 하느라 잠깐 정신을 잃었다. 내가 질문을 받았다는 사실을 기억해내는 데에는 조금 시간이 걸렸다.

"……어떻게 되었는데요?"

"위아래 앞니 네 개가 뿌리만 남기고 다 깨졌어요."

다른 사람에 대한 이야기였으면 과장하지 말라고 핀잔을 줬을 텐데. 저번 촬영을 본 뒤로는 상상이 쉽게 되었다. 내가 순순히 납득을 하자 미카엘 씨가 살짝 눈썹을 올리다 씩 웃었다. 그리고 피자 조각을 입에 넣은 채 말했다.

"저는요. 그 날 결심했어요. 꼭 은결 선배의 따까리가 되겠다고."

결론이 이상한데.

"근데 선배님이 절 별로 안 좋아해요. 후배에 대한 아가페로 유명하신데."

그래. 그건 확실히 조금 이상하다고 느꼈다. 조금 짓궂은 구석은 있지만, 미카엘 씨가 까칠하거나 맞추기 힘든 성격은 아닌데 말이지. 더군다나 후배라면, 은결 언니 성격에 웬만하면 아끼고 예뻐할 것 같았다. 나만 해도 며칠 만에 예쁨 받고 있는데.

"……너무 놀려서 그런 건 아닐까요?"

조심스레 물었다. 피자를 썰던 미카엘 씨의 손이 멈췄다. 그리고는 다시금 나와 시선을 맞춘 채 코끝을 찡그리며 푸스스 웃었다.

"아무래도 그런 것 같죠?"

밤색의 눈동자가 다시 내게로 돌아왔다. 눈을 똑바로 마주하고도 조금 긴 시간이 흘렀다. 체할 것 같다는 생각을 할 때 즈음 미카엘 씨가 입을 떼었다.

"작가님."

"네?"

"우리 친구할래요?"

* * *

"그래서. 뭐라고 대답했냐."

화를 억누르듯 나직한 목소리였다. 은결 언니의 눈치를 조심스레 살피고 연고의 뚜껑을 열었다. 튜브를 짜자 반투명한 흰색의 겔이 손가락 위로 기어 나왔다. 최대한 자연스러운 말투로 대답했다.

"그러자고 했어."

언니는 한참동안이나 말이 없었다. 조금 무서워졌다.

봉합된 상처 위로 연고를 천천히 펴 발랐다. 처음에 비해 상처가 아문 게 확실히 눈에 보였다. 과연 안쪽까지 완전히 나았는지는 모르겠지만, 아무튼 그 날의 꿈에서처럼 피고름이 밖으로 터져 나오는 일은 없었다. 언니가 길게 한숨을 내쉬고는 관자놀이를 꾹꾹 누르며 입을 떼었다.

"그래, 뭐...... 네가 친구 만드는 것까지 내가 참견하긴 좀 그렇지."

차분한 목소리로 대답이 흘러나왔다. 조금 의외였다. 눈치를 보다가 깨끗한 패드를 상처 위에 얹었다. 붕대가 몇 번 허리 주변을 돌았다. 언니의 표정이 궁금했다. 확인할 방법은 없었지만.

붕대를 다 감기 무섭게 언니가 셔츠를 어깨 위에 걸쳤다. 그리고는 뒤도 돌아보지 않은 채 여전히 가라앉은 목소리로 말했다.

"이제 가라. 나 피곤하다."

왜 미카엘 씨를 그렇게까지 싫어하는지 정말 궁금했다. 하지만 묻는다 해도 카메라가 잔뜩 설치된 방에서 대답을 듣는 건 무리겠지. 고개를 돌려 한쪽 벽에 박힌 검은 카메라를 똑바로 쳐다보았다. 렌즈 초점이 조정되는 기계음이 들리는 듯도 했다. 시선을 돌렸다.

"불 꺼줄까?"

"엉."

걸음이 무거웠다. 이런 대화는 싫었다. 매듭을 정확히 짓지 않고 나중에 꼬일 여지를 남겨두는 기분이었다. 카메라만 없었어도 물고 늘어졌을 거다. 대체 미카엘 씨의 뭐가 그리 싫은 건지. 둘 사이에 무슨 특별한 일이라도 있었던 건지. 하지만 아직 방송에 둘의 마찰이 드러나지 않은 상황에서 그런 질문은 해가 될 뿐이었다. 나만 욕을 먹고 끝나면 또 모르겠는데, 이건 은결 언니도 끌어들이는 일이었으니까. 불을 껐다. 문을 닫았다. 문이 잠겼다.

* * *

바늘 끝이 살갗을 뚫었다. 알 수 없는 약물이 체내로 흘러 들어왔다. 다만 그 흐름마저 느껴질 만큼 감촉이 선명하지는 않았다.

"어지러울 수 있으니까 격렬한 운동은 조심하시고요."

의료진 선생님이 작은 상처 위로 반창고를 붙여주며 그리 말씀하셨다. 주삿바늘이 다른 의약 폐기물들 틈에 묻혀 들어갔다. 선생님이 나긋나긋하고 차분한 말투로 말을 이었다.

"신체 접촉이 호르몬 분비를 촉진하니까 참고하세요."

"네."

"그리고 이거."

딸깍, 잠기는 소리가 들렸다. 나도 모르는 사이에 내 왼쪽 손목에 쇠로 된 팔찌 하나가 채워졌다. 가운데의 볼록한 부분에서 작은 빨간색 전구가 깜빡이고 있었다.

"위치추적기예요. 설명은 필요 없죠?"

"......네."

위치추적기. 어쩌면 하나씩 주어지는 게 당연한 물건이었다. 카메라가 동행하지 않는 24시간 데이트의 특성상, 출연진이 '사랑의 도피'를 하기로 마음먹는 게 불가능하지 않았으니까. 이건 방송작가가 아니라 의료진의 지문을 인식했을 때에만 풀리거나 잠긴다. 우리 방송 작가들이 관리하기에는 다소 위험한 물건이기 때문이다. 메인 기기에서 신호를 보내면 체내로 전류를 흘려보낼 수 있는 팔찌였다.

살짝 고개를 들어 의료진 선생님의 낯을 조심스럽게 살폈다. 혹시라도 공감이나 동정 같은 감정이 묻어 있을까 하는 기대감에서였다. 하지만 그 가지런한 이목구비 위로 번져 있는 감정이라고는 타성뿐이었다. 희망을 접고 자리에서 일어났다.

* * *

"출연진한테 이렇게 핸들을 맡겨도 돼요?"

미카엘 씨도 한유신 씨와 똑같은 질문을 했다. 본인들이 범죄자도 아니고 핸들 좀 잡게 해주는 게 뭐 어때서. 만약 미카엘 씨도 유신 씨처럼 핸들을 잡은 채 나를 협박한다면 문제가 되겠지만, 미카엘 씨가 그럴 사람이라고 생각되지는 않았다. 총을 들고 협박을 하면 했지 겨우 핸들을 잡고 협박을 할 시시한 남자는 아닐 것 같았다.

"제가 자율주행을 못 믿어요."

미카엘 씨가 푸스스 웃고는 시동을 켰다. 죽어 있던 쇳덩이에 빛이 들어왔다.

"공통점 하나 찾았네. 저도 자율주행 시스템 안 좋아하거든요."

대답은 하지 않았다. 시동이 걸렸다. 어색한 침묵이 썩 마음에 들지는 않았는지 미카엘 씨가 라디오를 켰다. 가벼운 비트의 팝송이 흘러 나왔다.

"어디로 갈까요?"

"미카엘 씨 가고 싶은 데로 가요."

내 말에 미카엘 씨가 너털웃음을 흘렸다. 창문이 내려갔다. 시원한 바람이 차 내부로 쏟아져 들어왔다. 속눈썹이 느껴질 정도로 제법 거센 바람이었다. 짧은 침묵이 후 미카엘 씨가 입을 떼었다.

"작가님."

"네."

"저 싫어요?"

평범한 질문은 절대 아니었다. 당황하지 않았다면 거짓말이다. 아무리 카메라가 없다고는 하지만 저렇게 직설적인 질문을 할 거라고는 생각지 못했다. 화가 난 걸까. 잠시 미카엘 씨의 옆얼굴을 살피다 더듬더듬 말을 이어갔다.

"아, 아뇨, 그건 아니고......."

"그럼. 불편해요?"

이건 솔직히 맞는 말이긴 한데. 그렇게 티가 많이 났나. 내가 입을 꾹 다문 채 버티자 미카엘 씨가 푸스스 웃었다. 무슨 의미인지 대강 알았다는 듯. 핸들을 잡은 미카엘 씨의 손으로 시선을 돌렸다. 따뜻한 노을빛이 은청색의 문신 위에 녹아들었다. 하지만 그럼에도 눈부신 그 글자들은 온기를 머금지 않았다.

"전 작가님 좋은데."

"……주사 효과가 벌써 나타나는 건가요."

"그럴 리가요. 처음 봤을 때부터 좋았어요."

처음 보았을 때. 천천히 그 때의 기억을 더듬어 보았다. 나는 죽어라 일을 하고 있었고, 미카엘 씨는 커피를 돌리고 있었다. 나는 미카엘 씨한테 아무도 죽게 하지 않겠다고 약속했다. 미카엘 씨는 내게 좋은 대답이라고 말을 했었다. 그래, 기억난다. 그 때만 해도 내가 이 팔찌를 차고 이 사람과 사랑에 **빠지란** 명령을 받을 줄은 몰랐지.

"물론 에로스적인 의미는 아니고요."

미카엘 씨가 가벼운 웃음과 함께 말을 덧붙였다. 당연한 이야기였다. 그 당시만 해도 미카엘 씨가 내 약혼반지를 보며 이야기를 했으니까. 시선을 떨어트렸다. 백금의 다이아 반지는 아직도 내 왼손 넷째 손가락에 끼워진 채 반짝이고 있었다. 그 위로 느릿하게 오른손을 겹쳐 올렸다.

"신기하더라고요. 그 나이에 자기가 사랑하는 남자가 누군지, 자기가 원하는 삶이 무엇인지를 정확하게 알고 있는 사람이라니."

눈앞의 풍경이 한결 시원해졌다. 빌딩이 조금씩 낮아지고, 한쪽으로는 물이 흐르는 풍경. 서울 가장자리에 가까워지는 건지 유리 돔의 높이가 낮아지고 있었다.

"전 그런 사람은 저밖에 없는 줄 알았거든요."

미카엘 씨가 장난스럽게 웃으며 말했다. 지금은 오른쪽 얼굴밖에 보이지 않았지만, 저 웃음을 알았다. 코의 점을 가볍게 일그러뜨리는 특유의 웃음이었다. 이미 충분히 완벽한 저 얼굴을 더 눈부시고 화려하게 만들어주는.

"미카엘 씨도 사랑하는 사람이 있나요?"

내 질문에 미카엘 씨가 느릿하게 눈을 깜빡였다. 차는 소리 없이 조금씩 속도를 높여갔다. 짧지 않은 침묵이 흐른 뒤에야 미카엘 씨가 입을 떼었다.

"없어요."

"그런데 무슨 확신을 해요."

"앞으로도 없을 거라는 확신이 있거든요."

꽤나 패기 넘치는 말이었다. 더군다나, 호르몬 주사를 맞고 24시간 강제 데이트를 가야 하는 상황에서. 대체 저런 자신감이 어디서 오는 건지는 잘 모르겠다.

"어떻게 그렇게 확신을 해요?"

"아주 간단명료한 논리인데. 들어볼래요?"

차가 달리는 속도가 빨라졌다. 창문을 통해 들어오는 바람소리가 크다고 느껴질 정도로. 미카엘 씨가 창문을 닫았다. 완전히 방음이 된 차량 내부에서는 잔잔한 음악만이 흐를 뿐이었다.

"저는 아름다운 게 좋아요. 삶을 아름다운 것들로 채우는 게 인생의 목표죠."

"그런데요?"

"그런데 이 세상에 사랑처럼 추한 게 몇 안 돼요."

정말 간단명료한 논리였다. 아름다운 것으로만 인생을 채우려는 사람이 추한 것을 삶에 들일 이유는 없다. 이러한 결론의 산출 과정에는 오류가 없었다. 만약 반박할 여지가 있다면, 과정이 아닌 전제에 있었지.

"사랑이 왜 추하죠?"

"사랑이 어떻게 추하지 않아요?"

반문. 그리고 이어지는 짧은 웃음. 그러고 보니 미카엘 씨는 전에도 비슷한 질문을 했다. 어떻게 그렇게까지 사랑을 할 수 있느냐고. 그때 나는 선뜻 답을 하지 못했다. 지금이라면 할 수 있을까. 말을 고르며 소매 끝을 지분거리는 동안 미카엘 씨가 말을 이어갔다.

"더 추하고 덜 추한, 정도의 차이가 있을 뿐이죠. 아름다운 사랑은 없어요."

인간은 아주 오래 전부터 사랑을 예술의 소재로 삼았다. 시, 음악, 영화, 그 뭐가 되었든. 가장 환상적인 사랑의 시작부터 가장 눈물겨운 사랑의 마지막까지. 사랑은 시대를 초월하는 인간의 가장 강렬한 감정이었다. 그 강렬함을 아름답게 보느냐, 추하게 보느냐의 차이겠지. 어떤 논지에서 저런 말을 하는지 이해는 되었다. 그래서 그 부분은 더 이상 물고 늘어지지 않기로 했다. 대신 다른 질문을 던졌다.

"그럼 가장 덜 추한 사랑은 뭔가요?"

흠. 미카엘 씨의 닫힌 입술 새로 짧게 침음이 새었다. 제법 진지하게 고민을 하는 건지 고개를 조금 갸웃거리기도 했다. 하지만 오래 가지 않아 대답이 돌아왔다.

"삼류 포르노 배우 같은 사랑이죠. 컷 사인이 내려지면 모든 것이 끝나는."

모든 것이 끝난 뒤 감정의 폐기가 가능한 사랑. 만약 그것이 가장 덜 추한 사랑이라면, 반대로 가장 강렬한 사랑이 가장 추한 사랑이겠지. 대답을 예상하고 있었지만 굳이 질문을 다시 한 번 했다.

"그럼 가장 추한 사랑은요?"

"인어공주 같은 사랑이요. 사랑을 위해 자신의 본질을 인위적으로 바꾸는."

안데르센이 무덤에서 울겠군. 사랑하는 사람을 위해 자신을 변화시키는 것을 추하다 말하는 사람이 등판했다. 웬만하면 반박을 하겠지만 사실 쏘머드 시즌5 때문에 나도 인어공주에 대한 감정은 썩 좋지 않았다. 성대 제거 수술을 하고 염산에 신체 일부를 녹이는 징그러운 시즌이었지. 그냥 안데르센이 잘못한 걸로 하자.

한참 대화가 이어지지 않았다. 돔의 높이는 점점 낮아지다 결국 터널의 형태로 바뀌었다. 서울을 벗어나고 있었다.

"……있죠, 작가님."

제법 진중한 목소리로 말이 흘러나왔다. 은청색의 G가 새겨진 손가락이 자율주행 시스템을 가동시켰다. 미카엘 씨가 핸들에서 손을 떼었다. 그리고는 나와 눈을 맞췄다. 이 세상에서 다시는 볼 수 없을, 진하고 달콤한 밤색의 눈동자로. '아름다우십니다.' 어제 촬영에서 들었던 대사가 또 들리는 것 같았다. 미카엘 씨의 손이 조금씩 가까워졌다. 따뜻한 체온이 뺨을 스쳐 귀로 올라갔다. 체취가 아찔했다. 향수다. 은은하게 잔향을 남기는 입욕제가 아니라, 강렬하게 사람을 사로잡는 향수의 향이었다. 머스크 기반에 약간의 과일향이 얹어진. 그 향기가 내 머리칼 일부를 귀 뒤로 넘겼다.

심장이 뛰었다. 안 좋은 신호다. 약기운이 번져가기 시작하나 보다. 말려야 하나? 말려야 할까? 살짝 벌어진 연한 분홍빛의 입술이 눈앞의 화면을 가득 채웠다. 그대로 시간이 멈춘 듯했다. 그야, 미카엘 씨가 그대로 동작을 멈췄으니까. 조금 전 내게 사랑은 하지 않을 거라 자신하던 사람을 말리는 것도 웃긴데. 왼손 약지의 반지를 꼭 쥐었다. 사랑하지 않아. 나도 당신을 이렇게 쉽게 사랑하진 않아.

"저랑 거래 하나 하실래요?"

숨결마저 눈부시고, 화려하고, 기가 막히게 아름다웠다. 이야기 속에서 악마와 거래를 하던 수많은 치인들이 생각났다. 목이 탔다. 숨을 넘겼다. 그리고 시선을 떨어트린 채 느릿하게 입을 떼었다. 혹시 이렇게 하면, 아름답다는 생각이 조금 사그라질까 싶어서. 노래가 끝을 향해 달려갔다.

"......들어보고요."

불발

아침이다. 침대가 너무 푹신해서 일어나기는 싫었지만.

놀랍게도 눈을 뜨자마자 머릿속에 떠오른 것은 박미카엘 씨의 얼굴이었다. 그 깊고 진한 눈매, 윤기 나는 밤색 머리칼, 콧대의 새치름한 점....... 그 약, 누가 발명한 건지는 몰라도 기가 막히게 잘 만들었다. 이불을 머리 위로 뒤집어썼다. 제정신이 붙어 있을 때 미카엘 씨가 거래를 제안해준 것이 너무 고마웠다. 달콤한 목소리로 코앞에서 속삭이던 그 입술이 선명하게 그려졌다.

'당신을 사랑하게 해줘요.'

머스크 향이 머릿속에 쿵쿵 울린다. 그 입술. 아찔한 선을 그리는 그 입술.

'그러면 나는, 아무리 당신을 사랑해도 절대 당신을 소유하려 하지 않을게요.'

역설적인 거래다. 결국 미카엘 씨는 나를 사랑하든 사랑하지 않든 나를 소유하지 못한다. 나를 사랑한다면 약속을 했기 때문에 나를 소유할 수 없고. 나를 사랑하지 않는다면 소유할 이유가 없다. 반대로 나는 미카엘 씨를 소유하고 싶으면 오히려 나를 사랑하지 못하게끔 해야 한다. 미카엘 씨가 나를 사랑하게 되면, 나는 절대로 그를 소유할 수 없으니까. 다행이다. 약기운이 다 퍼지기 전에 서로 그렇게 약속해서 다행이다.

얼굴이 화끈거렸다. 미치겠다. 쪽팔려서 방에서 나가지도 못하겠다. 나이 처먹고 약혼하고 동거 1년이 넘어가는 주제에 이런 사춘기 소녀 감성이 가당키나 하냐고.

문 두드리는 소리가 났다. 퍼뜩 정신이 들었다. 자는 척할까. 아니면 죽은 척을 할까. 죽은 척보다는 역시 자는 척이 나으려나.

"마리 씨?"

대답을 하는 대신 베개에 얼굴을 묻었다. 미카엘 씨의 눈을 똑바로 마주할 자신이 없었다. 마리 씨는 또 뭐야. 그냥 평소처럼 김마리 작가님, 하시지. 내가 한참 침묵을 지키자 다시금 문 두드리는 소리가 울렸다.

"마리 씨이. 아직 자요?"

못 당하겠다. 다 무시해도 저 애교 섞인 목소리는 정말 무시를 못하겠다. 작게 헛기침으로 목소리를 가다듬고 대답했다

"......바, 방금 깼어요."

작게 웃음소리가 들려왔다. 지금 미카엘 씨가 어떤 표정을 짓고 있을지 궁금했다. 나랑 비슷한 상태일까. 아니면 역시, 절대 사랑은 하지 않겠다던 본인의 의지대로. 어제와 똑같은 낯을 하고 있을까.

"얼른 씻고 나와요. 아침에 쭉 드라이브 하고 왔는데, 근처에 분위기 좋은 브런치 카페가 있더라고요."

이불 아래로 꼼질거리는 왼손이 보였다. 약지의 다이아가 어둠 속에서도 작게 반짝이고 있었다. 그래. 중요하지 않다. 미카엘 씨가 무슨 표정을 하고 있는지는 별로 중요하지 않다. 어차피 이 감정은 일시적이고 인위적인 것일 뿐이다. 정기 약물투여가 끝나는 순간 증발

해버릴 찰나의 환상이다. 거래까지 했잖아. 절대로 서로 소유할 수 없게끔. 나는 사랑하는 사람이 있다. 그 사람한테 상처를 줄 일은 절대 하지 않을 거다.

"아직 24시간 안 끝났어요. 나랑 놀아주기로 했잖아요."

놀아드리면 된다. 정해진 시간 동안 놀아드리기만 하면 된다. 미카엘 씨에게 나는 딱 그 정도로만 남으면 된다.

침착하게 생각을 곱씹다보니 얼굴의 화끈거림이 조금 가라앉았다. 뺨을 몇 번 손등으로 만져보다 이불을 걷어내었다. 침대 맞은편에 놓여 있는 거울에 내 얼굴이 비추어졌다. 사람은 사랑에 빠지면 예뻐진다더니 정말인가. 아니면 단순히 침대가 좋아서 푹 잔 탓일까. 안색이 확실히 좋았다.

"나갈게요. 조금만 기다려주세요."

천천히 침대에서 내려왔다. 그리고 한참 동안이나 닫힌 문을 바라보았다. 저 문 저편에 있는 남자를 떠올리며. 절대 서로를 소유할 수 없는 관계에 놓인, 바로 그 아름다운 남자를 떠올리며.

* * *

"미카엘 씨는 안 드세요?"

"먹을 거예요."

말은 그렇게 하고도 미카엘 씨는 포크를 들지 않았다. 턱을 괸 채 한참 내 얼굴을 살필 뿐이었다. 저 눈을 안다. 연애 초에 많이 받았던 눈빛이고, 지금도 가끔 혜성 오빠가 쏘아주는 눈빛이다. 절대 사랑 같은 건 하지 않을 거라고 장담할 땐 언제고. 부담스러운 시선에 살짝 뺨이 달아올랐지만 아무 말도 하지 않았다. 팬케이크에 시선을 고정시킨 채 칼질만 했다.

"와...... 어쩜 좋죠."

입속에 들어가자마자 팬케이크가 녹았다. 부드럽고 달콤한 맛을 아주 얇게 남긴 채. 미카엘 씨를 계속 무시할 수는 없을 것 같아서 느릿하게 시선을 올렸다. 맑고 깊은 밤색의 눈동자가 여전히 나를 향해 있었다.

"......뭐가요."

"어제 거래 안 했으면 큰일 날 뻔했어요."

뻔뻔스럽게도 시선을 똑바로 맞춘 채 미카엘 씨가 그렇게 말했다. 심장이 철렁 내려앉았다. 추스르는 데에는 생각보다 시간이 걸렸다. 너무 칼질을 오래 해서 접시에 칼자국이 남을 정도였다. 말을 하는 대신 거대한 팬케이크 조각을 미카엘 씨의 입에 밀어 넣었다. 대답이 떠오르지도 않았을 뿐더러, 떠올랐다 해도 지금 우리의 상황에 도움이 될 말은 아니었을 테니까. 꽤 무례한 행동이었는데도 미카엘 씨는 입안에 음식을 가득 채운 채 꾹꾹 웃음을 눌러 참았다. 불쾌감은 어디에서도 찾아볼 수 없었다. 정말 미치겠군. 호르몬 분비 유도 주사는 세기의 발명품이다.

"와아...... 정말 박미카엘이네."

뒤에서 기척이 느껴졌다. 고개를 돌려 소리가 들린 곳을 확인해보니 교복 차림의 여학생 한 명이 서 있었다. 가슴에는 스티커를 가득 붙인 터치패드 하나를 끌어안은 채. 내가 고개를 돌리자 학생의 눈이 커졌다. 그리고는 더 격양된 목소리로 물어왔다.

"대애—박. 김마리. 김마리죠?"

학생이 조금 급한 손놀림으로 패드에서 터치펜을 빼들었다. 그리고는 내게 패드와 펜을 동시에 내밀며 빠른 속도로 덧붙였다.

"저 두 분 다 진짜 진짜 팬이에요! 싸인 좀 해주세요!"

싸인 없는데요. 본인인증은 죄다 신체로 하는 22세기에 일반인이 싸인 같은 게 있을 리가. 내가 당황하고 있다는 사실을 알아차린 듯 미카엘 씨가 내 손에 들린 패드와 펜을 가져갔다. 그리고는 코의 점을 살짝 일그러뜨리며 웃었다. 시선은 학생에게 고정한 채였다.

"고하나 양. 이름 예쁘네요! 일산학문고 다녀요?"

그 짧은 시간 새에 학생의 명찰과 교복까지 모두 스캔을 끝낸 모양이었다. 미카엘 씨가 제 이름을 불러주자 학생이 낯을 화악 붉히며 환하게 웃어보였다.

"앗 네......! 2학년이에요."

"학문고 학생이면 걱정 없네요. 학계에 이름을 날리실 일만 남았네."

미카엘 씨가 패드 위에 짧은 문장 하나를 적고는 거침없는 손놀림으로 싸인을 했다. 파일을 저장하려는 듯 몇 번 가볍게 이곳저곳을 터하고는, 그대로 기기를 내게 슥 밀어주었다. 새하얀 화면, 그리고 새하얀 머릿속이다. 음. 잘 모를 땐 이름 석 자를 적어주는 게 맞겠지.

"에이...... 요새는 그렇지만도 않아요. 대학 정원도 계속 줄어들고 있고......."

정직한 필체로 이름을 적었다. 김마리. 뭔가 부족한 것 같아서 아래에 오늘 날짜와, 행복하시라는 말도 덧붙이기로 했다. 조금 전 미카엘 씨의 싸인에 비하면 턱없이 초라하지만 분명 이해해주시겠지. 나는 연예인도 아닌데. 저장을 하려는 순간 기기가 짧게 진동했다. 기사 알림이었다. 제목 정도는 읽어봐도 괜찮겠지. 눈만 돌려 기사 제목을 확인했다. 앞에 무려 '속보'라는 말머리가 덧붙는 기사였다.

[속보] 한유신 부친상, UKBS '쏘머드' 촬영 일시중지

"에이, 그렇게 말하지 마세요. 잘 될―"

"미카엘 씨."

미카엘 씨의 말을 다소 무례하게 끊었다. 하나 양과 미카엘 씨의 눈이 동시에 내게로 돌아왔다. 기사까지 났는데 말해도 상관없겠지. 시선을 내렸다. 흰 화면 위 정직하게 적힌 검은 글자 석 자가 유난히 눈에 밟혔다. 김마리. 뭐가 그리 잘났다고 이렇게 정직한 필체로.

유신 씨의 아버지가 돌아가셨다. 뵙기는커녕 이야기를 전해들은 적도 없는, 다소 먼 사람이었다. 그런데도 가슴 위에 얹히는 무게는 결코 가볍지 않았다. 유신 씨가 그동안 건네어온 친절들이 기억난 탓이었다. 기자님을 등에 업고 잔디 위에 묵직한 발자국을 남기던 그 모습이 떠올랐다. 때로는 가장 조용한 걸음이 가장 무거운 걸음일 수 있다. 그런데 나는 유신 씨에게 위로의 말도 전하지 못했다.

"……죄송해요. 기사를 보려고 본 건 아니었는데."

패드를 내밀었다. 하나 양보다 미카엘 씨가 먼저 문제의 그 기사를 확인했다. 밤색 눈썹이 살짝 올라갔다. 하지만 나처럼 충격을 받거나 크게 놀란 눈치는 아니었다. 미카엘 씨의 어깨 너머에서 기사를 읽던 하나 양은 경악을 금치 못했지만.

미카엘 씨의 눈동자가 빠르게 기사를 훑어 내려갔다. 그 매끈한 입술 사이로 말은커녕 얕은 숨조차도 새어나오지 않았다. 왼쪽에서 오른쪽, 또다시 왼쪽에서 오른쪽으로. 길고 가는 손끝이 화면을 쭉쭉 밀어 내려갔다. 글의 마지막에 도착한 뒤에야 시선을 내리깔았다. 그리고는 완전히 식어버린 머그잔의 커피를 쭉 들이켰다.

"나와요, 마리 씨."

"네?"

"아직 5시간 남았어요."

미카엘 씨가 어깨 위로 재킷을 걸치며 말했다. 그 왼쪽 손목에 쇠로 된 팔찌가 보였다. 가운데의 작은 빨간색 전구가 반복적으로 깜빡였다. 5시간. 그 팔찌가 우리에게 허락하는 시간이었다.

"어딜 가는데요?"

미카엘 씨가 팔찌를 매만졌다. 차가운 금속의 팔찌 위로 은청색의 알파벳이 새겨진 손가락이 보였다. 쏘머드 본부에서 마음만 먹으면 언제든 저 팔찌를 통해 전류를 흘려보낼 수 있다. 저 아름다운 얼굴이 아주 일그러질 때까지. 하지만 팔찌를 만지작거리는 미카엘 씨의 얼굴에서는 어떠한 초조함도 찾아볼 수 없었다. 입꼬리가 부드럽게 말려 올라갔다.

"마리 씨 죄책감 덜어주러 가죠."

* * *

그런 문학적인 표현 쓰지 말고 어디 가는지 말해달라고 했지만 미카엘 씨는 쉽게 답을 뱉어내지 않았다. 죄책감을 덜러 가다니, 정말감 안 잡히는 설명이었다. 주위엔 씨 납골당이려나. 아니면 혜성 오빠한테 속죄하러 방송국으로 돌아가기라도 하는 걸까. 많이 머리를 굴려봤지만 아무 힌트도 없는 상황에서는 답이 나오지 않았다. 결국 포기하고 창밖이나 구경하기로 했다. 차 안에서는 침묵 대신 옛날 팝송들이 흘러나왔다. 미카엘 씨의 입술 사이로 말소리가 새어나온 것은 고속도로에 오른 뒤였다.

"유신이는 저랑 친해요. 동호회도 같이 하고, 여러모로 취향이 잘 맞아서 사적으로도 자주 만났거든요."

고속도로 위에서 차를 타고 달리면 늘 묘한 상황이 연출되었다. 가까운 풍경은 육안으로 따라갈 수 없을 정도로 빠르게 지나간다. 날카로운 바람의 갈퀴 하나하나가 차체를 긁는다. 하지만 먼 곳의 풍경은 놀라울 만큼 고요하고 평화롭다. 연표의 어느 지점에서 불렸을지 모를 낯선 노래가 침묵을 메워갔다.

"그래서 서로 집도 알아요. 걔, 부모님이랑 같이 사는데, 사고 위치랑 자택이랑 거리를 감안하면 갈 만한 큰 병원이 하나뿐이에요."

그 말에 공상의 흐름이 뚝 끊겼다. 아까 기사를 읽던 밤색 눈동자 뒤에서는 이런 계산이 진행되고 있었던 거다. 누가 알아차리지도 못할 만큼 빠르게. 그제야 천천히 고개를 돌렸다. 미카엘 씨의 옆얼굴을 보아야만 했다. 이 사람을 보면 심장이 뛸까봐, 내가 의지를 잃을까봐 일부러 보지 않으려고 했는데. 저렇게 아름다운 사람을 어떻게 외면할 수 있을까.

"······고마워요."

내 말에 미카엘 씨가 입꼬리를 올려 웃었다. 눈은 여전히 정면을 향해 있었지만 굳이 얼굴 전체를 보지 않아도 알 수 있었다. 이 미소는, 코 위의 점을 작게 일그러뜨리며 짓는 장난스러운 미소는 아니었다.

"이런 일시적인 짝사랑도, 뭐."

거대한 돔의 시작부가 보였다. 한반도의 중심도시로 다가가고 있음을 알리는 거대하고도 인위적인 투명함. 외부의 공기와 소음으로부터 국가의 심장을 지키는 그것이. 저런 게 내 심장에도 하나 있었으면 좋겠다. 밖의 빛과 소리로부터 완전히 내 마음을 지켜줄 무엇인가. 길이 좁아지면서 속도가 줄었다. 미카엘 씨는 고개를 돌려 나와 시선을 맞추고 싱긋 웃었다. 갈비뼈 아래에서 눈치 없이 헐떡이는 붉은 것이 꾹 짓눌렸다.

"나름 아름다울 것 같아서요."

* * *

미카엘 씨의 판단은 정확했다.

한유신 씨 아버님의 장례식장에 도착했다. 문자 한 통 받지 않고 순전히 추리만으로. 지아 씨 장례식장과는 비교가 안 될 만큼 조용하고 한적한 분위기였다. 출입이 엄격하게 통제가 된 건지, 그 위치를 철저히 비밀로 한 건지는 모르겠지만.

목에 두른 검은색 스카프를 만지작거렸다. 유신 씨의 표정을 직접 보기가 조금은 무서웠다. 항상 따뜻하게 웃기만 하던 사람이라. 멍하니 생각에 잠겨 있는데 갑작스러운 온기가 손을 감쌌다. 화들짝 놀라 돌아보자 미카엘 씨가 미소를 지어보였다. 꾹, 잡은 손에 힘이 들어갔다.

"죄책감 덜러 온 거라니까요."

"……."

"왜 긴장을 해요."

질문을 곱씹다가 대답을 하는 대신 고개를 천천히 저었다. 정말 내가 왜 긴장을 하는지 알 수가 없었으니까. 미카엘 씨는 한참 말없이 내 손을 잡고만 있었다. 그러다 문득 뭔가 떠올랐는지 손을 놓고 조금 급하게 말했다.

"저 어디 좀 다녀올게요. 들어가서 먼저 인사하고 있어요."

미카엘 씨가 입꼬리만 끌어올려 작게 미소를 짓고는 빠른 걸음으

로 자리를 떴다. 머무른 자리에는 은은한 온기가 남았다. 손을 만지
작거리며 빈소를 훑어보았다. 조객록에 이름을 적을 필요는 없겠지.
부의금을 가져온 것도 아니고, 우리가 여기에 들렀다는 사실이 알려
져서 좋을 건 없을 테니까. 규정상 약물 투여 직후 24시간 동안은
러브라인 상대방이 아닌 사람들과의 접촉을 최대한 피해야 한다. 자
칫하다 엄한 상대를 사랑하게 될지도 모르니까. 그러니 엄밀히 따지
면, 지금 나와 미카엘 씨는 규정을 어긴 거다.

 쇠 팔찌 가운데의 붉은 전구가 소리 없이 깜빡거렸다. 소매를 내
려 위치추적 팔찌를 가렸다. 그리고 빈소 앞에서 서성였다. 부조금도
없이, 검은 원피스도 없이, 조객록에 이름도 적지 않고. 호상소에 앉
은 아이가 나를 이상한 눈으로 쳐다보았다. 하지만 초대받지 않은 손
님에게 내어줄 상은 없었다.

 "……작가님?"

 낯선 장소에서 들려오는 익숙한 목소리는 늘 반갑다. 고개를 돌린
곳에는 유신 씨가 서 있었다. 차분한 검은색 정장 차림에, 왼쪽 팔에
는 연한 노란색 완장을 했을 뿐. 언제나와 같은 모습이었다. 천천히
유신 씨의 낯빛을 살폈다. 혹시 운 건 아닐까, 잠을 설친 건 아닐까
걱정이 되어서. 하지만 그런 기색은 보이지 않았다. 조금 피곤해 보
이기는 했지만 부은 흔적도 없었고, 붉어진 곳도 없었다. 언제나처럼
소년 같은 표정과 밝은 눈을 한 채 나를 바라보고 있을 뿐이었다.
굳이 힘들어한 흔적을 찾아보자면, 글쎄. 말라붙은 입술 정도 될까.
한참 시선을 맞춘 채 침묵이 흘렀다. 어색함이 느껴지기에는 충분할
만큼 긴 침묵이었다.

 "잠은, 좀 잤어요?"

 고요를 깨기 위해 내가 뱉은 질문은 형편없었다. 하지만 대화를

시작하기에는 충분했던 것 같다. 유신 씨가 쓴웃음을 지으며 고개를 느릿하게 저었으니까.

"지금 커피 마시러 가려구요."

"아...... 그러시구나......."

"같이 가실래요?"

미카엘 씨가 사라진 방향으로 잠시 시선이 머물렀다. 하지만 금세 다시 유신 씨에게로 눈이 돌아갔다. 이상하게 그 얼굴에서 눈을 떼기가 쉽지 않았다. 죄책감 탓인지, 반가움 탓인지는 알 수가 없었다. 그래서 나도 그냥 쓰게 미소를 지으며 대답했다.

"좋아요."

유신 씨가 느릿하게 걸음을 옮겼다. 언제나처럼 무겁지만 소리 없는 걸음걸이였다. 오늘은 평소보다 더 무겁다면 무겁겠지. 엘리베이터 앞에 섰다. 버튼을 누르자 천천히 숫자가 내려오기 시작했다. 그동안 나는 유신 씨의 검은 구두를 한참 내려다보았다. 유신 씨가 다시 입을 떼기 전까지는.

"여기는 어떻게 왔어요?"

말 그대로의 의미겠지. 다시 정면으로 시선을 올리며 대답했다.

"기사 보고 왔어요. 미카엘 씨가 여기 계실 것 같다 해서."

"아...... 미카엘 형도 왔구나."

"저희 아직 24시간 안 끝나서 같이 다녀야 돼요."

"이런 데 오시는 거 규칙 위반 아니에요?"

"완전 위반이죠."

내 말에 유신 씨가 푸스스 웃었다. 그와 동시에 엘리베이터 문이 열렸다. 유신 씨가 내게 먼저 타라는 듯 열린 문 안으로 크게 제스처를 했다. 순순히 올라탔다.

"그러다가 저랑 사랑에 빠지면 어쩌시려고."

장난기 섞인 목소리. 아버지가 사고로 돌아가신 거면 많이 놀라고 무서웠을 텐데. 유신 씨는 생각보다 이 상황을 잘 받아들이고 있었다. 그래도 아직 말에 장난을 섞기는 조심스러워서 나는 미소만 지어 보이고 그만뒀다. 투명한 유리 엘리베이터가 지하에서 빛을 향해 올라가기 시작했다. 고요했다. 이명이 들릴 만큼.

유리를 통해 햇빛이 찬란하게 부서져 들어올 때 즈음 엘리베이터 문이 열렸다. 유신 씨의 구두 소리가 아까보다도 더 작게 들렸다. 지상의 소음들이 밀려들어온 탓이다. 소음 속에서 유신 씨의 목소리가 한결 가벼워진 어조를 타고 흘렀다.

"고마워요."

아니, 어조가 가벼워진 게 아니었다. 분위기가 가벼워진 탓에 그렇게 느껴지는 것뿐이었다. 주변에서 분주한 사람들의 말소리가 들렸다. 밝은 햇살 아래의 세상은 오늘도 문제없이 돌아가고 있었다. 여느 때와 같은 음정과 박자로. 사랑에 빠져도, 아버지를 잃어도, 등에 칼이 꽂혀도, 사람이 죽어도.

"······여기까지 와주실 거라고는 생각 못했는데."

유신 씨의 목소리가 조금 흔들리는 듯도 했다. 우는 것 같지는 않았다. 울음을 참는 쪽에 가깝다면 가까웠지. 조금 전 보았던 유신 씨의 얼굴에서 나는 완전한 애도도, 완전한 체념도 읽어내지 못했다. 감정을 쏟아내지 못한 자의 얼굴이었다. 그리고 다 쏟아내지 못한 감정들은 응어리져서 목을 막아버리기 마련이다. 문득 그런 생각이 들어 걸음을 멈췄다.

"유신 씨."

내가 걷지 않자 유신 씨도 따라 걸음을 멈췄다. 그리고는 어깨 너머로 나와 눈을 맞췄다. 한참 그 상태를 유지하다가, 고개를 갸웃. 금색의 이어커프가 햇빛을 받아 반짝였다.

"아버님 돌아가시고."

말을 꺼내면서도 괜한 참견인가, 괜한 걱정인가 싶기는 했다. 하지만 오늘은 왠지 오지랖이 부리고 싶었다. 호르몬 주사의 영향인가 보다. 남들이 유난히 눈에 밟히고, 남들이 유난히 걱정되는 부작용이 있을 수도 있지.

"울었어요?"

의외의 질문이었을 텐데도 유신 씨는 당황한 기색을 보이지 않았다. 침묵이 흘렀다. 유신 씨는 한참 동안이나 대답 대신 느릿하게 눈을 깜빡이기만 했다. 무례하다고 생각했을까. 뜬금없다고 생각했을까. 어느 쪽이든, 침묵이 기형적으로 길어지고 있었다. 한참 뒤에 그 도톰한 입술 사이로 말이 새어나왔을 때에는 시선을 내리깐 채였다.

"제가 울면, 엄마는 어떡해요."

아주 틀린 관찰은 아니었다는 말이다. 어머님 앞에서는 차마 울 수가 없었던 걸까. 정말, 이런 상황에서도 당신답다 싶었다. 이런 상황에서조차 미련할 만큼 남을 먼저 생각한다. 문득 그런 생각이 들었지만 그대로 뱉어내지는 않았다. 대신 다시 질문을 했다.

"그래서. 참았어요?"

"참았다고 할 것까지는 없어요. 아버지랑은 친하지도 않았고."

유신 씨의 목소리는 놀라울 만큼 덤덤했다. 모르는 사람이 들었다면 정말 아무 일이 없었다고 생각을 했을지도 모르겠다.

검은 구두가 카페가 아닌 낡은 자판기 앞으로 옮겨갔다. 어찌나 오래된 건지 동전을 넣는 구멍이 있었다. 다행히 그 옆에 지문인식 결제기도 있었지만. 핏줄이 잔뜩 선 손이 그 위로 부드럽게 올라갔다. 엄지를 꾹 누르듯 가져다대자 짧게 붉은 빛이 일었다. 유신 씨의 통장잔고를 확인한 뒤에야 자판기는 음료 선택의 권리를 내어주었다.

"작가님 뭐 드실래요?"

"따뜻한 거 아무거나요."

"율무차 괜찮아요?"

"그럼요."

버튼을 눌렀다. 컵이 내려왔다. 김이 모락모락 나는 차가 빈 공간을 바닥에서부터 조금씩 채워갔다. 오래된 기계라 그런가. 내려오는 속도가 굉장히 느렸다. 하지만 답답하다는 생각은 들지 않았다. 내게는 유신 씨를 더 자세히 관찰할 시간이 필요했으니까. 물론, 들여다본다고 알 수 있는 건 많지 않았다. 이제 와서 없는 눈치를 탓해봤자 변하는 건 없었다. 시선을 잠시 내리깔았다가 올렸다. 눈치가 없으면 질문을 해야 한다. 평생 그렇게 살아왔으면서 새삼. 잔이 다 채워졌음을 알리는 알림음이 짧게 울렸다. 유신 씨가 내게 율무차가 담긴 일회용 컵을 내밀어주었다. 얄팍한 재질 너머로 열기가 전해졌다.

"유신 씨."

유신 씨가 대답을 하는 대신 눈썹을 올리며 미소를 지었다. 오래된 기계는 다시 기이한 소리를 내며 빈 컵을 채우기 시작했다. 이번에는 새카만 물. 설탕이라고는 조금도 들어 있을 것 같지 않은 독한 커피였다. 그 새카만 유체를 가만히 지켜보다 조심스럽게 입을 떼었다.

"아버님 이야기 좀 들려주세요."

* * *

사내의 아버지는 사업가였다.

아버지는 개처럼 일했다. 하지만 개에게 돌아오는 것은 말라비틀어진 사료뿐이었다. 피가 뚝뚝 떨어지는 고기를 먹기 위해서 개는 사냥을 해야만 했다. 생명이 핏줄을 타고 움찔거리는 다른 동물의 목덜미를 물어뜯어야만 했다. 하지만 아버지는 남을 등쳐먹는 데에 재능이 없는 사람이었다. 그러기에는 너무 여린 천성을 가진 사람이었다. 그래서 한평생 일한 것에 비해 턱없이 적은 실을 취하기만 했다.

사내는 아버지를 많이 닮았다. 남을 등쳐먹는 데에 재능이 없는 것도, 순진한 성격 탓에 자주 떼어먹히는 것도. 굵직한 골격과 큼지막한 입도 아버지를 닮았다. 하지만 사내가 아버지에게 물려받은 것은 유전적인 것들뿐이었다. 영향을 받기에는 너무 접촉이 적었다.

무뚝뚝한 분이었지만, 바쁜 분이었지만. 그렇다고 나쁜 사람은 아니었다. 그래서 썩 넉넉지는 않은 살림살이에도 아버지를 원망했던 적은 없었다.

딱 한 번을 제외하고는.

사내는 소년 시절에 가수가 되고 싶었다. 그래서 미련하게 노력했다. 제 아버지가 미련하게 일을 했던 것처럼. 아버지와 제대로 된 대화를 나눠본 적도 없으면서 어쩜 그리 닮을 수 있었을까. 사내는 아직도 그 원인을 잘 설명하지 못한다. 그냥, 소름끼치는 유전의 산물 정도로 치부할 뿐이었다.

사내의 성공은 다소 늦었다. 소년이라는 단어로 불리기에는 단단하고, 사내라는 단어로 불리기에는 무른 그 시간의 겨울이었다. 과분하다는 생각이 들지 않았던 것은 아니다. 하지만 그렇다고 제 성공이 단순히 운 때문이라고 생각하지는 않았다. 사내는 제 노력을 믿었다. 오만하다고 비난한다면 할 말이 없지만, 사내는 정말 그리 믿었다. 네 개의 계절이 지나는 동안 열여덟 개의 뼈에 무리가 올 정도로 춤을 췄는걸.

한유신. 그 석 자가 고유명사에서 보통명사로 굳어질 때 즈음 사내는 제 동료들의 대화를 엿듣게 된다.

"아버지가 음원 사업을 크게 하신다지?"

"소속사한테 뒷돈도 어지간히 많이 받아먹었다더라."

"실력이고 노력이고 다 필요 없어. 빽이 최고의 덕목이야!"

그 자리에서 동료들의 대화를 끊고 반박을 할 수도 있었다. 아버지가 음원 사업을 하시는 건 사실이었다. 하지만 대중음악 음원 사업은 아니었다. 청각장애인을 위한 듣기연습 음원을 제작하고 유통하는 사업이었다. 연예계에 연줄이 있을 리 없었다. 반박할 여지는 충분했다.

하지만 사내는 아무 말도 하지 않았다. 사내가 아버지를 많이 닮은 탓이었다. 남을 등쳐먹는 데에 재능이 없는 것도, 순진한 성격 탓에 자주 떼어먹히는 것도. 오해는 금세 풀리기 마련이라고 생각했다. 사내는 정말 그리 생각했다.

물론 턱없이 순진하고도 순진한 착각이었다.

사내를 미워하는 사람들이 생기기 시작했다. 그 이야기들이 인터넷에 유출이 된다든가 하는 일까지는 없었지만, 동료들이 저를 보는 눈이 달라졌다는 사실을 눈치 채기에는 충분한 수준이었다. 노력 없이 성공을 거두는 자는 시기와 질투의 가장 좋은 대상이었다. 삶의 고난을 곱씹는 사람들에게 사내는 그런 대상이 되어버렸다. 늘 사랑만 받고 살던 사내에게 그 미움은 다소 낯설고도 아팠다.

그 때는, 그래. 잠시 아버지를 원망했었던 것 같기도 하다.

아버지는 왜 하필 음원 사업을 하셨을까. 아니, 하는 것까지는 좋다. 저 사람들의 말마따나 크게 대중음악 음원 사업을 해서 든든한 후원자가 되어주었다면. 그랬다면 아마 사내의 몸속 뼛조각들이 조금 더 건강한 상태를 유지했을지도 모르지. 그랬다면 일찌감치 이 바닥에서 성공을 했을지도 모르지. 하지만 아버지는 그런 사냥개는 못되었다. 그래서 이름부터 사업성이라고는 찾아볼 수 없는 '청각장애인 듣기연습' 음원을 제작하고 유통을 하셨다.

사내는 한동안 춤을 추지 않았다. 가끔 들어오는 방송에나 출연하고, 전속계약을 맺어버린 광고 모델만 계속 했다. 한동안 꽤 강한 우울감과 무기력함에 시달렸다. 나름 감춘다고 감췄는데, 그런데도 티가 난 모양이었다.

"마. 니는 천재다."

아버지가 말을 걸어오셨으니까.

"일프로의 영감을 갖고 구십구프로의 노력을 하잖나."

사내에게 아버지와의 대화는 극히 드문 일이었다. 그마저도 기껏해야 학교에 대한 대화를 다섯 음절 내외로 주고받을 뿐이었지. 그래서 아버지가 그런 낯간지러운 말을 건네 오셨을 때 꽤나 당황을 했던 것 같다. 결국 대답은 하지 못했다. 아버지도 대답을 듣기에는 너무 부끄러우셨는지 금세 자리를 뜨셨지만.

운명이라는 게 참 얄궂지. 그 말이 사내가 아버지에게 들은 마지막 말이었다.

* * *

"제가 다른 건 후회가 별로 안 되는데요."

유신 씨의 손끝이 느릿하게 컵을 쓰다듬었다. 새카만 물속에서 무엇을 보고 있는 건지는 몰라도 컵 속을 빤히 들여다보면서. 속눈썹이 몇 번 뺨에 그림자를 드리웠다 거두었다를 반복했다.

"그 때 감사하다는 말을 못 드렸던 거."

그제야 유신 씨가 고개를 들었다. 그리고 눈매를 초승달 모양으로 접는 특유의 반짝이는 미소를 지어보였다. 아주 환한 미소였지만, 썩 행복해 보이는 미소는 아니었다. 아마 젖은 눈망울이나 떨리는 목소리, 그 둘 중 하나 때문이겠지.

"......그건 좀 속상하네요."

침묵이 이어졌다. 유신 씨는 그제야 감정이 올라오기 시작했는지 길게 한숨을 내쉬며 머리칼을 조금 쓸어 넘겼다. 시선은 창 밖에 고정시킨 채 몇 번 빠르게 눈을 깜빡이고. 입꼬리가 몇 번 가늘게 떨리는 것을 반복한 뒤에야 유신 씨가 다시금 입을 떼었다. 조금 전에 비해 확실히 떨림이 커진 목소리였다.

"죄송해요...... 죄송해요. 얼른 미카엘 형한테 가보셔야 하는데."

눈물을 참으면서까지 당신은 참. 저 미련할 만큼 착한 성격이 정말 아버님을 닮은 거라면, 아버님의 삶이 어땠을지 뻔히 상상이 되었다. 가장 조용하면서도 가장 묵직했던 걸음은 두 사람 모두의 것이었으리라. 한참 그 옆얼굴을 바라보다가 약간의 단호함을 실어 말했다.

"유신 씨."

그제야 유신 씨가 내게로 시선을 돌렸다. 속눈썹이 약간 젖어 있었다. 까만 피부, 짧은 머리; 그리고 햇빛을 예쁘게 반사하는 금빛의 장신구까지. 다른 건 변한 것이 하나도 없건만. 얼굴에 번진 감정이 사람의 분위기를 굉장히 크게 좌우했다. 평소의 강하고 쾌활했던 모습을 찾아보기 어려울 만큼 큰 차이였다. 낯을 살피다 조심스럽게 물었다.

"안아줄까요."

그 뒤의 과정들은 하나하나 새기기에는 너무 빠르게 지나갔다. 크고 뜨거운 몸짓이 나를 끌어안았다. 양팔 가득 안긴 체온이 얕게 떨렸다. 소리는 나지 않았다. 하지만 떨리는 몸과 이따금씩 들려오는 훌쩍임은 상황을 설명해주기에 충분했다. 그래서 자세한 것은 묻지 않았다. 그 편이 둘 모두에게 더 좋을 거라 판단했다. 꼭 생각이라는 것이, 감정이라는 것이 언어로 표현되어야 하는 것은 아니니까. 포근한 커피 향이 났다. 전이되는 감정을 담담히 곱씹다 나도 눈을 꾹 눌러 감았다.

* * *

─작가님이랑 같이 있는 게 좋아서요.

환한 웃음. 까슬한 목소리를 타고 흐르는 한없이 달콤한 말. 사랑받기 위해 태어난 사람. 계산 없이 솔직하게 뱉는 진심들이 모두 깨끗하고 예쁘다. 웃음기가 남은 그 까무잡잡한 옆얼굴을 뜯어보다 묻는다. 정말 좋아요?

─작가님 자원하셨잖아요. 멋있다고 생각했어요.

이렇게나 깨끗하고 예쁜 당신을 대체 누가 미워해요. 있죠, 유신씨. 아버님은 굳이 대답을 듣지 않고도 알았을 거예요. 당신이 감사하고 있다는 거. 당신이 사랑하고 있다는 거. 말을 하지 않아도 다 알았을 거예요. 유신 씨는 이렇게나 반짝이는 사람이잖아요. 그런 사람의 마음에 애정이 가득 담긴 걸 모를 리가 없어요.

속으로만 생각한다고 한 건데. 당신의 귀에 들리기라도 한 걸까. 소년 같은 옆얼굴이 작게 너털웃음을 흘린다. 당신의 뒤로 쏟아져 들어오는 햇빛이 당신만큼이나 밝고 따뜻하다.

―있죠, 작가님.

불러줘서 고마워요. 무슨 말이라도 해줘요. 당신이 하는 말은 언제까지고 들을 수 있어요. 당신의 말들은 모두 그렇게나 깨끗하고 예쁜걸. 그 매력적인 목소리로 내가 절대 잊을 수 없는 달콤한 말들을 속삭여줘요. 그럼 나는 기꺼이 모든 것을 내던질게요. 안아달라고 해주세요. 사랑한다고 해주세요. 당신이 뱉을 수 있는 가장 달콤하고도 달콤한 진심을 속삭여줘요.

―일어나요.

낭만 없는 사람. 내가 바라는 게 그런 말이 아니라는 거 알면서.

―일어나요.

* * *

"다 왔어요. 일어나요, 마리 씨."

나를 흔들어 깨운 것은 다름 아닌 미카엘 씨였다. 그렇게 잘 자놓고 차 안에서 또 퍼 잔 모양이다. 아, 보조석에서 자는 건 예의가 아닌데. 본의 아니게 무례를 범해버렸다. 급하게 안전벨트를 풀었다. 심장이 콩콩 뛰고 있었다. 다소 빠른 속도, 하지만 딱 적당한 강도로. 뭐지. 방금 뭐였지. 굉장히 기분 좋으면서도 묘하게 죄책감이 드는 꿈을 꿨는데. 내용이 잘 기억나지 않는다. 좀 중요한 내용이었던 것 같은데.

잠이 덜 깬 나를 보며 미카엘 씨가 코의 점을 일그러뜨리며 찡긋 웃어보였다. 장난스러우면서도 예쁜 미소였다. 하지만 아침과 같은 숨 막히는 감정은 몸을 타고 올라오지 않았다.

"저와 24시간 동안 놀아주시느라 고생하셨습니다."

미카엘 씨의 그 말을 들은 뒤에야 새삼 소름이 끼쳤다. 24시간이 끝났다. 그리고 나는 분명 아침까지만 해도 미카엘 씨를 사랑하고 있었다. 하지만 지금은 보조석에서 퍼질러 잘 수 있을 정도로 아무 감정도 느끼지 못하고 있다. 역시 유신 씨 장례식장에 간 게 실수였나. 손목의 팔찌로 시선을 내리깔았다. 빨간색의 전구가 제한시간의 끝을 알리며 빠른 속도로 깜빡이고 있었다. 여전히 꿈의 내용은 잘 기억이 나지 않았다. 하지만 한 가지 사실만은 확실했다.

"앞으로 예쁜 사랑 부탁드립니다."

불발. 불발이다.

기도

망했다. 어제만 해도 잠이 덜 깨서 그런 건가 싶었는데. 아니다. 아무리 생각해도 아니었다. 나는 미카엘 씨를 사랑하지 않았다. 아니, 사랑이라는 말도 과분하다. 미카엘 씨에 대한 그 어떠한 성적 이끌림도 느껴지지 않았다. 완벽한 불발이었다. 신체 접촉은 호르몬 주사 효과를 극대화한다. 유신 씨를 안아주는 게 아니었다.

비참을 곱씹고 싶었지만 마냥 침대에 누워 있을 수도 없었다. 유신 씨의 부친상 때문에 일주일간 드라마 촬영이 중단되었다. 예능 촬영도 게임이나 이벤트를 진행하기는 무리였다. 그래서 이번 주에는 합숙소의 일상 영상을 편집한 특별편을 방영한단다. 호르몬 주사를 맞은 직후의 상황에 대한 시청자들의 관심이 굉장할 텐데. 내 분량이 이상하게 적으면 분명 왈가왈부 말이 많을 거다.

하지만 지금의 내가 무얼 할 수 있겠는가. 아주 속상하거나 무서우면 차라리 울기라도 할 텐데. 현실감이 없었던 걸까, 아니면 충격이 너무 커서 둔해져버린 걸까. 감정이 다 굳어버린 듯 느껴지는 것은 아무것도 없었다. 그냥, 막연한 두려움과 공허감뿐이었다. 시계를 힐끗 보았다. 정오가 한참 지났다. 일어나서 뭔가 해야 할 것 같기는 한데.

"전 괜찮습니다, 선배님, 정말로요!"

복도에서부터 채호 군의 절박한 외침이 점점 가까워지고 있었다. 정말이지 이 합숙소는 하루도 조용할 날이 없다.

"난 토하는 놈 말은 안 믿는다."

"정말입니다! 그냥 가벼운 신경성 위염—"

"멀쩡한 사람이 스트레스 받는다고 토하냐."

"선배님 같은 강철 체력은 모르죠......."

"아무튼 나머지는 쟤랑 얘기해라."

은결 언니의 단호한 말이 끝나자 문틀을 두드리는 소리가 들렸다. 오늘만은 절대 일하고 싶지 않았는데. 이렇게 되었으니 어쩔 수 없다. 길게 한숨을 내쉬고 이불을 걷었다. 천천히 몸을 일으켰다. 너무 오래 누워 있었는지 허리에서부터 녹아내리는 듯한 통증이 번져 갔다. 아, 죽겠다.

"김마리. 자냐."

은결 언니의 목소리가 다시금 들려왔다. 헝클어진 머리를 대강 쓸어 넘기고 대답했다.

"아니, 깨어 있어."

"리채호 들여보낸다. 상태 보고, 구리다 싶으면 작가 팀 호출해."

말이 끝나기 무섭게 채호 군이 등이 떠밀려 내 방으로 들어왔다. 그렇게 갑자기 밀 줄은 몰랐는지 조금 놀란 표정을 한 채. 제 등 뒤의 은결 언니와 나를 한 번 번갈아 살피고는, 멋쩍은 듯 먼저 웃어보였다.

"안녕......하세요."

미치겠다. 세수도 못하고 머리도 못 빗고 잠옷차림으로 첫 대화라니. 하여간 은결 언니 막무가내인 건 알아줘야 한다. 나도 따라 어색하게 웃고 급하게 이불을 걷어내었다.

"죄송합니다, 제가 방금 일어나서......."

"아, 아니요! 제가 더 죄송합니다, 주무시는데......."

구토 증세를 보였다고 했지. 어제 저녁식사가 안 좋았던 걸까, 아니면 오늘 아침식사가 안 좋았던 걸까. 나는 그 두 끼를 모두 걸렀으니 알 턱이 없었다. 급하게 빗을 들어 헝클어진 머리칼을 빗어내며 대화를 이어갔다.

"토했어요? 갑자기?"

"하긴 했는데요, 괜찮습니다, 정말로! 가끔 이래요. 스트레스성."

스트레스성 위염이야 혜성 오빠가 백날 달고 사니 나도 아주 모르는 병은 아니었다. 하지만 오빠는 카페인 과다섭취와 수면부족이 동반되는 거고, 그마저도 구토는 자주 하지 않았다. 채호 군은 커피를 많이 마시지도, 수면 시간이 부족하지도 않을 텐데. 그제야 천천히 채호 군의 얼굴을 살폈다. 조금 결이 상한 금발, 얕게 쌍꺼풀이 진 길쭉한 눈매, 조그마한 입술, 하얀 피부. 처음 합숙소에 들어왔을 때보다 조금 수척해진 것 같기는 한데, 워낙 마른 체구였던지라 그마저도 확신은 없었다.

내가 자신의 얼굴을 꼼꼼히 살피자 채호 군이 눈을 크게 떴다. 입꼬리를 조금 올리기까지 했다. '이것 보세요, 작가님. 저 이렇게 건강해요.' 그렇게 말하는 듯한 표정. 뾰루지 하나 나지 않은 깨끗한 피부와 발그스레한 입술도, 굉장히 건강해 보이기는 했다.

입술의 작은 반짝임을 발견하기 전까지는 그렇게 생각했다. 단순히 윤기나 수분에 의한 반짝임이 아니었다. 펄. 그것도 아주 미세한 골드 펄에 의해 나타나는 반짝거림이었다.

"채호 군."

"네?"

"혹시 입술에 뭐 발랐어요?"

짧은 침묵이 흘렀다. 채호 군이 토끼눈을 하고 있는 것으로 미루어보아 정곡을 찌른 듯했다. 채호 군이 손등으로 입술을 몇 번 찍었다. 그리고는 눈만 올려 조심스럽게 물어왔다.

"티...... 많이 나나요?"

"많이 났으면 안 물어봤겠죠."

"아...... 안 바르려고 했는데, 그러면 아픈 게 너무 티가 나서......."

채호 군이 스스로 말을 멈췄다. 본인의 실수를 본인이 알아차린 까닭이리라. 그나마 순진해서 다행인가. 더 들을 필요가 없다고 판단했다. 짧게 한숨을 내쉬고 복도로 나갔다. 아무래도 호출을 해야겠다.

* * *

"병원 가야죠."

혜성 오빠의 처방은 단호했다. 그야, 립글로스를 지워낸 채호 군의 입술은 창백하다 못해 푸를 지경이었으니까. 그런데도 채호 군은 쉽게 고집을 꺾지 않았다.

"아, 안 돼요, 작가님! 병원은 안 돼요."

"사고가 연달이 터지고 있습니다. 저희는 더 이상의 리스크를 질 수 없어요."

채호 군이 아랫입술을 잘근거렸다. 아프면 병원을 가야 하는 게 당연한데. 왜 저렇게까지 피하려고 하는지 솔직히 잘 이해가 되지는 않았다. 느릿하게 눈을 돌려 혜성 오빠의 낯을 살폈다. 오빠가 느릿하게 눈을 깜빡이며 채호 군의 얼굴을 들여다보고 있었다.

"그럼 최소한 왕진이라도 받을 수 있게 도와주세요. 병원은......."

혜성 오빠는 대답을 하는 대신 천천히 가슴 앞에 팔짱을 꼈다. 방어적 태도를 간접적으로 보여주는 몸짓. 한참 침묵이 흘렀다. 결국은 오빠의 긴 한숨이 침묵을 깼고, 팔짱을 풀어 책상서랍을 뒤지기 시작했다. 그 속에서 꺼낸 것은 다름 아닌 알약 한 팩이었다. 먹던 것이었는지 두 칸 정도가 비어 있는.

"일단 한 알만 먹고 한 숨 자볼래요?"

채호 군이 알약과 혜성 오빠를 몇 번 번갈아보았다. 순식간에 환한 미소가 번졌다.

"감사합니다!"

"한 번이라도 더 구토 증세가 나타나면 그 땐 왕진 신청할 겁니다. CCTV 확인할 거니까 거짓말은 안 통해요."

"네! 네, 네! 감사합니다!"

채호 군이 양 손으로 공손히 알약을 받아들었다. 오빠는 그런 채호 군의 행동이 귀여웠는지 짧게 피식 웃었다.

"정수기는 저기."

"앗, 네네!"

채호 군이 종종걸음으로 자리를 떴다. 그제야 혜성 오빠가 나와 시선을 맞추며 입꼬리를 끌어올렸다. 언제나처럼 묘하게 쌉싸래한 느낌의 가을빛 눈동자였다.

"우리 김마리 작가님은 어쩐 일로 여기까지 오셨을까요."

급하게 눈을 돌려 채호 군의 위치를 확인했다. 소리가 잘 들리지 않을 정도로 멀리 있다는 확신이 든 뒤에야 목소리를 낮춰 말했다.

"보고 싶어서."

다시금 느릿한 눈의 깜빡임. 조금씩 올라가던 오빠의 입꼬리가 결국은 웃음을 뱉어내고 말았다. 손으로 입까지 가려가며 제법 유쾌하게. 그리고는 그대로 내 손 위에 손을 겹쳤다. 잔뜩 애교가 섞인 목소리.

"아, 뭐야아, 설레게."

힘들 때 당신이 보고 싶어진다는 사실을 당신은 알고 있을까. 저렇게 웃고 있는 낯에 대고 진실을 말하기가 조금 겁이 났다. 겹쳐진 손 위로 짧게 힘이 실렸다. 이어진 말에는 애교도, 힘도 섞여 있지 않았다. 오빠가 시선을 떨어트렸다.

"난 마음의 준비 하고 있었는데."

그 말의 의미는 묻지 못했다. 정직하게 알약을 딱 한 알만 먹은 채호 군이 다시 종종걸음으로 돌아왔고, 잡은 손에는 금세 힘이 풀렸으니까. 어느새 얼굴에 미소를 띤 혜성 오빠가 남은 알약 팩을 받아들며 말을 이어갔다.

"숙직실은 복도 바로 건너편에 있어요. 빈 침대 아무거나 골라서 주무세요."

"네......! 다시 한 번 감사합니다!"

"그만 감사하고 주무세요."

장난스러운 웃음. 채호 군이 유리로 된 문을 지나 복도 건너편의 숙직실에 들어갔다. 그 뒷모습이 완전히 사라진 뒤에야 혜성 오빠가 내게로 시선을 돌렸다. 이번에는 조금 긴 침묵이 흘렀다. 언제 그랬냐는 듯 오빠가 짧게 너털웃음을 뱉으며 입을 떼었지만.

"보고 싶기만 해서 온 건 아니잖아."

이렇게나 눈치가 빠른 당신을 속이려 한 건 역시 무리였다. 동그란 안경 너머의 시선이 내게 진실을 요구하고 있었다. 그 시선을 계속 마주할 자신이 없어 이번에는 내가 먼저 고개를 떨어트렸다.

"오빠."

"응."

".......그 호르몬 주사, 있지."

* * *

이야기가 조금 길어졌다. 그동안 혜성 오빠의 표정은 한 번도 크게 변하지 않았다. 하지만 그 가을빛 눈동자 뒤에는 수십, 아니 수백 가지의 감정이 스쳐 지나갔으리라. 내가 그걸 헤아릴 역량이 되지 않는 것뿐이다.

이야기가 모두 끝난 뒤에도 오빠는 한참 동안이나 대답을 하지 않았다. 한숨이라도 쉬면, 화라도 내면 좋을 텐데. 아니면 이대로 안아주기라도 하면 좋을 텐데. 오빠는 지독하게도 그 지옥 같은 침묵을 유지했다. 시선을 약간 내리고, 검지 끝으로 책상을 느릿하게 톡톡 치며. 한 번의 소리에 한 번의 상상이 스쳐 지나갔다. 한숨을 내쉬는, 짜증을 내는, 혹은 이대로 나를 안아주는 상상이. 오빠의 입술 사이로 말이 흘러나왔을 때에는 억겁의 시간이 흐른 뒤처럼 느껴졌다.

"이거, 아는 사람 있어?"

"오빠 말고는 없어."

그제야 짧은 한숨. 오빠의 표정이 조금 풀어졌다. 좋은 쪽으로 풀어진 건지, 나쁜 쪽으로 풀어진 건지는 알 수 없었다. 미소와 울먹임 사이의 묘한 얼굴이었다. 목소리 자체가 꽤 안정된 것으로 보아 아마 미소에 가까울 거라고 생각은 되었다.

"그럼 됐어. 괜찮아."

"……응."

"마리야."

익숙한 온기가 뺨을 감싸왔다. 저 가을빛 눈동자를 볼 낯이 없었다. 하지만 그러든 말든, 온기가 나를 끌어당겼다. 숨결이 겹쳐질 때까지. 다정하기만 했던 평소와는 사뭇 다른 강도였다. 아랫입술과 윗입술을 한 번씩 강하게 탐하고는 그대로 입술 새를 비집고 들어왔다. 잇새 아래의 살을 길게 누르다 미끄러지는 뜨거운 숨결. 붉은 감정의 덩어리가 끈적하게 섞이기 시작했다. 입속의 차가운 곳이 온통 달아오를 때까지. 꾹 눈을 눌러 감았다. 보고 싶지 않았다. 지금 오빠가 무슨 표정을 하고 있는지 보고 싶지 않았다. 격렬한 입놀림이 조금씩 일그러지기 시작했다. 호흡을 잃은 듯, 박자를 놓친 듯 계속 불안정해졌다. 비틀거리던 입술은 결국 멀어졌다. 불규칙한 숨소리가 들려왔다. 긴 한숨과 함께 안정될 때까지 계속.

"아무 일 없을 거야."

그제야 느릿하게 눈을 떴다. 오빠의 눈동자에 짧은 일렁임이 보였다. 조언보다는 주문에 가깝게 들렸다. 그마저도 내게 거는 것이 아니라, 자신에게 거는 주문. 괜찮을 거라고, 괜찮을 거라고. 자신에게 약속을 하는 듯 반복되는 말들. 여전히 내 얼굴을 양 손으로 감싼 채였다.

"어차피 며칠만 버티면 돼. 유신 씨 곧 돌아오실 거고, 그럼 바로 주사 맞는 거야. 그 뒤로는 걱정할 필요 없어. 어느 쪽이든 사랑해도 되는 거니까. 알잖아."

"……알아."

"알지?"

자기가 먼저 입을 맞춰놓고도 민망했는지 오빠가 작게 웃었다. 그리고는 내 뺨을 천천히 쓰다듬었다. 뒤늦게 주변이 조금 걱정이 된 듯 어깨 너머로 복도를 슬쩍 살피고. 아무도 없다는 사실을 재차 확인한 뒤에야 오빠가 숨결과 함께 속삭이듯 마지막으로 주문을 뱉었다.

"……아무 일 없을 거야."

* * *

돌아가는 내내 차 안에서는 아무 말도 오가지 않았다. 각자 숨길 것이 하나씩 있는 사람들이 모인 공간이니 어쩌면 당연한 일이었다. 무언가를 숨기는 가장 좋은 방법은 아무것도 보여주지 않는 것이다. 그리고 아무것도 보여주지 않기 위해서는, 아무 말도 해서는 안 되었다.

미카엘 씨나 유신 씨나 호르몬 주사와 관련된 일은 일절 생각하지 않기로 했다. 생각을 하다보면 말로 뱉어내기 마련이고, 말이 흘러나오면 그 땐 꼼짝없이 걸리게 되어버리니까. 대신 다른 생각을 해야 했다. 가령…….

채호 군은 왜 그렇게 병원에 가기를 싫어했을까.

눈을 올려 백미러로 채호 군의 낯을 조심스레 살폈다. 조금 전에 비해 확실히 얼굴에 혈색이 돌았다. 약이 좋긴 좋은 모양이다. 하지만 이 정도로 치료가 안 되었으면 어쩌려고 그 아픈 걸 아무렇지도 않게 참아냈을까. 아직 한참 어린 애가. 채호 군의 옆얼굴에 엷은 노란빛의 햇살이 따스하게 내려앉았다. 그 빛에서 레몬 향이 나는 것 같았다. 아주 밝고, 아주 새콤하면서도, 조금은 쌩한 레몬 향이.

내 시선을 느끼기라도 한 걸까. 채호 군의 눈이 짧은 깜빡임과 함께 내 쪽으로 돌아왔다. 이번에는 내가 먼저 황급히 시선을 돌렸다. 잘못한 것도 없건만 눈을 똑바로 마주할 자신이 없었다. 숨길 것이 있었기 때문이었는지도 모르겠다. 침을 삼켰다. 내 얼굴 위로 부서져 내리는 햇살에서는 레몬 향이 나지 않았다.

숙소까지는, 언제나처럼, 도착하는 데에 그리 긴 시간이 걸리지 않았다. 차에서 내리며 채호 군은 몇 번이고 혜성 오빠한테 고개를 숙여 인사를 했다. 흰색 세단이 코너를 돌아 완전히 시야에서 사라질 때까지 우리는 발을 떼지 않았다. 차 소리까지 들리지 않게 된 뒤에야 채호 군이 뒤를 돌아 나를 똑바로 마주했다.

"신경 쓰이게 해서 너무 죄송해요."

"아니에요."

"오늘 정말정말 감사했습니다."

채호 군이 애교스럽게 히죽 미소를 지어보이며 말했다. 열일곱. 올해로 겨우 열일곱. 한창 꿈을 꿀 나이이자, 건강하게 웃어야 할 나이다. 연예계가 아무리 데뷔와 성공 시기가 이른 시기라고 해도 말이다. 내게 꾸벅 인사를 올린 채호 군이 망설임 없이 뒤돌아섰다. 그리고 다시 제 방으로 들어가려 했다. 처음 촬영을 시작했을 때와 마찬가지로, 아무도 보지 못하게 숨을 죽이며.

"채호 군."

내 부름에 채호 군이 걸음을 멈췄다. 가벼운 몸짓으로 빙글 돌아, 나와 시선을 맞추고는 고개를 갸웃. 동그랗게 뜬 눈과 올린 입꼬리가 참 어리고 예쁘다. 그런 생각이 들었다.

"죽 끓여줄게요. 같이 밥 먹어요."

채호 군의 눈이 조금 커졌다. 설마 내가 식사를 제안할 거라고는 상상을 못한 듯. 짧은 침묵이 흘렀다. 열일곱 소년의 웃음소리가 짧게 터져 나오기 전까지. 채호 군이 연거푸 고개를 끄덕이며 유쾌하게 대답했다.

"네, 좋아요!"

* * *

"분명히 시키는 대로 했는데."

"……."

"……뭐가 문제일까요."

대체 어떻게 하면 사람이 레토르트 죽 끓이는 데에 실패를 할까. 내가 요리를 못한다는 건 옛날부터 알았지만 솔직히 이번에는 조금 자존심이 상했다. 열일곱 아픈 동생을 위해 죽을 끓여주는 듬직한 누나 모습을 연출하고 싶었는데. 채호 군도 내가 레토르트 죽을 끓이는 데에 실패할 거라고는 생각을 못한 듯 묘한 표정으로 냄비를 바라보고 있었다. 냄비 바닥에 죽의 잔여물이 새카맣게 눌어붙어 있었다. 한참 뒤에야 채호가 웃으며 말했다.

"우리 그냥 밥 먹어요. 아까 보니까 밥솥에 밥 있던데."

역시 내게 부엌은 금단의 구역이다. 길게 한숨을 내쉬고는 냉장고 문을 열었다. 김치, 계란, 조미 김. 아, 장조림도 있다. 이 정도면 훌륭하다. 천천히 반찬들을 하나씩 냉장고에서 꺼내며 말했다.

"미안해요. 저도 제가 레토르트 죽 데우는 데에 실패할 거라고는 상상을 못해서."

"에이, 괜찮아요, 괜찮아요. 작가님 요리까지 잘하시면 너무 완벽해서 현실감 없어요."

자연스러운 애교가 곱게 스며든 말투. 깔끔한 예의, 적당한 선, 그러면서도 거리감을 느끼지는 않을 정도의 립 서비스. 거기에다가 어떤 순간에도 잃지 않는 레몬 향 햇살 같은 분위기까지. 어린 나이에 이 바닥에서 성공을 하는 데에는 비결이 있는 거다. 은결 언니가 뭐라고 했지. 사랑 받는 법을 아는 사람, 이랬나.

"말 놓아요, 채호 군."

식탁 위에 그릇을 올리던 채호 군의 손이 멈췄다. 일부러 눈을 맞추지 않고 한 말이었다. 혹시라도 내 시선이나 표정이 어떠한 압박감을 주게 될까봐. 짧게 침묵이 흘렀다. 마침내 채호 군의 희고 고운 손가락이 흰색 사기그릇에서 떼어졌다.

"그럼 우리 동시에 놓아요. 하나, 둘, 셋! 하고."

채호 군은 끝까지 긴장의 끈을 팽팽하게 당기고 있었다. 쏘머드에 출연한 사람들은 다 각자의 이야기가 있다. 자괴감에 자원한 톱스타부터 시작해, 동성애자나 무책임한 방송작가까지. 채호 군에게는 '인성 논란'이라는 다소 무거운 짐이 지워졌다. 영화는 챙겨보아도 가요를 성실하게 듣지는 않아서 채호 군에게 정확히 무슨 일이 있었는지는 잘 모른다. 다만 어느 음악 예능 프로그램에서 무표정을 유지하고 있었는데, 정황상 그게 다소 무례한 행동이었다고 한다. 물론 편집도 몹시 악의적으로 이루어졌고.

채호 군이 먼저 입을 떼었다. 자그마한 입술 사이로 숫자가 흘러나왔다.

"하나."

소년의 눈에는 빛이 있었다. 명석한 자의 눈에서만 읽히는 빛이었다. 고개를 들었다. 짙은 갈색의 눈동자를 똑바로 들여다보았다. 두 번째 숫자를 뱉었다.

"둘."

맑았다. 굉장히 맑은 눈이었다. 그 속에 비치는 내 표정의 아주 작은 근심조차 읽어낼 수 있을 만큼. 한 쌍의 갈색 시선을 바라보며 나는 이 생각을 할 수밖에 없었다. 당신들의 열일곱은,

"셋."

얼마나 무결했느냐고.

* * *

"근데 나 진짜진짜 놀랐어. 누나 연기 생각보다 정말 잘해서."

은색 숟가락 끝으로 아랫입술을 꾹 누르며 채호가 말했다. 이런 칭찬은 언제 들어도 불편했다. 뭐라고 대답을 해야 할지 모르겠다. 마냥 손을 내젓기에는 너무 겸손을 떠는 것 같았고, 그렇다고 칭찬을 덥석 받아먹자니 욕을 먹을까봐 무서웠다. 그래서 이럴 때 나는 으레 이런 식으로 대답을 하고는 했다.

"연기는 네가 훨씬 낫지."

"에이...... 나 3주 동안 대사 둘 있었나? 그것만 보고 어떻게 알아."

푸스스, 다시금 짧은 웃음. 차갑고 매끈한 은색의 숟가락 뒤로 환한 미소가 번졌다. 대체 이런 아이의 어느 부분에서 인성에 대한 논란이 나오는 건지 상상도 할 수 없었다. 오히려 까칠한 은결 언니는 한 번도 인성 논란 같은 게 터진 적 없었는데 말이지. 처음부터 까칠한 콘셉트를 유지하는 사람은 크게 나쁜 짓을 하지 않는 이상 대중이 그러려니 한다. 그러나 상냥하고 반짝이는 콘셉트로 시작한 사람

은 아주 잠깐 얼굴에서 미소를 지워도 욕을 먹는다. 비단 연예인들에게만 적용되는 이야기는 아니었지만.

사람들이 채호에게 유독 엄격한 기준을 들이대는 이유가 대강 짐작이 되기는 했다. 리채호. 그 성씨에는 두음법칙이 적용되지 않는다. 분단시절 38선 북쪽에 살던 사람들의 흔적이다. 그리고 아직 대중은, 약한 자 앞에서만 강해지는 악독한 천성을 버리지 못했다. 시선을 떨어트렸다. 그리고 최대한 일상적인 투로 물었다.

"자취해?"

"응, 응. 근데 밥은 맨날 사먹어서 요리할 줄 몰라."

"부모님은 고향에 계시고?"

짧게 침묵이 흘렀다. 대화가 끊길 정도로 길지는 않지만, 답변을 고민하기에는 충분한 침묵. 채호가 고개를 들었다. 그리고는 다시금 눈매를 휘며 대답했다.

"아니. 나 중학교 가면서 다들 서울로 이사 왔어."

이런 상황에서의 침묵은 결코 좋은 의미가 아니었다. 아무래도 불편한 부분을 건드렸나보다. 황급히 말을 바꿨다. 일 이야기, 일 이야기를 하자. 조금 당황한 탓에 젓가락을 잡은 손이 꼬였다. 메추리알을 두 번이나 놓친 뒤에야 질문이 나왔다.

"작곡한다 했지? 대표곡 자랑 좀 해봐."

"아? 나 대표곡이랄 것까지는 없는데."

말은 그렇게도 하면서도 뭔가 골똘히 생각을 하는 듯 채호가 턱을 괴었다. 톡, 톡, 톡. 박자에 맞춰 매끈한 손끝이 제 뺨을 두드렸다. 맑은 눈동자가 답을 찾으려 눈을 깜빡일 때마다 짧게 반짝였다.

"개인적인 애정을 기준으로 하면, 소나기. 최은결 선배님한테 드린 곡."

소나기. 잘 모르는 곡이긴 했지만 가수는 참 잘 골랐다 싶었다. 갑작스레 세차게 몰아쳐 쏟아지다가 개는 비. 그 굵직한 빗줄기가 차가운 공기를 타고 내리는 날에는 살갗이 아프기까지 한다. 문득 은결 언니가 들려줬던 이야기가 기억났다. 이불을 뒤집어 쓴 채 죽었으면 좋겠다고 생각하던 날. 그리고 그 날에 쏟아졌던 소나기.

"가장 많이 팔린 곡을 기준으로 하면."

가장 많이 팔린 곡. 어른의 말이 아이의 입술을 타고 흘렀다. 이 상황이 퍽 기형적이라고 생각하면서도 나는 느릿하게 고개를 한 번 끄덕였다. 그야, 나도 그 말이 훨씬 더 쉽게 이해가 되었으니까. 대개 '대표곡'이라 함은 가장 많이 팔린 곡을 의미한다. 적어도 어른들이 사는 낭만 없는 세계에서는 그렇다.

채호가 똑바로 시선을 맞춰왔다. 한참 동안이나 내 눈을 들여다보다, 입꼬리를 시원스레 올리며 말했다.

"하쿠나 마타타."

아. 이 노래는 나도 안다. 최신 가요는 잘 챙겨 듣지 않지만 그 노래는 정말 사방팔방에서 틀어줘서 듣지 않을 수가 없었다. 게다가 멜로디의 중독성도 지독하게 강해서 한 번 들으면 잠결에도 나온다. 솔직히 조금 놀랐다. 채호가 그런 히트곡을 작곡했을 거라고는 생각을 못했다.

"내가 아는 노래 맞나? 그, 누구야, 미스 라비다가 부른 거."

채호가 짧게 웃음을 터뜨렸다. 여느 때와 같이, 레몬 향이 은은하게 번지는 듯한 착각을 주는 청량한 웃음이었다.

"응응, 그거 맞아. 알아서 다행이다. 창피할 뻔했는데."

새삼 감탄이 나왔다. 그 노래, 나온 지 2~3년은 된 것 같은데. 채호가 지금 열일곱이면 그 곡을 대체 언제 작곡한 거야. 열넷? 열다섯? 나는 열다섯 살 때에 뭘 하고 있었는지 문득 기억이 났다. 학교

매점에서 딸기우유와 컵라면과 초코롤빵으로 야식 3코스를 즐기며 살았지. 머리가 좋은 줄은 알았지만 그 정도면 정말 천재다. 새삼 신기하다는 생각에 짧게 헛웃음을 뱉으며 말했다.

"너 천재네."

"에이이이, 이 누나 또 그런다."

"네가 천재가 아니면 누가 천재야?"

채호가 짧게 한숨을 내쉬었다. 그리고 나와 시선을 맞췄다. 여전히 입가에는 미소를 짓고 있었지만, 마냥 편안해 보이는 미소는 절대 아니었다. 그 뒤로 이어 뱉은 말은 조금 어색할 만큼 단호했다.

"아냐, 누나. 진짜로."

나도 진짜인데. 누가 봐도 천재인데. 채호는 정말 끈질기게 고개를 좌우로 저으며 손을 마구 휘저었다. 사양하는 모양새가 과연 진심에서 나온 것이었는지, 카메라가 무서워 그런 것이었는지는 모르겠지만. 만약 전자라면 조금 속상할 것 같았다. 대중들의 '이상적 인간상'에 부합하는 게 너무너무 어렵다. 자존감이 바닥에 떨어져 우울증에 시달리는 사람들은 손가락질 당한다. 나약하다고. 의지가 부족하다고. 그렇다고 조금 자존감을 높이려 하면 사람들은 다시 손가락질을 시작한다. 거만하다고. 초심을 잃어버렸다고. 그 어려운 외줄타기를 하다 지친 소년은 결국 은신을 택했다. 카메라가 촬영하지 못하는 곳에서, 마이크가 녹음하지 못하는 곳에서. 말도 참고, 생각도 참고, 몸이 아픈 것을 참아야 할 때까지 계속 참기만 했다.

시선을 떨궜다. 힘이 될 말을 해주고 싶었다. 하지만 지금 말을 꺼내봤자 꼰대의 가벼운 잔소리처럼 들릴 것 같았다. 위선자의 헛소리처럼 들릴 것 같았다. 둘 다 아주 틀린 말은 아니었고. 채호가 살아온 삶을 완전히 이해하지 못한 상태에서 내가 해주는 조언이 대체

무슨 의미가 있을까. 숟가락 끝으로 사기그릇을 긁다 내가 먼저 입을
떼었다.

"채호야."

"응?"

"너, 아직 옥상 가본 적 없지?"

* * *

그리 높지만은 않은 건물의 꼭대기. 그리 넓지만은 않은 그곳의
시야. 그리 맑지만은 않은 그 위의 하늘. 모든 것이 부족하건만, 채
호의 낯에는 환한 미소가 번져 있었다. 세상을 다 가진 사람 같은
미소였다. 채호가 쭉 기지개를 켰다. 그리고는 레몬 향의 햇살을 뒤
로 한 채 레몬 향의 미소를 지어보이며 말했다.

"너무 좋다."

그렇게 말하며 짓는 미소에서 진심이 묻어나오는 것 같아 마음이
좋았다. 배경, 표정, 자세, 목소리, 대사. 모든 것이 완벽한 그림처럼
꼭 들어맞았다. 그래서 나도 덩달아 조금 웃어버리고 말았다.

"그래?"

"응! 나, 여기 와서 하늘 보는 건 처음이야."

말을 꺼낸 김에 하늘을 실컷 보고 가야겠다고 판단을 한 듯 채호
가 고개를 완전히 꺾었다. 그 뒤로는 한참 동안이나 침묵이 흘렀다.
망막에 하늘의 상을 담는 소년의 머릿속에 어떤 생각들이 지나가고
있을지 잘 상상이 되지 않았다. 느릿하게 눈을 깜빡이다 채호가 눈을
감아버렸다. 그 하늘을 뇌리 깊은 곳에 새기기라도 하려는 듯.

"피아노 소리가 들리는 것 같아."

누가 작곡하는 사람 아니랄까봐. 퍽 시적이고도 조금 직업병적인 그 말을 곱씹으며 나는 느릿하게 눈을 깜빡였다. 맑고 파란 하늘, 맑고 파란 선율. 그리 듣고 보니 맞는 말 같기도 했다. 지금의 하늘을 가만히 보고 있자니 흑백의 건반을 두드리면 물방울마냥 튀어 오르는 피아노 소리가 연상이 되었다.

"채호야."

이름이 불린 뒤에야 소년은 눈을 떴다. 그리고 어깨 너머로 나와 시선을 맞췄다. 여기서는 조금 숨을 쉬게 해줘도 괜찮겠지. 망설임은 짧고 말은 빨랐다.

"여긴 카메라가 없대."

채호가 눈을 크게 떴다. 이 건물에 그런 장소가 있을 거라고는 상상조차 못한 듯. 내 말의 진실여부를 확인하고 싶었는지 채호의 시선이 빠르게 주변을 훑었다. 채호의 눈동자에 안정감이 스며들 때까지 기다렸다. 이야기는 그 뒤에야 듣고 싶었다. 눈빛에서 조금씩 경계심이 녹아내렸다. 안심하고 있다, 라는 느낌을 주는 눈빛이 될 때까지.

"와...... 대박."

감탄사. 그제야 처음으로 열일곱 소년답다는 생각이 들었다. 세상의 눈과 귀가 모두 거두어진 그 한정된 공간에서야 소년은 제 나이를 되찾았다. 해사하고 향기로운 미소를 지으며 채호가 말했다.

"뭐야, 이렇게 좋은 데를 왜 이제야 알려줘."

"공짜로 알려주는 건 아니니까."

다소 의심스럽게 들릴 수 있는 말이건만. 이제는 마음이 많이 편해졌는지 채호가 더 캐묻거나 표정을 굳히는 대신 다시 웃었다. 이번에는, 숨결에 목소리도 함께 섞어서. 그리고는 나와 시선을 맞춘 채 고개를 갸웃하며 물어왔다.

"그럴 수 있지. 내가 뭘 하면 돼?"

난간에 기대어 섰다. 그 뒤로 아득하게 바닥이 보였다. 아주 높은 건물은 아니지만, 여기서 떨어지면 목숨이 확실히 끊어지겠지. 죽음에 가까워지면 가까워질수록 점차 그 낙하속도를 높여가며. 시선을 올렸다. 그리고 채호를 똑바로 쳐다보며 말했다.

"네가 하고 싶은 이야기. 아무거나 해줘."

방송작가 말고 기자가 될 걸 그랬나. 취재에 재능이 있는 듯했다. 이 합숙소에 들어온 뒤로는 다른 출연진들 과거사만 묻고 다닌 것 같다. 은결 언니도 그렇고, 유신 씨도 그렇고, 이젠 채호까지. 하지만 여기선 정말 그 외에 할 재미있는 일이 별로 없는걸. 다행히 채호는 썩 불쾌해하는 눈치는 아니었다. 흐음, 길게 콧소리를 내며 눈동자를 굴리다 입을 떼었다.

"하쿠나 마타타. 작곡 일화 들려줄까?"

안 될 이유야 없었다.

* * *

리채호?

소년은 출석을 부르는 선생님들이 그리도 미웠다. 그들이 가진 것은 권력이었고, 그들이 행한 것은 폭력이었다. 꼭 때려야만 폭력인 것은 아니다. 소년은 그들이 이름을 부르면 손을 들 수밖에 없었다. 그러면 교실의 모든 시선이 제게로 돌아온다. 감정이라고는 전혀 찾아볼 수 없는 눈들이다.

잉어의 눈. 소년은 그 시선들을 그리 표현했다. 유원지에서 파는 물고기 사료는 질이 낮고 값이 비싸다. 그럼에도 구경꾼들은 손해를 구매한다. 사료를 연못에 뿌리면 잉어들이 우르르 몰려든다. 수면 위로, 혹은 수면 아래서 그 징그러운 아가리들을 벌려대며. 구경꾼들이 바가지를 쓰고 구매한 먹이를 조금이라도 더 먹기 위해. 그 필사적인 움직임, 그 징그러운 입놀림에도 잉어들은 절대 눈을 깜빡이지 않는다. 깜빡이지 못해 탁해진 눈에는 감정을 찾아볼 수가 없다.

그 시선이야말로 진정한 폭력이다. 소년은 그리 생각했다.

시선이 거두어질 때까지는 시간이 걸린다. 먹잇감이 별 볼 일 없다고 판단한 뒤에야 잉어들은 하나둘씩 자리를 뜬다. 대개는 저를 물어뜯지 못할 만큼 먼 자리에 있는 아이들부터. 그 다음으로 먼 아이들, 그 다음다음으로 먼 아이들. 마지막까지 소년을 감정 없는 눈동자로 바라보는 것은 가장 가까이에 앉은 아이들이다.

운이 좋으면 가장 가까이에 무관심한 아이가 앉는다. 착한 아이가, 상냥한 아이가, 따뜻한 아이가 아니다. 무관심한 아이가 앉는다. 그러면 아이는 힐긋 저를 쳐다보고는 금세 시선을 돌린다. 그렇게 폭력적인 시선들은 연못 속 진흙처럼 천천히 가라앉는다. 하지만 운이 나쁘면 가장 가까이에 무식한 아이가 앉는다. 못된 아이가, 덩치 큰 아이가, 힘이 센 아이가 아니다. 무식한 아이가 앉는다. 그러면 아이는 저를 쳐다보고는 금세 눈을 찌푸린다. 그렇게 폭력적인 시선들은 미꾸라지의 연못마냥 점차 탁해진다.

"야, 리채호. 너네 집에 진짜 김일성 사진 걸어 놓냐?"

소년은 제 성이 싫었다. 제게 따라붙는 그 어떤 성질보다도 싫었다. 낙인, 소년은 그리 생각했다. 한반도의 북쪽에 살던 이들, 그리고 그 후손들에게 붙는 낙인. 어쩌면 귀에 박히는 피어싱만큼이나 선명한 낙인이었다. 소년은 성인이 되자마자 어머니의 성씨를 따르겠다고 하루에도 열두 번씩 다짐했다. 어머니는 김 씨였다. 한반도의 어느 지역에서 왔든, 다 같은 김 씨였다. 별 접점도 없는 고향 때문에 차별을 당하는 건 이제 지긋지긋했다.

"막, 진짜로, 미국 사람들은 다 죽이고 싶고 그래?"

무식은 편견이다. 너무나도 당연한 말인데, 참 우습지. 사람들은 무식을 부끄러워하면서도 편견을 부끄러워하지는 않는다. 지식을 알지 못하면 낯을 붉히면서. 진실을 알지 못하는 데에 대해서는 퍽 당당하고 뻔뻔하다.

소년은 짜증을 낼 수도 있었다. 혹은 따박따박 틀린 점을 지적할 수도 있었다.

"안 그래."

하지만 그리 하지 않았다. 최대한 정중하게 거리를 두고 선을 그어버렸다. 상대방에게 망신을 주어서 얻을 것이 없다고 판단한 탓이다. 그러나 옆자리 아이의 생각은 조금 달랐던 모양이다.

"……야, 뭐 이걸 가지고 정색을 하고 그러냐?"

그래. 이래서 무식한 놈이 짝꿍으로는 최악이라는 거다. 못된 놈은 남들도 다 그 자식이 못됐다는 사실을 안다. 그래서 제가 억울함이나 불편함을 호소하면 공감을 해준다. 덩치가 큰 놈도, 힘이 센 놈도. 그 옆에 왜소한 체구와 고운 얼굴선을 한 채 앉아 있는 소년의 모습을 보면 이해를 해준다. 아, 저 큰 놈이 괴롭히고 있구나. 저 작은 아이는 피해자구나 하고. 하지만 무식한 놈은 다르다. 특히나, 집단이 그 무지를 공유하고 있을 때에는.

"아니면 그냥 아니라고 하면 되지. 왜 꼭 그런 얼굴로 말을 해?"

내가 사과를 해야 하나? 먼저 심기를 건드린 게 누군데. 잘못한 게 있어야 사과를 하지. 불편한 질문에 응수하기 싫어서 선을 긋고 물러서는 게 그렇게 큰 잘못인가? 그런 생각을 하다 결국은 시선을 떨어트렸다. 사과를 하는 편이 더 쉽긴 하겠지.

소년은 오래 전에 알았다. 함흥에서 온 가난한 아이의 편을 들어주는 사람은 아무도 없다는 사실을. 그래서 소년은 싸움을 피하는 법을 배웠다. 짜증을 삭히는 법을 배웠다. 어차피 싸워봤자 이기지 못할 거라는 사실을 알았다. 그러니까, 사과를 하자. 사과를 한다고 이 싸늘한 시선까지 바꿀 수 있는 건 아니지만.

소년이 고개를 들었다. 마음에도 없는 미안하다는 말을 하기 위함이었다. 하지만 녀석은 소년에게 사과를 할 기회조차 주지 않았다.

"나 참...... 너, 뭐, 김 씨 돼지네 숨겨진 자식이라도 되냐?"

펜을 쥔 손에 힘이 들어갔다. 많이, 오래 들어갔다. 펜을 쥔 손이 떨릴 때까지. 진정해야 해. 진정해야 해. 몇 번이고 심장 위에 글자를 꾹꾹 눌러 새겨가며.

"네 엄마가 걔네한테 몸이라도 팔았냐고."

손에 쥐고 있던 펜이 두 동강이 났다.

*

"아! 저 새끼가 먼저 쳤다고요!"

"친구한테 새끼가 뭐니, 진수야."

"쟤도 저한테 종간나 새끼라고 했어요! 그건 패드립 아니에요?"

무식한 놈은 목에 핏대까지 세우며 제 결백을 주장했다. 하지만 채호는 팔짱을 낀 채 의자에 앉아 있을 뿐이었다. 이제 겨우 열네 살인 아이에게 완벽한 표정관리란 너무 어려운 요구인지라, 입술을 비죽 내밀고 있기는 했지만. 퍽 침착한 모습인 것만은 확실했다. 소년의 시선이 잠시 무식한 놈에게 머물렀다 거두어졌다.

"진수는 일단 교실로 돌아가 있어."

언제나와 같다. 역시, 남조선에서 나고 자란 어른들은 다 똑같아. 모두가 평등하다고 생각하는 척, 통일이 되어서 즐거운 척하지만 결국은 다 가식이잖아.

무식한 놈은 제가 이겼다는 생각이 들었는지 어깨를 쫙 폈다. 그리고 의기양양한 표정으로 소년을 내려다보았다. 재수 없는 미소는 한참 동안 유지되었다. 당당한 걸음으로 교무실에서 나가려던 차, 선생님이 이렇게 말을 하기 전까지는.

"벌점 50점이야."

"예에에?!"

"친구한테 욕한 거, 친구 때린 거. 다 합해서 50점이야."

"아 선생니이임!"

"올라가 있어."

선생님은 그 무식한 놈에게 변명을 할 여지도 주지 않았다. 무식한 놈은 온갖 볼멘소리를 뱉으며 쿵쾅쿵쾅 자리를 떴다. 걸음이 멀어질 때까지 선생님은 입을 떼지 않았다. 채호 역시 아무 말도 하지 않았다. 이런 경우는 처음이라, 무슨 말을 해야 할지도 모르겠다.

"채호야."

완벽한 침묵이 내려앉은 뒤에야 선생님이 몸을 낮춰 시선을 맞췄다. 소년은 눈빛에서 원망을 거두기 위해 필사적으로 노력했다. 이게 다 선생님이 출석을 큰 소리로 불러서 그렇잖아요. 아무리 첫날이라도 그렇지, 누가 중학교에서 출석을 불러요. 아니면, 센스 있게, 알아서 이채호라고 불러줄 수도 있었잖아요. 서러움이 몽글몽글 피어올랐다. 소년은 필사적으로 눈물을 삼켰다.

"선생님이 미안해."

굵직하고 뜨거운 눈물이 방울져 교복 바지 위로 떨어졌다. 참으려고 했는데. 빨개진 눈으로 교실에 돌아가는 거 창피한데.

"미안해. 선생님이 아직 몰라서 그래."

울기 싫은데. 울기 싫은데. 뺨을 감싸고 눈물을 닦아주는 온기에 울음이 소리와 함께 터져 나오고 말았다. 지금껏 그런 말은 들려준 어른이 없었다. 아, 함경도에서 왔다고? 그럼 이렇겠네, 저렇겠네. 난 함경도 놈은 절대 후임으로 안 들여. 지역차별, 그거 다 편견이라는데 함경도 놈들만은 진짜야. 이런 말들만 숱하게 들어오다 처음으로 사과라는 것을 받았다.

한참을 울었다. 하도 콧물을 닦아대서 인중이 헐어버릴 때까지.

벌점은 50점이 주어졌다. 하지만 소년은 상관없다고 생각했다. 저는 오늘 처음으로 사과라는 것을 받았다. 벌점 50점에 이런 진심어린 사과 한 번이라면, 꽤 할 만한 거래라고 느꼈다. 그 무식한 놈을 때린 것도, 욕을 한 것도 사실이었고. 무엇보다 서울 아이와 함흥 아이가 똑같이 50점을 받았으니까.

"채호야."

울음을 그쳤는데도 딸꾹질은 쉽게 잦아들지 않았다. 눈과 코끝을 붉힌 채 히끅거리는 채호를 보며 선생님은 푸스스 웃음을 흘렸다. 그리고는 손에 펜 한 자루를 들었다. 굵직하고 둥근 펜촉을 가진 유성 매직이었다.

"팔, 내밀어볼래?"

마음을 내어놓은 소년은 쉬이 팔을 내밀었다. 팔목 안쪽을 펜촉이 간질일 때마다 굵직한 검은 선이 그어졌다. 곡선이 하나, 둘, 세 번의 불완전한 동그라미를 그리고 아래로 쭉 뻗어 내려갔다. 내려간 곡선은 다시 작은 고리를 만들었다. 그제야 움직임이 멈췄다. 소년은 고개를 갸웃거려가며 완성된 문양을 한참 들여다보았다. 잘못 그린 높은음자리표 같아.

"하쿠나 마타타라는 건데."

"하구나 뭐요?"

"하쿠나 마타타."

스와힐리어. 아프리카의 남동부에서 쓴다는 언어. 소년은 평생 가본 적도 없고, 가볼 일도 없을 외딴 곳의 말이었다. 소년에게는 아무 의미 없는 주문처럼 들리는 것이 당연했다. 하쿠나 마타타. 소년은 여섯 음절의 한국어로 옮겨진 주문을 느릿하게 입속으로 곱씹었다.

"걱정이 없다, 모든 게 다 잘 될 거다, 라는 의미야."

선생님이 시선을 맞추며 입꼬리를 올렸다. 공주에게 구두를 선물한 요정. 채호는 선생님을 보며 동화 속의 그 요정을 떠올렸다. 화려한 마차와 드레스는 모두 자정이 되면 사라졌지만, 유리로 된 구두만은 남아 공주의 생을 완전히 바꿔놓았다.

"그럴 수 있게 선생님이 도와줄게."

그리고 소년은, 제가 유리 구두를 선물 받은 것인지도 모르겠다고 생각을 했다.

*

하쿠나 마타타, 하쿠나 마타타. 소년은 그 주문을 하루에도 몇 번이고 입속으로 웅얼거렸다. 계속 이렇게 외다보면 언젠가는 정말 걱정 없이 살 수 있을 것 같아서. 모든 일이 좋아질 것 같아서. 소년은 한참 동안이나 제 손목 안쪽의 문양을 지우지 않았다.

선생님은 음악을 가르치셨다. 꽤나 열정적이고 꽤나 상냥한 사람이었다. 서울예고 출신이다, 평양예고 출신이다 소문은 많았지만 정확한 출신 학교는 알 수 없었다. 서울예고 설이 힘을 얻고 있기는 했다. 선생님은 작곡을 전공했고, 작곡작사학과는 서울예고에만 있는 과였으니. 선생님은 히사이시 조의 음악세계를 좋아했다. 그래서 그의 곡을 아침 조회 시간마다 틀어줬다. 소년은 아침마다 들려오는 노래들이 좋았다. 그 옛날 사람의 음악에는 심금을 울리는 묘한 힘이 있었다.

모든 창작의 시작은 모방이다. 소년은 더듬더듬 작곡 개론서를 더듬어가며 곡들을 빚어내었다. 서른 번째 밤이 지날 때 즈음 비로소 곡에 소년 특유의 분위기가 녹아났다. 눈물이 날 만큼 시고, 코끝이 마비될 만큼 향기로운. 아, 그래. 마치 레몬과 같은 분위기가.

그 뒤로도 수많은 음표들이 소년의 노트에서 피어났다. 계절이 세 번 지나 학교 운동장에 눈이 쌓일 때까지 하루도 쉬지 않고. 열다섯이 되기 일주일쯤 전의 일이었을까. 소년은 제게 처음으로 사과를 건넨 따뜻한 어른에게 곡을 선물했다. 하쿠나 마타타라는 제목의, 레몬 향이 짙게 나는.

선생님의 눈이 커졌다.

유리 구두를 선물한 요정. 기이한 주문과 함께 제 걱정을 깔끔하게 녹여버린 요정. 소년은 이것이 제가 선생님에게 할 수 있는 최소한의 보답이라고 생각했다. 하지만 선생님은 채호에게 고스란히 노트를 돌려줬다. 고개를 절레절레 저으며.

"이건 내가 받을 곡은 아닌 것 같아, 채호야."

하지만 선생님을 위해 쓴 곡인걸요. 그 말은 애써 목구멍 너머로 삼켰다. 요정님이라면 분명히 받지 않는 데에도 정당한 이유가 있을 것 같아서. 또 한 번의 마법을 부려줄 수 있을 것 같아서.

"공모전에 내보자. 선생님이 프로그램 쓰는 법 가르쳐줄게."

*

그 뒤로는 시간이 너무나도 빠르게 지나갔다.

소년은 순식간에 유명해졌다. 유명 가수들이 소년으로부터 곡을 받기 위해 너도나도 손을 내밀었다. 개중에는 아크로바틱한 춤을 추는 아이돌 그룹도, 소름끼치는 성량을 뽐내는 록발라드 가수도 있었다. 소년은 이 장르 저 장르를 자유롭게 쏘다니며 곡을 썼다. 리채호. 그의 손끝에서 태어난 음악에는 모두 향긋한 레몬 빛이 녹아들어 있었다.

마법이라고 생각했다. 하쿠나 마타타, 그 주문이 비로소 실현되었다고 생각했다.

하지만 손들은 소년에게서 곡을 받는 데에 멈추지 않았다. 더 깊숙이, 더 안쪽으로 파고들어 결국 소년을 꺼내 세상에 보여주었다. 카메라 앞에 설 일이 잦아졌다. 마이크 앞에 말할 일이 잦아졌다. 천재 소년 작곡가, 라는 다소 부담스러운 바코드를 뒤통수에 붙인 채. 열여섯의 소년을 세상은 그렇게 소비했다. 그래도 상관없다고 느꼈다. 적어도 카메라 앞에서 저는 천재 작곡가였지, 함흥 출신의 가난한 아이가 아니었으니까.

인정을 받기 위해서는, 사랑을 받기 위해서는 더 노력해야 했다. 더, 더 일을 해야만 했다. 캘린더가 빡빡하게 채워졌다. 카메라 다음에 마이크 다음에 카메라 다음에 마이크. 자는 시간이 점차 줄어갔다.

걱정은 없었다. 걱정을 할 정신조차 없었으니까. 주문은 뒤틀린 채로 소년의 팔목에 스며들었다. 요정의 선한 의도를 이해하기에는 너무나도 차갑게 돌아가는 세상이었다.

잠을 자지 못한 지 일주일 즈음 되었을까. 어느 예능 프로그램에 출연을 하게 되었다. 소년은 조명과 환호성 속에서 꿈과 현실을 더듬어 구분하려 애를 쓰고 있었다. 감각도 감정도 모두 느껴지지 않았다. 바늘로 팔을 찔러도 피가 나오지 않을 것 같았다. 지금 당장 이 높은 건물에서 떨어진다 해도 죽지 않을 것 같았다. 예쁜 도자기인형마냥, 몇 조각으로 깔끔하게 조각이 나고 끝날 것 같았다. 그만큼 모든 감각이 무뎠다.

"채호 군?"

인위적인 운율로 말을 하던 진행자가 코앞으로 마이크를 들이밀었다. 소년은 눈을 동그랗게 떴다. 상황을 파악하는 데에는 시간이 걸렸다. 현실을 아슬아슬하게 움켜쥐었다.

"네?"

"채호 군은 별로 느껴지는 게 없었나 봐요?"

없었다. 그건 사실이다. 이게 꿈이 아니라는 사실을 생각해내는 데에도 이렇게나 시간이 걸렸는걸. 소년이 필사적으로 제가 앉은 의자의 모서리를 움켜쥐었다. 그리고 그제야 무대 가운데로 시선을 돌렸다. 저와 비슷한 또래의 여자아이가 양 손으로 마이크를 꼭 쥔 채 저를 쳐다보고 있었다. 긴장이 가득 담긴 눈으로.

"아, 아뇨, 그건 아니고......."

"그럼, 불만을 느끼셨나요?"

마이크를 쥔 소녀는 낯을 붉혔다. 객석에서 웃음이 터져 나왔다. 하지만 소년은 대화의 흐름을 정확히 따라가지 못했다. 불만? 아니, 그건 아닌데. 분명 잘했을 텐데. 칭찬을 해줘야 할 텐데. 아, 정신 차리고 들을 걸 그랬어. 움켜쥔 현실의 끈에서 가시가 돋아났다.

"채호 군, 그렇게 안 봤는데 독설가네요?"

독설가? 내가? 소년이 뭐라 대답을 하기도 전에 슬레이트 소리가 울렸다. 현실의 빠른 속도를 따라가기에는 감각이 너무나도 무뎌져 있었다. 진행자가 마이크를 거두며 짧은 비웃음을 흘렸다. 진행자는 잉어의 눈을 하고 있었다.

변한 것은 아무것도 없었다.

*

편집은 악의적으로 이루어졌다. 소년을 안다고 주장하는 글들이 올라오기 시작했다. 중학교 때 같은 반이었는데 첫날부터 지 짝꿍 쥐어 팼음. 순하게 생겼는데 의외로 성격 파탄임. 이제야 본성이 나오네. 함경도 놈들 클래스 뻔함. 이야기는 눈덩이처럼 내리막길을 타고 불어났다. 쏘머드라는 어느 무서운 프로그램이 저를 거두어가기 전까지, 계속.

소년은 더 이상 저에 대한 기사와 댓글을 보지 않기로 했다. 하지만 댓글은 피해도 카메라는 피할 수가 없었다. 무서운데. 싫은데. 그럼에도 카메라와 마이크는 끊임없이 제게로 돌아왔다.

리채호?

소년은 이름을 부르는 진행자들이 그리도 미웠다. 그들이 가진 것은 권력이었고, 그들이 행한 것은 폭력이었다. 꼭 때려야만 폭력인 것은 아니다. 소년은 그들이 이름을 부르면 대답을 할 수밖에 없었다. 그러면 촬영장의 모든 카메라가 제게로 돌아온다. 감정이라고는 전혀 찾아볼 수 없는 시선, 아니 렌즈들이다.

그 시선이야말로 진정한 폭력이다. 소년은 그리 생각했다.

시선이 거두어질 때까지는 시간이 걸린다. 먹잇감이 별 볼 일 없다고 판단한 뒤에야 잉어들은 하나둘씩 자리를 뜬다. 늘 그래왔다. 똑같이 잉어의 눈을 하고 있는 존재들인데, 카메라가 인간과 크게 다를 리 없었다. 어차피 세상은 나를 저 기계의 렌즈를 통해서만 보는 걸. 피하면 된다. 눈에 띄지 않으면 된다. 잉어들은 별 볼 일 없는 먹잇감에는 관심이 없으니까.

연기를 너무 잘하지도 못하지도 말고. 대화를 너무 많이 하지도 적게 하지도 말고. 인터뷰도 무난하게. 오프레도 무난하게. 병원을 가느니 하는 눈에 띄는 행동은 절대, 절대 금지. 잉어로 태어났으면 모를까. 리 씨 성을 가진, 사료에 불과한 존재라면 어쩔 수 없다. 별 볼 일 없는 먹잇감이 되어야 한다. 그것만이 살아남는 유일한 길이었다.

* * *

"이렇게 말하니까 되게 변명 같다, 그치."

채호가 미간을 찌푸린 채 푸스스 웃었다. 바랜 레몬 빛깔로. 계절과 함께 짧아진 해는 어느새 뉘엿뉘엿 푸른 하늘에 노란 노을을 풀어내고 있었다. 채호의 얼굴에서 표정이 느릿하게 지워졌다. 일그러짐도, 미소도, 모두.

"핑계 없는 무덤 없다고."

말을 잇던 채호가 갑자기 양 뺨을 손으로 감쌌다. 그리고는 다시금 환하게 웃으며 말했다. 열일곱 예쁜 아이의 얼굴에 레몬 향이 가득 번졌다.

"그래도, 그래도! 쏘머드 촬영하면서는 잠 충분히 자서 너무너무 좋아. 카메라 싫어하는 것도 공포증 수준까지는 아니라서, 진짜 정말로 괜찮아."

하쿠나 마타타. 소년이 계속해서 되뇌던 주문. 혜성 오빠가 아까 몇 번이고 되새기던 말이 생각났다. 아무 일 없을 거야, 아무 일 없을 거야. 한참 채호의 얼굴을 빤히 들여다보다가 말했다.

"채호야."

진지하게 분위기를 잡고 문장을 고르자니 떠오르는 것이 없었다. 아플 때 참지 말라는 말을 하자니, 채호의 현 상황이 마음에 걸렸다. 방 밖으로 나오라는 말을 하자니, 저보다 조금 나은 처지에 있는 꼰대의 잔소리처럼 들렸다. 한참 말을 고르다 결국에는 진심을 뱉어버렸다. 주문이 아니라, 있는 그대로의 진심을.

"너 웃는 거 진짜 예뻐."

그러니까, 자주 보았으면 좋겠다. 뒷말은 굳이 입 밖으로 뱉지 않았다. 눈매를 완전히 가늘게 접으며 채호가 지어준 미소로 미루어보아, 내가 하려던 말이 무엇이었는지 알고 있다는 생각이 들어서.

하쿠나 마타타. 부디 이번에는 주문이 제자리를 찾아주길.

별

유신 씨가 돌아왔다. 장례를 치르는 일이 제법 힘들었는지 조금 마른 모습이었다. 비극 속에서 귀환한 그를 사람들은 꽤 격정적으로 맞이했다. 유신 씨 괜찮아요? 야윈 것 좀 봐. 밥도 제대로 못 먹었죠? 잠은, 어떻게, 거의 못 주무셨구나. 진심인지 가식인지 모를 말들이 주변에서 잔뜩 얽혀 둥지를 틀었다. 늦게 촬영장에 도착한 나는 비집고 들어갈 틈도 없었다.

"말랐네요, 유신이."

어느새 내 뒤에 다가온 미카엘 씨가 팔짱을 낀 채 벽에 기대며 말했다. 예상치 못한 등장이었지만 그리 놀라지는 않았다. 하지만 눈은 마주치지 않기 위해 필사적으로 노력해야 했다. 애정을 담아 나를 보는 미카엘 씨의 밤색 눈을 똑바로 마주할 자신이 없었다.

"......그러게요."

"잠을 못 잤으니까."

한참 침묵이 흘렀다. 미카엘 씨는 눈치가 빠른 사람이었다. 내가 피해 다니는 것을 몰랐을 리가 없다. 내게 호르몬 주사가 통하지 않았다는 사실도 오래 전에 알아차렸을지 모른다. 그 감정이 유신 씨에게로 돌아갔다는 사실까지는 모른다 해도 말이다. 아랫입술을 꾹 씹으며 인파 속 유신 씨를 한참 동안이나 바라보았다. 짧은 흑색의 머리칼, 크고 다부진 체구, 까무잡잡한 얼굴. 웃을 때 초승달 모양으로 접히는 눈매와 왼쪽 뺨의 점 하나까지도 언제나와 같았다. 예쁘다. 참 예쁘다.

꽤 먼 거리를 두고 보고 있었다. 혹시라도 심장이 일렁거리는 걸 들키게 될까봐. 들켜서 좋을 것이 하나도 없었다. 하지만 다른 한편으로는, 저렇게 예쁜 사람에게서 눈을 떼는 것이 불가능했다. 결국 찾은 타협점이 멀리서 지켜보는 것이었다. 주변이 워낙 시끄럽고 정신없어서 유신 씨가 날 발견하지 못할 거라 생각했다. 그래서 그 먼 거리를 꿰뚫듯 유신 씨가 내게로 시선을 옮겨왔을 땐, 심장을 꾹 잡아 쥐어짜는 작은 통증이 일었다.

마주한 눈매가 웃음으로 휘어졌다. 유신 씨가 가벼운 손짓으로 주변의 인파를 물렸다. 걸음이 가까워졌다. 심장박동이 가까워졌다. 묵직하면서도 소리 없는 걸음이 멈춘 것은, 손을 뻗으면 닿을 수 있는 거리에 다다랐을 때. 유신 씨가 나를 내려다보다 씩 미소를 지어보였다. 얼굴의 근육 하나하나가 예쁘게 피어오르는 듯한, 특유의 따뜻하고도 깨끗한 미소였다. 도톰한 입술 사이로 낮고 허스키한 목소리가 새어나왔다.

"잘 지내셨어요, 작가님?"

아니, 실은 전혀 잘 지내지 못했다. 당신 때문에. 당신 생각이 자꾸 나서. 사랑해야 할 사람을 사랑하지 못해서. 사랑하면 안 될 사람을 사랑하게 되어서. 들키면 세상이 나를 처형대에 올릴까봐 겁이 나서. 그래서 자꾸 다른 일거리를, 다른 이야기를 찾아 헤맸다. 하지만 저 미소 앞에서는 차마 그렇게 말할 수가 없었다. 입꼬리를 올렸다. 마주 대답했다.

"덕분에요."

* * *

"잘 버텨줬어."

혜성 오빠가 길게 한숨을 내쉬었다. 안도의 한숨이었다.

은결 언니와 미카엘 씨가 티격태격하며 일상 기간 방송분량을 충분히 뽑아줬다. 간만에 채호도 카메라 앞에 서는 바람에 꽤나 관심이 쏠렸고. 그래서 주말의 방송이 나와 미카엘 씨의 관계에 초점이 맞추어지는 일은 없었다. 더 다행인 것은, 정이월 기자님이 한동안 촬영장에 나타나지 않았다는 점이다. 결국 나는 유신 씨가 돌아올 때까지 호르몬 주사 불발을 들키지 않았다.

"이번에는 실수하면 안 돼, 마리야. 알지?"

오빠가 내 손을 양손으로 포개어 잡았다. 그리고 내 얼굴을 한참 바라보다 느릿하게 입꼬리를 올렸다. 가을빛의 눈동자. 근래의 계절과 퍽 닮아 있는, 이 사람에게서만 볼 수 있는 쌉싸래한 가을빛의 눈동자였다.

"꼭 유신 씨랑 사랑에 빠져서 돌아와."

애인이라는 사람에게서 저런 말을 듣자니 기분이 굉장히 이상했다. 시선을 떨어트렸다. 그런 맑은 눈을 하고도 오빠는 뻔뻔스럽게 내게 다른 남자를 사랑하라 말하고 있었다. 알고 있다. 이유를 머리로는 알고 있다. 만약 혜성 오빠가 화를 내거나 슬퍼했다면, 그 정도도 이해를 못 해주냐며 서운해 했겠지. 그런데도 지금 오빠가 원망스러운 이유를 알 수 없었다. 질투해주기를 바랐던 걸까. 잡아주기를 바랐던 걸까.

한참 침묵을 곱씹었다. 무서웠다. 돌아오면 그 때는 정말 이 사람을 잊게 될까봐. 정말 이 사람을 더 이상 사랑하지 않게 될까봐. 이런 내 마음을 아는지 모르는지, 오빠는 나직한 속삭임으로 마지막 일격을 날렸다.

"난, 계속 기다리고 있을 테니까."

* * *

"작가님 가고 싶은 장소 있으세요?"

유신 씨가 그리 물으며 벨트를 단단히 맸다. 그리고는 인공지능 주행 서비스를 아예 꺼버렸다. 핸들을 잡는 몸짓에서는 약간의 결의마저 느껴졌다. 노을빛이 부서져 내린 유신 씨의 옆얼굴을 보다 다시 시선을 정면으로 돌려버렸다. 가슴이 뛰는 것을 들키고 싶지 않았다.

가고 싶은 구체적인 장소는 없었다. 하지만 이제 눈치를 보거나 숨어 다니는 것은 하고 싶지 않았다. 카메라도 시선도 닿지 않는 곳이었으면 좋겠다. 그런 생각을 하다 내가 내린 결론은 이랬다.

"사람이 없는 곳이요."

유신 씨는 대답을 하는 대신 시동을 걸었다. 차체가 작게 진동을 하더니 곧 언제 그랬냐는 듯 침착해졌다. 작은 웃음소리조차 선명하게 들릴 만큼.

"좋죠."

유리창 밖의 시야가 부드럽게 흘러가기 시작했다. 회색빛의 높은 빌딩, 인위적인 모양새로 다듬은 가로수, 깨진 구석을 찾을 수 없는 보도블록. 도시를 벗어나기 위해서는 어쩔 수 없이 지나야 할 광경들이었다.

미카엘 씨와의 24시간이 시작되던 때가 떠올랐다. 그 때도 도시를 벗어나는 것을 최우선 목표로 삼아 엑셀을 밟았지. 고속도로 위에서 미카엘 씨가 내게 제안했던 거래가 기억이 났다. '당신을 사랑하게 해줘요. 그러면 나는, 아무리 당신을 사랑해도 당신을 절대 소유하려 하지 않을게요.' 이번에도 그런 거래를 해야 하지 않을까. 최소한의 안전장치는 걸어야 하지 않을까.

힐긋 눈을 돌려 유신 씨의 눈치를 살폈다. 운전에 집중을 하고 있는 건지 웃음기가 싹 지워진 채였다. 익숙한 얼굴은 아니었다. 아버님이 돌아가신 뒤로 유신 씨가 조금 변했다는 생각이 들었다. 기존의 따뜻함이 사라진 건 아니었다. 기존의 순진함이 사라진 것도 아니었다. 그럼 대체 뭐지.

"할 말 있어요?"

내 시선을 느꼈던 걸까. 유신 씨가 갑작스레 물어왔다. 화들짝 놀라 시선을 돌려버렸다. 할 말이야 있긴 있었지만. 한참을 머뭇거리다가 조심스레 입을 뗐다. 어차피 언젠가는 할 말이라면, 약기운이 완전히 도지기 전에 하는 편이 낫겠지.

".......유신 씨, 있죠."

내가 말을 꺼내자 유신 씨가 입꼬리를 올렸다. 얼굴의 모든 근육이 잔뜩 피어난 밝은 미소까지는 아니었지만. 말을 계속 하라는 긍정의 의미임에는 틀림이 없었다. 그래, 긴장하는 건 나뿐이다. 유신 씨는 언제나처럼 따뜻한 사람인걸. 그렇게 결론을 내리고는 목소리에 힘을 실어 물었다.

"우리 거래할래요?"

"무슨 거래요?"

"서로 사랑할 수 없게 해줄 거래요."

침묵이 흘렀다. 그 침묵이 신호에 걸려 브레이크를 밟아 생긴 것인지, 혹은 답변을 고민하기 위해 의도적으로 만든 것인지는 알 수 없었다. 하지만 침묵은 오래 가지 않았다.

"싫어요."

유신 씨의 대답은 단호했다. 놀라지 않았다면 거짓말이다. 평소에 싫다는 말은 하지 않는 사람이었던지라. 하지만 그렇다고 인상을 구긴다든가, 목소리에 짜증을 섞는다든가 하지는 않았다. 유리창 너머의 빨갛고 자극적인 빛이 전진을 막았다. 차체가 엔진의 힘을 감당하지 못하고 얕게 떨렸다. 싫다는데 되묻지도 못하겠고.

"작가님이 미카엘 형이랑 24시간을 어떻게 보내셨는지는 제가 잘 모르겠는데요."

유신 씨가 특유의 나직하고도 허스키한 목소리로 말을 꺼냈다. 그리고는 나와 시선을 맞춰야겠다고 판단했는지 고개를 돌렸다. 어떤 표정을 하고 있을지 모를 내 얼굴을 들여다보며, 꽤나 여유로운 모습으로.

"전 그런 계산적인 거 싫어요."

유신 씨가 조금 변했다고 느꼈다. 그리고 그 느낌은 그냥 막연한 감이 아니었다. 유신 씨가 굉장히 솔직해지고 굉장히 단호해졌다. 원하는 것과 원하지 않는 것을 말 한두 마디로 가를 수 있을 만큼. 무례를 범한 걸까. 바로 목소리를 깔았다.

"……미안해요. 저는, 그냥, 혜성 오빠 생각도 나고 그래서."

의미를 알 수 없는, 콧소리 섞인 침음이 돌아왔다. 그 사이에 신호가 바뀌었다. 차체의 떨림이 잦아들고 유리창 밖 시야가 다시 움직이기 시작했다. 우리는 앞으로 나아가고 있었다. 침묵이 흘렀다. 유신 씨는 괜찮다는 말이나, 하다못해 알았으면 됐다는 말조차도 하지 않앉다. 한참 동안이나 따스한 노을빛을 옆얼굴에 잔뜩 묻힌 채 엑셀을 밟을 뿐이었다. 긴 침묵이 흐른 뒤에야 입술이 떼어졌다.

"저 작가님 좋아해요."

한 번 속으면 속았지 두 번은 안 속는다. 하여간 미카엘 씨나 유신 씨나, 차만 탔다 하면 좋아한다는 말을 너무 남발하신다. 팬서비스가 몸에 너무 배어버린 건 아닐까. 그런 쓸데없는 생각을 하다 짧은 한숨과 함께 말을 뱉었다.

"그 말 미카엘 씨도 하셨어요. 에로스적 의미는 아니라고."

"전 맞는데요."

유신 씨의 대답을 소화시키는 데에는 다소 시간이 걸렸다. 너무 현실감이 없었기 때문일까. 아니면 너무 갑작스러웠기 때문일까. 그것도 아니면, 별로 믿고 싶지 않았기 때문일까.

약 때문이든 뭐든 내가 호감을 가진 사람이 나를 좋아해준다. 이건 분명 축복, 아니, 그 이상의 기적이다. 하지만 나는 마음껏 기뻐할 수가 없었다. 절대로 마음껏 기뻐할 수가 없었다. 왼손 약지의 약혼반지가 조금 조여 오는 듯한 착각이 들었다. 그리고 그런 내 죄책감에 쐐기를 박듯 유신 씨가 다시금, 듣지 않으면 좋았을 거라 생각했던 말을 입 밖으로 뱉어내었다.

"저 작가님 좋아해요."

속도를 높인 탓일까. 그 뒤로는 정지 신호에 걸리는 일이 없었다. 도시의 외곽으로 갈수록 빌딩들이 낮아지고 가로등이 낡아졌다. 세월의 풍파에 바래는 도시 풍경을 배경으로, 유신 씨가 짧은 너털웃음을 흘렸다. 이번에는 얼굴의 모든 조각을 잡아당기듯 웃는, 이 사람외에는 아무도 지을 수 없는 특유의 웃음이었다.

"이제 좀 감이 잡혀요?"

* * *

고속도로에 올랐다. 하늘에 보랏빛이 번져 갔다.

유신 씨는 내게 대답을 강요하지 않았다. 더 솔직해지고 더 단호해졌지만, 그렇다고 따뜻한 사람이라는 점이 변한 것은 아니었으니까. 탈출구 없이 달리는 차량 안에서 대답을 강요당했다면 정말 이자리에서 혀를 깨물고 죽고 싶었을 텐데. 다행스럽게도 그런 일은 발생하지 않았다.

나는 결국 한 마디도 하지 못했다. 고맙다는 말은 책임을 회피하는 느낌이다. 미안하다는 말은 감정을 차단하는 느낌이다. 나도 좋아한다는 말은...... 아니다. 적어도 지금 하기에는 적절하지 않다. 마침표로 단호하게 끝나는 말들은 어느 것이든 모두 조심스러웠다. 나도 아직 확신을 내리지 못한 감정에 문장이 먼저 온점을 찍어버리는 느낌이 들었다. 하지만 그런 침묵조차도 상관없다는 듯, 유신 씨는 묵묵히 앞으로만 달려갔다. 라디오도 켜지 않은 채. 한참을 말없이 달리다, 고속도로의 끝이 의심될 때 즈음에야 유신 씨가 물었다.

"작가님 배고프지 않아요?"

"네?"

"뭐 좀 먹고 가요. 여기 지나면 한참 휴게소 없거든요."

말을 주고받자 심장이 걷잡을 수 없이 요동을 치기 시작했다. 밤기운과 약기운이 함께 체내에 번져 갔다. 밖으로 시선을 돌렸다. 고속도로. 시원하게 직선으로 뻗은 고속도로 위였다.

"아이스크림은 제가 살 테니까."

유신 씨의 입꼬리가 시원스레 말려 올라갔다. 나와 눈을 마주하고 있지는 않았지만, 분명 앞에서 보아도 예쁠 미소였다. 하얗고 고른

치아가 고스란히 드러나는, 밝고 맑고 따뜻한 미소.

"편의점에도 나뚜루 있죠?"

생각의 흐름을 끊고 유신 씨가 그리 물어왔다. 나는 그제야 대화의 끈을 다시 잡았다.

"하겐다즈도 있죠."

유신 씨가 짧게 웃음을 터뜨렸다. 너털웃음이나 은은한 미소가 아니라, 제법 크고 유쾌한 웃음. 십자가가 달린 은색 팔찌가 소리를 내며 짤랑거렸다. 그 웃음소리와 퍽 닮아 있는 소리였다.

"좋습니다. 그럼 오늘 저녁 데이트는 차이지 않은 걸로."

유신 씨가 그렇게 말하며 라디오 전원을 켰다. 알 수 없는 음악가가 부르는 알 수 없는 멜로디가 흘러나왔다. 아주 은은하고 차분하고, 가사는 알아들을 수가 없는 이국의 노래였다. 독어인지 러시아어인지도 구별이 되지 않았다. 하지만 그 음악과 확연히 구별되는 소리로 유신 씨가 한 말은 분명하게 들었다.

"영광입니다. 오늘도."

시선을 내리깐 채 한참 느릿하게 눈을 깜빡였다. 뭐 어려운 말이라고 그렇게 오래 뜸을 들였던 걸까, 싶을 정도로 나의 대답은 초라했다.

"……뭘요."

$$* \quad * \quad *$$

휴게소는 놀라울 정도로 조용했다. 그도 그럴 것이, 비수기 중의 비수기인데다가 평일 저녁이었으니까. 자동판매기와 자동 조리기 몇 대만이 낮은 진동음을 내며 돌아가고 있었다. 다행이었다. 더 이상 카메라나 사람들을 피해 다닐 기력도 없었으니까.

식사를 주문하고 창가 자리에 앉았다. 어둠이 완전히 깔려 있었다. 잘하면 별이라도 보일 것처럼, 아주 새카만 하늘. 계절의 한기가 유리창을 통해 조금씩 스미어 들어왔다. 하지만 거슬릴 수준은 아니었다. 턱을 괸 채 밖의 어둠을 살피던 유신 씨가 말했다.

"휴게소는 진짜 오랜만이네요. 맨날 차 안에서는 잠만 잤는데."

"잠이 많은 편이신가 봐요?"

"굉장히 많아요. 많이 참죠."

유신 씨가 시선을 돌렸다. 여전히 턱을 괸 채, 진한 초콜릿 빛깔의 눈동자만 슬 돌려 나와 눈을 맞췄다. 도톰한 입술이 달싹이자 다시금 말이 흘러나왔다.

"우리 말 놓을래요?"

"말이요?"

짧은 끄덕임. 뭐가 그리 우스웠는지 유신 씨가 다시금 눈매를 초승달 모양으로 휘었다. 내 표정이 이상한가. 내가 지금 무슨 표정을 짓고 있는지 감도 잘 잡히지 않았다. 신경이 쓰이지 않았다면 거짓말이었다. 하지만 그렇다고 표정관리를 할 만한 재주가 있는 것은 아니었으니까. 그래서 순순히 입을 떼었다.

"저 86년생이에요."

"저도요."

"어? 동갑이시네요. 몰랐는데."

"동갑이에요. 전 알았는데."

다시금 웃음. 이번에는 눈매만 휘는 데서 그치지 않고, 얼굴의 모든 부분을 끌어당기듯 웃는 특유의 환한 웃음이었다. 진동음이 울렸다. 식사가 상 위로 올라왔다. 그리 특별할 것 없는 짬뽕 한 그릇과 짜장면 한 그릇. 젓가락 포장지를 까며 유신 씨가 말을 이었다.

"이거 다 먹으면 말 놓는 걸로."

내가 고개를 크게 끄덕인 뒤에야 유신 씨는 만족스러운 표정을 지었다. 일회용 젓가락이 빨간 국물을 휘젓는 모양새를 한참 지켜보다가 나도 젓가락을 들었다. 한참 식사를 하던 와중에 유신 씨와 눈이 마주쳤다. 유신 씨가 작게 웃다가 본인의 왼 뺨에 긴 검지 끝을 가져다대며 말했다.

"작가님 소스 묻었어요."

"여기요?"

"아뇨아뇨, 더 안쪽에."

"여기요?"

유신 씨가 미간을 찌푸린 채 푸스스 웃었다. 그리고는 손수 손을 뻗어 엄지로 내 오른쪽 입꼬리를 슥 문질렀다. 입술 끝이 꾹 눌릴 정도로. 얼굴이 확 달아오를 정도로 뜨거운 체온이었다.

손은 쉽게 거두어지지 않았다. 낯설도록 뜨거운 체온이 내 뺨을 감싼 채 맥박을 전해왔다. 쿵, 쿵, 쿵. 작은 울림을 배경삼아 한참 눈을 맞췄다. 마주한 시선은 초콜릿 빛이었다. 숨 막히게 아름다운 밤색과도, 조금 쓸쓸한 느낌의 가을빛과도 다른. 아주 부드럽고 달콤한 초콜릿 빛이었다. 숨결이 섞일 정도의 가까운 거리에서 한참 동안이나 침묵이 흘렀다. 도톰한 입술이 떼어졌다.

"……마리."

뜨거운 맥박이 더 큰 열기를 타고 울렸다. 시선을 내렸다. 도톰한 입술이 화면을 가득 채웠다. 눈을 올릴 수가 없었다. 눈을 마주하게 되면, 그래서 뭔가 찌릿한 울림을 느끼게 되어버리면, 그 때는 정말 다시는 돌아올 수 없을 것 같아서. 이 거리에서는 체향을 맡을 수가 없었다. 가을빛 눈동자의 연인처럼 은은한 꽃향기도, 밤색 머리칼의 아름다운 사내처럼 강렬한 향수도. 하지만 저 입술을 당기면, 닿을 정도로 가까이 당기면, 그러면…….

혜실, 숨이 새어나오며 입꼬리가 시원스레 말려 올라갔다. 유신의 손끝이 내 뺨을 톡 건드리고는 떼어졌다. 열기가 거두어지는 것은 순식간이었다.

"난 다 먹었다. 아이스크림 사올게."

벌써? 시선을 테이블 건너편의 그릇으로 돌렸다. 면은 건드리지도 않았다. 검은 홍합 껍데기 몇 개와 새우 꼬리 몇 개가 서툴게 뭉쳐진 휴지에 빨간 국물을 토해내고 있을 뿐. 흡사 피를 흘리는 모양새였다. 기계로 잘라낸 것임이 틀림없는 균일한 두께의 양파 몇 조각이 불어가는 국수 위에 늘어져 있었다.

"이만큼이나 남겨?"

저번에 같이 식사할 때에도 밥은 반 공기밖에 안 먹더니. 그 땐 배가 불러서 그런 건가 했는데 이제 보니 늘 이런 식인가보다.

"후식 먹을 거라 그거 다 먹으면 큰일 나."

버튼을 누르자 남은 식기가 거두어졌다. 먹은 것보다 남긴 것이 많은 식기가 눈앞에서 사라지는 것은 한순간이었다. 의자 끄는 소리가 들렸다. 유신이 천천히 자리에서 일어나면서 내 자리 위로 그림자가 드리워졌다. 그 뒤의 조명을 완전히 가려버린 탓이다. 아래에서 올려다본 유신에게서는 후광이 비쳤다. 상징적인 의미가 아니라, 진짜 조명을 등진 모습이 그랬다. 팔찌에 달린 은색 십자가가 다시 짤랑였다.

"그리고 너 반칙이다? 다 안 먹었으면서 은근슬쩍 말 놓고."

유신 씨가 자리를 뜬 뒤에야 그림자가 거두어졌다. 그리고 나는 그 발소리가 들리지 않을 때까지 젓가락도 들지 않았다.

위험했다. 방금 정말 위험했다. 미카엘 씨와의 24시간도 굉장히 참기가 힘들었다. 서로 아무런 이성적 매력도 느끼지 않은 상태였고, 서로 사랑하지 말자고 약속까지 한 상태였는데도. 그래서 이번에는 솔직히, 이겨낼 자신이 없었다. 나는 이미 약물의 영향력 아래에 놓여 있었고, 유신 씨는 전부터 내게 호감이 있었다고 했다. 게다가 이번에는 제동장치가 전혀 없다. 조금 전 그 입술을 들여다보며 강하게 들었던 충동이 기억났다. 반지가 조여 왔다. 그 감각을 잊기 위해 냉수를 급하게 들이켰다. 떠나기 전 혜성 오빠가 내게 했던 말이 귓전에 울리는 것 같았다.

'꼭, 유신 씨랑 사랑에 빠져서 돌아와.'

* * *

"나 차 안에서 아이스크림 먹는 건 처음이야."

자동차 조수석에서 쿼터짜리 아이스크림을 무릎 위에 올려놓고 퍼먹는 쾌감은 엄청났다. 완연한 어둠이 내려앉은 밤 속에서 차는 계속 달렸다. 이제는 창밖의 풍경이 지나가고 있는 건지, 돌아오고 있는 건지도 알 수가 없었다. 산 다음에 산 다음에 산 다음에 산. 계속 같은 풍경이었다.

아이스크림을 크게 펐다. 하지만 이번에는 내 입으로 가져가는 대신 옆자리의 유신에게로 눈을 돌렸다. 어둠 속에서 오른쪽 귀의 이어커프가 유독 빛이 났다.

귓바퀴에서 잎이 마구 돋아나는 모양새의 금색 이어커프. 장기기증 신청자들에게 주어지는 이어커프다. 왼쪽 귀의 피어싱과는 다르다. 본인의 의사에 따라 착용을 할 수도, 하지 않을 수도 있다. 하지만 유신은 늘 저 이어커프를 하고 다녔다. 아주 자랑스럽게. 무대, 공항, 일상, 촬영 가리지 않고. 처음 보았을 때부터 느낀 거지만, 저 이어커프의 색은 참 묘하다. 얼핏 보기에는 단순한 금색이지만 어떠한 조명을 받든 온색으로 빛을 냈다. 가장 차가운 달빛마저도 노을마냥 따뜻하게 바꿔서. 한참 그 이어커프를 바라보다 숟가락을 유신의 입 앞에 가져갔다.

"아."

유신은 갑자기 나타난 숟가락에 조금 놀란 눈치였으나 별 저항 없이 입을 벌렸다. 입속으로 사라진 숟가락의 머리부가 다시 나타났을 땐 아이스크림이 완전히 녹아버린 뒤였다.

나와 남의 경계가 명확한 혜성 오빠를 너무 오랫동안 가까이서 보아온 탓일까. 이제는 한없이 이타적인 사람들이 너무나도 낯설게 느껴졌다. 아무리 선행을 베풀어도 배신과 외면은 늘 돌아온다. 유신처럼 사는 사람이라면 한 번쯤은 겪었을 일인데. 손목의 은색 십자가가 달랑이며 맑은 소리를 냈다. 이어진 목소리.

"마리."

"응?"

"너, 별 본 적 있어?"

그 질문에 시선을 돌려 창밖의 밤하늘을 올려다보았다. 하지만 부연 밤하늘이 별빛처럼 낭만적인 것을 품고 있을 리 없었다. 한참 동안이나 그 새카만 하늘을 올려보다가 고개를 저었다.

"아니. 한 번도."

이제 별은 도시에서 절대 볼 수 없는 것이 되어버렸다. 시골에는 간혹 보이는 곳들이 있다고는 하지만, 그마저도 대부분은 인공위성이나 헬리콥터라고. 평생을 도시에서 살아온 내게 반짝이는 별을 볼 기회는 없었다. 몇 억 광년이 떨어져 있다는, 엄청난 빛과 열을 내뿜는 거대한 가스의 덩어리. 낭만이라고는 찾아볼 수 없는 가스의 덩어리지만, 지구의 밤하늘에 걸려 있을 때에는 그토록 아름다울 수가 없단다. 수 세기 동안 인간에게 영감을 주던 하늘의 보석들은 이제 쉽게 찾아볼 수 없는 것이 되었다.

짤랑. 은빛의 맑은 울림. 만약 별이 소리를 낼 수 있다면 분명 저런 소리를 낼 거다. 고개를 돌렸다. 그리고 연거푸 짤랑거리는 유신의 십자가 팔찌를 바라보다 물었다.

"넌?"

"딱 한 번. 고3 때, 서울에서 졸업공연 하고 부산 내려가는 길에."

너는 운이 좋다, 그렇게 말하려다 문득 스쳐 지나간 생각에 살짝 미간을 찌푸렸다 폈다. 갑자기 이 이야기를 꺼냈다는 건, 아마.

"지금 보러 가는 거야?"

유신의 얼굴에 시원스러운 미소가 번졌다. 긍정의 의미임을 짐작하기도 전에 까슬하고 낮은 목소리로 단호한 답이 흘러나왔다.

"정답."

상황을 완벽히 받아들이는 데에 조금 시간이 걸렸다. 겨우 정신을 차렸을 때에도 내 입술 사이로 흘러나온 건 말소리가 아닌, 얕은 너털웃음이었다. 이 사람 정말 작정을 하고 나왔다.

화를 낼 수는 없었다. 그럴 권리가 없었다. 호르몬 주사는 애초에 배우들을 사랑에 빠뜨리기 위해 사용되는 도구다. 서로를 사랑하지도 않으면서 사랑하는 '척' 연기를 하는 것은 시청자에 대한 기만으로 여겨진다. 적어도, 내가 지금 촬영 중인 쏘머드에서는 그렇다. 그러니 사랑에 빠져야 했다. 깊게 빠지면 빠질수록 좋았다. 유신은 지금 잘하고 있었다. 오히려 내가 반칙을 하고 있었지. 왼손 약지에 낀 약혼반지를 한참 동안이나 만지작거렸다. 중앙에 박힌 보석이 다섯 바퀴를 돌아 다시 중앙으로 돌아올 때 즈음 유신이 다시금 입을 떼었다.

"사실 지금 조금 무서워."

누가 할 소리를. 잠시 그런 생각이 머릿속을 스쳤지만 굳이 입 밖으로 뱉지는 않았다. 왼손 위에 오른손을 포갰다. 반지가 보이지 않도록.

"왜?"

"전에 봤던 모습이랑 다를까봐."

그런 뜻이라면 충분히 이해할 수 있다. 느릿하게 고개를 끄덕였다. 추억은 머릿속에서 절정에 이를 때까지 끊임없이 미화된다. 그래서 시간이 흐른 뒤 그 추억을 다시 찾았을 때 실망감을 느끼는 경우가 잦다. 그러면 그 사람은 세상에서 자신이 사랑할 기억을 하나 잃어버리는 거다. 충분히 두려울 만하다. 그런 생각을 하다가 물었다.

"많이 예뻤어, 별?"

"그럼. 짙은 보라색 벨벳에, 아주 작은 다이아몬드를 박아 넣은 느낌?"

짙은 자색 옷감, 그리고 반짝이는 다이아몬드. 상상한 모습 그대로의 묘사였다. 그래, 긍정적으로 생각하자. 별은 늘 보고 싶었던 거잖아. 수 세기 동안 수많은 사람들에게 뜨거운 영감을 안겨주었던 건데. 그제야 기대감에 마음이 덩달아 조금 부풀었다.

"그 날이 내가 너 처음 본 날이었거든."

날카로운 말 한 마디가 그 마음을 톡 터뜨려버리기 전까지는.

"기억 안 나지?"

별을 처음 본 게 고3 때라고 했다. 내가 유신이랑 동갑이니까, 그 때면 내가 교복차림으로 출근을 하던 시절이다. 열아홉. 인턴이라는 이름의, 어른도 아이도 아니던, 직원도 학생도 아니던 때. 쏘머드 시즌4 촬영을 하면서 일의 갈피를 잡지 못하고 이리저리 뛰어다니던 때. 방송국에 오가는 연예인들 한 명 한 명이 그리도 신기할 수가 없었다. 하지만 그 해의 내 기억 속에 유신은 없었다.

"우리가 그 때...... 만났어?"

"만났다는 말은 조금 과하고, 마주친 적이 있었지."

"졸업 공연 때?"

"부산예고 실용음악과 졸업 공연 때."

연합한민국에 예고는 딱 세 개다. 서울예고, 부산예고, 그리고 평양예고. 매 해 12월 즈음에 각 예술고등학교의 실용음악과 졸업 공연이 UKBS 예능국에서 방송이 된다. 그러니까, 유신이 졸업 공연을 할 때 우리는 분명 한 건물에 있기는 했을 거다. 하지만 내가 인턴으로 일하던 시절의 기억이 너무나도 복잡하게 얽혀 있었다. 새로운 업무, 스트레스, 잦은 실수, 그리고 충격적이었던 쏘머드 촬영 현장까지. 그것들이 모두 흐물흐물 녹아, 섞인 채로 굳어버린 느낌이었다. 아주 작은 사건까지 꺼내어 펼쳐보기에는 너무나도 지저분한 기억이었다. 내 표정을 읽은 걸까, 침묵을 읽은 걸까. 유신이 너털웃음을 흘리며 말했다.

"워낙 짧은 대화라 기억 못할 거라 생각했어."

"......대화도 했어?"

"그럼. 난 다 기억나."

놀랍게도 나는 아무것도 기억이 나지 않았다. 그렇다고 기억이 나는 척 연기를 하기에는 유신이 이미 모든 진실을 알고 있었고. 어설픈 거짓말은 더 큰 화를 불러올 거라는 확신이 섰다. 겹친 손에 힘을 주었다.

"......미안. 나 진짜 아무것도......."

"괜찮아. 오히려 다행이야."

유신의 옆얼굴에 환한 웃음이 번졌다. 눈매가 완전히 접히고, 입꼬리부터 뺨까지 닿는 모든 선이 피어오르는. 정말 진심으로 웃을 때에만 볼 수 있는 특유의 꽃 같은 미소였다.

"그래야 내가 말을 할 구실이 생기지."

* * *

서울. 국가의 심장이자, 첨단의 정점. 소년은 그곳에 간다 해도 기가 전혀 눌리지 않을 자신이 있었다. 커봤자 얼마나 크고, 화려해봤자 얼마나 화려할까 싶었다. 부산도 대도시다. 밤마다 색을 바꾸는 마천루나, 도시 전체를 감싸는 커다란 유리 돔도 매일같이 보아왔다. 광안리라도 가게 되면 풍경이 사시사철 끝내주는데, 서울은 바다 같은 거 없잖아. 기차에서 밖을 내다보며 내내 그런 생각만 했다. 절대 기죽지 않는다.

소년은 가수로 성공을 하고 싶었다. 원하는 목표를 달성하기 위해서 죽어라 노력을 할 각오도 있었다. 그리고 성공한 가수가 되면, 그땐 원하든 원하지 않든 서울에 살게 되리라. 지금 호들갑을 떨면 왠지 제 꿈으로부터 더 멀어지는 것 같아 부러 침착함을 유지했다.

"야, 한유! 저거저거 보이냐? 한강 수중터널!"

……수중터널?

"와아, 그게 보이나! 부산은 물이 탁해가—"

"푸하하하! 야, 한유신 속냐!"

친구 놈이 크게 웃음을 터뜨렸다. 뭐가 그리 웃긴지 탁자까지 텅텅 때려가며. 그제야 속았다는 사실을 깨달은 유신은 미간을 찌푸렸다. 피식, 입술 사이로 짧은 웃음이 새었다.

"재밌냐."

"어휴, 그럼, 재밌고말고요. 한유신 씨 놀리는 게 지구에서 제일 재밌습니다."

재밌다니 어쩔 수야 없다. 소년은 눈동자만 한 번 느릿하게 굴리고는 다시 털썩 좌석에 등을 기대고 앉았다. 한강수는 탁했다. 터널은 무슨. 너울거리는 물풀조차 보이지 않았다. 물 더러운 건 어디나 똑같다.

"인아, 유신이 좀 그만 놀려."

잡지를 읽던 옆자리의 소녀가 얕게 미소를 지은 채 차분한 말씨로 말했다. 그제야 친구 놈은 웃음을 진정시키며 의자에 똑바로 앉았다. 유신은 고맙다는 듯 얕게 미소를 지었다. 하지만 그 소리를 입 밖으로 뱉지는 않았다.

소녀는 달랐다. 그 열, 그 칸, 그 차에 탄 아이들과는 달랐다. '체셔'라는 예명에 걸맞게 살짝 올라간 눈꼬리. 고급스러운 도자기마냥 매끈하고도 투명한 흰 피부. 행동 하나하나에서 배어나오는 화려한 아우라. 서울의 방송국은 질리도록 다녔을 그녀에게는 오늘 공연이 얼마나 하찮게 느껴질까. 소년은 잠시 그런 생각을 곱씹다 창문에서 시선을 거두었다. 저런 사람만 성공을 하는 건 아닐까. 나는 가능성이 없는 게 아닐까.

별. 성공한 연예인들을 우리는 그리 부른다. 어둠 속에서 빛나는 사람들. 강한 중력과 에너지를 내뿜는 사람들. 졸업 공연까지 와서 이런 생각을 한다는 건 너무 바보 같지만, 그럼에도 드는 생각을 억누르기란 쉽지 않았다. 소년은 한참 동안이나 손가락을 꼼질대다 눈을 감았다. 계속 눈을 뜨고 있으면 칙칙한 감정이 연거푸 제 마음을 끌어내릴 것만 같아서.

빛나고 싶다. 소년은 그런 생각을 하다 조금씩 잠에 빠져들었다.

*

"2조 스탠바이 할게요!"

이제 겨우 2조. 유신은 제 가슴에 붙은 숫자를 확인했다. 19. 두 번 보고 세 번 보아도 똑같은 19. 마지막 조다. 체셔의 무대를 보러 여기까지 오는 사람들이 많다며 차례를 뒤로 미룬 모양이었다. 시작하려면 멀었다. 남은 시간 동안 연습을 해야 하는 건 아는데, 머리로는 알아도 몸이 잘 따라주지 않았다. 커다란 무대에 압도당한 심장이 조금씩 느려졌다. 언젠가는 완전히 멎어버릴 거라는 사실을 강조하는 것처럼.

소년은 눈을 돌렸다. 체셔는 춤을 추고 있었다. 힘을 주었다 거두는 순간, 손을 폈다가 쥐는 순간 하나하나가 살아서 꿈틀거렸다. 마치 별이 반짝이는 형상과 같았다. 나는 재능이 있어, 모두들 나를 볼 수밖에 없을 거야. 온 몸으로 그렇게 외치는 별.

소년은 눈을 돌렸다. 거울 속 소년은 밋밋했다. 화려한 의상을 입고 온갖 반짝이는 화장품을 발랐건만. 거울에 비치는 부분 하나하나가 남의 것인 듯 어색하기 짝이 없었다. 별은 무슨. 전구만도 못한 빛이었다.

거울 속의 저 자신을 바라보다 유신은 대기실 문을 박차고 나왔다. 어차피 백댄서3에 불과한 자신을 찾을 사람은 없었다. 별을 빛나게 해주기 위한 주변의 어둠. 자신은 딱 그 정도밖에 되지 않았다. 시간 내에 돌아와서 오브제로서의 역할만 수행하면 된다. 그 이상은 아무도 기대하지 않는다.

한참을 걸었다. 나름 '엘리베이터'라는 목적을 갖고 뗀 걸음이었으나 그 목적이 잘 보이지 않았다. UKBS는 거대한 곳이었다. 예능국, 드라마국, 교양국, 보도국이 각각 3만 평이 넘는 빌딩을 하나씩 끼고 있는. 겉보기에는 모두 같은 고층 빌딩이건만, 토해내는 방송의 모양새는 너무나도 달랐다. 과연 그 건물의 내부도 다르게 생겼을는지는 알 방법이 없었다. 그야 저는 예능국 외의 건물에는 발도 못 들였으니까. 그 예능국마저도 너무 넓어 길을 찾지 못하는 중이었다. 겨우 찾은 엘리베이터에 올라탔다. 100층이 넘는 빌딩의 승강기 탑승자에게 200개가 넘는 선택지가 주어졌다. 소년은 별 생각 없이 제 가슴팍의 숫자와 같은 숫자를 눌렀다. 19.

문이 닫힌다. 시야가 조금씩 좁아진다.

꿈이었다. 무대에 서고 춤을 추는 것은 소년이 기억할 수 있는 가장 오래된 꿈이었다. 남들은 다 되고 싶어서 안달이 난 의사, 공무원, 대기업 회사원 같은 건 관심이 없었다. 무대, 춤, 조명, 춤, 음악, 춤. 그것뿐이었다.

그런데 이제는, 잘 모르겠어.

"잠깐만요!"

닫히려던 엘리베이터 문 사이로 팔 하나가 밀고 들어왔다. 유신은 화들짝 놀라 열림 버튼을 연타했다. 그런 급한 마음을 아는지 모르는지, 엘리베이터는 한참 동안이나 누군가의 팔을 꽉 문 채 놓아주지 않았다. 몇 번이고 문 사이에 낀 팔과 엘리베이터 버튼을 번갈아보다가 외쳤다.

"자, 잠시만요, 지금 열림 버튼이 잘—"

문이 열린다. 시야가 조금씩 넓어진다.

그 뒤 눈앞에 보인 것은 교복 차림의 한 여학생이었다. 깔끔한 교복, 하얀 얼굴, 올려 묶은 흑발. 그리고 그와는 전혀 어울리지 않는 구질구질한 옷감을 오른팔에 한가득 안은 여학생이었다. 왼쪽 가슴에 학교 마크와 명찰이 붙어 있었다. 학교는 청담사회고등학교, 이름은 김마리. 마리가 이마 위로 떨어진 머리칼을 조금 불어냈다. 그리고는 옷감을 다시 정리해 안으며 제게 고개를 한 번 짧게 숙여보였다.

"감사합니다."

"드는 거 도와드릴까요?"

"아니요."

보아하니 살가운 성격의 소유자는 아니었다. 하지만 친절이 몸에 밴 소년은 입꼬리를 끌어올린 채 다시 물었다.

"몇 층 가세요?"

마리는 쉬이 입을 떼었다. 이 정도 호의는 거절할 생각이 없었던 모양이다.

"19층이요."

유신은 엘리베이터 버튼보다 제 가슴팍의 숫자로 먼저 눈을 돌렸다. 그러는 사이에 문이 닫혔다. 승강기가 움직이기 시작했다. 지하

5층의 촬영장에서부터 지상 19층의 사무실까지 올라가는 데에는 시간이 꽤나 걸렸다. 침묵을 곱씹다 지하 3층을 지날 때 즈음 유신이 먼저 물었다.

"인턴이세요?"

마리는 눈을 돌렸다. 질문의 의도를 파악하려는 듯 잠시 침묵을 유지하다, 짧게 고개를 끄덕이며 말했다.

"네, 쏘머드 소속."

쏘머드. 그 무서운 프로그램에도 인턴이 들어가는구나 싶었다. 만 19세 미만 시청 불가인 프로그램이 만 19세 미만 인턴을 들인다는 건 상식 밖의 일이라. 유신은 마리가 품에 끌어안은 옷감들을 한참 동안이나 들여다보았다. 꽤 무거워 보였는데도 혼자 들겠다고 고집을 부리는 이유를 알 수 없었다.

"……힘들지 않아요? 무섭거나?"

마리는 덤덤한 표정으로 제 품의 옷감을 내려다보았다. 꽤나 무심한, 하지만 그러면서도 제법 위트 있는 대답이 흘러나왔다.

"무섭진 않은데, 무겁긴 하네요."

유신은 대답 대신 작게 너털웃음을 흘렸다. 하지만 마리는 제 말속의 웃음 포인트를 찾지 못했는지 무표정을 유지했다. 짧은 침묵 후 먼저 말을 꺼낸 것은, 의외로 김마리 본인이었다.

"버틸 때까지 버텨보고. 그래도 아니다 싶으면 이직하려고요."

그 말에 유신은 웃음을 멈췄나. 이직? 다른 직장에서라면 몰라도, UKBS에서 이직을 하는 일은 퍽 드물다고 알고 있다. 과로사를 하거나, 사직서를 쓰거나. 둘 중 하나라고들 하는데. 힘들기도 하지만 그만큼 페이도 세고 좋은 자리였으니까. 무엇보다, 방송국이 하나뿐인 나라에서 방송작가로서 다른 직장을 찾는다는 것은 불가능에 가까웠

다. 지금까지 해온 노력이 아깝지 않은 걸까? 청담사고면 사회고등
학교 중에서는 단연 최고인데. 거기서도 UKBS 방송작가 인턴십을
따내려면 상위권 성적을 유지해야 하고. 그 중에서도 예능국은 인기
가 많고 티오는 적어 매년 지원자가 차고 넘친다. 그 경쟁을 뚫고
지금 이 자리에까지 왔으면서, 이직을 한다고?

소년은 문득 그 생각을 자신의 서사와 잇는다. 예고가 세 개뿐인,
그리고 예고를 나오지 않으면 연예인이 되는 것이 불가능한 이 나라
에서. 저는 예술고등학교에 입학하기 위해 얼마나 노력을 했는가. 피
터지는 경쟁을 뚫고 겨우 진학한 학교였다. 그 노력이 아까워서라도
새로운 것에 뛰어들지 못할 것 같았다.

"……꿈이 아니었나 봐요?"

한참 꼬리에 꼬리를 물던 생각이 도달한 지점이었다. 그리 쉽게
포기할 수 있으면 꿈이 아닐 거라 판단한 탓이다.

"꿈이었으니까 버티는 거죠."

하지만 마리의 대답은 다시 한 번 유신의 예상을 엎었다. 꿈이었
기에 버틴다. 가장 당연한 말이면서도, 지금의 소년에게는 가장 낯선
말이기도 했다. 과거의 제가 부끄럽지 않도록. 미래의 제가 후회하지
않도록. 지금 이루어낸 꿈을 물고 놓지 않겠다. 왜냐하면—

"빛나지 않아도 좋으니까."

생각의 흐름이 멈췄다. 동시에 승강기도 멈췄다.

처음 무대에 오르던 때가 기억이 났다. 그 감각이 너무 뜨겁고 생
생해서 춤을 놓지 못했다. 그 일을 하면서 살아야겠다고 다짐을 했
다. 물론 당시에 상상했던 미래의 자신은 부귀와 명예를 모두 거머쥔
성공한 댄서이긴 했지만. 그래도 가장 좋았던 것은 역시 춤 그 자체
였다. 돈을 원했다면 사업을 했겠지. 명예를 원했다면 입대를 했겠

지. 과거의 자신은 이 길을 선택했다. 그 선택의 이유는 자명했다. 빛나지 않아도 별이었으니까.

"안 내리세요?"

엘리베이터에서 내리던 마리가 어깨 너머로 시선을 맞추며 그리 물어왔다. 유신은 한참 동안이나 말없이 눈만 깜빡이다 배시시 웃으며 대답했다.

"내릴 필요가 없어졌어요."

마리의 의아한 표정을 읽어내기도 전에 문이 닫히기 시작했다. 유신은 닫힌 문 너머로 제게 하루의 영감을 준 뮤즈에게 허리를 접어 인사를 올렸다. 심장박동이 다시 조금씩 빨라지기 시작했다. 아직은 더 살 수 있다고 말하는 것처럼.

*

"체셔 무대 끝내줬어!"

"언니 오늘도 너무 멋졌어요!"

돌아오는 기차의 대화에서도 유신에 대한 언급은 없었다. 하지만 기분이 썩 나쁘지만은 않았다. 소년은 한참 동안이나 밤하늘을 올려다보았다. 별이라도 볼 수 있을 것처럼 맑은 하늘이었다. 정말, 저기서 빛나고 있는 게―

"야, 한유! 저거저거 보이냐? 별!"

"……두 번은 안 속는다."

"야, 아니야, 아니야, 진짜로!"

친구 놈이 핸드폰까지 꺼내들어 셔터를 빠르게 눌러댔다. 그제야 유신도 미간을 찌푸린 채 천천히 몸을 일으켰다. 헬리콥터나 인공위성은 확실히 아니었다. 난생 처음 본 별은 생각보다 특별한 것이 없었다. 엄청난 중력과 빛과 열을 내뿜는다고 하지만, 우주의 건너편에서 바라본 별은 작고 빛나는 보석과 비슷한 것이었다. 열이나 무게는 전혀 느낄 수 없었다. 빛이라는 미약한 에너지만이 몇 억 광년을 지나 반짝일 뿐이었다. 소년은 한참 동안이나 그것들을 올려다보다가 느릿하게 입꼬리를 끌어올렸다.

* * *

이야기가 끝날 때 즈음 목적지에 도착했다. 간이 화장실 하나 외에는 아무것도 없는, 공터라는 말이 더 어울리는 캠핑장. 하지만 불만은 없었다. 개폐식 천장을 열어두고 올려다본 하늘에는 별이 시원하게 흩뿌려져 있었으니까.

아름다웠다. 정말로.

"정신을 차려보니까 사람들이 나보고 별이라 카대?"

짧은 너털웃음. 그 웃음소리가 지금의 밤하늘 풍경과 퍽 닮아 있다는 생각이 들었다. 천천히 눈을 감았다. 갑갑하고 시선이 신경 쓰이는 숙소보다야, 차 안에서 좌석을 뒤로 젖히고 눕는 편이 훨씬 더 편했다.

"그런데 나는…… 성공을 못했어도 행복했을 것 같아."

온기가 손가락 사이사이로 스며들었다. 낯선 감촉에 놀라 눈을 떴다. 겹쳐진 손을 빼기도 전에 쐐기를 박듯 따뜻한 음성이 들려왔다.

"고마워."

저 말을 듣고도 손을 뿌리치기란 쉽지 않았다. 짧게 웃음을 흘리고는 다시 밤하늘을 올려다보았다. 기억도 나지 않는 시절의 말이 시간의 날개를 타고 별이 되었다. 그리고 그 별이 지금의 내게 고맙다 말하고 있었다.

맞잡은 손에 꾹 힘을 주었다. 그 이상의 대답은 필요가 없었다.

은폐

다소 요란한 소음에 눈을 떴다. 말소리, 바람소리, 그리고 사이렌 소리마저 섞인 아주 복합적인 소음이었다. 잠에서 깨어나 가장 먼저 느낀 것은 등허리의 강한 통증이었다. 역시 차에서 자는 건 무리였나. 작게 앓는 소리를 뱉고 몸을 웅크렸다. 눈이 잘 떠지지 않았다. 무릎 위의 옷을 더 당겨 올려 덮었다.

"일어났어?"

낮고 까슬하고 따뜻한 목소리. 이어 내 머리칼을 가볍게 정리해서 귀 뒤로 넘겨주는 부드러운 온기까지. 그 느낌이 조금 간지러워 푸스스 웃어버렸다.

"간지러워……."

"더 잘래? 안 추워?"

그 목소리가 조금 낯설다는 사실을 깨닫기까지는 약간의 시간이 걸렸다. 그제야 눈을 떴다. 아직 부연 시야에 누군가의 상이 맺혔다. 짧은 머리칼, 까무잡잡한 얼굴, 오른쪽 귀의 화려한 장신구. 초점이 맞춰지자 왼쪽 뺨의 점과 드러난 보조개까지 눈에 들어오기 시작했다.

한유신.

몸을 일으켰다. 무릎 아래로 흘러내리는 점퍼를 겨우 붙잡았다.

어제 유신이 입고 있던 옷이었다. 밤새 덮어준 모양이었다. 빨라진 심장박동이 놀란 탓인지 설렌 탓인지 알 수 없었다. 얼굴 부었을 텐데. 어제 화장도 못 지우고 잤는데. 지금 꼴이 말이 아닐 텐데. 자는 동안 침이라도 흘린 건 아닌 걸까, 허둥지둥 입가를 매만지다 물었다.

"며, 몇 시예요? 늦었어요?"

"존댓말 하는 거 보니까 잠이 덜 깼네."

눈을 돌려 소음의 근원지를 확인했다. 유신의 손에 핸드폰이 들려 있었다. 채도 높은 이미지가 역동적으로 움직이고 있었다. 사건을 보여주는 요란한 소음, 그리고 그 위로 깔리는 AI 아나운서의 인위적이고 낭랑한 목소리. 뉴스였다. 하지만 평범한 아침뉴스라 하기에는 들리는 소리나 화면의 색채가 예사롭지 않았다. 눈을 비볐다. 한결 선명해진 시야로 뉴스를 보다가 물었다.

"……화재?"

"응, 신의주에. 꽤 크다는데."

"언제?"

"실시간이야."

조금 더 자세히 보고 싶어 몸을 기울였으나 금세 화면이 바뀌었다. 다음 소식. 실시간 보도가 아닌, 어제 일어난 사건에 대한 보도였다. 광주에서 총기 난사 사건이 일어났다. 범인은 18살짜리 고등학생. 오후 7시경에 학원가 한복판에서 기관총을 무차별적으로 난사했다고 한다. 다행히 탄환이 별로 없었고 신고가 빠르게 들어가, 사상자 없이 사건이 정리되었단다. 어떻게 그 학생의 손에 총이 들어가게 되었는지에 대해서는 현재 조사 중이라고.

"……왜 이렇게 사고가 많지."

혼잣말에 가까운 중얼거림. 유신은 고개를 젓는 것으로 대답을 대신했다. 모자이크로 얼굴은 가렸지만 학생의 교복과 그 위의 명찰은 선명하게 보였다. 문지사회고등학교 소속, 이름은 신안서. 수갑을 찬 채 질질 끌리는 걸음으로 걷는 아이를 다수의 카메라와 마이크가 둘러싸고 있었다. 셔터가 정신없이 터졌다. 하지만 생각을 더 이어가기도 전에 화면이 꺼졌다. 요란스러웠던 소음도 멎었다.

"그만 가자. 늦으면 안 되잖아."

상황파악을 제대로 하기도 전에 유신의 팔이 내 쪽으로 쭉 뻗어나왔다. 조금 놀라 몸을 바로 세웠다. 손과 어깨에 이어 내 시야에 들어온 것은 유신의 얼굴. 사이에 손바닥 하나가 들어갈 수 있을까 말까 한 가까운 거리에서였다. 심장이 뛰었다. 걷잡을 수 없이.

"……아, 미안. 벨트 매주려고……."

이 정도로 거리가 가깝게 잡힐 건 생각을 못한 건지 유신도 살짝 낯을 붉힌 채 시선을 돌렸다. 가까이서 보니 정말 도자기마냥 매끈한 피부였다. 왼쪽 뺨에 박힌 장난스러운 점이 자꾸만 눈앞에서 아롱거렸다. 쓰다듬고 싶다. 끌어안고 싶다. 입 맞추고 싶다. 강한 욕구가 끓어올랐다. 이번에는 불발이 아니었다. 완벽하게 심장을 관통한 감정이었다.

"아, 이게 잘 안 된다…… 잠시만."

뭔가에 홀린 듯 유신의 한쪽 뺨을 손으로 감쌌다. 의아심이 담긴 초콜릿색 눈동자가 내게로 돌아왔다. 하지만 그 이상의 움직임은 없었다. 거부할 생각은 없다는 의미겠지. 그대로 얼굴을 당겨 뺨의 점에 짧게 입을 맞췄다. 입술에 닿는 체온은 뜨거웠다. 그제야 심장 속에서 끓어오르는 감정이 조금 해소되는 느낌이었다. 안도의 한숨이 새어나왔다. 느릿하게 눈을 감았다. 그리고 속삭이듯 물었다.

"……조금만 있다가 가면 안 돼?"

말도 안 될 만큼 심장이 뛰었다. 닿은 손에서부터 저릿한 전기 신호가 혈관을 타고 흘러 들어오는 느낌이었다. 침묵이 그 어느 때보다 묵직하면서도 강렬했다. 꼭 내 앞의 이 남자처럼. 시간이 멈췄으면 했다. 답을 듣기가 무서웠다. 나는 이렇게 간절하게 당신을 원하는데. 당신은, 당신은?

뜨겁고도 묵직한 온기가 내 뺨을 감싸왔다. 잠시 거리가 멀어지나 했더니 금세 다시 좁혀졌다. 방아쇠를 당기듯, 아주 신중하고도 과감하게. 입술이 닿는 것은 순식간이었다. 혀나 타액이 섞인다는 느낌보다는 온도가 섞인다는 느낌이 굉장히 강했다. 아직도 잘 적응이 되지 않는 특유의 높은 체온 탓이었다. 응어리가 되어 가슴을 꾹 짓누르던 감정의 막이 터지는 느낌이 들었다. 더 이상 통증은 없었지만, 감정은 흐물흐물해진 채 온 몸으로 번져 갔다. 유신의 뒷머리를 잡아 더 가까이 끌어당겼다. 새빨간 욕망이 서로의 입술 사이를 헤집고 잇몸을 훑었다. 소리 없는 대화가 한참 동안 이어졌다. 숨이 찼다. 결국 먼저 입을 뗀 건 내 쪽이었다. 하지만 멋쩍게 웃으며 그 품에 머리를 묻지는 못했다. 그러기에는 밀려온 감정이 너무나도 무거웠다.

"왜 그래?"

죄책감이었다. 왼손 약지의 반지가 조이는 느낌과 함께 찾아오는.

"……아냐."

마법 같은 키스 뒤에는 으레 해피엔딩이 찾아온다. 죽었던 여인이 독 사과를 뱉어내기도 하고, 영면을 취하던 공주가 잠에서 깨어나기도 한다. 정말 환상적인 입맞춤이었지만, 내게는 그런 행복한 결말이 찾아올 리 없었다.

시선을 피했다. 눈동자를 정처 없이 굴려대다 한결 가라앉은 목소리로 덧붙였다. 유신의 가슴팍을 가볍게 밀어내며.

"돌아가자. 늦으면 안 되지."

* * *

쏘머드 촬영장까지 무사귀환을 했건만 딱히 우리를 반겨주는 분위기는 아니었다. 그러기에는 다소 혼란스러운 상황이었다. 끊임없이 전화가 울려대고 있었고, 스태프란 스태프는 죄다 발바닥에 불이 나도록 사방팔방 뛰어다니는 중이었다. 전화 소리가 사이렌처럼 날카롭게 귀를 찔러댔다.

아침에 보았던 뉴스가 생각났다. 끝없이 이어지던 색색가지의 사건사고들.

무슨 영문인지 묻고 싶었는데 익숙한 얼굴을 발견하기에도 너무 정신없는 분위기였다. 출연진도 다들 메이크업을 하러 간 건지, 아직 출근을 안 한 건지 보이지 않았다. 위치추적 팔찌가 사라진 왼쪽 손목을 가만히 쓰다듬었다. 대체 무슨 일이지.

"선배! 선배, 선배!"

다급한 목소리가 나를 부르며 내 어깨를 붙잡았다. 예상치 못한 손길에 화들짝 놀라 뒤를 돌아보았다. 막내였다. 뛰어온 건지 숨을 몰아쉬고 있었다. 머리도 잔뜩 흐트러진 상태였다. 그 모양새를 천천히 뜯어보다가 조금 긴장한 채 물었다.

"왜, 왜. 무슨 일이야."

"지금...... 저희...... 일손이...... 모자라서."

"일손이야 늘 모자랐잖아."

"그런데 그게......."

막내가 길게 숨을 뱉어내었다. 숨이 많이 찬 건지 말을 잇는 것조차 쉽지 않았다. 몇 번의 긴 호흡 후에야 목소리를 정리한 하영이가 말을 이어갔다.

"많이 모자라요. 항의가 쏟아지는데, AI로 답변했다가 2차 항의까지 터져버려서."

항의? 갑자기 무슨? 맥락이 잘 이해되지 않아 살짝 미간을 찌푸렸다가 폈다. 하지만 막내는 내게 상황을 하나하나 설명해주는 것보다 행동을 시작하는 것이 낫다고 판단을 했나보다. 내 어깨를 그대로 잡아 성큼성큼 어딘가로 향하기 시작했다.

"어, 어디 가, 나 오늘 촬영이야."

"죄송한데 오늘은 사무실로 출근해주셔야겠어요."

결의마저 담겨 있는 목소리였다. 그 말에는 차마 저항을 할 수가 없었다. 24시간 동안 별 보이는 산골짜기에 들어갔다 나온 나보다야 하영이의 판단이 훨씬 나을 거라는 생각도 했고. 아니나 다를까 막내가 짧은 한숨과 함께 말을 덧붙였다.

"이거 해결 못하면, 쏘머드 폐지예요."

* * *

"이것도 겨우 캡처했어. 삭제속도가 너무 빨라."

혜성 오빠가 그렇게 말하며 내게 핸드폰 화면을 보여주었다. 무슨 기사의 일부분 같았다. '김마리의 쏘머드 출연은 강요된 것? UKBS '갑질' 논란'이라는 다소 자극적인 헤드라인을 달고. 글이 올라온 시각은 기이하게도 새벽 4시였다. 그 시간에 올라오는 기사는 사건 사고에 대한 인공지능의 요약 수준인데, 이건 확실히 달랐다. 아니나 다를까 기자명이 익숙했다. 정이월.

"본 사람이 없었을 리가 없지. AI가 금세 지우기는 했는데, 이미 늦었고....... 그 때부터 보도국이랑 예능국이 둘 다 비상이 걸려서."

오빠가 말을 마치며 본인의 컴퓨터 모니터를 가리켰다. 1초에도 수십, 수백 건씩 항의 글이 올라오고 있었다. 화면을 눈으로 따라가는 것이 불가능할 지경이었다. 마치 빠르게 달리는 기차 위의 글씨를 읽는 기분이었다.

"예능국은 항의 처리하고 있고, 보도국은 아침부터 자극적인 뉴스 계속 내보내고 그랬지. 그런데 아직도......."

혜성 오빠가 아랫입술을 잘근잘근 깨물었다. 오른손 검지로 엄지 손톱을 계속 힘주어 꾹꾹 누르면서. 뭐가 그렇게 불안한 건지 강박 증세란 증세는 다 보이는 중이었다. 한참 뒤에야 오빠가 손을 멈췄다. 그리고는 길게 한숨을 내쉬며 말했다.

"......내 잘못이야."

"이게 왜 오빠 잘못이야. 정이월 기자님이―"

"하영아."

내가 말을 잇기도 전에 혜성 오빠가 막내를 불렀다. 화면을 정지시켜놓고 항의 글에 답을 달던 하영이가 눈을 크게 뜨며 물어왔다.

"네?"

"잠깐만 나가줄래? 마리랑 둘이 이야기 좀 하게."

지금처럼 일손이 부족한 상황에서 할 말은 아니었지만, 하영이는 판단이 빠른 아이였다. 나와 혜성 오빠를 한 번씩 번갈아보고는 책상 위의 태블릿을 집어 들었다. 그리고는 금세 사무실 밖으로 나갔다. 그제야 혜성 오빠의 낯에서 긴장이 조금 풀렸다.

"어떡하지 마리야?"

금방이라도 울 것 같은 표정이었다. 목소리도 떨리고 있었고, 시선도 안정이 되지 않았다. 한참 그런 불안한 상태를 유지하다 오빠가 다시금 입을 떼었다. 숨소리에 가까운, 힘없는 목소리가 흘러나왔다.

"내 잘못이야."

* * *

사건을 요약하자면 이랬다.

내가 쏘머드에 자원한 것이 일종의 협박 때문이었다는 사실을 정이월 기자님이 알게 되었다. 이 정보를 가지고 기자님이 혜성 오빠를 찾아왔다. 일개 텔레비전 프로그램이 이렇게까지 횡포를 부리는 모습을 계속 보고만 있을 거냐며, 쏘머드를 폐지시키기 위해 쓸 만한 정보를 제공해달라고. 매사에 조심스러운 오빠는 당연히 그 제안을 거절했다.

"......그랬더니 결국 기사를 냈네."

오빠는 여전히 불안감이 가시지 않는 건지 간헐적으로 엄지손톱을 꾹꾹 눌렀다. 불안해하는 것이 이해는 되었다. 기자님이 기사를 내기 직전에 만난 사람이 혜성 오빠였고, 만약 쏘머드가 정말 폐지된다면 그 책임의 일부는 오빠에게로 돌아올 테니까. 다만 이해가 되지 않는 부분이 하나 있었다.

"그런데...... 만약 오빠가 정보를 제공했다면."

기자님이 대체 쏘머드에 대해 어떤 악감정을 가지고 있는지는 알 수가 없지만, 어쨌든 그 분은 처음부터 이 프로그램을 폐지시키려고 작정을 한 것 같았다. 권지아 씨 인터뷰도 그랬고, 지금의 이 기사도 그렇고. 어느 쪽으로든 비슷한 결과가 나왔을 거다. 운이 나쁜 혜성 오빠가 그 흐름에 휘말린 것뿐이다. 그렇다면 직접 그 일에 가담을 하는 것보다는 현재의 선택이 훨씬 현명한 게 아닌가.

"그 땐 오빠의 책임이 더 커지는 거 아냐?"

"아니지."

오빠의 대답은 꽤나 단호했다. 그리고 덧붙여진 말은 내가 생각할 수 있는 범위 이상의 것이었다.

"기자님한테는 일단 돕겠다고 말을 해서 진정시키고, 신고를 해야지."

애초에 기자님한테 정보를 제공하는 선택지는 고려도 되지 않았던 거다. 표정관리를 못했다. 그럴 기력도 마음도 없었다.

이 프로그램이 혜성 오빠한테 무슨 의미인지 내가 모르는 것은 아니었다. 쏘머드는 오빠가 작가로서 처음으로 인정을 받게 되는 계기였으며, 처음으로 인생에 상승세를 가져온 사건이었다. 혜성 오빠는 이 프로그램을 딛고 성공을 했다. 자신의 삶에 커다란 기둥을 세워준 쏘머드에 대해 오빠가 얼마나 애정을 가지고 있을지 알았다.

하지만 아무리 그래도, 이건 아니다.

"그건 배신이지, 오빠."

"신고랑 배신은 달라."

"신고는 나쁜 일을 보고하는 게 신고지."

"나쁘다는 건 주관적인 개념이니까."

내가 하는 질문마다 망설임 없이 받아치던 오빠의 미간이 살짝 찌푸려졌다. 그리고는 조금 원망이 섞인 목소리로 덧붙였다.

"지금 내가 나쁜 사람이라고 말하고 싶은 거야?"

솔직히 말하자면, 내가 느끼기에는 그랬다. 나는 쏘머드가 지긋지긋하게 싫었다. 비난하기도 민망한 죄목으로 사람들을 처형대로 밀어놓고, 익명의 대중이 멋대로 버튼을 눌러대는. 다수의 폭력을 장려

하는 끔찍한 프로그램이었다. 정이월 기자님은 그 실상을 인지한 사람이었고. 그 의견에 동조하는 척하면서 뒤통수를 치는 건, 아무리 생각해도 '나쁜' 사람이 할 만한 '배신'이라고밖에 느껴지지 않았다. 하지만 그 말은 하지 않았다. 혜성 오빠를 비난할 사람은 나 말고도 많다고 생각했으니까.

"......아냐. 결국 기자님한테 거짓말 안 한 거잖아."

"......"

"했다면 나쁜 사람이었겠지만. 안 했으니까."

손톱을 힘주어 누르던 오빠의 손끝이 멈췄다. 가을빛의 눈동자가 한참 동안이나 내 눈을 똑바로 들여다보았다. 긴 침묵이 흘렀다. 오늘만은 그 눈동자에서 온기를 읽어낼 자신이 없었다. 싸늘한 목소리로 대답이 돌아왔다.

"했을 거야. 그 날 너만 옆에 있었어도."

혜성 오빠와의 싸움은 늘 이런 식이었다. 단순히 뒤집어진 양말이나 쌓아둔 설거지의 문제가 아니었다. 중도를 찾지 못한 서로의 시선은 결코 겹쳐지지 못했다. 침 삼키는 소리가 여기까지 들리는 듯했다. 한참 뒤에야 오빠는 입을 떼었다.

"그러니까 나쁜 사람 맞아."

목소리에 약간의 떨림이 느껴졌다. 그제야 조금씩 죄책감이 심장을 짓누르기 시작했다.

"......미안해, 오빠. 그런 의미 아니었어."

"아니었겠지."

가시 돋친 말이 되돌아왔다. 오빠의 옆에서는 여전히 항의 글이 눈으로 따라갈 수도 없을 만큼 빠른 속도로 지나갔다. 끊어진 대화의 흐름에서는 더 이상 아무런 소리도 나지 않았다. 묵음의 활자만이 읽지도 못할 정도로 빠르게 스쳐 지나갈 뿐이었다. 한숨이 새어나올 때까지는 그랬다.

"무섭게 얘기해서 미안해. 그냥, 내가 요즘 조금......."

오빠가 말끝을 흐렸다. 하지만 곧바로 이야기를 이어가는 대신 자리에서 일어났다. 그대로 몸을 숙여 내 이마 위에 짧게 입을 맞췄다. 온기가 떼어지고 속삭임이 들려왔다.

"......예민해. 그래서 그래."

이유는 대강 짐작이 되었다. 그래서 대답을 하는 대신 시선을 내리깔았다. 서로가 서로에게 더 이상 묻지 않았다. 우리의 관계 밖에 있는 사랑에 대해서는 말하지 않는다. 유신과의 24시간이 끝난 이후 생긴, 일종의 불문율이었다.

"오늘 촬영은 취소하기로 했어. 매뉴얼 따라서 항의 글 처리하다가 시간 되면 퇴근해."

혜성 오빠가 내게 얄팍한 서류 한 뭉치를 내밀었다. AI를 돌렸다가 항의를 성의 없이 처리한다고 2차 항의가 터져버렸으니, 이제는 정말 하나하나 사람이 직접 상대해야 했다. 그러니 매뉴얼도 종이로 된 걸 읽는 수밖에. 엄지 끝으로 매끈한 종이 표면을 몇 번이고 쓸었다. 오빠는 본인 책상 위의 서류 몇 가지를 챙겨 자리에서 일어났다. 피디님이나 팀장님이나, 뭐 그런 사람을 만나러 가는 길이겠지. 선명하면서도 절제된 걸음이 내게서 멀어져 갔다. 그러다 발소리가 멎었다. 문이 열리는 소리는 들리지 않았다.

"문제가 뭔지 알아, 마리야?"

어깨 너머로 고개를 돌렸다. 오빠가 나를 똑바로 보고 있었다. 꽤나 슬픈 눈을 한 채. 그 얼굴은 멀리서 봤을 때 더 슬펐다. 참 이상하지. 인생은 멀리서 보면 희극이라는데. 당신의 삶은 어째서 멀리서 보면 볼수록 더 비극에 가까워지는 걸까.

"정이월 기자님은 보호해줄 사람이 있지만, 너는 그렇지 않아."

당신이 나를 사랑하기 때문이다.

"……다녀올게."

내게서 멀어질수록 당신은 더 슬퍼지기 때문이다.

문이 열렸다 닫혔다. 투명한 유리문 너머 혜성 오빠의 모습이 점점 멀어졌다. 나는 그 모습이 완전히 시야에서 사라질 때까지 눈을 떼지 않았다. 왠지 눈물이 났다. 이유는 알 수가 없었다. 슬픈 영화를 보다 화장이 망가질까봐 꾹 눈물을 참듯 억지로 감정을 삼켜댔다. 응어리진 기분은 목구멍 뒤로 쉽게 넘어가지 않았다.

* * *

저녁 9시가 넘어가자 항의 글 올라오는 속도가 조금씩 느려지기 시작했다. 참 기분이 이상했다. '김마리 불쌍하다'는 항의에 대해 김마리 작가 본인이 '김마리 작가와 합의된 것'이라는 거짓말을 하려니까. 하지만 내게는 매뉴얼이 있었다. 그러니 시키는 대로 할 수밖에 없었다. 그것이 현실적인 연인을 둔 내가 할 수 있는 최선의 선택이었다.

요란하게 문이 열렸다. 화들짝 놀라 고개를 돌렸다. 혹시라도 혜성 오빠가 돌아왔나 해서. 하지만 보인 것은 기다리던 얼굴이 아니었다.

"커피 있습까."

정이월 기자님이었다. 아니, 적어도 정이월 기자님이 맞는 것 같다. 오른쪽 눈이 시퍼렇게 멍든 채 붓고, 왼쪽 입꼬리는 터져서 빨갛게 딱지가 얹고. 꼴이 말이 아니었다. 화들짝 놀라 컴퓨터를 버려두고 그 앞으로 달려갔다.

"왜, 왜 이렇게 다쳤어요, 기자님?"

"야근을 그렇게 많이 하는데 커피 구비도 안 해줍니까."

"말 돌리실래요?"

내 질문이 제법 단호했던 걸까. 기자님이 한참 내 눈을 들여다보다 먼저 시선을 떨어트리며 한숨을 내쉬었다.

"계단에서 굴렀다고 칩시다."

더 이상 말하기 싫다는 의미였다. 정 기자님 고집에 캐묻는다고 말해주지도 않겠지.

누군가에게 맞은 상처였다. 그것만은 틀림이 없었다. 쏘머드에서 하도 다양한 타박상을 본 탓에 이제는 모양만 봐도 대강 그 경위를 짐작할 수가 있었다. 타인의 손에 맞은 상처였다. 그 어떤 도구도 사용되지 않았다. 아마 오늘 기자님이 낸 기사가 마음에 들지 않았던 누군가였겠지. 더 캐묻는 대신 아랫입술을 깨물었다. 권력자다. 쏘머드의 안위가 본인의 안위와 긴밀하게 연결되어 있는, 이렇게 때리고도 기자님이 신고를 못 할 거라는 확신이 있는, 그런 권력자. 그런 사람이라면 이 사무실에서 오가는 대화쯤은 모두 들을 수 있을 거다. 말을 조심해야 했다.

기자님이 나를 빤히 쳐다보았다. 내 생각을 읽어내는 데에 그리 긴 시간이 필요하지 않던 모양이다. 기자님이 피식 웃으며 물었다.

"비상약 없슴까."

"......잠시만요."

방송작가 사무실에 비치된 비상약이라고는 소독약과 반창고 정도가 전부였다. 타박상 연고나 재생크림 따위의 고급 약이 있을 리가.

하지만 어쩔 수 없었다. 지금은 이 정도로 치료를 해드리는 수밖에. 길게 한숨을 내쉬고는 기자님 앞으로 돌아왔다. 평소 같았으면 취재를 한답시고 사무실을 뒤졌을 분이 오늘은 두 손을 모은 채 자리에 얌전히 앉아 있었다. 상처투성이의 얼굴로 그리 앉아 있는 모양새가 안쓰럽기도 하고, 조금은 귀엽기도 해서 푸스스 웃어버렸다.

"왜 웃으십까."

그 웃음이 썩 좋지는 않았는지 기자님이 곧바로 미간을 살짝 찌푸리며 물었다. 소독약을 면봉 끝에 묻혔다. 그리고 상처 위를 톡톡 두드리며 대답했다.

"불쌍해서요."

소독약이 닿자 환부에서 통증이 인 듯 기자님이 얼굴을 눈에 띄게 일그러뜨렸다. 하지만 치료가 어려울 정도로 움찔거리거나, 비명을 지르거나 하지는 않았다. 얼굴만 조금 구길 뿐이었다. 면봉이 떼어진 뒤에야 기자님은 다시 입을 떼었다.

"저는 작가님이 더 불쌍합니다."

"……눈탱이가 밤탱이가 되어 있는 건 기자님이거든요."

"그런 면에서는 제가 더 불쌍합니다만."

짧은 침묵. 그 침묵이 흐르는 동안 나는 타박상에도 소독약을 발라야 하나 잠시 고민에 빠졌다. 해서 나쁠 건 없겠다고 결론을 내린 나는 결국 면봉의 반대편도 약에 적셨다. 그 모양새를 지켜보던 기자님이 천천히 눈을 감았다. 눈을 감으니 더욱 멍이 도드라져 보였다. 그 위로 천천히 면봉을 가져다 댔다.

"작가님."

"말씀하시다 소독약 입에 들어가요."

"진실이 얼마나 오랫동안 은폐될 수 있다고 생각하십니까."

내 경고는 듣지도 않은 듯 기자님이 말을 이었다. 정말 하고 싶은 말이었구나 싶어져서 질문을 잠자코 곱씹었다. 영원한 비밀은 없다고들 말한다. 만약 그게 사실이라면, 모든 진실은 언젠가 밝혀진다는 의미로 해석할 수 있지 않을까.

"……글쎄요. 10년? 20년?"

평소에도 워낙 표정이 적은 기자님이었지만, 약을 바르느라 긴장을 한 탓인지 오늘따라 더욱 표정변화가 없었다. 하지만 침묵이 길어지는 건 결코 좋은 의미가 아니었다. 황급히 질문을 덧붙였다.

"기자님은 어떻게 생각하시는데요?"

다 쓴 면봉을 휴지통에 던졌다. 그제야 기자님이 천천히 눈을 떴다. 새파랗게 멍들고 부은 눈꺼풀 너머로 고동색의 눈동자가 한참 동안이나 나를 들여다보았다.

"저는 영원히도 가능하다고 생각합니다."

참 비관적인 말이었다. 진실을 밝히는 기자가 하기에는 더더욱.

입꼬리에는 반창고를 붙이기 어렵겠지. 붙인다 해도 금세 떼어질 테고. 기자님의 상처와 반창고를 번갈아 보다가 결국 비상약 상자 뚜껑을 닫았다. 상자 잠기는 소리가 기자님의 말소리에 묻혔다.

"그래서 진실을 밝히기 위해서는 싸워야 합니다."

나야 기자로 일한 적이 없으니 저 말이 구체적으로 무엇을 의미하는지는 알 수 없었다. 하지만 짐작되는 바조차 없는 것은 아니었다. UKBS의 뉴스는 결코 있는 그대로의 진실만을 보도하지 않았다. 물론 그렇다고 거짓을 보도하지는 않았다. 하지만 지나친 검열과 삭제를 거친 뒤 보도되는 진실은 거짓과 크게 다르지 않다. UKBS 보도국에는 기사 자동 검열 및 삭제 시스템만 총 23개가 돌아가고 있다. 그리고 보도되지 않은 진실은 은폐되기 마련이었다.

"저는 아무리 맞아도 멈추지 않을 겁니다."

저 꼴을 하고도 저런 말을 할 수 있다는 건 정말 놀라웠다. 육체적인 공포는 살로, 뼈로, 피로 느껴진다. 그 공포를 이겨내고 이상을 좇는 일은 분명 쉽지 않다. 그런 사람들은 영화에만 나온다고 생각했는데. 내 눈 앞에서 직접 보게 될 줄이야.

"그러니까."

기자님이 한숨과 함께 말을 뱉으며 자리에서 일어났다. 그리고는 의자를 한 손으로 밀어 대강 자리에 정리해두고 뒤를 돌았다. 문을 향해 걸어가면서 기자님이 덧붙인 말에는, 나를 꽤 잘 알고 있다는 뉘앙스가 녹아들어 있었다.

"……타협하기 위해 애쓰실 필요 없습니다."

문이 열렸다 닫혔다. 기자님과의 대화는 그걸로 끝이었다. 하지만 저 말은 밤새 나를 괴롭힐 거라는 예감이 들었다.

* * *

"좀 늦었네요?"

몸도 마음도 너덜해진 채 퇴근한 나를 반겨준 것은 미카엘 씨였다. 며칠 전만 해도 이 사람은 내게 '불편한 사람'이었는데. 오늘 일을 겪고 나니 미카엘 씨를 마주쳐서 다행이라는 생각이 들 정도였다. 유신이나 혜성 오빠 앞에서는 무슨 표정을 지어야 힐지 아직도 감이 잡히지 않았다. 하지만 미카엘 씨 앞에서는 그런 걱정은 하지 않아도 되었다. 눈을 마주하고 입꼬리를 끌어올렸다.

"오랜만에 야근 좀 했어요. 작가 김마리로서."

미카엘 씨는 언제나처럼 여유로운 미소를 짓고 있었다. 내가 대답을 하자 작게 콧소리를 뱉기는 했지만, 아름다운 낯에 그 이상의 균열은 가지 않았다. 한참 동안이나 내 눈을 바라보다가 어깨를 으쓱하며 말했다.

"요새도 잔업 싸서 집으로 보내주고 그래요? 너무하네."

"잔업이요?"

"마리 씨 얼굴에 그렇게 쓰여 있는데요? '나 숙제 있음'이라고."

귀신같은 사람이다. 대체 저런 걸 어떻게 읽어내는 건지.

생각이 많았다. 많을 수밖에 없었다. 우선은 유신과 혜성 오빠의 문제가 있었고, 혜성 오빠와 정 기자님의 문제도 있었다. 전자는, 그래, 어떻게든 카메라 눈치 보아가면서 해결할 수 있다고 쳐도. 혜성 오빠를 따라 현실에 순응을 할 것인지, 정 기자님의 조언을 듣고 마음을 따를 것인지는 내가 결정할 일이었다. 그것도, 되도록 빨리 말이다. 나름 표정이 없는 편이라 생각했는데. 이렇게 금세 들키는 걸 보니 꼭 그렇지도 않은 모양이다. 바로 시선을 내렸다. 그리고 최대한 단호하게 대답했다.

"없어요, 그런 거."

이렇게 대답을 하는 편이 더 의심스럽다는 생각을 한 건 10초쯤 뒤였다. 미카엘 씨는 10초라는 짧지 않은 침묵이 자리잡는 동안 아무 말도 하지 않았다. 작게 너털웃음을 흘리고는 쭉 기지개를 켤 뿐. 팔을 내린 후 손을 가볍게 털며 뱉은 말은 김이 샐 만큼 가벼웠다.

"없다면 다행이구요."

이대로 잘 넘어가나 했는데. 미카엘 씨의 손끝이 가볍게 내 턱을 잡아 올렸다. 본인과 시선이 맞도록. 한참 눈을 깜빡이며 그 예쁜 밤색 눈으로 내 얼굴을 뜯어보다, 시원스레 입꼬리를 끌어올려 웃으며 말했다.

"어제 서포트로 맥주 몇 박스 들어왔는데."

맥주. 그 말에는 조금 눈이 뜨였다. 그러고 보니 쏘머드 촬영을 시작한 뒤로는 술을 단 한 방울도 먹지 못했다.

"옥상에서 한 잔 할까요?"

'저랑 거래 하나 하실래요?' 그리 묻던 모습이 문득 기억이 났다. 약기운 때문인지 뭐 때문인지는 몰라도, 그 날의 미카엘 씨는 정말 아름다웠다. 숨결마저 눈부시고, 화려하고, 기가 막히게 아름다웠다. 역사 속에서 악마와 거래를 하던 수많은 치인들을 떠올리게 하는 아름다움이었다. 그 날처럼 목이 탔다. 숨을 넘겼다. 본래 사람은 몸과 마음이 약할 때 유혹에 쉬이 넘어가는 법이다.

"좋아요."

* * *

캔이 열리는 소리가 밤공기만큼 시원했다. 망설임 없이 그대로 맥주를 목구멍 뒤로 넘겼다. 달아오른 식도를 익숙한 청량감이 몇 번이고 쓸어주며 지나갔다. 캔을 입에서 떼었을 때에는 이미 반쯤 비운 뒤였다.

"크으. 잘 먹네요, 마리 씨."

"술 좋아합니다."

"좋아요, 좋아. 잘 먹어야 예쁘죠."

겨우 맥주 반 캔에 취할 리는 만무했다. 제아무리 빈속이라 해도. 짧게 한숨을 뱉고는 옥상 난간에 기댔다. 오늘도 어김없이 예쁜 서울의 야경이었다. 비록 별은 보이지 않았지만.

미카엘 씨는 난간에 뒤로 기대어 섰다. 꽤나 위태로워 보이는 모습이었지만 굳이 말리지는 않았다. 서울 야경을 배경으로 맥주를 들이키는 미카엘 씨의 옆모습은, 내가 본 그 어떤 그림보다도 아름다웠으니까. 화가가 영혼을 바쳐 붓으로 그려낸 듯한 얼굴이었다. 선명한 눈썹, 깔끔한 눈매, 곧고 높은 콧대. 어두워서 잘 보이지 않는 코의 점마저도 마치 한 폭의 완벽한 유화 같았다. 그 얼굴을 홀린 듯 뜯어보다가 멍하니 캔을 들었다. 바람이 가볍게 미카엘 씨의 머리칼을 간질이고 지나갔다. 밤색 눈동자가 내게로 돌아온 것 역시 그 즈음이었다. 씨익, 매끈한 입술이 시원스레 호선을 그렸다.

"잘생겼다, 그쵸?"

사레가 거하게 들렸다. 그렇게 티 나게 쳐다봤나. 낯이 붉어진 게 연거푸 기침을 한 탓인지, 민망함이 밀려온 탓인지 알 수 없었다. 다행히 호흡은 금세 안정이 되었다. 그제야 미카엘 씨가 푸스스 웃으며 말을 덧붙였다.

"잘생기면 뭐해요. 마리 씨는 유신이 좋아하잖아."

좋아하기야 하지. 하지만 주사를 맞지 않았어도 내가 그 사람을 좋아했을까. 미카엘 씨의 말에 대꾸는 하지 않았다. 그러기에는 나조차도 그 질문에 답을 내지 못했으니까. 내가 '진심으로' 누구를 사랑하는지 알 수가 없었다. 몸과 마음과 이성이 모두 따로 놀았다. 주사를 맞지 않았다면 혜성 오빠를 사랑했겠지. 첫 번째 주사를 맞고 장례식장에 가지 않았다면 미카엘 씨를 사랑했겠지. 미카엘 씨를 사랑하면서 유신이랑 또 24시간을…….

"아니에요?"

생각의 흐름을 끊고 미카엘 씨가 다시금 치고 들어왔다. 혼자 고민하게 놔두지는 않겠다 이거지. 에라, 모르겠다 싶어져서 다시 캔을 기울었다. 그렇게까지 듣고 싶으시다면 듣게 해드려야지.

"모르겠어요."

"예?"

"모르겠어요, 정말로. 내가 누굴 좋아하는 건지."

미카엘 씨는 대답을 하지 않았다. 하지만 그렇다고 내가 먼저 눈치를 살필 생각은 없었다. 그러기에는 너무 피곤하기도 했고, 고민을 욱여넣을 공간이 더 이상 머릿속에 없기도 했다. 한참 침묵이 흘렀다. 미카엘 씨가 캔을 들어 몇 번이고 속에 든 것을 삼켜댔다. 크, 짧은 감탄사 후 소매로 대강 입매를 닦고는 건넨 질문.

"조언 하나 해드릴까요?"

사랑은 한 번도 해본 적 없고, 앞으로는 할 일도 없다는 분이? 문득 그런 생각이 들어 조금 웃어버렸다. 하지만 그렇다고 내가 조언을 마다할 입장은 아니었으니까. 한 번 들어나 보자 싶어져서 대답을 하는 대신 술을 목구멍 뒤로 넘겼다. 그 동작을 긍정의 의미로 받아들였는지 미카엘 씨가 말을 이었다.

"사람은 자고로 곁에 있을 때 좋아야 해요."

'사랑'이 아닌 '사람'이 문장의 주어로 나타났다. 이건 예측 못했다. 입술을 떼었지만 딱히 할 말이 떠오르지 않았다. 그래서 금세 입을 다물어버렸다. 사람은 자고로 곁에 있을 때 좋아야 한다. 너무나도 당연한 말이었으니까.

"있을 때 불편하고 속상하고 그러면, 곁에 오래 둘 사람은 아니라고 생각해요."

그 순간 왜 눈이 왼손 약지로 돌아갔는지 모르겠다. 한참 동안이나 백금으로 된 다이아 반지를 들여다보았다. 은은한 향기부터 다정한 체온까지, 그 모든 것이 하나하나 생생하게 기억이 났다. 혜성 오빠는 내게 영원을 약속한 사람이었다. 사랑하지 않았다면 처음부터 그런 약속은 하지 않았겠지. 왼손으로 주먹을 꽉 쥐고는 되물었다.

"……사랑하는 사람이어도요?"

"사랑을 따지기 이전에 사람을 따져야죠."

딴에는 회심의 반격이었건만, 미카엘 씨의 대답에는 망설임이 전혀 없었다. 나는 아직도 이 문제에 대해 결론을 내리지 못했다. 하지만 미카엘 씨가 가진 사랑에 대한 철학은 훨씬 단단했다. 사랑에 노련한 사람이 어디 있겠냐마는, 판단에 노련한 사람은 분명히 있었다.

"나를 힘들게 하는 사랑은 오래 둬봤자 나를 좀먹을 뿐이에요."

미카엘 씨의 말을 들으면 들을수록 그런 생각이 들었다.

다시금 캔을 들었다. 김이 조금 빠져 있었다. 아까와 같은 청량감은 없었다. 차가운 가을의 바람이 살갗을 괴롭히며 지나갈 뿐이었다.

"꼭 쓰레기랑 연애를 해야만 힘든 건 아니잖아요."

미카엘 씨는 맞는 말로 끝까지 쐐기를 박았다. 별로 듣고 싶은 말은 아니었던 터라 다시금 캔을 들어 그 내용물을 남김없이 마셨다. 마지막 한 방울까지 탈탈 입속으로 털어낸 뒤에야 빈 캔을 바닥으로 떨어트렸다. 발밑에서 캔이 요란한 소리를 내며 찌그러졌다. 그 소리 때문에 하마터면 미카엘 씨의 웃음소리를 놓칠 뻔했다.

"웃겨요?"

내 질문에는 핀잔이 잔뜩 섞여 있었다. 하지만 미카엘 씨는 여전히 입가에 미소를 띤 채, 고개만 가볍게 저을 뿐이었다. 그리고는 그대로 맥주 캔을 들었다. 거기다 대고 짜증을 더 낼 수는 없었다. 정말, 미카엘 씨가 한 말 중에는 틀린 말이 하나도 없었거든.

힘들었다. 솔직히 그랬다. 그게 자의에 의한 것이든, 타의에 의한 것이든. 그 사람 때문에 다른 사람을 사랑하지 못하는 것도, 다른 선택을 하지 못하는 것도. 모두 너무 힘들었다. 혜성 오빠를 사랑했던 것만은 틀림이 없었다. 어쩌면, 지금도 사랑하고 있는지 모르겠다. 하지만 힘든 것 역시 사실이었으니까.

복잡한 생각에 잠겨 아무 말도, 행동도 못하고 있었다. 하지만 미카엘 씨는 그렇지 않았나 보다. 쉬이 내 왼손을 잡아 올린 걸 보면.

움직임 하나하나가 예쁜 손으로 미카엘 씨는 내 약지의 반지를 잡아 조금씩 빼냈다. 화들짝 놀라 주먹을 쥐긴 했지만, 술기운 탓인지 힘이 세게 들어가지는 않았다. 짜증이 조금 섞인 목소리로 물었다.

"지금 뭐하는 거예요?"

"훔치는 거 아니니까 걱정 마요. 나 돈 많아요."

콧등을 살짝 찡그리며 웃는 특유의 장난스러운 웃음. 그 웃음에는 나도 모르게 조금 긴장이 풀렸다. 금세 쥐었던 손을 폈다. 내가 긴장을 놓자 반지는 쉽게 손가락에서 빠져나왔다. 미카엘 씨가 반지를 검지와 엄지로 잡아 내 앞에 들어 보이며 말했다.

"이건, 촬영 끝날 때까지 압수."

반지가 눈앞에서 사라졌다. 미카엘 씨의 바지 주머니 속으로, 그렇게 쉽게. 길에서 벗어난 선택을 할 때마다 아프게 조여오던 무거운 쇳덩어리가 시야에서 사라지는 건 한순간이었다.

"끝나고도 그 사람을 사랑하면 돌아가요."

진실도 결국 하나의 사실일 뿐이다. '진(眞)'이라는 사족은, 그것이 진실이라고 믿고 싶어 하는 사람들이 붙인 것뿐이다. 긴장을 풀고 손을 놓아버리면 진실은 하나의 하찮은 사실이 되어버린다. 더 이상 빛나지 않는 사실은 순식간에 모습을 감춘다. 그 주인이 다시 찾지 않는다면, 영원일지도 모르는 시간 동안. 이제야 기자님의 말이 이해가 되었다.

"그런데 적어도 그 때까지는."

본인이 잊어버린 진실은 영원히 은폐될 수 있다.

"마리 씨가 하고 싶은 대로 행동했으면 좋겠어요."

그 말에는 고개를 끄덕이지도, 좌우로 젓지도 못했다. 숙제의 정답을 알았지만 조금도 시원하지 않았다. 시선을 떨어트렸다. 하지만 이번에는 미카엘 씨가 내 턱을 잡아 올리지 않았다. 다행이라고 생각했다. 은폐의 무게감은 나 혼자 오롯이 느껴야 할 것이었으니까.

내가 잊으니 모든 것이 끝났다. 은폐는 그리도 쉬웠다.

질문

"프락치?"

빗속에서 여인의 얼굴이 일그러진다. 자신이 기껏 쌓아올린 이 성에 그런 쥐새끼가 숨어들었다는 사실을 이해하지 못하겠다는 듯. 하지만 그뿐, 언성을 높이거나 무기를 들지는 않는다. 여인은 분노를 억누르지 못할 정도로 어리석지 않다. 길게 한숨을 내쉬며 눈을 감는다. 두통이 이는지 관자놀이를 지그시 누르며.

"어디서 들었니?"

"오 형사가 전했습니다."

"……누군지는 전혀 모르고?"

"네."

느릿하게 눈을 뜬다. 물방울이 방해하는 와중에도 여인의 눈동자에 사내의 상이 선명하게 맺힌다. 구릿빛 피부, 짧게 자른 머리, 결연한 표정. 그러나 그 와중에도 따뜻한 깊이감이 있는 초콜릿색의 눈동자. 수년간 저를 위해서 모든 것을 바쳤던 사내다. 아무리 나쁜 소식을 전한다 해도 그를 미워할 수는 없다. 여인의 표정이 누그러진다.

"유신. 나는……."

"컷! 감정 좋았는데 NG가 나네. 메이크업 수정하고 옵시다."

인위적으로 뿌려지던 비가 멎었다. 컷 신호가 너무 순식간에 내려 져서 뭘 잘못했는지 파악하는 데에 시간이 걸렸다. 곱씹어보니 대사 실수였다. 내 앞에 서 있는 이 남자는 한유신이 아닌 이현우였다. 순 간적으로 김마리의 감정에 매몰되어서 이름을 잘못 뱉어버렸다.

"......하아......."

"마리야, 괜찮다!"

"아냐, 안 괜찮아."

"에이, 그 정도 실수야 할 수 있지. 괜찮다, 괜찮다."

몇 번 마른세수를 하다가 손가락을 벌려 유신의 얼굴을 살폈다. 드라마 촬영 중일 때는 섹시하고 무서운 이현우였다가, 카메라가 꺼 지면 천진한 소년처럼 웃었다. 물론 어떤 역할을 소화하든, 그 눈동 자는 언제나 따뜻한 빛깔이었다. 나는 그런 유신이 좋았다. 섹시한 유신도, 천진한 유신도, 그 두 극단 사이를 자유롭게 오가는 유신도. 내가 정말 좋아하는 사람이었다.

"한유신 배우님 메이크업 다시 할게요!"

"다녀올게. 머리 좀 말리고 쉬어라."

유신이 인터뷰실로 성큼성큼 걸어갔다. 그 뒷모습을 쳐다보고 있 는데 은결 언니가 다가왔다. 아침에 비해 확실히 피곤해 보이는 얼굴 이었다. 조금 미안했다. 오늘 분량이 5분이라는데 스탠바이만 5시간 을 넘게 했다. 그리고 스탠바이 시간을 늘린 데에는 내 공이 컸다. 은결 언니가 내 옆에 섰다. 그러나 짜증을 내는 대신 나직한 목소리 로 짤막한 말을 뱉었다.

"반지 뺐네."

한 번에 알아보네. 역시 눈썰미가 좋은 사람이다. 비어 있는 왼쪽 약지를 내려다보다가 오른손으로 빈자리를 가렸다.

"······응."

"상징적인 의미냐, 귀찮아서 뺐냐."

묵직한 직구였다. 은결 언니가 언제는 말을 가려서 했냐마는.

"상징적인 의미야."

그래서 오늘 집중을 못하는구만, 언니가 작게 중얼거리는 말은 애써 무시했다. 은결 언니의 눈동자가 느릿하게 촬영장을 훑었다. 아마 혜성 오빠를 찾는 거겠지. 탐색을 마친 눈동자가 내게로 돌아왔다. 이어 퉁명스러운 질문.

"그 사람한테는. 말했냐?"

"아니. 오늘 촬영장에 안 온 것 같아."

내 대답에 언니가 미간을 찌푸렸다. 못마땅한 부분이 있는 듯 했다.

"그래. 그래도 되도록이면 빨리 말해라."

짧은 침묵 후 은결 언니가 한 말이었다. 나는 말로 대답을 하는 대신 고개만 한 번 끄덕였다. 더 늦기 전에 말해야지. 우물쭈물하다가 다른 사람으로부터 이런 이야기를 듣게 하고 싶지는 않았다. 이따가 퇴근하고 숙소 쪽으로 따로 불러내야겠다. 촬영장 밖에서도 비가 오려는 듯 하늘이 어둑해지고 있었다.

* * *

차가 도착하는 데에는 그리 긴 시산이 걸리지 않았다. 언제나처럼. 익숙한 장소, 익숙한 남자, 익숙한 미소. 모든 것이 익숙한데도 너무 불편했다. 아랫입술을 곱씹으며 반지가 머무르던 손가락을 만지작거렸다. 혜성 오빠가 엄지손톱을 힘주어 꾹꾹 누르던 모양새가 기억났다. 이제야 그 몸짓을 이해할 수 있을 것 같았다. 온몸의 말초 신경을 파고드는 불안감. 그 불안감을 맨 정신으로는 참아낼 수가 없었다. 끊임없이 무엇인가를 만지작거리고 움직이게 되었다.

"무슨 일이야?"

상황의 묘한 기류를 감지한 것은 나뿐만이 아니었나보다. 익숙한 목소리였지만 마냥 익숙하지만은 않은 말투였다. 평소보다 묘하게 빠르고, 평소보다 묘하게 격양된. 내게 발언권을 주지 않기 위해 필사적으로 노력하는 듯한 말투였다.

"또 정 기자님 술 먹고 뻗으셨어?"

"그런 게 아니고―"

"아니면, 급하게 외출해야 할 일이 생겼나?"

다시 목소리를 내는 대신 혜성 오빠의 소매를 꼭 붙잡았다. 반지가 사라진 왼손으로. 그제야 오빠가 말을 멈췄다. 음성보다 훨씬 묵직한 무언의 언어가 내려앉았다. 투명한 안경 너머로 가을빛의 눈동자가 한참 내 손가락을 살폈다. 그동안 두 쌍의 입술은 조금도 움직이지 않았다.

주변의 모든 조명이 꺼진 것은 그 때 즈음이었다. 날씨가 칙칙한데 전기까지 다 나가니 주변이 꽤 어두워졌다. 혜성 오빠가 소매에서 내 손을 느릿하게 떼어냈다. 그리고는 낮게 깔린 목소리로 말했다.

"이따가 마저 이야기하자."

전기가 나간 출연진 숙소는 조금 으스스해 보였다. 그도 그럴 것이, 3층을 제외하고는 모든 층에 창문이 없었으니까. 이곳에서 죽은 영혼은 영원히 이곳에 갇혀 있을 것 같았다. 햇빛은 구경도 하지 못하고, 인위적인 전깃불 아래서 낮밤 없는 시간을 보내며. 이곳의 불이 꺼지는 순간은 전기가 완전히 끊기는 순간뿐이었다. 짧게나마 어둠의 안식이 깔리는 순간.

문 앞에 섰다. 손잡이를 잡고 돌려보았지만 당연하게도 열리지 않았다. 지문인식 기능이 작동을 해야 문이 열리든 말든 할 텐데, 인식기 자체가 꺼졌으니. 건물 안에 있는 출연진들은 완전히 갇힌 상황이 되어버렸다. 핸드폰이 없으니 연락을 할 방도도 없고, 전기가 꺼졌는데 안내방송이 가능할 리도 없었다. 혜성 오빠가 길게 한숨을 내쉬며 안경을 벗어 마른세수를 했다. 나는 굳게 닫힌 문을 쓰다듬다 물었다.

"이 건물은 비상전력 없나?"

"있었다면 네가 이 거지같은 프로에 출연하는 일도 없었지."

거친 언어가 짜증스러운 목소리를 타고 흘러나왔다. 놀라지 않았다면 거짓말이다. 혜성 오빠의 목소리로 '거지같은 프로'라는 말을 들을 거라고는 상상을 못했으니까.

비상전력은 없다. 있었다면 내가 쏘머드에 출연하는 일은 없었으리라. 맞는 말이었다. 비상전력이 있었다면 지아 씨 사고 당시에 CCTV가 작동을 했을 거고, 작동을 했다면 내 결백이 증명되었을 테니까. 무고한 방송작가를 처형대로 내몰 이유가 없어진다. 그랬다면 내가 출연할 일도 없었고, 출연을 안 했으면 혜성 오빠가 이렇게 힘들 일도 없었을 거고, 이별을 생각할 일도 없었을 거고, 또.......

오빠가 다시금 긴 한숨을 뱉었다. 문에 등을 기댄 채 자리에 앉았다. 한쪽 무릎은 세워 그 위에 팔을 기대고, 잔디밭을 내려다보며.

"건물 내 인원은?"

"......나를 제외한 출연진 전원. 총 4명."

"기자는?"

"없어."

"됐어, 그럼."

대답은 짧고 단호했다. 침묵은 길고 불편했다. 대화를 해야 했다.

기왕이면 카메라도 기자도 없는, 그러니까 지금과 같은 상황에서. 하지만 혜성 오빠가 고개조차 들지 않았다. 그 모양새가 내게는 별로 대화를 하고 싶지 않다는 의미로 느껴졌다. 그런 사람을 굳이 잡고 헤어지자는 말을 하는 건 너무 가혹한 것 같았다.

차가운 감촉이 이마를 때리고 흘러내렸다. 그제야 위를 올려다보았다. 회색빛 세상 위로 소나기가 내리고 있었다. 한두 방울씩 내리던 비가 점점 굵어졌다. 제법 시원한 소리가 났다. 살갗에 닿는 감촉이 조금 아팠지만 비를 피해야겠다는 생각은 들지 않았다. 오빠가 갑자기 카디건을 벗어 본인의 옆에 깔기 전까지는.

"여기로 들어와. 감기 걸린다."

"오빠 옷 더러워질 텐데."

"이거 아울렛에서 떨이로 산 거잖아. 괜찮아."

가격 문제가 아닌데. 오빠의 목소리는 여전히 가라앉아 있었지만 아까보다는 조금 유해진 느낌이었다. 그래서 나도 천천히 발을 뗐다. 환절기에 오빠가 항상 입던 갈색의 카디건. 보풀이 일면 내가 언제든 제거기로 밀어줬었다. 저렴한 옷이라도 깨끗하게 입으면 예쁘다는, 뭐 그런 하찮은 이야기를 하면서. 내 손을 떠난 지 한 달이 다 되어가는 그 카디건에는 아니나 다를까 보풀이 잔뜩 일어 있었다. 그 위에 앉았다. 싸늘한 돌바닥 위로 얄팍하지만 부드러운 옷가지가 내 무게와 체온을 받아내었다. 짧게 침묵이 흘렀다. 먼저 입을 뗀 것은 혜성 오빠 쪽이었다.

"잠깐, 아니면 영원히?"

헤어지는 기간에 대해 묻는 거겠지. 왼손의 약지를 내려다보았다. 영원히 보지 않을 생각이었다면 반지를 미카엘 씨한테 맡기지 않았으리라. 아예 팔거나 내다버렸지. 그러니 대답은 정해져 있었다.

"일단은 촬영 끝날 때까지만."

"돌아오긴 할 거고?"

비슷한 질문이었지만 이번에는 선뜻 대답을 하지 못했다. 이유는 나도 알 수 없었다. 조금 전만 해도 혜성 오빠에게 다시 갈 생각을 하고 있었음에도 입이 쉽게 떼어지지 않았다. 타협하기 위해 애쓸 필요 없다는 기자님의 말이 생각난 탓이기도 했고, 빛을 내듯 해사한 유신의 미소가 생각난 탓이기도 했다. 아무것도 알 수가 없었다. 그리고 나도 모르는 것에 대해 남에게 약속을 할 수는 없었다.

"……필요한 이야기는 다 들은 것 같네."

오빠는 빠르게 침묵의 의미를 해석해냈다. 과연 그 해석이 옳은 것인지 틀린 것인지는 몰라도, 침묵을 해석하는 방식 역시 우리의 차이를 반영한 것이라는 생각이 들어 구태여 말을 꺼내지는 않았다. 오빠의 입술 사이로 젖은 한숨이 새어나왔다. 하마터면 빗소리 탓에 목소리의 떨림을 놓칠 뻔했다.

"나는…… 나는 왜 늘 이렇게."

목이 멘 걸까. 혜성 오빠는 말을 잇는 대신 다시금 한숨을 내쉬며 고개를 젖혔다. 그 모습을 지켜보다 나도 시선을 올렸다. 전기가 끊겨 빛 없이 달려 있는 낡은 전등이 보였다. 싸늘한 시체가 바람의 움직임에 따라 흔들렸다.

"이렇게 한 순간일까."

숨소리와 함께 마지막 말의 조각이 새어나왔다.

비 때문에 더 싸늘해진 공기가 살갗을 파고들었다. 하지만 그럼에도 비가 내려서 다행이라고 나는 생각했다. 이 지옥 같은 침묵을 빗소리도 없이 이겨낼 자신은 없었다. 무릎을 끌어안았다. 혹 이렇게 하면 추위가 조금 가실까 싶어서.

소나기는 짧은 시간 동안 내린다. 하지만 잿빛 하늘이 드리워지기 전과 후의 세상은 완전히 다르다. 하늘이 푸른빛으로 돌아온다 해도, 젖은 세상이 눈물을 닦아내는 데에는 시간이 많이 걸린다. 그 비가 세상의 나무들을 더 푸르게 만들어줄 거라는 말은 필요하지 않다. 상처를 입은 사람에게 성장을 운운하는 것은 무의미하다. 당장 슬픔에 잠겨 숨이 막힐 것 같은데, 성장 따위가 무슨 소용인가.

"마리야."

그냥,

"……마지막으로 한 번만 안아주면 안 돼?"

당장 안아줄 사람이 하나쯤 있으면 된다.

* * *

잠을 설쳤다. 당연한 일이었는지도 모르겠다.

비가 그치기 전에 전기가 먼저 들어왔다. 총 1시간이 되지 않는 짧은 정전이었다. 다친 사람도 없었고, 미카엘 씨가 하던 게임의 데이터가 날아간 것 외에는 아무런 손해도 발생하지 않았다. 수습할 것도 없이 뒷정리가 끝났다. 혜성 오빠는 그렇게 돌아갔다. 나름 깨끗한 이별이었다. 매달림도 없이, 괴롭힘도 없이, 싸움도 없이. 이 사람과의 사랑은 처음부터 끝까지 잔잔한 항해처럼 흘러갔다. 하지만 항해가 잔잔하다고 해서 바다가 얕은 것은 아니었다.

처음 느껴보는 감정이라 어떻게 해야 할지 감이 잡히지 않았다. 울기에는 서러움이 없었고, 웃기에는 후련함이 없었다. 알 수 없는 감정들이 가슴 위를 짓누를 뿐이었다. 밤새 얕은 잠에 발을 담갔다 빼기를 반복하며, 그 사람과의 추억들을 간간히 머릿속에 재생했다.

벼랑 끝에 서 있는 듯한 격정적인 절망감이 몰려올 줄 알았는데. 그냥, 잠을 불편하게 설치는 딱 그 정도였다.

낮잠을 자려고 눕는데 밖에서 누군가가 벽을 두드렸다. 베개에 얼굴을 거칠게 비벼대다 자리에서 일어났다. 그래, 뭐, 혼자 궁상을 떠는 것보다야 다른 사람을 만나는 게 나을 수도 있지. 기왕이면 은결 언니나 채호였으면 좋겠다. 편하고 즐겁게 대화가 가능한 사람이었으면. 천천히 문 쪽으로 걸음을 옮겼다.

"마리."

하지만 문 앞에 선 것은 유신이었다. 고개를 들어 시선을 맞추다 나도 모르게 다시 눈을 내려버렸다. 반사적으로 나온 반응이라 그 정확한 이유가 무엇이었는지 곱씹을 시간은 없었다. 내가 무어라 대답을 하기도 전에 유신이 먼저 행동을 취했다. 조심스럽지만 힘이 들어간 손길로 내 소매 끝을 잡아끌었다.

"잠깐 나랑 나갔다 오자."

"어디를? 왜?"

"……그냥……."

단호한 손짓과 달리 말투에는 영 확신이 없었다. 평소 자신 있게 문장을 완성하던 유신의 모습과는 확연히 다른 분위기. 눈치 없는 나조차 '다르다'고 느꼈다면 뭔가 있는 게 확실했다. 다시 고개를 들어 눈을 맞췄다. 유신이 불안해 보이는 표정을 짓고 있었다. 말하기를 망설이는 듯 연거푸 입술을 떼었다 붙이기를 반복하며. 어디를 가야 하는지 알아야 승인을 하든 말든 할 텐데 왜 저럴까. 느릿하게 눈을 깜빡이며 못난 머리로나마 추리를 시작했다. 마트 주차장에 차를 세워두고 핸드폰으로 투표 결과를 보여줬던 때가 기억이 났다. 혹시 지금도 비슷한 상황인 걸까.

"마트?"

그제야 유신의 얼굴이 환해졌다. 단호한 끄덕임이 돌아왔다.

* * *

엿듣는 사람이 아무도 없는 차 안. 유신이 내게 핸드폰을 쥐여주
었다. 화면 속 영상에는 두 사람이 등장했다. 한 명은 흑발에 체구가
큰 남자였고, 다른 한 명은 금발에 아담한 체구를 한 소년이었다. 화
면 속 두 사람이 누구인지 알아보기까지는 그리 오랜 시간이 걸리지
않았다. 익숙한 미성이 핸드폰에서 먼저 흘러나왔다.

"왜 그랬어요?"

화면 속 채호의 표정은 다소 뒤틀려 있었다. 원망이나 질책, 그 엇
비슷한 종류의 감정을 담은 얼굴. 채호와 마주선 유신은 대답이 없었
다. 그 침묵마저 혹시 모를 시선을 고려한 행동이었을까. 판단을 하
기도 전에 채호가 다시금 입을 뗐다.

"방송 하루 이틀 하는 거 아니잖아요."

오해의 여지가 다분한 힐난이 사내를 겨냥한다. 소년은 한숨을 내
쉬며 마른세수를 한다. 금빛의 머리칼을 쓸어 넘기며, 입술 사이로
속삭임마냥 말이 새어나온다.

"하...... 진짜......."

영상은 여기에서 끝났다. 오해를 사기 딱 좋은 편집이었다.

오늘 오전, 인터넷에 익명의 게시물이 올라왔단다. 제목도 설명도
없는 그 게시물에는 하나의 영상만이 첨부되어 있었다. 리채호와 한
유신의 대화를 담은 영상. 채호가 당돌하게도 저보다 선배에 연상인
유신을 몰아붙이는 모습이 고스란히 담겼다. 정확히 무엇 때문에 그

렇게 행동했는지는 영상에서 끝내 보여주지 않았다. 아무래도 UKBS 측에서 쏘머드 폐지를 막기 위해 CCTV 영상을 악의적으로 편집해서 유출시킨 것 같았다. 카메라가 고정된 위치의 특성상, 눈의 깜빡임이나 입술의 움직임처럼 작은 것은 잘 보이지 않았으니까.

새삼 더럽고 치사하다. 길게 한숨을 내쉬고는 핸드폰을 다시 유신에게 돌려주며 물었다.

"사람들 반응은 어때?"

"난리다. 채호 벌 줘야 한다고......."

그리고 채호를 처벌하기 위해서는 쏘머드가 폐지되면 안 되겠지. UKBS가 계산을 잘했다. 결국은 쏘머드 폐지를 막아내는구나.

채호는 미움을 받아 벼랑 끝에 내몰린 아이였다. 누군가에게 해를 입힌 것도 아니었고, 위법 행위를 저지른 것도 아니었다. 무표정으로 일관하는 모습을 누군가가 편집해서 일종의 필터를 씌웠을 뿐이다. 사람들이 그 필터 너머를 보지 못하는 이유는 하나였다. 그 너머를 보려는 마음이 없었기 때문이다. 이미 미움 받는 사람은 희생양을 삼기도 쉽다. 영상이 편집이 되었든 되지 않았든, 사람들은 어차피 진실에는 큰 관심이 없었다. 물어뜯고 싶은 대상에게 달려들어 만신창이를 만드는 게 목적이다. 본인들이 아는 '정의'를 실현하기 위해서.

유신의 손에 들린 핸드폰으로 다시 시선을 돌렸다. 지금은 화면이 꺼져 있었다.

"채호랑은 왜 싸운 거야?"

이 정도 언쟁을 가지고 '싸웠다'라고 말하기는 애매하기는 했다. 하지만 채호나 유신처럼 유순한 사람들이 충돌하는 일 자체가 흔한 일은 아니었으니까. 분명 합리적인 이유가 있을 거라고 짐작이 되었다. 내 질문이 곤란하다고 느꼈는지 유신이 곤란한 표정을 지었다.

하지만 머지않아 대답이 돌아왔다.

"그, 어제...... 니가 강제로 자원했다는 기사 떴을 때."

"응."

"채호가 나한테 그랬거든. 형이 한 마디 거들어주면, 쏘머드 폐지
도 가능하지 않겠냐고."

채호가 그런 말을 했단 말이지. 듣고 보니 기특한 소리였다. 우리
나라에서 한유신이라는 인물이 가진 영향력은 상당했다. 만약 유신
이 정말로 마음을 먹고 기자라도 만났다면 쏘머드가 폐지되었을지
도 모른다. 생각이 여기에까지 이르자 이 질문을 하지 않을 수가 없
었다.

"그런데 왜 안 하겠다고 했어?"

여전히 곤란한 표정. 유신이 필사적으로 내 눈을 피했다. 하지만
내가 한참 동안이나 뚫어져라 얼굴을 노려보자 짧게 한숨을 내쉬며
입을 떼었다.

"자신이 없었다. 내가 유명하면 얼마나 유명하다고......."

"한유신."

단호하게 유신의 말을 끊어내었다. 가볍게 하는 질문이 아니라는
사실을 반드시 알아주었으면 했다. 정이월 기자님 때문에 시작되고,
채호 때문에 증폭된 생각 하나가 머릿속에 뿌리를 내리고 자라고 있
었다. 아무리 시청률이 높고 파급력이 크다 해도 쏘머드는 결국 하나
의 텔레비전 프로그램일 뿐이었다. 그렇다면 쏘머드를 폐지하는 일
도 충분히 가능하지 않을까.

"이건 그냥 유명하고 말고의 문제가 아니야. 네 마음의 문제지."

어차피 누군가는 반드시 해야 할 일이 아닐까.

"너는 쏘머드에 대해서 어떻게 생각하는데?"

불씨

 긴 책상. 권위적으로 길게 늘어진 시야의 양쪽에 사내가 한 명씩 앉아 있다. 좌측에 앉은 사내의 낯은 말끔한 반면, 우측의 사내는 입술 끝에 상처가 나있다. 팔꿈치 바로 아래까지 걷어 올린 흰 셔츠의 소매에는 검붉은 피까지 조금 튀어 있다. 그의 눈은 책상 중앙의 여인을 향하지 않는다. 생각에 잠긴 눈동자는 구분해내기가 어렵지 않다. 대개 외부의 자극을 잘라내는 듯한 불투명한 막이 얹어져 있다. 제 머릿속의 일들, 그 밖의 것은 신경을 쓸 정신조차 없다는 듯.
 "이현우."
 제 이름이 불린 뒤에야 우측의 사내는 눈썹을 올리며 시선의 불투명함을 걷어낸다. 눈이 마주친다. 따뜻한 체온. 뺨의 점. 까슬한 목소리. 사랑했던 모든 것이 그 짧은 눈맞춤으로 되살아난다.
 "집중을 못하네."
 여인은 칼을 꺼내들지 않는다. 하지만 무기 없이도 충분히 위협적인 목소리다. 너를 죽이는 데에, 그깟 쇳덩이가 필요할 것 같아? 굳이 말할 필요도 없는 대전제. 그녀로서는 일종의 오만이자, 일종의 기만이었다. 사내는 금세 시선을 떨어트린다. 까슬한 목소리가 퍽 가라앉은 채 대답을 뱉어낸다.

"……고민 중이었습니다."

"단서에 대해?"

상대가 바짝 꼬리를 내렸음에도 그녀는 여전히 높은 곳에서 그를 내려다본다. 동정을 해줄 시간은 아니다. 공감을 해줄 시간은 더더욱 아니다. 누가 뒤에서 저에게 총구를 겨누고 있을지 알 수 없다. 제아무리 총애하는 부하여도 마찬가지다. 충성이란 참으로 덧없는 것인지라, 아랫사람이 관계의 불공정함을 눈치 채는 순간 부서져 내리니까. 충성과 존경은 서로 닮았지만 절대 같은 개념이 될 수 없다. 그리고 사람들의 돈과 몸을 가지고 더러운 거래를 하는 조직의 보스는, 존경을 받아내기가 쉽지 않다.

"아니면,"

여인은 그 사실을 알고 있다. 그래서 목소리에 긴장을 놓지 않는다. 제가 부하, 혹은 그 이상으로 사랑하는 사내에게 혀끝으로 비수를 꽂는다.

"왕좌에 대해?"

사내는 입을 열지 않는다. 침묵이 길다. 어두운 고요가 늘어진다. 여인의 시야 밖에서 좌측의 남자가 느릿하게 입꼬리를 끌어올린다. 하지만 여인은 그것을 보지 못한다. 그녀의 눈 역시, 생각에 깊게 잠겨 있는 탓이다.

"컷! 오케이!"

아. 드디어 끝났다. 길게 한숨을 내쉬며 책상 위로 엎어졌다. 역시 이렇게 바짝 긴장된 장면을 연기하는 건 언제나 진이 빠지는 일이었다. 요새는 마이크가 좋아서 숨소리가 너무 생생하게 녹음된다. 말의 호흡이 조금만 흐트러져도, 숨을 들이키는 순간이 조금만 어질러져도 신을 처음부터 다시 찍어야만 했다. 초보자에게 이런 큰 배역은

역시 너무 가혹하다. 그런 생각을 하며 느릿하게 눈을 감았다.

"아이고, 아가씨! 여기서 주무시면 안 돼요!"

미카엘 씨가 장난스러운 말투로 그리 말하며 내 머리를 헝클였다. 확실히 프로는 다르다. 이런 장면을 연기하고도 어쩜 저렇게까지 멀쩡할 수가 있지. 나는 눈을 뜰 힘도 없는데. 피로한 몸속으로 짙은 향수향이 흘러와 정신을 몽롱하게 흐렸다.

"그냥 내버려두세요......."

"흐음...... 아무래도 일어나시는 게 좋을 것 같은데."

"왜요...... 내가 자겠다는데......."

"정이월 기자님이 오셨거든요."

그 이름에는 눈이 확 떠졌다. 안 그래도 언제 찾아오시나 기다리던 차였는데. 황급히 몸을 일으켜 주변을 둘러보았다. 그리고 마침내, 세트장 한쪽 구석에서 김밥을 우걱우걱 먹고 있는 정이월 기자님과 눈이 마주쳤다. 오늘의 맨투맨에 그려진 곰돌이가 어떤 모습을 하고 있는지 확인도 하지 않고 그쪽을 향해 갔다.

"기자님 안녕하세요."

내가 먼저 인사를 하자 도리어 기자님이 당황한 듯 몇 걸음 뒤로 물러났다. 하지만 머지않아 입속의 김밥을 씹으며 짧게 고개를 숙여 인사를 했다. 이제 보니 얼굴의 상처들이 거의 다 나은 상태였다.

"상처가 많이 아문 것 같아 다행이네요."

"......용건이 뭡까."

"기자님을 돕고 싶어요."

기자님이 미심쩍다는 표정을 지은 채 나를 뚫어져라 노려보았다. 흰자가 흰히 드러나는 특유의 눈매에 쫄지 않았다면 거짓말이었다. 하지만 시선을 피하면 기자님이 수상하게 여길 것 같아 일부러 눈을 더 똑바로 보았다. 한참 뒤에야 기자님이 입속의 김밥을 모두 씹어 삼키고 입을 떼었다.

"쓸 만한 특종이라도 있으심까."

"모아둔 건 4년 치 정도 되죠."

기자님이 한쪽 눈썹을 올렸다. 언제나 무표정을 유지하는 정이월 기자님치고는 굉장히 큰 표정변화였다. 기자님이 먹다 만 김밥을 그대로 쓰레기통에 던져 넣으며 귀 꽂아두었던 터치펜을 뽑아들었다. 어느새 손에는 핸드폰을 들고 있었다. 그대로 취재를 시작할 거라고 생각했는데. 기자님은 의외의 질문을 했다.

"모아두지 않은 것도 있슴까."

모아두지 않은 것이라면, 앞으로 터뜨릴 일에 대해 묻고 있는 걸까. 한참 기자님의 얼굴을 찬찬히 뜯어보다가 한 걸음 더 가까이 다가갔다. 속삭임으로 말을 해도 기자님이 알아들을 수 있을 만큼 가까이. 아까보다 거리는 더 줄었지만 기자님은 뒤로 물러나지 않았다. 주변을 가볍게 눈으로 살피고 최대한 소리를 줄여 말했다.

"쏘머드를 폐지시킬 생각이에요."

사람이 죽었다. 상황은 이미 오래 전부터 잘못되었다. 그렇게 생각하는 것은 나뿐만이 아니었다. 다들 그냥, 겁이 나서 아무 말도 하지 못했을 뿐이다. 어제 유신이랑 대화를 한 뒤에야 비로소 그 사실을 깨달았다. UKBS의 최고 인기 프로그램인 쏘머드를 폐지시키는 일은 결코 쉽지 않을 것이다. 하지만 그래봤자 쏘머드도 텔레비전 프로그램이었다. 나는 쏘머드의 출연진이자 방송작가로서 할 수 있는 최선을 다해볼 생각이었다.

기자님이 묘한 표정을 짓고 있었다. 정확히 어떤 표정인지 파악하기는 쉽지 않았다. 하지만 그 뒤에 기자님이 내게 한 질문의 내용으로 미루어보아 의심스러운 표정의 일종이었던 것 같다.

"그렇게까지 해서 작가님께는 뭐가 돌아갑니까."

저 질문에 답을 하기 위해서 고민을 할 필요는 없었다. 내가 할 말은 너무나도 명백했다.

"여기서 살아나갈 수 있죠."

내 대답을 들은 기자님이 한참 침묵을 지켰다. 언제나처럼 별다른 특징이 없는 무표정이었던지라 그 생각을 읽기는 쉽지 않았다. 하지만 침묵이 길어지는 것으로 미루어보아 뭔가 고민을 하고 있는 것 같았다. 짧지 않은 시간이 흐른 뒤에야 기자님이 핸드폰 화면을 켰다.

"그렇게 말씀을 하시니 생각이 났는데 말임다."

한 쌍의 삼백안이 느릿하게 주변을 훑었다. 지켜보는 사람이 없다고 판단한 뒤에야 기자님이 내게 핸드폰을 덥석 쥐어 주었다. 이제 보니 화면에 스토리 투표 그래프가 떠있었다.

Q. 강다원(리채호)에 대한 하윤(김마리)의 처분은?

1) 고문을 통해 경찰 정보를 캐낸다   (2522#표, 44.#%)

2) 조직에서 쫓아낸다   (213#표, 3.#%)

3) 전투 최전선에 내보낸다   (4479표, 7.9%)

4) 가차 없이 죽인다   (2488#표, 43.#%)

아직 진행 중인 투표. 숫자들이 빠르게 돌아가고 있었다. 퍼센트와 득표수가 순서를 따질 틈도 없이 빠르게 형태를 바꿨다. 가장 격렬하게 수가 변하는 것은 1번과 4번 선택지였다. 확실한 부상과 함께 스토리가 진행되는 선택지 1번은 44퍼센트. 확실한 살해와 함께 스토리가 진행되는 선택지 4번은 43퍼센트. 투표가 끝날 때까지는 아직도 40시간 정도가 남아 있었다. 고작 말싸움을 한 영상이 유출 되었다고 채호를 죽일 생각까지 하고 있었다면, 이 열일곱짜리 아이 한테 얼마나 엄격한 잣대를 들이대고 있는지 짐작하기 어렵지 않았 다. 사람들은 애초에 채호를 용서할 생각이 없었다.

길게 한숨을 내쉬며 핸드폰을 다시 기자님의 손에 들려주었다. 아 무래도 채호를 만나러 가야 할 것 같았다.

* * *

채호가 없었다. 오늘 촬영에는 나오지 않았으니 분명 숙소 어딘가 에 있을 텐데. 정원에도, 영화관에도, 본인의 방에도 보이지 않았다. 화장실 문도 층마다 두드려보았지만 없었다. 적어도, 건물 내에는 확 실히 없었다.

안 좋은 느낌이 들었다. 채호에게는 핸드폰이 없다. 그러니 본인 이 직접 시청자들의 의견을 확인할 방법은 없었다. 하지만 만약에, 아주 만약에, 스태프나 엑스트라 배우들이 수군거리는 말들을 들었 다면. 촬영장까지 가는 길에 정신 나간 안티팬이라도 만났다면. 그렇 다면 이야기가 달라진다. 채호는 여린 아이였다. 이 공간에 있는 것 만으로도 위장이 뒤틀려, 먹은 모든 것을 토해낼 만큼. 그런 아이가 그 공포와 압박을 이겨낼 수 있었을까. 숙소에서 한 층만 더 올라가 면 옥상이 있었다. 그곳의 난간에 올라서서 한 발만 더 디디면 모든 것은 순식간에 사라진다. 적어도, 그런 생각은 충분히 할 수 있었다.

걸음이 빨라졌다. 옥상에서 인기척이 느껴지는 듯도 했다. 숨이 찼다. 채호가 갈 수 있는 곳은 이곳이 마지막이었다.

무거운 쇠문 저편에서부터 노랫소리가 들려왔다. 매력적인 미성이 섬세한 선율을 타고 흘렀다. 노랫소리. 이 콘크리트 감옥 속에서는 좀처럼 듣기 힘든 소리였다. 마음이 조금 놓였다. 문고리를 잡았다. 그리고 소리가 나지 않도록 조심스럽게 돌렸다.

문을 열자 회벽과 석양 사이에 작게 균열이 생겼다. 석양을 등진 채 한 소년이 춤을 추고 있었다. 진줏빛 의상과 은회색 조명의 무용수들을 연상시키는, 섬세하고도 유려한 몸짓. 손끝이 석양을 간질이고 내려오면 가벼운 걸음이 미끄럽게 원을 그린다. 하지만 시선이 맞자 노래가 멎었다. 동시에 춤도 멎었다. 짧게 침묵이 흘렀다. 먼저 입을 뗀 건 내 쪽이었다.

"미, 미안. 나 갈게. 계속 해."

문을 닫고 나가려는데 채호가 난간에 기대어 서며 작게 웃었다. 레몬. 저 웃음을 언젠가 그런 단어로 묘사한 적이 있었다. 화사한 빛깔에 상큼한 향기, 그리고 눈물이 날 만큼 시큼한 맛을 지닌 웃음. 그 입술이 떼어지면 흘러나오는 미성 역시 제 웃음과 퍽 닮아 있었다.

"늦었어, 늦었어. 그냥 놀다 가."

그렇게까지 말하면 사양할 생각은 없었다. 애초에 채호와 대화가 하고 싶어서 찾아온 거였으니까. 옥상으로 나갔다. 가을의 끝에서 짧아진 해가 뉘엿뉘엿 지고 있었다. 공기가 찼다. 채호는 이 추위 속에서도 얇은 흰색의 셔츠 한 장만을 걸치고 있었다. 그 옆에 기대어 섰다. 춤을 춰서 덜 추운 걸까. 힐긋 곁눈질로 눈치를 살피다 물었다.

"춤, 배운 적 있어?"

"그렇게 보여?"

채호는 질문에 질문으로 응수했다. 반짝이는 눈매나, 구김 없는 표정이나. 어딜 봐도 영락없이 순진한 열일곱 살짜리 얼굴인데. 질문하는 모양새가 귀여워서 조금 웃어버렸다. 그럴 상황이 아니라는 걸 알면서도. 그러자 채호도 마주 웃으며 말했다.

"독학했어. 가수가 되고 싶었거든."

이어지는 침묵. 채호가 어느새 시선을 바닥으로 떨어트린 채 발장난을 치고 있었다. 오른쪽 신발코로 왼쪽 신발을 꾹꾹 누르기도 하고. 뒤꿈치를 서로 맞대기도 하면서. 조금 긴 침묵이 지난 뒤에야 나와 시선을 맞추고, 묘한 미소를 지은 채 입을 떼었다.

"......언젠가는 될 수 있을 줄 알았는데."

짧은 한 마디였지만 많은 의미를 내포하고 있었다. 그 말을 완전히 해석하지 못한 채 섣불리 목소리를 내면 안 될 것 같아 입을 다물고 있었다. 채호도 지금의 스토리 투표에 대해 뭔가를 알고 있는 걸까. 아니면 단순히 여태까지 느꼈던 답답함을 저 한 마디에 압축한 걸까. 그것도 아니면, 혹시 둘 다는 아닐까. 알 길은 없었다. 나는 채호가 아니었고, 그렇다고 자세히 캐물을 용기가 있는 것도 아니었다.

침묵이 늘어졌다. 채호가 갑자기 옥상 중앙으로 폴짝거리며 뛰어가 양손을 허리에 올리기 전까지는.

"그래서. 옥상은 무슨 일로?"

"너 찾으러."

"난 왜?"

산뜻한 목소리를 타고 흐르는 질문. 시원스러운 미소 뒤로 이어지는 가벼운 발놀림. 부드러운 움직임으로 반 바퀴 돌아, 어깨 너머로 나와 눈을 맞췄다. 그리고는 내가 입을 떼기도 전에 먼저 말했다.

"누나는 표정이 거의 없는데도 표정이 되게 솔직한 거 알아?"

"......."

"신기해."

그제야 확신이 섰다. 채호는 지금의 상황에 대해 이미 알고 있었다. 아마 자신이 어떤 처지가 될지도 대충은 알고 있겠지. 하지만 모든 것을 아는 사람치고는 퍽 태연한 모습이었다. 평소에도 아픈 걸 겉으로 드러내기 싫어하는 아이라, 과연 저 모습이 어디까지 진심인지는 알 수 없었다. 하지만 소년의 뒤로 황홀하게 펼쳐지는 석양 탓에 의심을 하기가 힘들어졌다. 눈이 시리도록 아름다운 빛이었다.

"분명 전에는 되게 무서웠거든? 그런데 지금은......."

발끝에서 두어 바퀴 가볍게 돌다가 털썩. 채호가 다시 내 옆에 쓰러지듯 기대어 섰다. 그리고는 한참 동안이나 나와 시선을 맞췄다. 석양빛이 너무 강해서 그 표정을 제대로 읽어내기가 힘들었다. 입술 사이로 숨을 뱉는 소리가 들리면, 그저 웃음소리일 거라고 짐작하는 수밖에 없었다.

"오히려 이렇게 되어서 다행인 것 같아."

다행. 그 말이 과연 이 상황에 어울리는 단어인지에 대해서는 판단이 잘 서지 않았다. 지금까지 쏘머드에서 대중의 사랑을 얻어내지 못한 '패배자'들이 마주한 결말이 떠올랐다. 사람들은 그들을 찌르기도 했고, 염산에 빠트리기도 했고, 불길에 집어넣기도 했다. 결국은 욕조 속에서 동맥을 찢어버린 사람까지 있었다. 그런 무서운 상황을 마주하고도 소년은 '다행'이라는 표현을 사용했다. 둘 중 하나였다. 결말이 얼마나 끔찍할지 모르고 있거나, 여태껏 걸어온 길이 그것보다 더 끔찍했거나. 나는 후자일 거란 생각이 들었다.

"여기서 벌을 받고 나면, 더 이상 미움은 안 받을 테니까."

후자일 거란 확신이 들었다.

'벌'이란 것은 죄를 지은 이에게 내려져야 한다. 그래서 법정에서는 판결에 신중을 기한다. 아홉 명의 나쁜 놈을 놓쳐도 한 명의 선한 이를 구제하기 위해서. 하지만 텔레비전 프로그램은 다르다. 아홉 명의 선한 이를 조져도 한 명의 시청자를 만족시켜야만 하는 성질을 띤다. 애초에 이런 프로그램이 생겨서는 안 되었다.

"그러니까, 누나."

그러면 이런 피해자도 생기지 않았을 테고, 이런 비극도 일어나지 않았겠지.

"나는 신경 쓰지 마."

석양에 눈이 시렸다. 답이 입 밖으로 나오지 않았다. 긍정을 할 수도, 부정을 할 수도 없었다. 채호는 처음부터 현저히 다른 난이도로 이 프로그램에 출연하고 있었다. 유신이나 미카엘 씨처럼 사랑받는 사람들과는 비교도 못하고. 사랑은 받지 못해도 강인한 은결 언니보다도 불리한 상황이었다.

"부탁할게."

채호에게는, 아무것도 없었다.

"……채호야."

대답 대신 이름을 불렀다. 불러 세워서 하고 싶은 말이 과연 무엇이었는지에 대해서는 확신이 없었다. 포기하지 마라? 끝까지 맞서 싸워라? 버텨낼 힘이 남지 않은 사람에게 그런 말을 해도 되는 걸까. 내 부름에 채호는 나와 눈을 맞췄다. 하지만 그뿐이었다. 금세 발걸음을 떼며 이렇게 말했다.

"누구 온다. 난 먼저 내려갈게."

"리채호."

"오늘 공기 안 좋대! 밖에 너무 오래 있지 마."

채호가 문 앞까지 다가가 섰다. 하지만 문고리를 먼저 돌린 것은 쇠문 저편에 있던 사람이었다. 문이 다소 과격한 소리를 내며 거칠게 열렸다. 그 뒤로 두 사람의 인영이 보였다.

"리채호 여기서 뭐하냐."

"어? 선배님?"

"내려가. 빨리."

은결 언니의 목소리에는 결코 가볍지 않은 위압감이 실려 있었다. 그 말에도 채호는 푸스스 웃으며 곁을 지나칠 뿐이었지만. 은결 언니의 기이한 눈동자가 내게로 돌아왔다. 새빨간 입술이 퉁명스레 말했다.

"넌 또 여기서 뭐하냐."

"노을 구경해."

"왜 창작하는 놈들은 작가나 작곡가나 하나같이 청승이냐. 너도 내려가라."

딱히 내가 저 말을 들을 필요는 없었다. 은결 언니가 옥상에 세를 놓은 것도 아니고. 내가 자리를 비켜준다면 그건 순전히 배려 차원에서였다. 은결 언니 뒤에 서 있는 사람이 누구인지 확인해보고 싶었다. 대체 누구랑 무슨 은밀한 이야기를 하려고 여기까지 올라오는 건지 알면, 좀 배려할 마음이 들까 싶어서.

"작가님 채호랑 데이트했어요? 뭐야, 나랑은 안 해주고."

하지만 굳이 확인하려 애를 쓸 필요 없었다. 미카엘 씨가 먼저 목소리를 냈으니까. 서로 사이도 안 좋은 두 사람이 대체 여기는 왜 같이 올라온 걸까.

"미카엘 씨는 별로 걱정이 안 돼서요."

딴에는 장난이랍시고 뱉은 말이었으나 아차 싶었다. 자칫 뼈가 실린 말로 들릴 수도 있을 것 같았다. 하지만 미카엘 씨는 콧소리 섞인 침음을 흘리고는 눈동자를 한 번 빙 굴릴 뿐이었다. 그 뒤에 입술 사이로 흘러나온 말은, 다소 의외의 질문이었다.

"채호는 걱정이 되고요?"

"어린 애잖아요."

미카엘 씨가 그림자에서 옥상으로 걸어 나왔다. 적색과 자색 사이의 한결 진해진 석양이 그 위로 드리워졌다. 밤색 머리칼, 밤색 눈동자. 신이 '미'를 빚어내기 위해 깎아낸 듯한 흠 없는 얼굴선. 장난을 담아 웃으면 코의 미인점이 가볍게 일그러진다. 하지만 오늘은 그 낯에서 장난기를 찾아보기가 조금 어려웠다. 구두 소리가 가까워졌다. 미카엘 씨가 내 앞에 멈추어 서 몸을 숙였다. 눈높이가 맞았다. 그 밤색 눈동자가 한참 나를 뜯어보다 말했다.

"작가님 참 보기보다......."

싱긋. 얼굴 위로 미소가 번졌다. 하지만 코의 점은 움직이지 않았다. 눈매가 휘고, 입꼬리가 올라가지만. 결코 미소다운 미소는 아니었다.

"물러 터지셨네요."

듣게 될 거라 상상도 못한 말을 들으면 누구나 당황하기 마련이다. 할 말을 잃었다. 있었다 해도 지금 같은 상황에서 하지는 않았으리라. 불쾌했다. 하지만 그 감정을 굳이 말로 표현할 이유는 없었다. 먼저 시선을 돌린 건 내 쪽이었다.

"......미카엘 씨."

"항의는 내일 받겠습니다. 보시다시피 지금은 좀 바빠서."

뻔뻔하게도 미카엘 씨는 그리 말하며 옥상의 중앙으로 걸음을 옮겼다. 기분 나쁘게 해서 날 쫓아내려 한 것이라면 성공했다. 더는 이곳에 있고 싶지 않았다. 그대로 미카엘 씨와 은결 언니까지 지나 계단으로 들어갔다. 어이없게도 미카엘 씨의 말은 거기에서 끝나지 않았다. 불이 켜지지 않은 좁은 공간 속에서 마지막 인사가 또렷하게도 울렸다.

"내일 봅시다?"

* * *

"내일 뵙겠습니다."

사내는 몸을 낮춘다. 부드러운 손길로 여인의 손을 감싸 올리고, 그 위로 젖지 않은 입맞춤을 올린다. 매혹적인 밤색의 시선이 여인을 마주한다. 그 눈에 담긴 감정이 무엇인지는 알 수 없다. 사내는, 처음부터 지금까지, 한결같이 읽히지 않는 사람이었으니까. 여인은 그 눈동자를 보며 침묵 속 숫자를 센다. 하나, 당신의 입술에. 둘, 당신의 숨결에. 셋, 당신의 운명에. 여인의 입술 사이로 사내의 이름이 흘러나온다.

"......데미얀."

이름이 불린 뒤에야 사내는 비로소 미소를 짓는다. 저를 사랑했던 신이 빚어낸 낯으로 여유롭게 웃으며. 달콤하게도 여인의 대답을 압박한다. 이리도 아름다운 나를. 거두실 건가요, 내치실 건가요?

선택의 시간이다.

러브라인 최종 투표 결과가 나왔다. 다행스럽게도, 한유신과 관계가 형성되는 쪽으로. 미카엘 씨와 관계가 만들어졌다면 약을 추가로 투여 받아야 했을 텐데. 나로서는 잘 된 일이었다.

"……나는……."

다 잘 되어가고 있었다.

"……컷, 컷, 컷. 좀 쉬고 합시다."

감독님이 결국은 흐름을 잘라내셨다. 잠시뿐인 안도감이 폐를 가
득 채우다 한숨으로 흘러나왔다. 미카엘 씨는 여전히 내 손을 잡고
있었다. 그 위에 새겨진 은청색 문신은 조금도 색이 바래지 않았다.
여전한 온기. 여전한 자신감. 하지만 이 사람에 대한 내 생각도 여전
한지는 모르겠다. 미카엘 씨의 밤색 눈동자를 똑바로 보며 물었다.

"오늘도 먼저 놓으라고 하실 건가요?"

내 질문에 미카엘 씨가 푸스스 웃으며 먼저 온기를 거두었다. 잡
으려 하고, 놓으려 하고, 장난스럽게 웃으며 서로를 마주하던 시간은
이미 멀리 지나버린 느낌이었다. 고작 몇 주 만에, 이리도 쉽게. 미
카엘 씨가 무릎의 먼지를 툭툭 털어내며 자리에서 일어났다. 그리고
는 다시 손을 내밀며 말했다.

"오늘은 먼저 잡으라고 하려고요."

"……미카엘 씨."

"간만에 야외촬영인데, 좀 걷죠."

쏘머드의 출연진이 된 이후, 이 사람과 마주해서 일이 잘 풀린 적
이 없었다. 우연이었을지 필연이었을지는 알 수 없다. 처음 이 사람
과 보낼 24시간이 주어졌을 때에는 엉뚱한 사람과 사랑에 빠졌다.
단둘이 옥상에서 이 사람과 대화를 했을 때에는 애인과 헤어졌다. 악
의를 읽어내기에는 맑은 듯하면서도, 선의를 읽어내기에는 탁한 사
건들의 연속. 대개 세 번까지는 기다려보라고들 하지만.

"어제 일에 대한 사과부터 받고 싶은데요."

지금 내게는 시간이 별로 없었다.

딴에는 무게를 잡으며 무섭게 한 말이었는데. 미카엘 씨는 손을 거두지도, 표정을 일그러뜨리지도 않았다. 밤색의 눈동자를 웃음기로 가리며, 퍽 달콤하고 사랑스럽게 사과의 말을 뱉을 뿐이었다.

"미안해요."

"……."

"미안해요. 너무 속상해서 그랬어요."

"……속상하다니요?"

내가 그리 되묻자 미카엘 씨가 내민 손을 조금 더 높이 들었다. 시야에서 그 존재를 지워내기 힘들 만큼. 그 손을 잡고 자신과 걷지 않으면, 말하지 않겠다는 의미였다. 하여간 상황을 본인이 원하는 대로 끌어가는 데에 참 능숙한 사람이다. 짧게 한숨을 내쉬고는 그 손을 잡았다. 한 번, 딱 한 번만 더 속아보자.

＊ ＊ ＊

"느와르 드라마에서 화원이 웬 말이에요."

"왜요. 핏자국이나 빨간 꽃이나 별로 다를 것도 없는데."

원래 이렇게 말을 막 하는 사람이었나. 예쁜 얼굴로 못하는 말이 없다.

간만에 야외 촬영을 나왔다. 화원을 만들 예산까지는 없어서 근처의 작은 화원을 빌렸다. 데미얀과 마지막이 될지도 모르는 데이트를 하고, 그를 내치는 장면을 촬영하기 위함이었다. 데이트 장면은 어찌저찌 찍었다. 느와르에서 분위기를 달달하게 만들 필요는 없었으니까. 적당히 정색하면서 대사만 쳤더니 끝이 났다. 다행히, 오늘은 내가 미카엘 씨한테 조금 화가 나있는 상태라 표정연기가 어렵지 않았다.

"미안해요. 요새 입이 뚫렸어요."

침묵이 신경 쓰였는지 미카엘 씨가 곧장 사과의 말을 뱉어냈다. 장미 덤불로 만들어진 작은 미로 속으로 발을 들였다. 생화 특유의 쨍함이 살아 있는 장미향이 아찔했다. 벽이 높아 주변이 이미 어두웠는데도 붉은 장미 덤불 위로 그림자가 한 번 더 왜곡되어 드리워졌다. 미카엘 씨의 그림자가 주머니에서 무언가를 꺼내들었다.

"자진해서 막겠습니다."

흰색의 가늘고 긴 시가레트. 은결 언니가 피우던 것과 유사한 모양이었다. 미간을 찌푸렸다. 이번 시즌에 내가 본 금지물품만 해도 핸드폰 하나, 담배 둘. 아주 난리가 났다.

"미카엘 씨 담배 피워요?"

"끊었는데 어제 최은결 선배님이 꼬셨습니다."

미카엘 씨가 왼쪽의 뾰족한 송곳니로 담배를 물고 씩 웃어보였다. 환장한다. 보안이 최고라는 숙소에서 자살도 일어나고 담배도 교환하고.

"라이터도 줬어요!"

제작진 일손이 모자라니 정말 프로그램이 개판이 났구나.

담배 끝에 불이 붙었다. 몸에 좋을 리 없는 잿빛의 향이 번져 갔다. 나라고 간접흡연이 좋을 리 없었다. 그럼에도 담배에 불이 붙는 순간에는 이상하게 시선이 갔다. 숨을 들이켜 그 독한 것을 삼킬 각오를 보인 뒤에야 비로소 불씨는 파괴를 시작한다. 기꺼이 소환되어 소환자의 영혼을 갉아먹기 시작한다. 아름다운 입술 사이로 타들어간 영혼이 흘러나왔다.

"작가님은요."

밤색의 눈동자가 내게로 돌아왔다. 그 시선은 맹수의 것과 같이 어둠 속에서 빛나지는 못했다. 하지만 약간의 그림자가 드리워졌을 때, 비로소 어떠한 공격성을 드러냈다.

"여기서 사지 멀쩡하게 나가고 싶지 않아요?"

저 질문의 의도를 이해하기까지는 그리 오랜 시간이 걸리지 않았다. 아마 엊그제 정이월 기자님과 내가 대화 나누는 모습을 보고 무언가를 알아차린 듯했다. 미카엘 씨는 눈치가 상당히 빠른 사람이었으니까. 나는 아직 쏘머드 출연진이었고, UKBS에게 밉보였다가는 어떤 '사고'를 당할지 모르는 상황이었다. 따라서 최대한 얌전하게 방송국의 말을 따르면서 시청자들의 비위를 맞춰주는 게 현명했다.

"......사지만 멀쩡하게 나가고 싶진 않아요."

하지만 그건 어디까지나 미카엘 씨의 생각이었다.

"아아. '인간답게' 나가고 싶다, 뭐 그런 거예요?"

회색의 연기와 함께 비꼬는 듯한 질문이 돌아왔다. 그림자 속에서 검붉은 장미를 배경에 깔고, 입꼬리는 부드럽게 말아 올린 채.

거래, 유혹, 속삭임. 이따위의 단어들이 가장 잘 어울리는 어떤 존재가 있다. 인간이 선악을 가르면서 태어난 존재. 인간이 신을 섬기면서 설정한 존재. 그리고 가장 고요한 평화 속에서 가장 두려운 힘을 키워가는 존재. 사람들의 상상과 달리 그들은 붉은 가죽에 뾰족한 꼬리를 달고 있지 않다. 왜냐하면,

"이제 보니 무른 게 아니라 순진한 거였네요."

인간은 아름다움에 가장 쉽게 매혹되니까.

아름다운 낯이 조금 일그러졌다. 몇 번의 밭은기침. 기침을 할 때마다 달콤한 입술 사이에서 잿빛 연기가 새어나왔다. 지옥의 불길에 타들어간 영혼 조각을 뱉는 형상. 이어 짜증스러운 목소리가 들렸다.

"아. 간만이라......."

쯧, 작게 혀 차는 소리. 굳이 몸에 받지 않는 것을 고집스럽게 피울 생각은 없었는지 미카엘 씨가 입술에서 담배를 거두었다. 숨결로부터 멀어진 불씨는 조금씩 사그라졌다. 한결 인간의 모습에 가까워진 그가 내게로 시선을 돌렸다.

"작가님."

입술에서 거두어진 담배가 장미에 다가갔다. 매혹적인 붉은색 꽃잎이 속에서부터 새카맣게 타들어가기 시작했다. 한 송이의 종말 앞에서 그는 입꼬리를 끌어올렸다.

"판단 잘하시는 게 좋을 거예요."

얄팍한 입술 사이로 가라앉은 목소리가 흘러나왔다. 이제는 완전히 흑색으로 변해버린 꽃잎이 흙바닥 위로 힘없이 떨어졌다. 그 위로 구둣발이 드리워졌다 거두어지면, 남는 것은 검은색 가루뿐. 순식간에 색채를 잃은 꽃을 한참 내려다보다가 입을 떼었다.

"......저 먼저 들어가 볼게요, 미카엘 씨."

"아직 10분밖에 안 됐는데요."

"다시는 돌아오지 않을 10분이죠."

불씨가 꺼진 담배. 불에 탄 꽃잎. 생명을 빼앗겨 무너진 것들을 앞에 둔 채 나는 몇 걸음 물러났다. 좋든 싫든 나와 다른 길을 가야할 사람, 미카엘이자 데미얀인 그를 향해 인사를 올렸다. 내가 할 수 있는 한 가장 공손히.

"먼저 가보겠습니다."

                              ＊ ＊ ＊

"내일 뵙겠습니다."

사내는 몸을 낮춘다. 부드러운 손길로 여인의 손을 감싸 올리고, 그 위로 입맞춤을 올린다. 매혹적인 밤색의 시선이 여인을 마주한다. 여인은 그 눈동자를 보며 침묵 속 숫자를 센다. 하나, 당신의 입술에. 둘, 당신의 숨결에. 셋, 당신의 운명에. 여인의 입술 사이로 사내의 이름이 흘러나온다.

"데미얀."

이름이 불린 뒤에야 사내는 비로소 미소를 짓는다. 저를 사랑했던 신이 빚어낸 낯으로 여유롭게 웃으며 달콤하게도 여인의 대답을 압박한다. 하지만 아름다운 당신을, 그리도 아름다운 당신을.

"앞으로 볼 일은 없을 것 같구나."

여인은 단호하게 잘라낸다.

내 앞에 한쪽 무릎을 꿇고 앉은 저 남자가 데미얀인지 미카엘 씨인지 확신이 서지 않았다. 미카엘 씨치고는 슬퍼 보였고, 데미얀치고는 덤덤해 보였다. 참 기가 막힌 배우다. 미카엘 씨라면, 나와 다른 길을 간다는 사실에 슬퍼할 리가 없으니 말이다. 젖은 듯 젖지 않은 밤색의 눈망울을 한참 들여다보았다. 빨리 컷 사인이 내려졌으면 좋겠다. 빨리 오케이가 내려졌으면 좋겠다. 이 장면을, 이 감정을, 이 순간을 다시 살릴 자신이 없었다. 잡힌 손이 미약하게 떨렸다.

"컷. 오케이."

조금 가라앉은 목소리로 감독님이 장면을 정리했다. 하지만 미카엘 씨는 이번에도 내 손을 쉬이 놓지 않았다. 흑색의 정장에서 미약하게 담배 냄새가 났다. 시선을 내리면 눈이 마주칠 것 같았다. 그래서 아예 눈을 감아버렸다. 손을 거두고 싶지 않았다. 그렇다고 손을 계속 잡고 싶지도 않았다. 읽히지 않는 감정들이 생각의 아래에서 스멀스멀 기어다녔다.

"마리 씨."

미카엘 씨와 나의 인연은 악연이었다. 그 사실 하나만은 틀림이 없었다. 처음 이 사람을 만났던 날이 얼핏 기억이 났다. '작가님이 펜을 어떻게 굴리시느냐에 따라 제 생사가 결정될 텐데.' 미카엘 씨는 처음 그 날부터 나의 죄책감을 거칠게 파고들었다. 어쩌면 그 날부터 나는, 이 사람과 다른 길을 걷기로 되어 있었는지도 모르겠다.

"나, 입 다물고 있을게요."

잡은 손에 힘이 들어갔다. 얼른 눈을 떠서 자신을 봐달라는 듯. 하지만 나는 미간이 찌푸려지도록 힘주어 눈을 감았다. 침묵이 길었다. 주변의 소음들이 모두 희뿌연 안개가 되어 배경에 흩뿌려졌다. 하지만 그 시끄러운 소리가 무색하도록 나는 이 시간을 '침묵'이라 인식했다. 미카엘 씨의 목소리가 퍽이나 듣고 싶었던 모양이다. 결국 먼저 입을 뗀 것은 미카엘 씨였다.

"하지만 도와주지는 못해요. 이해하죠?"

미카엘 씨의 목소리가 묘하게 따뜻했다. 늘 달콤하고 매혹적인 음성이었지만, 결코 따뜻한 느낌은 아니었는데. 답이 뻔했음에도 한참 입을 다물고 있었다. 혹 미카엘 씨가 말을 계속 이어줄까 하는 기대감에서였다. 하지만 그런 기적은 결코 일어나지 않았다. 마른 입술을 떼었다. 조금 전까지만 해도 대사가 그렇게 잘 나왔는데. 이제 와서 새삼 왜 목소리가 갈라지는지 알 수 없었다.

"……고마워요."

"고마워하지 마세요."

미카엘 씨는 그리 말하며 작게 웃었다. 눈은 감고 있었지만 미카엘 씨의 웃는 낯을 상상하는 일은 어렵지 않았다. 웃음기 섞인 숨결이 손등을 가볍게 간질였다. 천천히 온기가 거두어졌다. 마지막처럼 가라앉은 말이 들려왔다.

"불길을 피하는 것뿐이에요."

＊ ＊ ＊

다원은 이를 악물며 윤을 노려본다. 윤, 표정의 변화 없이 달군 인두를 다원의 왼쪽 귀에 삽입. (*상세한 과정은 별첨2 참조.) 위 과정 6회 반복. 7회째에 현우가 윤 만류.

깔끔한 문장으로 정리된 지시문에는 그 어떠한 감정도 담겨 있지 않았다. 별첨2로 페이지를 넘겼다. 인간 귀의 해부도가 보였다. 기관마다 각기 다른 이름이 적혀 있었다. 관자근, 귓바퀴, 모루뼈, 달팽이신경....... 인두는 바깥귀구멍을 통해 삽입되어 고막에 닿도록 되어 있었다. 아래에 융통성 없는 고딕체로 어떻게 해야 다른 신경을 건드리지 않고 고막만을 손상시킬 수 있는지에 대한 상세한 설명이 있었다. 텍스트로만 설명하는 걸 보아하니 사고가 나도 별 수 없다는 식이었지만.

"마리 뭐해?"

기척도 없이 등 뒤에서 유신의 목소리가 들렸다. 분명 문을 잠갔다고 생각했는데. 갑자기 가까워진 체온에는 나도 모르게 조금 움찔했다. 뒤를 돌아보는 대신 대본을 다시 앞으로 넘겼다.

"대본 외워."

"오래 걸리네. 그저께 배부됐는데."

오래 걸리는 것이 당연했다. 나는 이 페이지만 몇 번이고 넘기고 다시 넘겨보았으니까. 어떻게 하면 대본에 충실하게 행동하면서 저항을 할 수 있을지 계속 고민을 했으니까. 이 대목에 그어진 붉은 줄만 일곱 개. 그마저도 평평한 표면에 자를 대고 긋지 못해 잔뜩 얽히고 꼬여 있었다. 살색 패드 아래에 감추었을 지아 씨의 상처들이 이런 모양이었을까. 한참 그 모양새를 지켜보다 한 페이지를 뒤로 넘겼다.

"감정이입이 안 돼서."

아주 거짓말은 아니었다. 채호에게 아무런 원한도 없는 상황에서 그 귓구멍에 인두를 쑤셔 넣으라니 말이 되는 소리인가. 내 철천지원수를 데려다놓아도 그건 못할 것 같았다.

문득 미카엘 씨가 옥상에서 내게 했던 말이 기억났다. '작가님 참, 보기보다 물러 터지셨네요.' 그 때는 불쾌하다는 생각을 하느라 다른 생각은 전혀 못했는데. 막상 다시 곱씹어보니 참 맞는 말이다 싶었다. 그냥 적당히 맞춰주면 되는데. 적당히 기어다니면 되는데. 쓸데없이 양심 같은 것에 얽매여서는. 짧게 웃음을 뱉었다. 나를 향한 웃음이었다.

"물러 터졌지?"

"아니."

유신의 대답은 빠르고 단호했다. 생각할 필요도 없다는 식의 답변이었다. 뒤에서부터 이어커프가 조명을 반사해 내 앞의 좌석 위로 쏟아내었다. 언뜻언뜻 작은 무지개들이 보였다.

"멋있다."

유신은 처음부터 내게 그리 말했다. 내 의지와는 별개로 자원을 한 것도, 취기에 엉터리로 했던 인터뷰의 대답도. 그 모든 것을 '멋있다'는 말로 포장을 해줬다. 그제야 시선을 올려 그 초콜릿 빛 눈동자를 마주했다. 둥글고 맑은 표면에 내 얼굴이 조금 왜곡된 상으로 맺혀 있었다.

"……할 수 있겠나."

한참 동안이나 나를 쳐다보던 유신이 물었다. 웃음기가 싹 빠진 얼굴이었다. 입꼬리의 상처는 어느새 많이 아물어 있었다. 저 입술 위로 숨을 겹쳤던 날이 생각났다. 유신의 얼굴을 한참 들여다보다 결국은 손을 들었다. 그리고는 뺨을 손에 한가득 담아 쓰다듬었다. 애써 입꼬리를 끌어올렸다. 숨은 떨리지 않았다. 하지만 코끝에서 찡한 감각이 올라오는 것이 언제든 울음이 터질 것 같았다. 그래서 더 악착같이 유신의 눈을 마주했다. 울지 않는다. 최소한 이 사람 앞에서는, 절대 울지 않을 거다.

"해야지 어쩌겠어."

* * *

"조명 조금 내리고. 인두 다 달궈졌지?"

"네! 지금 최고 온도예요. 빠알개요."

피디님과 하영이의 대화를 가만히 지켜보다 눈을 돌렸다. 낡고 녹슨 쇠 의자에 꽁꽁 묶인 채호의 뒷모습이 눈에 밟혔다. 굵직한 밧줄로 단단히 포박된 양 손이 쥐었다 폈다를 연거푸 반복했다. 길고 가는 손끝이 퍽 애처롭게 보였다. 이 각도에서는 아무리 애를 써도 채호의 얼굴을 볼 수 없었다. 의자에서 벗어나려고 몸부림이라도 쳤다면 저 뒷모습이 조금 덜 슬펐을까.

사실 떨리기는 나도 매한가지였다. 기회는 한 번. 잘해야 한다. 손바닥에 땀이 고였다.

나는 대본을 거부할 생각이 없었다. 하지만 대본의 밖에서 내 방식대로 부당함에 대항할 생각이었다. 그리고 지금의 내게는, 저항할 방법이 여러 가지 주어지지 않았다.

"들어갈까? 마리 씨 준비됐어?"

확성기로 과하게 키워진 감독님의 목소리가 쩌렁쩌렁 울렸다. 길게 한숨을 내쉬고는 인두를 오른손으로 꼭 쥐었다. 정말 최고 온도로 달궈진 건지 가죽 장갑을 낀 손으로도 손잡이를 잡기가 힘들었다. 정확한 재질이 뭔지는 나도 잘 모른다. 무슨 실리콘의 일종이라고 들었다. 충분히 달궈지면 들어가는 관에 따라 그 모양을 바꿀 수 있는 인두. 당연히 시중에서 판매되는 제품은 아니고, 쏘머드 이번 화를 촬영하기 위해 특수 제작되었다고 한다. 침을 삼켰다. 손을 들었다.

"감독님."

나는 평소 촬영 시에 질문이나 건의 같은 걸 하는 성격이 아니었다. 그야, 나는 연기를 시작한 지 몇 주도 되지 않은 초짜였고, 그런 주제에 의견을 제시하는 건 무리라고 생각했기 때문이다. 그래서 지금 감독님의 놀란 표정이 조금 이해는 되었다. 김마리가 질문을 다 하네, 뭐 그런 류의 얼굴이었다.

"촬영 전에 연습을 좀 해봐도 괜찮겠습니까."

"연습?"

감독님이 미간을 찌푸렸다 폈다. 내 질문의 의도를 이해 못하겠다는 듯. 이내 손을 휘휘 내저으며 말했다.

"그럴 필요 없네. 그냥 바로 꽂아. NG가 나도 우리가 편집해서 쓸 테니까."

채호의 뒷모습으로 다시 시선이 돌아갔다. 몸이 얕게 떨리는 것 같기도 했다. 정말 채호가 몸을 떨고 있는 건지, 아니면 내가 만들어낸 환상인지는 모르겠지만.

"제 몸에 연습해보겠다는 의미였습니다."

오히려 내 목소리가 확실히 떨렸다. 감독님의 뒤에 선 혜성 오빠의 표정을 무시하기 위해 애를 써야만 했다. 눈에 띄게 얼굴을 일그러뜨린 오빠와는 달리, 감독님은 놀라는 것 이상의 반응을 보이지 않았다. 깜빡, 깜빡. 몇 번 눈을 깜빡이신 뒤에야 다음 질문이 흘러나왔다.

"마리 씨, 굳이 그렇게까지 할 필요가 있을까……?"

"필요가 있습니다."

"……왜……?"

"시청자들은 강다원을 '고문'하는 데에 투표했을 뿐, '살인'하는 데에는 표를 주지 않았습니다."

물론 적지 않은 사람들은 줬다. 하지만 그것이 최종 결과는 아니었다. 따라서 지금 나는 이렇게 주장할 수 있었다. 그렇게 판단을 내린 뒤에야 목소리가 조금 진정되었다.

"들어가는 깊이를 제가 확인할 수 있는 상황에서 연습하는 게 나을 거라 생각합니다."

감독님은 한참 동안이나 말없이 나와 인두를 번갈아보았다. 크게 당혹스럽다든가, 고민이 된다든가 하는 표정은 아니었다. 그 뒤에서 혜성 오빠의 눈동자가 빠르게 돌아갔다. 감독님과는 달리 초조한 눈치였다.

"……거, 괜찮겠어?"

"촬영에 지장 없게끔 하겠습니까."

외우기라도 한 듯 말이 차분하게 나왔다. 감독님이 확성기를 내리고 손가락으로 본인의 왼쪽 귀를 가볍게 후볐다. 퍽 무심한 얼굴이었다.

"뭐......."

확성기를 거치지 않은 목소리. 손가락이 귀에서 빠져나올 때 즈음 답이 흘러나왔다.

"알아서 해."

"그럼 승인하신 걸로—"

"감독님!"

뒤에서 상황을 지켜보던 혜성 오빠가 기어코 큰 소리를 냈다. 감독님이 움찔했다. 고개만 힐긋 돌려서는 오빠와 눈을 맞추고. 조금 일그러진 낯, 그리고 늘어지는 말투로 말했다.

"자기가 하겠다잖아. 왜 나한테 그러나."

"감독님이 허락을 하시면 안 되죠!"

"강혜성 작가님이 개입하실 문제는 아니라고 생각합니다."

목소리를 높여 대화를 끊어내었다. 이번에는 일부러 혜성 오빠와 눈을 똑바로 맞췄다. 내가 무슨 생각으로 이런 행동을 하는 건지 들킬지도 모른다는 생각을 하면서도. 물론 들켜도 상관없었다. 오빠가 어떤 반응을 보이든 나는 내 뜻대로 행동을 할 생각이었으니까. 귀한쪽쯤 잃어도 그만이다. 의료진도 대기 중이니 죽진 않겠지. 곁눈질로 채호의 뒷모습을 한 번 더 확인했다. 지금 채호가 짓고 있을 표정이 잘 상상되지 않았다. 그래서 금세 다시 시선을 올렸다.

"신속히 끝내겠습니다."

두꺼운 가죽장갑 너머로도 느껴지는 강도의 열기였다. 새빨갛게 달아오른, 고무인지 쇠인지 모를 재질의 기계가 제 나름의 심장을 가진 것처럼 펄떡였다.

"김마리!"

무섭지 않았다면 거짓말이다. 하지만 그렇다고 이제 와서 내뺄 용기도 없었다. 여전히 돌아가고 있는 카메라를 보았다. 인두를 고쳐쥐었다. 왼손으로 잡으려니 힘이 잘 들어가지 않았다. 그렇다고 오른손까지 쓰자니 잡는 각도가 애매해 얼굴을 델 것 같았다. 한 손으로 잡는다고 귓구멍을 찾을 수 없는 건 아니었으니까. 귀 가까이에 다가갔을 뿐인데 왼쪽 얼굴 전체가 뜨거웠다. 비정상적으로 달아오른 표면이 귓바퀴에 닿았을 때 즈음 혜성 오빠가 결국 튀어나왔다.

"이게 뭐하는 짓입니까, 지금!"

귓가에 쩌렁하게 울린 목소리 탓에 상황을 파악하는 데에 조금 시간이 걸렸다. 정신을 차렸을 때 내 손에는 인두가 들려 있지 않았다. 뒤쪽에서 뭔가가 떨어지는 소리가 났다. 화르륵, 하는 불길한 소리도 났다. 소화기를 찾는 외침들이 들렸다. 하지만 그 모든 소란이 일어나는 와중에도 혜성 오빠는 내게서 눈을 떼지 않았다. 손의 안쪽이 새빨갛게 달아올라 있었다. 벌써 물집도 잡힌 것 같았다.

"⋯⋯오빠, 치료부터 빨리."

"쏘머드의 가장 기본적인 목적을 망각한 행동입니다."

"지금 그게 문제가 아니잖아."

"시청자들은 그들이 벌하고 싶은 자들을, 그들이 벌하고 싶은 방법으로 벌합니다."

흔히들 지옥의 이미지는 불과 함께 묘사된다. 아프고 뜨겁고 매캐한 그 불꽃은 인간의 고통을 삼키며 더욱 몸집을 불려나간다. 내 앞의 혜성 오빠는 여전히 딱딱한 말투로 말을 이어가고 있었다. 연기냄새가 났다. 그 매캐한 연기 탓에 코끝이 저려왔다.

"그게 싫은 겁니다."

나도 딱딱한 말투로 대답했다. 눈물이 시야를 흐리기도 전에 방울져 뚝뚝 흘러내렸다. 울고 싶어서 운 것이 아니었다. 연기가 매워서 눈물이 났다. 앞을 보기조차 쉽지 않았다.

"다수라는 이유로 그들에게 누군가를 벌할 권리가 주어지는 것은 아닙니다."

오빠는 대답을 하는 대신 길게 한숨을 내쉬었다. 그리고는 데지 않은 손으로 본인의 머리칼을 쓸어 넘겼다. 그 옆얼굴에 보이는 눈시울이 붉었다. 가을빛 눈동자에 맺힌 불꽃의 상이 점차 사그라졌다.

"오빠."

"……."

"이건 내 선택이야."

흐느낌도 없이 매운 눈물만 한참 흘러내렸다. 나는 주위엔 씨와는 다르다. 위엔 씨는 본인의 죽음을 본인의 손으로 택하지 못했다. 그녀에게 죽음이란 시청자들이 그녀에게 내린 '형벌'이었다. 하지만 나는, 다른 모든 것을 내 손으로 선택하지 못하게 되어도 나는. 죽더라도 싸우다 죽고 싶었다. 이기기 위해 싸우는 것이 아니었다.

"난 싸워야겠어."

이건, 싸우기 위한 싸움이었다. 이미 불길은 번져가고 있었다.

내리막

"김 작가."

"이제 작가 아니에요."

"······그래. 그럼 마리 씨."

정정된 호칭으로, 하지만 여전히 익숙한 말투로 피디님이 태블릿을 내밀었다. 보아하니 협상을 위해 찾아온 모양이었다.

솔직히, 조금 의외였다. 촬영장도 반이나 태워먹고 장비도 망가뜨리고, 회생이 불가능할 만큼 프로그램 하나를 망쳐놓았는데. 엄밀히 따지면 혜성 오빠가 그런 거지만 어쨌든 원인 제공자는 나였다. 그래서 나는 당연히 쏘머드가 나를 사형시킬 줄 알았다. 그런데 피디님이 몸소 협상을 시도하러 이 누추한 숙소까지 와주시다니. 아직은 나를 지지하는 목소리가 다 꺼지지 않았나보다. 그 목소리가 쏘머드 내부의 것이든, 외부의 것이든.

문서를 위에서부터 천천히 읽어 내려갔다. 깨알 같은 글씨에 조금 눈이 아팠다.

"공식 문서라 좀 길어. 요약하자면."

피디님이 그렇게 말하며 유리잔을 들었다. 화장기 없는 입술 사이로 맑은 물이 쉬이 흘러 들어갔다. 입술 끝에 남은 물기를 소매 끝으로 슥 닦아낸 피디님이 말을 이었다.

"고문 수위를 약화시키는 방향으로 스토리를 수정할 테니 촬영을 진행하자는 거야."

그래. 왠지 그런 내용일 것 같았지. 하지만 이렇게 된 이상 나도 굽힐 생각은 없었다.

"싫어요."

얌전하게 촬영을 진행하는 입장이었다면 저 조건에 동의를 했을지도 모르겠다. 하지만 이미 작가 지위도 박탈당하고, 쏘머드 역사상 최초로 대본 수정을 일으킨 출연자로 낙인이 찍힌 이상 고집을 더 부려볼 생각이었다. 조금 다치든, 많이 다치든 다치는 것은 매한가지였다. 채호가 억울한 형벌을 받느라 다치게 할 수는 없었다.

"······마리 씨. 읽어보면 알겠지만 수위 많이 낮췄어."

"꼬집는 수준이면 생각해볼게요."

"잘 생각하는 게 좋을 텐데."

"좋아요. 그럼 따귀까지는 타협하죠."

피디님이 길게 한숨을 내쉬었다. 그리고 나는 그동안 스크롤을 느릿하게 내려 문서를 읽어갔다. 수위를 조절했다고는 하지만 여전히 너무 잔인한 고문 방법들이었다. 코에 물을 집어넣는다든가, 방망이로 살이 터질 때까지 팬다든가, 심지어는 손톱 아래를 송곳으로 찌르는 섬세하고도 변태적인 고문 방법까지 수록되어 있었다.

"돌아가세요. 안 해요, 협상."

태블릿을 테이블 건너편으로 밀었다. 결론 부분은 읽지도 않았다. 읽을 필요도 없었다. 본론이 저렇게 진행되는데 결말에서 반전이 나올 거라고는 기대하지 않았으니까.

"마리 씨."

관자놀이를 누르던 피디님의 눈이 내게로 돌아왔다. 지나온 세월 동안 피디님이 무슨 이야기를 듣고, 무슨 행동을 하며 살았는지 나는 잘 알지 못했다. 하지만 한 가지 확실한 것은, 나와 비슷한 삶은 아니었을 거란 거다.

"방송 끝나면 어쩌려고 그래. 퇴직금, 출연료 다 물어주고. 온 세상에 얼굴 팔린 채로."

저런 걸 재는 순간 이성과 감성은 분리된다. 그 상태를 이상적이라고 보는 사람도 있겠지만, 나는 그렇게 생각하지 않았다. 인간을 움직이게 하는 것은 감성이다. 설령 이성적인 행동을 한다 해도, 그 동기에는 늘 감성이 일정 정도 이상 개입되어 있다. 계산이 아닌 동정이, 목표가 아닌 공포가 행동의 원인이 된다. 적어도 내가 지금껏 보아오고 들어오고 느껴온 인간이란 존재는 그랬다.

"그 때까지 살아 있으면 다시 생각해볼게요."

예의바르게 웃어보였다. 악의가 없다는 사실을 어필하려는 양. 피디님이라고 이 일이 좋아서 하는 건 아닐 테니까. 분명 공포나 기대, 그 엇비슷한 불확실성이 감정적으로 작용하는 거겠지. 그러니까 피디님을 원망하지는 않을 거다.

자리에서 일어났다. 협상은 결렬되었다.

"제가 인기가 없어서. 대접할 게 없네요. 서포트가 있으면 커피라도 내어드렸을 텐데."

"……마리 씨."

피디님이 태블릿을 집어 들었다. 이렇게까지 강경하게 나오는 사람을 굳이 설득할 생각은 없었던 모양이다. 하지만 내 이름을 부른 뒤에 이어진 말은, 솔직히 조금 의외였다.

"살아남아."

피디님의 손가락이 닿자 방의 문이 열렸다. 저 쇠로 된 두꺼운 문은 더 이상 나의 지문에 반응하지 않는다. 나는 더 이상 작가가 아니었으니까. 사라진 책임감에 슬퍼해야 할지 기뻐해야 할지 감이 잘 잡히지 않았다. 피디님의 눈을 똑바로 보며 대답했다.

"노력은 해볼게요."

피디님을 따라 방에서 나왔다. 하지만 복도에서 피디님께 먼저 인사를 한 것은, 내가 아닌 제3의 인물이었다.

"앗, 피디님 안녕하세요⋯⋯!"

"안녕히 계세요, 채호 씨. 이제 막 가는 길이에요."

피디님이 푸스스 웃으며 채호의 머리칼을 가볍게 헝클었다. 반대편 손에 들린 태블릿으로는 저 아이를 다치게 할 방법을 10가지도 넘게 구체적으로 서술했으면서. 그런 생각을 하고 있자니 저 태블릿에서 눈을 떼기가 쉽지 않았다. 대체 저 작은 기기에는 얼마나 많은 끔찍한 비밀들이 들어 있을까.

"누나."

피디님이 지나간 뒤에야 채호가 입을 떼었다. 눈에 띄게 야윈 느낌은 아니었으나, 눈 밑의 퀭함으로 미루어보아 잠은 잘 못 잔 것 같았다. 채호는 피곤해 보이는 얼굴로도 금세 예쁘게 미소를 지어보였지만.

"아침 또 굶었지?"

"⋯⋯그냥 늦게 일어난 거야."

"오늘 맛있었는데. 블루베리 파이 나왔어."

짧은 침묵. 채호가 살짝 시선을 내리깔자 속눈썹이 뺨 위로 그림자를 작게 드리웠다. 그 상태로 몇 번 눈을 깜빡이다, 다시 시선을 올려 채호가 한 제안은 꽤 직설적이었다.

"옥상 갈래?"

* * *

"왜 그랬어?"

짧지만 강한 질문. 하지만 채호는 대답을 갈구하듯 내 눈을 빤히 들여다보지는 않았다. 그 손에서 연두색의 작은 포장지가 바스락거렸다. 사과 맛 사탕이었다. 은결 언니한테서 받은 걸까. 그 달콤하고 딱딱한 것을 입속으로 이리저리 굴리다, 침묵이 부자연스럽게 늘어진 뒤에야 채호가 말을 이었다.

"……그냥 해버리는 편이 편했을 텐데."

고문을? 미간을 짧게 찌푸렸다 폈다. 어떤 맥락에서 저런 말을 하는지는 이해할 수 있었지만, 썩 공감을 해주고 싶지는 않았다. 팔짱을 끼고 벽에 기대어 섰다. 나는 말재주가 없다. 교사 자격증도, 변호사 자격증도 없다. 채호의 생각을 변화시킬 능력이 내게 있을 리가 없었다.

"채호야."

"응?"

"너는 왜 그랬는데?"

하지만 이 정도 도발은 할 수 있을 것 같았다. 채호의 눈동자가 내게로 돌아왔다. 말은 이어지지 않았다. 나와 시선을 맞추고는 고개를 조금 갸웃할 뿐이었다. 무엇에 대한 이야기인지 모르겠다는 듯.

"네가 한유신한테 화냈다며. 마리 누나 좀 거들어달라고."

내가 그렇게 말한 뒤에야 채호의 표정이 굳었다. 하지만 그 사실을 쉬이 인정하고 싶지는 않은 듯 대답을 하는 대신 고개를 홱 돌렸다. 침묵이 흘렀다. 하지만 채호는 썩 고집스러운 아이는 되지 못했다. 길게 한숨을 내쉬고는, 밝은 금색의 머리칼을 조금 헝클이며 입을 떼었다.

"그야 속상하니까 그랬지."

"왜 속상했는데?"

"누나는......."

말끝을 흐린 뒤에야 눈동자가 다시 내게 돌아왔다. 하지만 평소처럼 레몬 빛의 환한 웃음을 지어주지는 않았다. 입꼬리를 끌어올리려는 듯 조금 옴찔거리다, 결국은 다시 고개를 떨어트린 채 말을 이었다.

"......여기에서 험한 꼴을 당할 사람은 아니라고 생각해서."

그래, 정답. 채호는 똑똑한 아이였다. 저 말을 본인의 입으로 뱉은 이상 추가적인 설명은 필요하지 않았다. 본인의 동기나, 나의 동기나 크게 다르지 않다는 사실은 자명했으니까. 내가 지금껏 보아온 채호는 그런 식으로 돌팔매를 당할 죄인이 아니었다. 그리고 고맙게도, 채호 역시 나를 그런 사람으로 보아줬던 모양이다.

"그런데 누나 그러다가 진짜 죽을지도 몰라."

한결 가라앉은 목소리. 해가 중천에 떴음에도 불구하고 공기가 차가웠다. 이제는 얄팍한 카디건으로는 추위를 막지 못할 정도로. 하지만 이승이나 저승이나, 추운 건 마찬가지라면.

"그럼 죽지, 뭐."

채호가 미간을 찌푸린 채 푸스스 웃었다. 말리고는 싶은데 말린다고 마음을 바꿀 것 같지도 않고, 그렇다고 응원을 하자니 위험이 너무 큰, 그런 복합적인 감정이 잔뜩 얽혀 있는 표정이었다. 나도 마주 웃으며 어깨를 으쓱해보였다.

"괜찮아. 나는 뭐, 너처럼 천재도 아니고."

"생명에 경중이 어디 있어."

"나 하나쯤 죽는다고 세상이 무너지진 않아."

짧은 침묵. 입속의 사탕을 깨물어 부수는 소리가 들렸다. 사과 향이 짧게 허공에 번졌다가 순식간에 사라졌다. 따뜻한 입김을 오래 껴안고 있기에는 지나치게 차가운 공기였다. 채호가 시선을 다시 내리깔았다.

"세상은 안 무너져도 사람은 무너질걸."

"네 얘기야?"

"글쎄."

시선이 올라왔다. 나를 마주하고는 고개를 갸웃. 이어지는 시큼하고 쌉싸래한 레몬 빛의 묘한 미소. 분명 향긋하고 산뜻하지만, 마냥 환하게 웃음으로 화답하기에는 자극적인 쓸쓸함이 녹아든 미소였다.

"이런 말, 내가 하면 좀 웃기게 들릴지도 모르겠는데."

채호가 말을 이었다. 이미 사탕은 다 깨물어서 삼켰는지 발음이 한결 깨끗해졌다. 채호가 내 바로 옆에 기대어 섰다. 하늘을 등진 채, 도시를 등진 채. 그리고는 입꼬리를 끌어올리며 말했다.

"인간이 자신을 지키는 게, 꼭 이기적이기 때문은 아닌 것 같아."

그야 당연한 말이었다. 불과 한두 달 전만 해도 나는 혜성 오빠 때문에 나 자신을 지켰으니까. 오히려 내가 이기적인 사람이었다면 위엔 씨가 죽은 순간부터 보도국이며 교양국이며 다 끌어들여서 사고를 쳤겠지. 나 기분 좀 후련하자고. 그런데 저 말을 채호가 하니 좀 괘씸하긴 했다. 눈을 흘기다 뺨을 꼬집으며 말했다.

"그걸 그렇게 잘 알아서 천하의 한유신한테 시비를 털었어?"

"......내가 하면 좀 웃긴 말일 수도 있다고 했잖아."

"그래놓고도 뭐? 나보고 신경 쓰지 말라고 해?"

"누나 은결 선배한테 옮았어...... 말투 험해진 거 봐......."

채호는 볼을 꼬집힌 채로도 꼬박꼬박 대답을 뱉었다. 귀여워서 화도 못 내겠네. 푸스스 웃다 결국 손을 떼었다. 꼬집혔던 곳이 조금 붉었다. 화도 못 내는데, 무슨 수로 이런 애 손톱 아래를 송곳으로 찌르면서 고문을 한단 말인가.

"채호야."

뺨을 문지르던 채호가 눈썹을 조금 올려보였다. 결이 상한 금색의 머리칼과는 달리 제법 진하고 깨끗한 검은색의 눈썹이었다. 여전히 제 성씨가 싫은, 뛰어난 재능이 있는, 하지만 처음 이곳에 왔을 때보다는 조금 더 강해진. 그런 소년의 서사를 증명하듯 뚜렷하게 자리 잡은 눈썹이었다. 입꼬리를 끌어올렸다.

"여긴 이미 내리막길이야."

* * *

하얀 눈이 쌓인 내리막길. 그 위에서 눈덩이는 기울어진 각도를 따라 조금씩 굴러 내려간다. 크기가 불어나고, 무게가 불어나고. 순백의 구가 커질수록 속도 역시 불어난다. 그 크기가 걷잡을 수 없는 수준이 되면 속도 역시 통제할 수 있는 수준을 벗어난다. 그러니 어쩔 수 없다. 벽에 가로막히길 기다리거나, 절벽 아래로 떨어지기를 기다리는 수밖에.

촬영이 재개되었다. 결국 나와의 협상은 없던 일로 처리되었다. 수정된 스토리에 대한 투표가 끝나고 대본이 배부되었다. 이렇게까지 사고를 쳤건만 쏘머드가 제자리를 찾는 데에는 일주일이 채 걸리지 않았다.

내게 쥐어진 대본은 열 장이 되지 않는 얄팍한 종이뭉치였다. 그 두께에 안심이 되었는지 마음이 내려앉았는지는 잘 모르겠다. 분량이 적다는 건 긍정적으로 생각하면 내가 고생할 가능성이 적다는 의미였으나, 부정적으로 생각하면 그만큼 내 자유도가 줄어들었다는 의미였다.

표지를 넘겼다. 나를 가장 먼저 맞이한 것은 환웅파 반란 장면의 일부였다. 앞뒤 다 자르고 내 분량만 받아보니 정확히 어떤 맥락에서 이런 장면이 나오는 건지는 알 수가 없었다. 어찌 되었든 데미안이 총을 들고 내 사무실에 쳐들어오는 장면이었다. 종이를 한 장 더 넘기려는데 누군가가 벽을 두드렸다.

"네, 들어오세요."

그렇게 말을 했음에도 은결 언니는 내 방으로 들어오지 않았다. 언제나처럼 퉁명스럽지만 안정적이고 강한 말투로 이렇게 말할 뿐이었다.

"김마리. 나 좀 보자."

* * *

공기가 서늘함을 넘어 으스스한 감촉을 남겼다. 아직 해가 중천인데도 태양이 보이지 않을 만큼 구름이 잔뜩 낀 하늘이었다. 옥상에 올라 오랜만에 하늘을 좀 보려는데 은결 언니가 웬 대본으로 내 팔을 툭툭 쳤다. 보라는 의미인 것 같아 일단 받았다. 손에 얼핏 잡히는 무게감만으로 판단해도, 내 대본의 스무 배 정도는 족히 되는 두께였다.

"분량 많다고 자랑하는 거야?"

"표지의 이름이나 확인하고 얘기해라."

언니가 대본을 다시 빼앗아가더니 내 눈앞에 표지를 들어보였다. 쏘머드 시즌7 '우연은 없다' 17화 대본. 배우 이름...... 박미카엘. 괄호 치고 데미얀 정.

"......미카엘 씨 거구나."

"뽀려왔다."

"카메라에 걸렸으면 욕먹을 텐데."

"간수 안 한 놈 잘못이지, 뭐."

그렇게까지 하면서 내게 이 대본을 보여주는 데에는 분명 이유가 있을 거다. 은결 언니의 옆얼굴을 힐긋 확인하고는 페이지를 넘겼다. 반란세력이 모여서 회의하는 장면, 사격 장면, 전투 장면, 또 사격 장면, 말싸움 장면....... 그리고 내 사무실에 쳐들어오는 장면까지. 그 모든 장면을 합쳐도 이 두꺼운 대본의 반이 채 되지 않았다. 그렇다면 이 뒤에 나올 장면은 '참고'가 길게 붙은 장면일 확률이 높다. 그리고 참고사항이 길다는 것은,

"고문대상 바뀐 거 알았냐? 리채호에서 너로."

그만큼 위험한 촬영이 될 거라는 소리.

아직 그 부분의 대본을 읽지는 못했지만, 어느 정도는 예상하고 있었던 것 같다. 심장이 쿵 내려앉는다든가 숨이 턱 막힌다든가 하는 충격이 없는 걸 보면.

페이지를 넘겼다. 그쪽 팬들이 애를 써준 덕분인지 미카엘 씨가 직접 인두나 주리를 들고 설칠 일은 없었다. 대신 방 한 구석에서 담배를 피우면서 부하에게 지시만 내렸다. 가끔 나와 눈을 맞추고 질문을 한다든가 하면서. 미카엘 씨의 지시에 따라 CG가 입혀진 로봇이 나에게 고문을 가하게 된다.

대본 모퉁이에 메모가 적혀 있었다. 연필로 힘주지 않고 흘겨 쓴

미카엘 씨 특유의 필체. '기절이 빠른 방향으로, 영구적인 상처는 피할 것.' 악필은 아니었으나 가독성이 좋은 글씨체는 분명 아니었다. 특히 ㅎ과 ㄹ이 잘 구분되지 않았다. 긁으면서 내는 소리와 흘리면서 내는 소리. 그 둘을 비슷하게 적는 이 사람에게는, 혹 상처를 주는 것과 보듬어주는 것이 비슷하게 느껴지는 건 아닐까.

"……무섭네."

고문 방법이 빼곡하게 적힌 페이지들은 한 번에 넘겨버렸다. 어차피 읽는다고 내게 도움이 될 건 아무것도 없었으니까. 하지만 채 넘기지 못한 마지막 페이지에 적힌 글은 차마 지나치지 못했다. 미카엘 씨의 필체와는 달리, 굵직하고 정갈한 글씨체로 되어 있었던 탓이다.

위 과정. 기절 시까지 반복.

그래서 기절이 빠른 쪽으로 하겠다고 적어놓았나 보다. 감사해야 할지 원망해야 할지 모르겠다. 그 뒤로도 대사와 지시문이 몇 가지 이어졌으나 더 이상 읽지는 않았다. 이미 기절해 있을 내가 더 이상 알아야 할 게 없다고 판단한 까닭이다. 대본을 덮어버렸다. 나를 빤히 바라보던 은결 언니가 그제야 붉은 입술을 뗐다.

"무서워하는 사람치고는 덤덤해 보인다만."

"난리를 피운다고 달라지는 건 없잖아."

은결 언니가 미간을 살짝 찌푸리며 양 손을 주머니에 찔러 넣었다. 기묘한 색의 눈동자가 내게 돌아왔다. 약간의 힐난, 혹은 걱정을 담은. 그 색깔만큼이나 복합적인 감정을 담은 시선이었다.

"너 그런 마음가짐으로는 기절 못한다."

"……기절학개론이야 뭐야."

"모레가 촬영이니까 일단 내일 하루는 계속 굶고."

비꼬는 내 말은 듣지도 못했다는 듯 은결 언니가 말을 이어갔다. 사실 장난 따위를 주고받을 만한 상황은 아니었으니까. 고문 장면은 시간제한이 있는 여타 전투 장면들과 달랐다. 내가 기절하는 시점이 곧 타임오버 신호가 되고, 따라서 내가 오래 버티면 버틸수록 고문 강도는 점점 세질 거다.

"밤은 새는 게 낫겠지? 잠은 이틀만 못 자도 뒤질 것 같으니까."

나는 이번 촬영 중단에 대해 정확히 어떤 기사가 나갔는지 알지 못한다. 하지만 고문 대상이 나로 바뀌었을 정도면, 아마 예쁜 말로 적어주진 않았을 것 같았다. 당연하다. UKBS 역사상 촬영 중지가 이렇게까지 잦았던 프로그램이 없었으며, 그 중 두 번이 나 때문이었으니까. 엄밀히 따지면 한 번은 정이월 기자님 때문이었고, 다른 한 번은 강혜성 작가님 때문이었지만. 어쨌든 두 번 다 그 원인 제공자는 나였다.

"김마리. 듣고 있냐?"

미미한 성과라면 미미한 성과였다. 몇 번 촬영을 멈추게 한 것 이상으로 해낸 일이 없으니까. 그리고 그런 미미한 반항들은 항상 내게 더 큰 충격으로 돌아왔다. 이번의 고문 장면 역시, 그 과정에서 발생하는 반작용 중 하나였다. 그런데, 그토록 '미미한' 성과를 UKBS는 왜 그렇게까지 두려워하는가.

사람들은 완벽하다 믿어오던 것에 결함이 생기는 순간부터 믿음을 잃어버리니까.

"야."

눈앞에서 손가락이 한 번 튕겨졌다. 그제야 생각의 흐름이 끊겼다. 손가락 너머의 얼굴에 다시 초점이 맞추어졌다. 찰랑이는 백금발, 묘한 색의 눈동자, 그리고 못마땅함을 잔뜩 머금은 새빨간 입술까지.

"너 이상한 생각하는 거 아니지?"

"……안 해, 그런 거."

"진짜? '사람들이 완벽하다고 생각하는 방송국을 무능해 보이게 함으로써 쏘머드를 폐지시킬 거야' 이런 생각 안 해?"

내 생각을 훤히 읽어낸 듯 조금 비꼬는 투로 질문이 돌아왔다. 그리고 나는 아무리 연기를 공부해도 표정관리에는 영 재능이 없는 사람이었다. 은결 언니가 길게 한숨을 내쉬었다. 그리고는 내 손에서 미카엘 씨의 두툼한 대본을 낚아채가며 말을 이었다.

"방송국이 바보냐? 같은 수법에 두 번에는 안 당한다."

그야 그럴지도 모르지. 하지만 나는 이 외에는 싸울 방법이 없었다. 내 손에 그 어떤 창도 방패도 쥐어지지 않은 상태에서 내가 할 수 있는 싸움이라고는 나 자신을 심지삼아 횃불을 태우는 것뿐이다. 그렇게까지 하면서 싸울 필요가 있느냐고 묻기에는…….

"……너무 멀리 와버렸어."

생각이 흘러가다 입 밖으로 새어나왔다. 불필요한 침묵이 무겁게 공간을 채웠다. 은결 언니가 그 침묵을 베어내기 전까지는.

"알아."

생각의 앞뒤를 모두 끊어낸 채 뱉어낸 말이었음에도 언니의 말투는 퍽 단호했다. 마치 내가 무슨 생각에서 한 말인지, 무슨 의도에서 한 생각인지 다 파악한 것처럼. 담배를 찾으려는 듯 흰 손이 몇 번 주머니 언저리를 더듬다가 결국 내려갔다. 가라앉은 목소리가 이어졌다.

"지금 상황이 좀 그래서…… 구체적으로 말은 못해주겠는데."

목소리에 얼핏 담배 연기가 섞인 듯도 했다. 아마 은결 언니가 저런 말투로 말을 할 때에는 늘 담배를 물고 있었기 때문이겠지. 그 매캐한 연기에는 언제나 진심이 섞여 흘러나왔다.

"기회는 올 거고. 기회가 오면 너는 내가 최선을 다해 돕는다."

약속은 간단하고 덤덤하게. 은결 언니가 손에 들고 있던 두꺼운 대본의 표지를 찢어내었다. 표지가 반쯤 뜯겨 너덜거리던 대본이 금세 옥상의 콘크리트 바닥으로 떨어졌다. 페이지가 잔뜩 구겨지고 더러워졌다. 그 행동이 정확히 어떠한 의도에서 나온 건지 나는 잘 이해하지 못했다. 하지만 한 가지만은 확실했다.

"일단은 살아남는 걸 최우선으로 해."

저 대본을 찢는다고, 촬영이 쉬워지진 않는다.

* * *

그런 말을 들은 적이 있다. 물속에서 죽는 것만큼 괴로운 죽음이 없다고. 물속에서 맞이하는 죽음은 차갑고, 느리고, 고통스럽다. 살려달라는 비명 한 번 제대로 뱉지 못하고 물에 잠긴 기침만 연거푸 토해낸다.

물은 차갑다. 아니, 차가웠다. 차갑게 느껴지던 것이 불처럼 뜨거운 고통을 일으키는 한계점이 있었다. 그 지점을 지난 뒤로 온도 따위는 아무 상관이 없게 되어버린다. 물이나 불이나 목구멍을 뜨겁게 태우고 지나가는 건 매한가지 아닌가. 힘주어 감은 눈에 보이는 것은 암흑뿐이다. 암흑은 빛의 색을 가리지 않고 빨아들인다. 비어 있는 제 속을 채우려는 듯 모든 색채를 집어삼킨다. 비어 있는 허파를 채우려는 듯 입술이 몇 번이고 뻐끔거리며 호흡을 갈구한다. 하지만 그곳에서 삼킬 수 있는 것은 새카만 물뿐이다. 검은 수면 아래서 붙잡고 있던 생명의 끈이 조금씩 가늘어진다. 소리 없는 비명은 공기방울을 만든다. 숨결은 붙잡을 수 없다. 새어나가는 대로, 빠져나가는 대로 두는 수밖에. 바닥을 드러낸 가슴에서 꽉 쥐는 통증이 인다. 어떻게든 숨을 들이키려 기침, 또 기침. 잇단 기침이 공복에 물만 몇 번이고 삼킨다. 욕조를 붙잡고 밀어보지만 변하는 것은 없다. 숨이 빠지고, 힘이 빠지고, 의식마저 빠져나가려는 찰나에 시야에 빛이 빠르게 들어온다. 얼굴의 모든 구멍으로 물이 흘러나오는 느낌. 뒤늦게 호흡을 가득 들이쉬었다 내쉬기를 반복한다. 그마저도 쉽지 않다. 기침이 멎지 않는 탓이다.

"보스."

아직 부연 시야에 밤색 눈동자의 사내가 맺힌다. 박미카엘, 아니, 지금 이 순간만큼은 데미얀. 얇은 입술이 담배연기를 뱉는다. 입꼬리가 부드럽게 말려 올라간다. 차가운 물 탓에 뺨에 닿는 체온이 유독 뜨겁게 느껴진다.

"이게 뭐예요. 예쁜 얼굴이."

대사를 뱉으려는 순간 뱃속이 확 뒤엉키는 통증이 인다. 억지로 삼켜댄 물과 역한 담배 냄새가 속을 뒤집어놓는다. 식도를 타고 뜨거운 것이 역류한다.

"……컷. 컷, 컷, 컷."

시야에 초점이 다시 맺혔을 때 즈음에는 미카엘 씨의 얼굴에 맑은 토사물이 잔뜩 튄 뒤였다. 담뱃불도 꺼져 있었다.

"미카엘 씨 씻기고 다시."

짜증을 낼 법도 한데. 미카엘 씨는 미간을 조금 찌푸린 채 손가락으로 얼굴을 가볍게 닦아내고는 말았다. 그리고는 나와 눈을 마주한 채 한참 침묵을 지켰다. 스태프들이 데리러 오자 이유 모를 미소만 얕게 지어보이고는 자리를 떴다.

모처럼 쉬는 시간이 주어졌건만 촬영장의 분위기는 싸늘했다. 그야, 혜성 오빠는 내가 촬영할 때에는 촬영장에 올 수 없게 되었고. 다른 사람들은 굳이 나와 엮이고 싶어 하지 않았으니까. 주변이 너무 고요해서 내 숨소리마저 들릴 정도였다. 여전히 로봇에게 머리채는 잡힌 채였다. 그래서 그냥 머리를 뒤로 젖힌 채 길게 숨을 내쉬고 눈을 감아버렸다. 눈물이 날 때까지 물에 머리를 박은 게 벌써 세 번째. 토한 건 이번이 처음이었지만, 어찌 되었든 한 가지만은 확실했다. 기절하기 더럽게 힘들다. 딱히 기절하지 않으려 애를 쓰는 것도 아닌데. 대체 어떻게 그렇게 버티는 건지 나도 모르겠다. 이상하게 기절할 때 즈음 되면 미카엘 씨가 나를 다시 끌어올렸다. 아마 몸에 힘이 빠지는 걸 보고는 지금쯤이면 되었을 거라 생각하고 그러는 것 같았다. 미카엘 씨는 나를 죽일 생각이 없었으니까.

"마리 씨 진짜 기절 안 하네요."

미미한 인기척 뒤에 이어지는 목소리. 굳이 눈을 떠서 시선을 마주할 필요성은 느끼지 못했다. 그래서 눈을 감고 고개를 젖힌 자세 그대로, 조금 웃다가 입을 떼었다. 할 말을 고르기에는 정신이 하나도 없었다. 가감 없는 진심을 뱉는 수밖에.

"저도 했으면 좋겠어요."

"분명 더 이상 안 움직일 때 끌어올렸는데."

"더 기다렸다 꺼내세요."

침묵이 길었다. 그래서 나도 천천히 눈을 떴다. 미카엘 씨가 무슨 표정을 하고 있을지 궁금해진 탓이다. 다시금 부연 시야에 아름다운 남자의 상이 맺혔다. 그 얼굴에는 약간의 쓸쓸함이 묻어나왔다.

"······미카엘 씨 표정이 왜 그래요."

"그럼. 친구 물고문하는 사람이 기뻐서 웃어야겠어요?"

"친구요?"

"우리 친구하기로 했잖아요. 기억 안 나요?"

아. 그런 적이 있었지. 이제는 아주 아득한 기억이었다. 물리적인 시간으로만 따지면 그리 오래 되지도 않았건만. 그 이후로 겪은 일이 너무 많아서 무슨 전생처럼 느껴지는 기억이었다. 피식 웃고는 입을 떼었다.

"윤이랑 데미얀도 친구였으면 좋았을 텐데."

"그러기에는 서로 너무 잃을 게 많아요."

"친구가 안 되면, 공존이라도 좀."

"이게 그들이 공존하는 방법인 거죠."

그들이 공존하는 방법. 서로에게 총을 겨누고, 물을 먹이고, 언젠가는 분명 방아쇠를 당기겠지. 한 시도 긴장을 놓지 못하는 팽팽한 대치상태. 약한 놈이 물어뜯기는, 어쩌면 가장 자연스러운 공존의 방식. 그게 그들의 방식이었고, 또 우리의 방식이기도 했다. 뒤늦은 기침이 터져나왔다.

"3분 후에 이어서 들어갈게요!"

미카엘 씨가 길게 한숨을 내쉬며 자리에서 일어났다. 밤색의 눈동자가 가볍게 촬영장을 훑었다. 온갖 해괴한 고문도구가 자리 잡은 흉물스러운 세트장. 벽에 남은 핏자국이 제법 진짜처럼 보였다. 내 시야에 담기지 않는 곳까지 꼼꼼히 스캔하던 밤색 시선이 멈췄다. 이어 구두소리가 가볍게 울렸다

"마리 씨."

"왜요."

"우리 물놀이는 그만 할까요?"

뭔가를 찾는 듯, 쇳조각이 부딪히면서 내는 소리. 사실 물을 이렇게 많이 먹은 시점에서는 어떤 고문 방식이든 상관없었다. 기절만 시켜준다면야. 다시금 구두소리가 가까워졌다.

"……그걸로 뒷목이라도 치시게요?"

하지만 그렇다 해서 미카엘 씨가 알루미늄 방망이를 들고 올 거라 예상한 것은 아니었다.

"뒷목 잘못 치면 죽어요."

미카엘 씨의 대답은 꽤나 침착한 어조를 타고 흘러나왔다. 황당해할 기운도 없었다.

"미카엘 씨 왜 그렇게 잘 알아요."

미카엘 씨는 대답을 하는 대신 푸스스 웃고 말았다. 하지만 여전히 제법 자신 있어 보이는 모양새였다. 훈련이라도 받았나보지. 한번 쳐서 기절할 수 있으면 그 편이 훨씬 나았다. 아마 미카엘 씨도 내가 그 편을 선호할 거라 생각하고 경로를 바꾼 거겠지.

문제는 개연성이었다. 대체 어떻게 하면 침착하게 물고문을 하던 데미얀이 갑자기 모양 빠지게 야구빠따로 내 머리를 후려치는가. 아무리 대사 애드리브가 허용된다고는 하지만, 문제가 생기면 바로 NG처리가 된다. 그러면 괜히 머리만 맞고 촬영을 다시 해야 한다.

"마리 씨."

미카엘 씨가 내 앞에 한쪽 무릎을 꿇고 앉았다. 그리고 힘없이 늘어진 내 한쪽 손을 잡아 올렸다. 처음 데미얀이 윤의 손등에 입을 맞췄던 그 장면처럼. 여전히 아름다운 얼굴이었다. 하지만 그 때와 같은 해사한 미소는 찾아볼 수 없었다. 코의 작고 예쁜 점이 균열 없이 낯에 박혀 있었다.

"데미얀은 똑똑하고, 치밀하고, 아름답고, 매력적인 캐릭터예요."

"그런데요?"

"딱 한 가지 약점이 있어요."

손가락의 은청색 글자들이 흐릿한 조명 아래서 묘하게 빛났다. 미카엘 씨의 얼굴에도 묘한 표정이 번졌다. 미소라 하기에는 순수하지 못하고, 조소라 하기에는 제법 반듯한 표정이.

"자기가 완벽하지 못할까봐 엄청 겁을 내요."

"30초 후에 들어갈게요!"

말의 의미를 곱씹기도 전에 외침이 들려왔다. 미카엘 씨의 밤색 시선이 가볍게 그쪽을 향했다가 다시 내게로 돌아왔다. 손에서 온기가 떼어졌다. 눈치 나쁜 사람한테 그렇게 설명을 해줘봤자 알아듣기는 어려웠다. 데미얀은 자기가 완벽하지 못할까봐 겁을 낸다. 그래서 어쩌라고. 몇 번 멀뚱히 눈을 깜빡이다 물었다.

"그래서 제가 뭘 하면 되죠?"

미카엘 씨가 천천히 자리에서 일어났다. 그리고는 야구방망이를 어깨에 걸친 채 제법 시원스레 웃었다.

"제가 리드할 테니까요. 캐릭터 이입 잘 해서 따라와 주세요."

"레디!"

기가 막힌 타이밍에 외침이 들려왔다. 조명이 밝아지고 카메라 초점이 맞춰졌다. 무대 위의 모든 배역은 준비되었다. 액션, 외침이 들려오면 다시 막이 오른다. 그리고 그 찰나에 속삭임처럼 마지막 지시문이 내려졌다.

"마음껏 제 속을 긁어보세요."

＊ ＊ ＊

"이게 뭐예요. 예쁜 얼굴이."

사내의 온기가 뺨을 지나 가볍게 목을 쓸고 지나간다. 차가운 물과 닿아 있던 피부가 갑작스러운 체온에 반응한다. 짧게 몸이 떨린다. 차가워서, 혹은 뜨거워서. 아니, 애초에 그런 감각 따위는 아무런 상관이 없었는지 모르겠다. 인간은 누구나 제가 가장 두려워하는 것 앞에서는 몸을 떨게 되어 있는걸.

그렇다면 여자는 사내를 두려워하는 걸까. 글쎄. 만약 정말 두려워하고 있다면, 여자는 꽤나 강인한 인물이다. 그녀의 낯에서 겁이라고는 찾아볼 수 없었으니까. 립스틱이 잔뜩 번진 입술 위, 꽤나 발칙한 미소가 한 번 더 번진다.

"가증스럽긴."

후, 짧은 호흡과 함께 여자의 얼굴에 가득 번지는 잿빛 연기. 그 악취에 여자는 미간을 찌푸린다. 하지만 사내는 도리어 그런 여자의 표정을 보며 입꼬리를 끌어올린다.

"아직 여유가 있으시네요."

"오만하구나. 내가 네 앞에서 여유를 잃을 리가."

아름다운 사내의 낯에 조금 균열이 인다. 사실이 그렇다. 그의 기억 속에서 보아온 여자는, 단 한순간도 제 앞에서 여유를 잃은 적이 없다. 뺨이 짧게 움찔한다. 하지만 금세 본래의 각도를 되찾는다.

"근거가 있을 땐 더 이상 오만이 아니죠."

"근거?"

여자가 고개를 젖힌 채 웃음을 터뜨린다. 젖은 머리, 번진 화장, 그러나 그 와중에도 무너지지 않는 어떠한 고고함이다. 카리스마, 혹자는 그 고고함을 이렇게 표현하고는 한다. 그녀의 아름다움은 고운 이목구비 때문도, 나직한 목소리 때문도 아니다.

"그럼 대체 뭘 그렇게 겁을 내는 거니?"

그녀만이 가진 어떠한 체취로부터 나오는 것이다.

말을 뱉기 무섭게 야구방망이가 바닥으로 떨어진다. 요란한 소음. 머리채를 잡힌 여자의 하얀 목덜미가 훤히 드러나 있다. 그녀의 살갗 위로 은청색 문자가 새겨진 손가락이 내려앉는다. 호흡을 조금씩 옥죄어온다. 부드럽게, 그러면서도 맹렬하게. 고운 입술 끝이 움찔한다. 늘 아름답고 평온한 얼굴을 유지하던 사내로서는 꽤나 드물게 보이는 표정. 사내의 밤색 눈동자에는 어떠한 독기가 맺혀 있다. 아름다웠던 악마가 그 매혹적인 가죽을 벗어내는 순간이다. 꽉 깨문 입술 사이로 약간 흔들리는 목소리가 흘러나온다.

"……글쎄요."

시야가 흐려진다. 정신이 흐려진다. 사내가 밤색의 음성으로 알 수 없는 말들을 속삭인다. 여자의 기억은, 딱 여기까지다.

* * *

시간이 평소보다 조금 빠르게 흘렀다. 원래 하는 일이 없을 때 시간이 더 빠르게 흐르는 법이다. 정식으로 촬영장에 선 지 오늘로 열흘이 지났다. 사라져가는 날짜 감각을 유일하게 붙잡는 것은 매일 밤마다 찾아오는 똑같은 악몽이었다. 어제도 잠을 설쳤다.

무대 위에서 숨이 막히는 꿈. 숨통이 조여 오다 정신이 아득해질 때 즈음이 되어서야 꿈에서 깨어날 수 있다. 하지만 혹여나 다시 잠이 들면 꿈이 이어질까봐 쉽게 침대에 눕지 못한다. 그럼 한참 방안을 서성대는 거다. 눈이 저절로 감겨서 내 의지로는 정신을 붙잡을 수 없을 때까지. 처음에는 언젠가 꾼 적이 있는 꿈이라고 생각했다. 하지만 이틀째, 사흘째, 그리고 열흘째가 되니 확신이 없었다. 언제부터 꾸기 시작했는지도 헷갈릴 지경이었다.

어찌 되었든 또 아침이 되었다. 촬영은 계속 진행이 되었다. 그동안 대본 한 번 받지 못한 나는 아무것도 할 수 없었다. 열린 문 너머로 사람들이 빠르게 오가는 모습이 보였다. 배우, 피디, 작가. 그들 모두가 한 무대에서 다른 무대로 향했다. 하지만 버려진 배우 김마리를 찾아오는 사람은 아무도 없었다.

"마리 일찍 일어났네?"

이 사람을 제외하고는.

부상을 동반하는 촬영이 있으면 그로부터 일주일간은 쏘머드 측에서 상태를 점검해주고 치료를 돕는다. 하지만 아무리 그래도 방송작가가 열흘이 되도록 아침저녁으로 출연진을 찾아올 이유는 없었다. 그런 생각을 하면서도 한편으로는 유일하게 나를 찾아오는 사람을 끊어내고 싶지는 않았다. 다른 출연진들은 바쁘고, 외부와 연결되어 있는 통로라고는 단 하나도 없었다. 혜성 오빠마저도 찾아오지 않으면 나는 하루 종일 대화할 사람이 없었다.

"응, 어제는 일찍 잠들어서."

"다행이네. 요 며칠 힘들어했잖아."

혜성 오빠도 그걸 알아서 자주 찾아오는 건지도 모르겠고.

이제는 익숙해진 몇 가지 장비가 하나씩 살갗에 붙었다. 손목에 하나, 검지 끝에 하나, 팔꿈치 바로 위에 하나. 혈압측정기에 공기가 차오르면서 조금씩 조이는 느낌이 들었다. 규칙적인 기계음이 들려오기 시작했다. 그 위로 안정적인 음성이 얹어졌다.

"오늘 촬영장 분위기 장난 아냐."

"왜?"

"이현우랑 데미얀 전투장면 찍는 날이잖아."

아, 그 날이구나. 대망의 한유신-박미카엘 빅매치. 스토리의 흐름
상 두 사람은 언젠가 크게 충돌을 할 수밖에 없었다. 그런데 한쪽이
다른 한쪽을 조지는 장면이 아닌 전투장면으로 투표 결과가 나왔다
는 건, 양쪽 팬덤 모두 한 걸음도 물러서지 않고 투표를 했단 의미겠
지. 과연 그게 잘한 투표였는지는 오늘 촬영이 끝나야 알 수 있을
거다.

목의 졸렸던 부분을 가볍게 손가락으로 쓰다듬었다. 멍이 많이 가
라앉았음에도 불구하고 통증이 완전히 가시지는 않았다.

"……미카엘 씨 잘 싸울 것 같은데."

"몸은 한유신 배우님이 더 좋잖아."

"싸움을 몸만 가지고 하나."

"그럼 뭘 가지고 하는데?"

"깡이 필요하지, 깡."

측정이 끝났다는 의미의 긴 기계음이 한 번 더 울렸다. 혜성 오빠
의 가을빛 눈동자가 가볍게 화면의 숫자들을 훑었다. 이상은 없었는
지 금세 기계들이 거두어졌다. 오빠의 외투 주머니에서 흰색의 연고
튜브가 등장했다. 덩달아 대화 주제도 새로 등장했다.

"채호 군은 요새 좀 어때? 개인적으로 보질 못했다."

채호는 잘 지내고 있었다. 어떤 면에서는 나보다 더. 내가 채호의
고문 장면을 촬영 거부했다가 이 사단이 났지. 어쨌든 채호는 그 이
후로 도마에 오른 적이 한 번도 없었다. 우선은 나와 비슷하게 무대
에서 추방을 당했으니까. 게다가 나와 적대관계에 있던 캐릭터였는데

내 비중이 줄어들었으니, 자연스럽게 비중이 줄어들 수밖에 없었다.

"괜찮을걸."

"걸?"

"내가 방에서 잘 나가질 않아서."

채호로부터 총구가 거두어진 게 아니다. 그 끝이 나를 향하도록 바꾸었을 뿐이다. 언제 방아쇠가 당겨질지 모르는 불안감 속에서 방 밖을 돌아다니는 데에는 생각보다 많은 용기가 필요했다. 촬영 초기 채호의 행동양상이 이제는 완벽히 이해가 되었다.

"......뭐, 조심해서 나쁠 건 없지."

그 말은 유독 작게 흘러나왔다. 마이크에 잡히기는 했을까 의문이 들 정도로 작은 목소리였다.

손끝에 투명한 연고를 묻힌 채 오빠가 턱 끝을 드는 제스처를 취했다. 그래서 나도 순순히 고개를 젖혀 멍이 든 부분을 밖으로 드러냈다. 차가운 연고가 피부에 닿았다. 목을 부드럽게 문지르는 감촉이 싫지 않았다.

앞으로 나는 얼마나 더 이곳에서 시간을 보내야 할까. 대개 쏘머드 시즌 하나를 촬영하는 데에는 3개월이면 충분하다. 하지만 이번에는 워낙 변수가 많았다. 주연 배우 사망, 강제 자원 스캔들, 중도 촬영 중지 등등. 무엇보다 다른 시즌들과는 달리, 배우들이 인기가 많아서 사람들이 종영을 아쉬워하는 눈치였다. 그럼 한두 달 정도 더 할 수도 있지 않을까. 그동안 나는 계속 아무것도 못하고 있어야 하는 걸까.

빠르고 급한 진동 소리가 생각의 흐름을 끊었다. 혜성 오빠의 핸드폰이었다. 잠깐만, 짧은 제스처와 함께 오빠가 전화기를 주머니에서 꺼내 방에서 나갔다.

"김마리."

그리고 동시에 퉁명스러운 목소리가 내 이름을 불렀다. 어느새 내 문틀에 기대어 서 있는 은결 언니였다. 평소에도 립스틱 때문에 새빨간 입술이었지만, 오늘은 뭔가가 조금 더 붉었다.

　"나 오늘 30초짜리 찍으러 촬영장 다녀왔다. 존나 허탈해."

　아랫입술에 터진 상처가 생겼다.

　"……30초 동안 어떻게 하면 입술이 터져."

　"넌 전직 작가가 뭐 그런 질문을 하냐. 30초를 만들기 위한 촬영시간을 생각해봐."

　대본을 받지 못했으니 현재 스토리가 어떻게 진행되는지에 대해서 내가 알 방법은 없었다. 그렇지만 내가, 아니, 극중 캐릭터인 '하윤'이 납치와 고문을 당한 이상 스토리가 평화롭게 흘러갔을 리는 만무했다. 아마 조직들끼리 치고받고 난리가 났겠지.

　"치료 끝났음 나가서 산책 좀 하자."

　내가 상처의 경위에 대해 더 캐묻기도 전에 은결 언니가 창밖을 눈짓했다. 오늘따라 햇빛이 밝았다. 태풍이라도 와줄까 기대하고 있었는데. 청명한 가을 하늘을 한참 올려다보다 다시 시선을 내리깔고는 대답했다.

　"햇빛이 너무 강한데."

　"뱀파이어냐."

　"타면 아프단 말이야."

　"그럼 부엌. 후라이라도 해줄게."

　아무리 구슬려도 내가 움직이지 않자 기어코 은결 언니가 방 안으로 성큼성큼 들어왔다. 구두도 신고 있지 않았건만 발소리가 선명했다. 언니가 걸어오다 침대 위에 앉은 내 앞에 섰다. 그리고는 한 손을 내밀며 말했다.

"나와."

짧은 말에 비해 꽤나 다정한 목소리였다. 표정에도 강압적인 분위기는 전혀 묻어나오지 않았다.

"언제까지 새벽에 악몽 꾸다 깨서 혼자 방안 산책만 할 거냐."

다 들렸던 걸까. 은결 언니야 워낙 오감이 다 발달한 사람이긴 하지만. 옆방에까지 들렸을 정도면 내 생각보다 요란스럽게 돌아다녔던 모양이다. 아예 들키지 않았다면 모를까, 이미 들킨 상황에서 내가 굳이 내뺄 이유가 있을까.

"나오면 재밌는 얘기 해줄게."

고개를 들었다. 이전에 언니와 내 위치가 바뀌었던 때가 문득 기억났다. 그 때 나는 위에서 언니를 내려다보았다. 머리끄덩이를 잡고, 내 구두 끝을 핥게 했다. 지금은 언니가 나를 위에서 내려다보고 있었다. 아무런 강압도 없이, 아무런 강요도 없이. 손 하나만을 상냥하게 내민 채.

"무슨...... 재미있는 얘기?"

새빨간 입꼬리가 말려 올라갔다. 오늘 생긴 상처가 아플 법도 한데. 그런 건 아무렇지도 않다는 듯, 제법 시원스러운 미소였다.

"나 오늘 정이월 기자 만나고 왔거든."

* * *

결국 우리가 간 곳은 정원도, 부엌도 아닌 옥상이었다. 카메라가 없는 곳이어야만 마음이 편한 걸 어쩌겠는가. 기왕 재미있는 이야기를 들을 거면 불안감 없이 제대로 듣고 싶었다. 비록 햇빛을 피할 그늘이 한 뼘조차 없다 해도 말이다.

"요새 김마리 무고설 다시 도는 거 알고 있냐?"

은결 언니가 서론을 깔끔하게 생략한 채 이야기를 시작했다. 그 질문에 몇 번 멀뚱히 눈을 깜빡이다 고개를 저었다. 뭐가 무고하다는 건지도 모르겠다. 쏘머드 촬영을 시작한 뒤로는 한두 가지 잘못으로 공격을 당한 게 아닌지라.

"권지아 자살...... 아니, 사망 사건. 사람들이 다시 파고 있대."

의외의 답이었다. 저 문제가 지금 와서 다시 거론될 거라고는 상상을 못했다. 그래, 억울한 일이긴 했다. 하지만 너무 오래 되어서 아무도 관심 없을 줄 알았는데. 대체 왜 사람들이 이제 와서 그 문제를 들춘단 말인가.

"왜?"

"권지아가 UKBS 이사 하나랑 사실혼 관계였다는 기사를 정이월 기자가 터뜨렸거든."

권지아가 UKBS 이사와 사실혼 관계에 있었다. 고집스럽기는 해도 거짓말은 못하는 정이월 기자 성격에, 그 기사가 근거 없는 헛소리였을 리는 없다. 이 사실을 알고 나니 너무 많은 것이 이해가 되었다. 권지아는 처음부터 수면제 같은 걸 숨겨서 합숙소에 들어온 적이 없었다. 권지아의 죽음은, 자살을 가장한 타살이었다. 권지아 인터뷰 기사가 나간 직후에 살인이 이루어졌던 것을 생각해보면 아마도 목적은 입막음이었겠지.

"아, 그리고. 이건 내가 조금 서운해서 하는 말인데."

생각을 다 정리하기도 전에 언니가 단호한 말투로 말하며 팔짱을 꼈다. 서운해서 하는 말이라니 썩 좋은 이야기는 아닐 것 같아 언니가 말을 잇기만을 얌전히 기다렸다.

"너 쏘머드 폐지시키고 싶다는 이야기를 왜 나한테는 안 했냐?"

언니가 주머니에서 사과 맛 사탕을 하나 꺼내 입에 물었다. 하지만 내게 먹겠느냐고 물어보지는 않았다. 내가 잠자코 입을 다물고 있자 까드득, 위협적으로 사탕을 깨물어 부수며 말을 이을 뿐이었다.

"엉? 심지어 그 멍청이 한유신한테도 했다며."

"......유신이한테 직접적으로는 안 했어. 그냥 대충 의중만 떠보는 식으로......."

"너 나한테는 의중도 안 떠봤다?"

고의로 그런 건 맹세코 아니었는데. 그냥 말할 기회가 없었을 뿐인데. 저렇게 무섭게 말을 하니 반박을 할 타이밍조차 잡기가 쉽지 않았다. 까드득, 까드득. 사탕 부서지는 소리만 무섭게 들릴 뿐이었다. 짧은 침묵 후에 긴 한숨. 그 사이에 사탕을 다 깨물어 먹어 없애 버렸는지 한결 깨끗해진 발음으로 언니가 말을 이었다.

"전에 내가 말한 적 있지. 기회는 올 거라고."

은결 언니가 기묘한 빛깔의 눈동자로 내 얼굴을 한참 바라보았다. 그러다가 몸을 조금 앞으로 기울여, 바람 소리에 제대로 들리지도 않을 만큼 작게 속삭였다.

"쏘머드를 폐지시켜야겠다는 생각은 너만 한 게 아니다."

그 말이 정확히 무슨 의미였는지 알 수는 없었다. 녹슨 철문 열리는 소리가 요란스레 울리더니 그대로 채호가 나타났으니까. 채호가 나와 은결 언니를 한 번씩 번갈아보고는 조심스럽게 문을 닫았다. 은결 언니가 그런 채호의 모습을 한 번 어깨 너머로 보더니 피식 웃으며 입을 떼었다.

"먼저 내려가라. 난 한 대 피우고 갈게."

캐묻는 것도 가능이야 하겠지만 지금은 그럴 여건이 아니라는 판단이 섰다. 조금 망설이다 걸음을 떼었다. 녹슨 철문이 닫히는 소리가 뒤에서 요란스레 울렸다. 옥상 문 앞에는 채호가 서 있었다. 전에 봤을 때보다 조금 더 야윈 것 같기도 했다. 저기서 더 빠질 살이 어디 있다고. 채호가 민망하게 웃다가 조심스럽게 입을 떼었다.

"누나…… 안녕."

"너도 안녕."

"왜 이렇게 오랜만에 보는 것 같지."

"그러게. 되게 오랜만인 느낌이네."

침묵이 길었다. 지금 채호가 무슨 생각을 하고 있는 건지 잘 읽어낼 수가 없었다. 상상력과 감수성이 그 누구보다 풍부한 아이라, 무엇이든 생각할 수 있었으리라. 뒷목을 긁적이던 손이 천천히 내려갔다. 덩달아 그 고개와 시선도 아래쪽을 향했다. 한참 뒤에야 작은 입술이 조심스레 말을 뱉어내었다.

"힘들지."

무엇에 대한 말이었는지 내가 모를 리는 없었다. 채호는 이미 한 번 겪었던 일이었다. 그래서 지금 내 상황에 더 깊게 공감할 수 있었을 거다. 하지만 그럼에도 불구하고, 카메라의 앞이라는 사실이 내 생각을 붙잡았다. 그래서 알면서도 물었다.

"뭐가?"

"……내리막길."

채호다운 대답이었다. 그에 걸맞은 진중한 대답을 찾으려 삐걱이는 머리를 굴리기 시작했다. 본인의 의지와는 상관없이 아래로 떨어져 내려가도록 만들어진 길. 그 길을 따라 나락으로 빠지고 있는 사람이 무슨 말을 할 수 있겠는가.

"미안해, 누나."

그래서였을까. 먼저 입을 뗀 것은 채호 쪽이었다. 목소리가 미약하게 떨리기 시작했다. 하지만 우는 모습을 보이고 싶지는 않았던 건지 여전히 고개를 푹 숙인 채였다. 그래서 나는 채호의 표정을 전혀 보지 못했다.

"미안해...... 나 때문에......."

굵직한 물방울이 툭툭 카펫이 깔린 바닥으로 떨어졌다. 처음부터 표정까지 볼 필요는 없었다.

"그냥...... 그냥 다른 사람들처럼...... 대본대로 했으면......."

나는 한동안 채호를 만나지 못했다. 그것이 내가 방에서 나가지 않았기 때문이라고 말은 했지만, 사실 그것만은 아니었다. 채호가 나를 찾아오지 않았기 때문이다. 촬영이 없어서 한가하기는 나나 채호나 마찬가지였다. 하지만 그 심심한 와중에도 채호는 절대 내 방의 문을 두드리지 않았다. 단순히 조심스럽게 접근하기 위함이었을까. 지금 채호의 모습을 보고 있자니 그건 아닐 거라는 생각이 들었다.

"너 때문 아니야."

말이 머리를 거치지 않고 입 밖으로 터져 나왔다. 카메라가 있을 걸 알면서도, 복도라 목소리도 울릴 거라는 사실을 알면서도. 생각 없이 경솔하게 말을 뱉었다. 이유는 하나뿐이었다. 그 말이야말로 내게는 진심이었으니까.

"다 내가 한 일이야."

채호의 고문 장면을 필사적으로 막았던 건 나였다. 채호도 아니었고, 혜성 오빠도 아니었다. 제아무리 다수라 해도 그들이 채호를 다치게 할 권리를 가진 것은 아니라고 믿었다. 제아무리 다수라 해도 그들이 채호를 죄인으로 몰아갈 권리를 가진 것은 아니라고 믿었다. 그래서 막아섰다. 그건 누가 뭐래도 내가 한 생각, 내가 한 행동이었다.

"너 때문에 일어난 일 아냐."

물속에서 숨이 막혀 부옇게 흐려지던 동기들이 다시금 뚜렷하게 기억났다.

"그러니까 미안해하지 않아도 돼."

이 내리막길은 내가 자처한 길이었다.

이렇게까지 말을 했건만 채호는 여전히 마음이 무거웠던 모양이다. 훌쩍임이 쉽게 멎지 않았다. 희고 가는 손가락으로 몇 번이고 얼굴을 벅벅 닦아댈 뿐. 그 모양새가 안쓰럽기도 하고, 한편으로는 귀엽기도 해서 나도 모르게 푸스스 웃어버렸다. 어떤 때에는 한없이 어른스럽다가도 어떤 때에는 영락없는 열일곱 살짜리라서.

"나 밥 안 먹었는데."

내리막길의 끝에는 어둡고 무서운 것이 기다리고 있을 거라고 다들 지레짐작을 한다. 나도 예외는 아니었다. 아무것도 보이지 않으니 최악의 상황을 상상할 수밖에 없었는지도 모르겠다. 하지만 그건 모르는 일이다. 떨어지는 길은 분명 울퉁불퉁하고 구불구불하다. 그러나 길이 반드시 목적지를 결정하는 것은 아니었다.

"오랜만에 같이 요리할까?"

숨결을 조금 정리한 채호가 길게 한숨을 내쉬었다. 그런 뒤에야 나와 다시 눈을 맞췄다. 그리고는 붉은 기가 남아 있는 눈매를 휘어 웃으며 말했다.

"누나는 요리하면 다 태워버리잖아."

"……무심코 던진 팩트에 개구리가 맞아죽어, 채호야."

눈물에 젖었어도 레몬 향은 흐려지지 않았다. 채호는 그제야 진한 향긋함으로 웃으며 내리막길을 따라 걸어가는 내게 손을 건넸다.

"좋아. 가보자."

적어도, 전진하는 셈은 될 테니까.

살얼음

저녁 식사를 마쳤다. 어느새 시간은 8시가 넘어가고 있었다. 하지만 마지막 그릇을 정리해서 기계에 쌓는 순간까지도 유신과 미카엘 씨는 돌아오지 않았다. 전투 장면을 촬영하는 데에는 그리 오랜 시간이 걸리지 않았을 거다. 시간제한이 있으니까. 전투 장면 촬영일에 배우들의 퇴근이 늦어지는 건 치료에 시간이 많이 소요되기 때문이다. 식기세척기의 버튼을 눌렀다. 모터 소리가 낮고 작게 울렸다.

유신은 좀 다쳐서 올 거라고 예상했다. 미카엘 씨야 워낙 앞뒤 안가리고 달려들 사람이었던지라. 하지만 미카엘 씨의 퇴근이 늦어지는 건 의외였다. 한유신은 분명 체구는 컸지만, 누구를 다치게 하기에는 턱없이 착한 사람 같아서.

온 신경이 밖을 향해 있었다. 하지만 인기척은 전혀 없었다. 마중이라도 나가 있을까.

외투를 가지러 부엌에서 나가는 순간 밖에서 익숙한 소리가 들렸다. 큰 밴이 이동할 때 나는 소리였다. 그래서 나도 계단이 아닌 정문을 향해 발걸음을 옮겼다. 이미 짙게 어둠이 깔려 있어 밴의 색깔이 잘 보이지 않을 것 같았다. 하지만 저 깨끗한 흰색의 밴은, 아주 미약한 빛만 있어도 굉장히 화사하게 시야에 들어왔다.

"······유신."

그 이름을 입 밖으로 뱉어내기 무섭게 익숙한 인영이 밴에서 걸어
나왔다. 큰 키, 널찍한 어깨, 그리고 달빛마저도 따뜻하게 반사하는
오른쪽 귀의 장식. 고개를 숙이고 있어 표정은 볼 수가 없었다. 다리
를 다친 건지 걸음걸이는 조금 어색했다. 정원을 반쯤 건너왔을 때
즈음에야 유신이 고개를 들었다. 눈이 마주치자 굳어 있던 낯에 금세
미소가 피어올랐다.

"마리!"

"왔어? 어디 다쳤어?"

유신은 대답이 없었다. 확실히 다친 곳이 있긴 했나보다. 없었으
면 분명 없다고 망설임 없이 말했을 테니까. 짧은 침묵 후에 나직한
목소리가 흘러나왔다.

"괜찮다, 이 정도는."

그 목소리가 정말로 차분하고 따뜻해서, 얼핏 들어서는 정말 괜찮
은 것 같았다. 하지만 그럴 리는 없었다. 만약 그랬다면 촬영이 끝나
는 대여섯 시에 바로 돌아왔겠지. 계단에 가까이 다가올수록 유신의
몸 위로 빛이 조금씩 비추어졌다. 화장은 이미 지우고 온 건지 말끔
한 낯에 피곤함이 역력했다. 얼굴에는 다친 흔적이 보이지 않았다.

"다리만 조금."

내가 몸을 전체적으로 훑기도 전에 유신이 먼저 왼쪽 허벅지를 가
리키며 말했다. 바지 아래에 붕대를 감고 있는 건지 조금 핏이 어색
했다. 그래도 걸을 수 있는 걸 보면 뼈나 근육을 크게 다친 건 아닐
텐데.

"허벅지를?"

"미카엘 형이 찔러서."

"......찔러?"

흉기까지 등장하는 전투인 줄은 몰랐다. 보통은 그냥 주먹이나 조금 휘두르고 끝나던데. 대부분의 전투 장면은 배우들이 싸우는 모양새가 너무 우스워서 드라마 팀이 CG처리에만 하루를 소요한단다. 그런데 흉기가 들려 있으면 이야기가 달라진다. 말 그대로 피가 튀기는 싸움인걸.

"알잖아, 미카엘 형 똑똑한 거. 소품 폐형광등 깨서 달려들더라."

내 표정에 놀라는 기색이 역력했던 건지 유신이가 부연설명을 이었다. 하지만 필요한 최소한 이상의 말을 하지는 않았다. 내게 뭔가를 더 물을 기회는 주어지지 않았다. 다친 다리로도 유신은 세 개의 계단을 한 번에 훌쩍 올랐다. 큼지막한 몸이 숙여졌다. 그 품에 훅 안겨버리는 건 순식간이었다.

"나머지 질문은 내일."

"......"

"오늘은 그냥 잘래."

그 품에서 얕게 소독약 냄새가 났다. 미카엘 씨에 대해 더 물으려다가 그대로 입을 다물어버렸다. 나중에 미카엘 씨한테 직접 들어도 늦지 않겠지. 길게 한숨을 내쉬고는 팔을 올려 그 널찍한 등을 가볍게 토닥여줬다. 그 체온은 언제나처럼 나보다 조금 더 뜨거웠다.

"그래, 그럼 들어가서 자."

내가 이렇게 말하면 팔이 풀어질 줄 알았다. 하지만 유신은 제 팔에 뺨만 비벼댈 뿐이었다. 한참 뒤에야 몸짓이 멎고 다시 목소리가 흘러나왔다.

"마리."

"응?"

"요새는 밥 잘 먹어?"

"오늘부터 잘 먹기로 했어."

그제야 날 안은 팔에 힘이 풀렸다. 큼지막한 손이 내 뺨을 가볍게 쓰다듬고 내려갔다. 나와 마주한 그 멀끔한 낯은 누가 봐도 선한 자의 것이었다. 손목에는 은색 십자가, 오른쪽 귀에는 금색의 이어커프를 하고. 자신만이 지을 수 있는 말간 미소를 아낌없이 지어보이는.

"다행이다."

갑작스러운 체온이 손을 꼭 쥐었다. 초콜릿색의 눈동자가 내 눈을 빤히 들여다보았다.

"밥도 잘 먹고...... 내일부터는 은결이 누나랑 운동도 좀 해."

"......그거 너무 스파르타 트레이닝 될 것 같은데."

생각 없이 뱉은 대꾸에 유신은 그냥 가볍게 웃었다. 예쁜 웃음이었지만 머릿속에 문득 떠오른 의문을 지울 만큼은 아니었다. 그래서 잡힌 손이 떼어지기 전에 꼭 힘을 주고 물었다.

"그런데 갑자기 운동은 왜?"

침묵이 흘렀다. 거짓말을 싫어하는 유신이 대답을 피할 때 으레 이런 침묵을 사용하고는 했다. 서로에게서 시선을 떼지도 않고, 메시지를 주고받지도 않는 침묵. 유신이 입꼬리를 끌어올릴 때 즈음에는 잡힌 손에서 힘이 서서히 풀어졌다.

"그게 좋을 것 같다."

체온이 완전히 거두어졌다. 내게는 저 이상의 힌트가 주어지지 않았다. '그게 좋을 것 같다'라는, 어디에든 붙일 수 있는 단서뿐이었다. 유신이 걸음을 뗐다. 하지만 건물 안으로 들어서기 전 어깨 너머로 나를 쳐다보며 물었다.

"미카엘 형 오는 것까지 보고 잘 거지?"

이렇게까지 치료에 시간이 많이 걸린다는 건 아무래도 불길하니까. 최소한의 상태는 확인할 필요가 있다고 느꼈다. 나는 더 이상 방송작가도 아니었고, 미카엘 씨와 썩 친한 사이도 아니었지만. 그럼에도 불구하고 동료 출연진으로서 이 정도는 해줘야 할 것 같았다.

"······응, 아마도."

"안에서 기다렸다가 나가. 오래 기다리면 추워."

'오래 기다리면'이라는 말이 의미심장했다. 치료에 시간이 많이 걸릴 거라는 의미. 미카엘 씨가 얼마나 다쳤나 물으려다가 결국은 입을 다물었다. 조금 망설이다 건물 안으로 들어갔다. 최소한 외투라도 가지고 나와야 할 것 같았다. 말없이 계단을 오르던 와중, 도리어 유신이 먼저 질문을 했다.

"놀랐어?"

앞의 말이 생략되어 있었지만 짐작이 안 되는 수준은 아니었다. 유신이 미카엘 씨보다 치료를 일찍 끝내고 올 거라고는 상상을 못했다. 유신에게는 미카엘 씨에게 있는 특유의 독기와 집요함이 없었다. 그리고 그런 것이 없다면 싸움에서 이길 수 없다고 생각했다. 유신도 내 그런 예상을 어느 정도는 알고 있지 않았을까. 목 위의 멍을 나도 모르게 쓰다듬고 있단 사실을 뒤늦게 깨달았다. 손을 내렸다.

"······응. 조금."

"미카엘 형은 안 놀란 것 같던데."

"연기를 잘하는 건 아니고?"

대답 대신 짧은 웃음이 새어나왔다. 마냥 맑은 웃음은 분명 아니었다. 유신이 저렇게 웃는 건 처음 봤다. 저 미소는 분명, 진심을 숨기고 싶어 하는 사람들의 미소였으니까.

"그럴 수도 있고."

그 뒤로는 계단을 오르는 동안 아무런 대화도 오가지 않았다. 내게는 질문이 허용되지 않았고, 유신은 질문을 거론하지 않았다. 묵직한 걸음이 계단을 밟아 올라가는 소리만이 밀폐된 공간 내에 울릴 뿐이었다. 마침내 3층에 도착하자 철문이 열렸다. 복도를 따라 깔린 창문에서 달빛이 은은하게 들어왔다. 이미 다들 자는 건지 대부분의 방에 불이 꺼져 있었다. 유신이 자신의 방 앞에 멈추어 섰다. 나를 방까지 데려다주지도, 외투 입고 나가는 모습을 지켜보지도 않았다. 그저 제 방문 앞에서 나와 눈을 마주하고는 헤실 웃어 보일 뿐이었다.

"난 먼저 잘게."

"응, 잘 자."

"너도."

짧은 인사가 끝났다. 그제야 나도 내 방으로 걸음을 옮겼다. 방 안에서 기다릴까 하다가 결국 외투를 챙겼다. 어차피 여기서는 할 것도 없을 뿐더러, 마음이 좋지 않아서 편히 기다릴 수도 없을 것 같았다.

* * *

검은 밴이 나타난 것은 10시가 다 된 밤이었다. 촬영이 7시쯤 끝났다고 쳐도, 3시간이나 지나서 응급처치가 끝났다는 의미였다. 워낙 주변이 어두워서 그림자가 다가오고 있다는 사실 말고는 아무것도 알 수가 없었다. 걸음걸이에는 이상이 없어 보였지만 정확히 무슨 자세를 하고 있는지는 짐작이 어려웠다. 상체 쪽은 그림자조차 보이지 않았다.

"미카엘 씨?"

불러보았지만 대답은 없었다. 하지만 내 목소리를 듣지 못한 건 분명 아니었다. 그 순간 그림자가 멈추어 섰으니까.

"미카엘 씨 거기 있어요?"

"있죠, 그럼. 내가 어딜 가요."

"근데 왜 그렇게 어둠 속에 숨어 있어요."

"글쎄요."

다시 깔린 침묵. 표정이 보이지는 않았으나 목소리에 살짝 웃음기가 섞였단 사실은 알 수 있었다. 정확히 어떤 웃음이었는지까지는 모르겠지만, 기분 좋은 웃음은 확실히 아니었다.

"쪽팔려서?"

그리 대답을 하면서도 미카엘 씨는 내게 더 가까이 오지 않았다. 이쯤 되니 조금 답답했다. 짧게 한숨을 내쉬고 내가 먼저 정원으로 내려갔다. 다행히 미카엘 씨는 도망을 친다든가 하는 방식으로 적극적인 회피를 시도하지는 않았다. 가까이 다가갈수록 흐릿하던 형체가 달빛에 구체화되기 시작했다. 뺨에 거즈가 올라가 있었고, 어깨쪽에 붕대를 감은 건지 옷이 조금 어색하게 올라가 있었다. 우선 눈에 보이는 상처는 그 정도.

"뭐가 쪽팔려서요. 다친 게요?"

"진 게요."

미카엘 씨가 짧은 한숨을 내쉬고는 금세 입꼬리를 끌어올려 미소를 지어보였다. 어슴푸레한 빛에서 보아도 역시, 참 아름다운 얼굴. 작지 않은 거즈를 얼굴 위에 올렸음에도 흉하다는 생각은 전혀 들지 않았다.

"축하해요, 마리 씨."

"......뭘요?"

"이기셨어요."

미카엘 씨가 그렇게 말하며 왼손으로 자신의 오른쪽 어깨를 가리켰다. 그것만으로는 정확히 무슨 치료를 했는지, 어떻게 다쳤는지 알수 없었다. 미카엘 씨의 친절한 설명이 이어지기 전까지는 그랬다.

"쇄골 골절이래요. 진—짜 아파요."

골절. 유신이 정말 미카엘 씨의 어깨를 부러트린 걸까. 눈을 동그랗게 뜨고 미카엘 씨의 어깨와 얼굴을 번갈아보는데 다시 웃음소리가 들렸다. 마치, 내가 무슨 생각을 하고 있는지 다 안다는 듯한 웃음이었다.

"제가 형광등을 들고 달려드니까 걔는 의자를 집어 들더라고요."

".......의자요?"

"작은 것도 아니고 사무실 의자 있죠? 그걸로 어깨를 빠—악 내려치는데 그냥!"

실감나게 묘사를 하다가 무의식적으로 오른팔을 올렸던 모양이다. 미카엘 씨가 금세 인상을 팍 찌푸리며 천천히 손을 다시 내렸다. 그리고는 얼굴을 펴지도 못한 채 입꼬리만 끌어올리고는 말했다.

"의자왕이에요, 의자왕."

이 와중에도 말장난이었다. 아픈 몸을 바쳐서 하는 저런 개그에 웃어줘야 할지 말아야 할지 감이 잡히지 않았다. 내가 고민하는 사이 이미 미카엘 씨는 멋쩍은 듯 말을 돌려버렸지만.

"어쨌든 뭐...... 스토리상으로 현우가 윤 탈출시키는 거 성공했어요."

"......그럼 저 다시 출연하는 거예요?"

"당연하죠. 다음 회가 클라이맥스인데요."

클라이맥스? 벌써? 너무 갑작스러워서 답을 하지 못했다. 미카엘 씨가 고개를 갸웃했다. 내가 이 사실을 몰랐을 거라고는 상상도 못한 듯. 질문이 돌아왔다.

"아, 못 들으셨어요?"

".......다음 회라는 것까지는......."

"유신이가 오늘 졌으면 모를까, 이겼으면 스토리 전개 상 어쩔 수가 없어요."

내가 아는 게 맞다면, 조직들이 모두 섞여서 싸우는 장면이 이 드라마의 절정부다. 그리고 환웅파가 옛 보스를 구출해낸 이상 최종 전투를 미룰 합리적인 이유가 없다. 유신이 이 드라마를 빨리 끝내버릴 생각으로 최선을 다했을지도 모른다는 생각이 문득 들었다.

미카엘 씨가 그제야 합숙소 건물 쪽으로 느릿하게 걸음을 옮겼다. 하지만 내게 같이 걷자고 제안을 하거나 속도를 늦춰주지는 않았다. 그냥 본인의 걸음대로 걸을 뿐이었다. 나는 그 뒤를 굳이 쫓아가지 않았다.

"아 맞다."

정원을 반쯤 지났을 때 즈음 미카엘 씨가 어깨너머로 나를 돌아보았다. 그리고 시선이 마주치자 콧등을 찡긋하며 웃어보였다.

"다음 회는, 생방이래요."

* * *

"생방이, 뭐, 생생하게 지랄 방방 뛰며 지랄의 약잡니까?"

생방송 공지를 위해 출연진과 스태프들이 모두 방송국 회의실로 불려왔다. 모처럼 단란하게 회의가 진행되나 했으나 거침없는 욕설에 분위기가 금세 싸늘해졌다. 은결 언니는 눈치가 없는 사람은 아니었다. 눈치를 다 채고서도 무시하는 쪽이었지. 주변의 스태프들과 작가들을 곁눈질로 살피다 조심스럽게 언니의 팔꿈치를 잡아당겼다.

"......언니, 같은 말이라도 좀......."

"야. 내가 이 정도 말도 못 하냐?"

물론 별 소용은 없었다. 표정을 보아하니 꽤나 열을 받은 듯했다. 내 손을 가볍게 털어낸 언니가 매서운 눈매로 피디님을 쏘아보며 덧붙였다.

"생방송 공지를 열흘 전에 해주는 사람들이 어디 있냐?"

"......."

"음악방송도 아니고, 드라마 생방을."

가시가 잔뜩 돋친 말이었지만 피디님의 표정은 변하지 않았다. 눈을 느릿하게 깜빡이면서 은결 언니를 바라볼 뿐이었다. 할 말을 고르고 있는 걸까, 상대방을 분석하고 있는 걸까. 어느 쪽인지는 알 수 없었지만 침묵이 길었다.

그 사이 나는 유신에게로 시선을 돌렸다. 나를 보고 있었던 건지 곧바로 시선이 맞았다. 하지만 어색한 눈빛 교환이나 민망한 시선 회피 대신 돌아온 것은 조용한 눈웃음이었다. 전에는 그냥 착하고 단순한 사람이라고만 생각했는데. 이제는 저 초콜릿색 눈동자 뒤에서 무슨 생각이 오가고 있을지 잘 짐작이 되지 않았다. 악의가 없는 사람인지는 모르겠으나, 결코 목표가 없는 사람은 아니었다.

"최초 계약서에 명시되어 있어서 인지하고 계실 줄 알았습니다."

돌아온 것은 피디님의 침착한 목소리였다. 은결 언니는 시선을 거두는 대신 짜증난 표정으로 대꾸했다.

"그 계약서. 저는 거치지도 않고 바로 회사한테 서명 받으셨잖습니까?"

피디님은 대답이 없었다. 어차피 언니도 답을 바라고 한 질문은 아니었을 테니까. 짧은 한숨 후 은결 언니가 자리에서 일어났다. 주머니에 한 손을 찔러 넣은 채였다. 매니저가 따라 일어났으나 가벼운 손동작으로 제지하고는 혼자 방 밖으로 나가버렸다. 붙잡는 사람은 없었다. 은결 언니가 이곳으로 돌아올 수밖에 없다는 사실은 이미 모두가 알고 있었다.

이번에는 피디님이 한숨을 내쉬었다. 은결 언니의 한숨보다 훨씬 깊고 긴 숨이었다. 얼굴에 복합적인 표정이 스쳐 지나갔다. 약간의 짜증, 안타까움, 그리고 타성까지. 피디님이 가볍게 앞머리를 쓸어 넘기고는 숨처럼 말을 뱉어내었다.

"······잠시 쉬었다가 회의 이어가도록 하죠."

이전 시즌들에서도 절정 부분은 생방송으로 방영이 되었다. 사극의 반란 장면이라든가, 위엔 씨의 자살 장면이라든가. 당연하게도 자극적인 방송을 라이브로 내보내니 시청률 역시 스토리와 함께 절정을 찍었다. 이번에도 예외는 없으리라. 전투 장면이니 부상자가 아주 많을 테고, 생방송이니 방송이 끝날 때까지는 의료진이 전혀 개입하지 못할 테고. 어떻게 생각해도 좋게 받아들이기는 어려운 상황이었다.

"저 질문 있는데요."

쉬는 시간 와중 미카엘 씨가 멀쩡한 손을 들며 말했다. 그리고 미카엘 씨는 제아무리 쇄골 골절을 당했다 해도 남의 이목을 끌기에는 부족함이 없었다. 일제히 시선이 그리로 돌아갔다. 그제야 미카엘 씨는 찡긋, 콧등을 찡그려 장난스럽게 웃어보이고는 물었다.

"여기서 유언장 쓰면 가족들한테 전해주시나요?"

은결 언니와 달리 짜증을 전혀 찾아볼 수 없는 목소리였다. 하지만 그 말에 실린 뼈를 사람들이 느끼지 못할 리는 없었다. 스태프들 사이에서 눈빛이 오갔다. 결국 이번에도 상황을 정리한 건 피디님이었다.

"전해드리겠습니다."

"오, 좋아요, 좋아. 제가 지금 오른팔을 못 써서....... 진우 형? 나 유언 불러줄 테니까 좀 받아 적어줘."

곁에 서 있던 미카엘 씨의 매니저가 장난인지 아닌지 고민하는 듯 망설였다. 하지만 미카엘 씨가 빤히 쳐다보자 결국 전자수첩을 꺼내 들었다. 일촉즉발의 분위기가 불편했는지 스태프 몇 명이 회의실에서 나갔다. 혜성 오빠 역시 그 중 한 명이었다. 닫힌 문 밖으로 혜성 오빠의 옷자락이 멀어지는 것을 바라보다가 다시 미카엘 씨에게로 시선을 돌렸다. 발성이 남다른 맑은 목소리가 분명하게 울렸다.

"안녕하세요, 부모님. 깝치다가 먼저 간 불효자의 유언입니다."

말이 흘러나오면서 하얀 수첩의 화면에 글자들이 채워졌다. 아무도 감히 입을 떼거나 소음을 내지 못했다. 미카엘 씨의 음성만이 고스란히 한 자 한 자 활자가 되어 담겼다.

"너 그렇게 살다가는 곧 뒤진다더니, 진짜 뒤졌네요. 본의는 아니었지만—"

"형."

유신의 목소리가 단호하게 미카엘 씨의 말을 끊어내었다. 다시 한 번 주변의 시선이 한 사람에게 집중되었다. 유신의 표정에는 악의가 조금도 실려 있지 않았다. 친절해 보이기까지 하는 얼굴로 환하게 웃으며, 상냥한 목소리로 물었다.

"제작진 분들 쉬시는데 방해가 되지 않을까요?"

미카엘 씨의 표정에는 아무런 변화가 없었다. 더 이상 목소리를 내지 않을 뿐이지. 한참 그렇게 말없이 유신과 눈을 맞추다, 이내 싱긋 웃으며 대꾸했다.

"그러네. 내 생각이 짧았다."

다시금 의자 끄는 소리. 자리에서 일어난 미카엘 씨가 매니저에게 손짓을 했다. 따라 나오라는 듯. 체온을 감지한 자동문이 옆으로 부드럽게 열렸다. 동시에 다소 의미심장한 말이 그 고운 입술 사이로 흘러나왔다.

"죽어도 조용히 죽어야 하는데. 그치?"

이어, 코끝을 찡긋하는 웃음. 뺨에 커다란 거즈를 붙여도 미소의 장난기는 전혀 줄지 않았다. 하지만 방 안의 그 누구도 미카엘 씨의 말을 장난이라 여기지 못했다.

걸음이 멀어졌다. 문이 닫혔다. 회의가 시작할 때에 비해 반 정도로 줄어든 인원만이 남아 어색한 침묵을 지켰다. 곁눈질로 유신의 눈치를 살폈지만 꽤 덤덤해 보이는 얼굴이었다. 표정이 솔직한 사람이니까, 실제로도 별다른 감정을 느끼지 못하고 있겠지. 그리 믿고 싶었다.

머지않아 다시 문이 열렸다. 은결 언니였다. 담배라도 피우고 온 건지 입술 안쪽의 립스틱이 조금 지워져 있었다. 표정에도 짜증이 조금 지워져 있었고. 나갈 때 내쉬었던 것과 비슷한 한숨을 내쉬고는 자리에 다시 앉았다. 기이한 빛깔의 눈동자가 피디님께로 돌아갔다.

"느와르물에서 클라이맥스 장면이라면......."

짧은 비웃음. 이어진 질문에 움찔한 것은 나만이 아니었다.

"설마 총싸움을 라이브로 하는 건 아니겠죠?"

* * *

"예엠병, 더럽게 안 맞네."

은결 언니가 거친 욕설과 함께 고글을 벗어버렸다. 힐긋 보니 그 말을 증명하듯 과녁에 세로로 길게 점들이 이어져 있었다. 1점, 2점, 3점, 4점, 3점, 2점. 총합 15점. 어쩜 점수도 저렇게 일렬로 정렬하듯 맞혔을까. 겨냥은 잘 하지만 호흡이 불안정할 때 나타나는 모양이었다. 사격 실력마저 최은결다웠다.

총을 들어 과녁의 한가운데를 겨냥했다. 마지막 총알이었다.

"김마리 넌 몇 점이나......."

방아쇠를 마지막으로 당길 때 즈음 언니가 내 뒤로 다가왔다. 동시에 말끝이 흐려졌다. 나도 천천히 고글을 벗고 최종 점수를 확인했다.

"......너 사관학교 나왔냐."

4점 둘, 5점 넷. 여태껏 내가 낸 최고의 점수는 아니었지만, 이 정도면 괜찮은 점수였다. 동네 사격장에서 주는 총과 크기도 무게도 달라 적응하는 데에 시간이 필요했다는 점을 감안하면. 중학교 때부터 시험만 끝나면 사격장에서 놀던 보람이 있었다. 이 정도면, 내게도 승산이 있었다.

"사격장 좋아해서. 어렸을 때부터 많이 갔거든."

손에 들린 총에는 아직도 열기가 남아 있었다. 드라마의 시대적 배경에 맞춰, 21세기에 썼을 법한 권총으로 참 잘 구했다. 총 6개의 탄환이 들어가는 디자인이었다.

이어진 회의에서 공지된 내용은 내 예상을 크게 벗어나지 않았다. 클라이맥스 장면에서 각 배우들에게는 권총이 한 자루씩 주어진다. 배우들은 이 권총으로 뭐든 할 수 있다. 공격을 할 수도, 양도를 할 수도, 폐기를 할 수도 있다. '자살 금지'라는 단 하나의 원칙 외에는 어떤 사용 방법이든 허용이 되었다. 여기까지만 놓고 보면 모든 출연진에게 평등한 기회가 주어지는 것처럼 보였다.

하지만 실탄의 개수는 투표를 통해 결정이 될 예정이란다. 결정적인 순간에 공포탄이 나온다면 나는 충분히 위험에 빠질 수 있다. 하지만 만약, 만약 내가 이 사격 실력을 충분히 활용만 할 수 있다면.......

"......너 여기서 살아서 나가겠는데?"

살아서 나가는 것도 무리는 아닌 듯했다.

"탄피 30개 모두 확인되었습니다! 출연진 여러분 모두 퇴근해주시면 되겠습니다."

하영이의 씩씩한 목소리와 함께 첫 번째 연습이 종료되었다. 그제야 나는 총을 내려놓았다. 심장을 몇 번이고 뚫려 너덜너덜해진 과녁이 초라해보였다. 그 과녁에 다른 출연진들의 얼굴이 겹쳐 보이기 시작한 건, 조금 나중의 일이었다.

* * *

"부탁 하나만 드려도 되겠습니까."

사내의 목소리는 언제나처럼 낮고 깊다. 하지만 그 주변을 둘러싼 정적은 평소보다 더 기이한 느낌이다. 언제 깨어질지 모르는 살얼음 위를 걷는 듯하다. 어느 순간에 발아래의 견고함이 무너져 내릴지 모른다.

"이 와중에?"

여인의 대답은 퉁명스럽다. 여전히 젖은 머리칼에 초췌한 몰골이건만 그녀 특유의 날카로움은 거두어지지 않는다. 하지만 사내는 아랑곳하지 않고 입을 뗀다. 지금이 아니면 두 번째 기회는 돌아오지 않을지도 모른다. 그런 생각이 든다.

"제가 마지막까지 당신을 섬길 수 있게 해주십시오."

사내의 목소리가 그답지 않게 흔들린다. 언제나 망설임이 없던 사내가, 제 군주 앞에서 흔들리고 있었다. 혹여나 성공하지 못할까봐. 혹여나 벗어나지 못할까봐. 음성에는 울음기가 섞였으나 그 낯에는 여전히 균열이 전혀 없다. 그의 표정은 숨결보다 견고하다.

"당신이 건재하고, 조직이 건재하여서."

아무런 기반이 없던 저를 거둔 군주. 아무런 재주가 없던 저를 키운 조직. 사내에게 그 둘이 어떤 의미인지에 대해 세상은 완벽히 이해하지 못한다. 그렇게 붙은 별칭, '사냥개.' 다소 굴욕적인 별칭이었지만 사내는 그것을 싫어한 적은 없었다. 사냥개가 목숨을 바쳐 섬기는 주인은 언제나 하나뿐이니.

"죽더라도 당신의 개로 죽게 해주십시오."

유신의 마지막 대사가 나왔다. 이로써 대본 리딩은 끝이 났다. 하지만 아무도 선뜻 먼저 입을 떼지 않았다. 퇴근하자는 말도, 고생하셨다는 말도 없었다. 채 가시지 않은 마지막 장면의 무게감 때문이었다. 이렇게 모든 출연진이 모여 대본 리딩을 하는 건, 이번이 마지막일지도 모른다.

이 장면이 끝나면 바로 총격전이 시작된다. 촬영 장소도 공지되지 않았고, 배우들이 어디에 배치되는지도 전혀 알려주지 않았다. 따라서 전략을 짠다든가 하는 것은 불가능에 가까웠다. 다만 한 가지 위로라 한다면, 나는 스토리의 흐름상 한유신과 한 공간에서 총격전을 시작하게 되었다. 아무래도 1대 1보다는 2대 1이 더 승산이 있다. 물론 유신이 갑자기 마음을 바꿔 내게 총을 쏘지만 않는다는 전제가 필요했지만. 정말 그렇게까지 되면 그냥 죽어야지 싶었다.

"고생하셨습니다. 자리 정리하겠습니다."

가장 먼저 입을 뗀 건 피디님이었다. 그제야 사람들이 천천히 자리에서 일어나기 시작했다. 옆자리에서 은결 언니가 내 팔을 팔꿈치로 툭 건드렸다. 기껏 고개를 돌렸건만 언니는 나와 시선을 맞추지 않았다. 곁눈질도 하지 않았다. 자리에서 느릿하게 일어나며 나직한 목소리로 물을 뿐이었다.

"밤에 뭐하냐."

"......자겠지."

"한가하단 소리네."

퉁명스러운 말을 뱉은 뒤에야 그 기이한 빛깔의 눈동자가 내게 돌아왔다. 하지만 눈맞춤은 오래 가지 않았다. 마지막 말은, 너무 작게 흘러나와 제대로 알아듣기조차 쉽지 않았다.

"11시. 옥상으로 나와라."

* * *

"여기 좋지 않냐?"

달빛 아래 은결 언니의 흰 피부가 더욱 희게 보였다. 눈동자와 입술 색이 더 도드라지는 효과가 났다. 처음 이 사람과 함께 옥상에 올라왔던 기억이 얼핏 났다. 장소도 그렇고, 대사도 그렇고. 뭔가를 숨기고 있는 듯한 언니의 분위기도 그랬다.

"응, 좋네."

언니가 주머니에서 가죽 소재의 담배 케이스를 꺼내들었다. 하지만 이번에는 하나를 꺼내 입에 무는 대신, 뚜껑을 열어 내게 그 안을 훤히 보여주었다. 상자에는 가는 흰색의 시가레트가 한 대. 딱 한 대

남아 있었다. 내가 안을 보았다는 사실을 확인한 뒤에야 언니가 담배를 꺼내 빨간 입술 사이로 물었다.

"더 안 사도 돼?"

"글쎄. 이 동네는 뭐든 비싸서."

짧게 빛이 일었다가 사라졌다. 달빛 아래 새빨간 입술 사이로 흰색 연기가 새어나왔다. 나와 시선을 맞추고는 언니가 느릿하게 입꼬리를 끌어올렸다. 인위성이 분명한 색채를 담은 시선이었다.

"사더라도 다른 데서 살래."

언니의 뒤로는 서울의 야경이 펼쳐져 있었다. 거대한 유리 돔 아래, 오밀조밀 형광 빛으로 피어난 밤의 비밀들. 그 비밀들의 가장 앞에서 붉은 입술의 여자가 내게 이해할 수 없는 말을 했다. 또다시.

"……그게 무슨 소리야?"

"우리 여기서 탈출하자."

바람이 불었다. 밝은 금빛의 머리칼이 가볍게 살랑이다 얼굴 위로 떨어졌다. 그 뒤로 독특한 빛깔의 두 눈동자가 유독 밝게 빛났다. 입매가 시원한 미소로 찢어져 새하얀 치아가 드러났다.

"19화 촬영하는 와중에 탈출할 거다."

"……생방송인데?"

"생방송이니까."

그 말을 소화시키는 데에는 조금 시간이 걸렸다. 방송작가로 너무 오랜 시간을 보냈기 때문일까. 생방송을 망치면 안 된다는 생각부터 한 모양이다. 우리가 탈출하는 이상 어차피 방송은 망했는데 말이다. 생방송 와중에는 외부인 접근을 철저히 통제하고, 스태프도 최소한으로만 둘 수밖에 없다. 어쩌면 탈출을 시도하기에는 최적의 상황. 다만 아직도 답이 나오지 않는 질문이 있었다. 눈동자를 굴리고 물었다.

"어떻게?"

붉은 입술이 담배 연기 한 모금을 삼켰다가 뱉었다. 곧 시선을 내리깐 채 나직한 목소리가 이어졌다.

"헬기를 보내준다는 사람이 있다."

"누구?"

"지금 그게 중요하냐?"

쏘머드도 결국 하나의 텔레비전 프로그램일 뿐이었다. 출연진 없이는 진행될 수 없었다. 따라서 출연진들이 모두, 아니, 절반이라도 생방송 중에 도망쳐버린다면. 그리고 그 장면이 전국에 생생하게 방영이 된다면. 그거야말로 UKBS도 손을 쓰지 못할 수준의 사고가 될 수 있었다. 쏘머드를 폐지시킬 유일한 기회. 그런 기회를 앞에 둔 상황에서 조력자가 누구인지 따지는 일은, 은결 언니의 말처럼 부수적인 문제일지도 모른다.

하지만 위험하기는 상상도 못할 만큼 위험했다. 옥상에도 분명 카메라는 설치되어 있을 것이다. 어쩌면 자살을 방지하기 위해 추가적인 장치를 준비했을지도 모른다. 설령 안전하게 헬리콥터를 타고 촬영장을 벗어난다 해도, 뒤늦게 경찰이나 군대가 쫓아와 붙잡을 가능성도 무시할 수 없었다. 최악의 경우 '현행범'을 '체포'한답시고 사격을 할지도 모른다. 목숨을 걸고 뛰어들어야 하는 작전이었다.

"......잘 생각해봐."

언니가 담뱃대를 가볍게 털어 버리더니 조금 차분해진 목소리로 말했다. 이렇게 큰 선택을 강제하지는 않겠다는 듯. 하지만 압력이 없어진다고 선택마저 없어지는 것은 아니었다. 생각이 많아졌다.

*　*　*

"투표가 끝났습니다. 실탄과 공포탄의 개수 모두 확정되었습니다."

내일이면 대망의 19화 촬영. 피디님과 감독님이 나란히 서서 중요한 최종 공지사항을 전달하고 있었다. 하지만 내용이 하나도, 단 하나도 귀에 들어오지 않았다. 그러기에는 내가 어제 들은 이야기들을 다 소화시키지 못했다.

"공포탄과 실탄을 합하여 권총 한 자루 당 총 6발이 주어집니다."

은결 언니에게로 눈을 돌렸다. 시선이 마주치지 않았다. 언니가 입술을 비죽 내밀고 있는 것으로 보아 공지를 집중해서 듣는 듯했다. 어젯밤 언니와의 대화가 머릿속에서 다소 모호하게 재생되었다. 장면은 모두 기억이 나지만 맥락이 기억나지 않는 꿈을 떠올리는 기분이었다.

"탄환 확인은 규칙에 어긋납니다. 탄창을 분리하면 총이 폭발하도록 설계했습니다."

'우리 여기서 탈출하자.' 꽤나 묵직한 목소리로 뱉은 말이었지만 잘 와 닿지는 않았다. 쏘머드를 폐지시키고 싶다는 생각은 이미 오래전부터 했다. 하지만 그래봤자 시청자들이 항의를 하게끔 만들거나, 세트장을 파괴하는 단순한 방법만 생각했지. 출연진들이 한꺼번에 도망을 치는 파격적인 방법까지는 상상을 해본 적이 없었다.

"총기와 관련하여 추가적인 질문 있으십니까?"

질문은 없었다. 은결 언니에게서 눈을 거두었다. 피디님이 다시 말을 이었다.

"없으시면 다음으로…… 촬영 장소 관련 공지가 있습니다."

돌아가던 시선이 미카엘 씨의 얼굴에서 멎었다. 언제나처럼 흠 잡을 데 없이 아름다운 얼굴. 상처가 다 아물었는지 거즈가 사라져 있었다. 뺨에는 흉터 없이 매끈하게 살결이 차올랐다. 하지만 골절이 긁힌 상처만큼 빠르게 나을 리는 없었다. 옷 아래에 티 나게 두른 붕대가 굉장히 불편해 보였다.

"촬영 장소는 세종시 에이템 타워로 결정되었습니다. 지하부터 옥상까지 모두 자유롭게 이동하실 수 있습니다."

헬리콥터에 태울 수 있는 최대 인원은 다섯 명. 출연진이 다섯 명이었으니 딱 그 수에 맞는 사이즈를 보내려는 듯했다. 하지만 과연 내가 생방송 중에 이 사람들을 모두 설득해서 데려갈 수 있을까. 채호나 유신은 그렇다고 쳐도, 내 행동들을 '물러 터졌다'고 생각하는 미카엘 씨를 내가 과연 설득해서 데려갈 수 있을까. 미카엘 씨에게서도 눈을 거두었다. 끝내 시선이 마주치는 일은 없었다.

"이상입니다. 촬영 장소와 관련하여 질문 있으신가요?"

아무도 손을 들지 않았다. 우리는 그리 살도록 교육받아왔다. 의문을 제기하지 않고, 이의를 제기하지 않고. 침묵이 유지될 때 사회는 안정된다. 그 안정되는 형태가 뒤틀려 있든 뒤틀려 있지 않든, 안정은 안정이다. 찌그러진 물병에 담긴 물도 영하에서는 어는 것처럼. 혹자는 그런 얼음을 '평화'라 부른다. 하지만 용자는 그런 얼음을 '불의'라 부른다. 그래서 용자는, 늘 살얼음판 위를 걷는다.

"없으시면 공지 마치겠습니다."

나는 어느 쪽일까.

* * *

마침내 엘리베이터가 멈췄다. VJ가 내 손을 잡아끌었다. 몇 걸음가지 않아 안대가 거두어졌다. 갑작스러운 빛에 미간을 찌푸렸다. 천천히 시야에 초점이 맞춰지기 시작했다. 모든 벽면이 유리로 되어 있는 건물. 100층이 넘는 걸까. 세종 시내를 한 눈에 훤히 내려다볼 수 있었다. 높이에 현기증이 일어날 지경이었다.

"떨려?"

유신이 특유의 낮고 까슬한 목소리로 물어왔다. 깊게 숨을 들이쉬었다가 내쉬었다. 그리고 결국은 입꼬리를 끌어올렸다. 썩 자연스러운 미소는 아니었을 거다.

"응. 너무 많이 떨려."

"......나도. 이런 데에서 생방이라니."

둘 다 살얼음판 위에서 떨고 있었지만 그 원인은 전혀 다른 곳에 있었다. 유신은 추위에 떨고 있었다. 얼음이 어는 영하의 온도에 맨살로 서 있으려니 떨 수밖에. 추위는 얼음의 두께를 몰라도, 주변 사람들의 계획을 몰라도 느껴지는 것이다. 추위는 아무것도 모르는 자가 피부로 느끼는 감각이었다.

하지만 나는 공포에 떨고 있었다. 이 얄팍한 얼음을 무자비하게 밟고 뛰어 오를 사람들이 있었다. 성공할지 실패할지도 모르는 무식한 도약. 뛰어 올랐다가 실패하면 얼음이 모두 깨져버린다. 그러면 얼음 위에 있던 사람들이 모조리 떨어지게 된다. 공포는 얼음의 두께를 상상해야, 실패했을 때의 참상을 상상해야 느껴지는 것이다. 공포는 상상하는 자가 머리로 느끼는 감각이었다.

'2분 광고, 권총 배부하고 드라마 들어갑니다.'

두 개의 무전기가 동시에 울렸다. 그 말이 떨어지자마자 한유신 측 VJ가 검은색의 서류가방을 열었다. 그 안에는 서류 대신 권총 두 자루가 놓여 있었다. 총에는 각각 포스트잇이 붙어 있었다. 한유신의 이름이 써진 포스트잇 하나, 내 이름이 써진 포스트잇 하나.

"무전 방송 나온 다음에 장전하세요."

무심한 말투로 VJ가 그렇게 말하며 총을 내 손에 쥐어주셨다. 손에 땀이 너무 많이 났다. 미끄러움에 총을 떨어트릴 수도 있을 것 같았다. 그래봐야 내 총에 들어 있는 건 대부분 공포탄이겠지만. 총을 쥔 손을 바꿔가며 바지에 손바닥을 닦았다. 생방송까지 1분, 59초, 58초.......

"마리."

총을 쥔 유신이 나직한 목소리로 내 이름을 불렀다. 눈을 돌렸을 때 보인 것은 꽤나 비장한 표정이었다. 이어진 것은 표정보다 조금 더 비장한 목소리였다.

"바꾸자. 총."

피날레

탈출은 은결로부터 시작된다. 그 시선은 어둠 속에서 더욱 밝다. 인간의 눈보다는 맹수의 눈에 가까운 모양과 빛깔. 은결은 제 모습을 감춘 채 주변을 느릿하게 훑는다. 기척을 숨기고 먹잇감을 기다린다. 숨소리조차 나지 않는 고요 속에서 머리가 빠르게 돌아간다.

생방송은 두 번의 광고시간을 포함하여 총 1시간 30분 동안 이루어진다. 헬리콥터가 도착하는 시각은 정확히 1시간이 지나는 시점. 반드시 그 기회를 잡아야 한다.

거친 숨소리가 들린다. 은결의 시선이 느릿하게 제 어깨 뒤쪽으로 돌아간다. 여기까지 달려오느라 폐활량을 다 써버린 담당 VJ다. 탈출을 하기 위해서는 VJ를 따돌리는 것이 먼저다. 그리고 저 정도로 체력이 거지같은 사람이라면 따돌리는 건 어렵지 않다. 맹수의 눈빛이 한 곳에서 멈춘다. 벽과 거의 빛깔이 같아 하마터면 지나칠 뻔했다. 비상구. 층을 바꾸면 따돌리는 게 더 수월하리라. 은결은 짧게 숨을 고른다. 달리기 시작한다. 그림자가 걷힌다. 엷은 백금색의 머리칼부터 새빨간 입술까지, 그녀의 모든 모습이 자연광에 고스란히 담긴다. 문을 거칠게 열어젖힌다. 회색빛의 계단이 끝도 없이 늘어진다. 은결은 볼 것도 없이 위를 향한다. 한 번에 계단을 두 개, 세 개씩 뛰어

오른다. 세 층이나 오른 뒤에야 은결이 다시 문을 연다. VJ의 가쁜 숨소리는 더 이상 들리지 않는다. VJ 따돌리기, 완료. 이제 김마리를 찾아야 하는데…….

"아, 쯔한 씨! 오랜만입니다!"

하필 이 새끼랑 마주칠 일인가.

은결은 한참 동안이나 밤색 눈동자의 아름다운 남자를 바라본다. 미소를 짓는 미카엘과 달리 은결은 살짝 미간을 찌푸린 채다. 두 사람이 만날 때에는 언제나 비슷한 표정을 지었던 것 같지만, 이번에는 은결의 짜증에 이유가 있다. 미카엘의 뒤에는 여전히 VJ가 붙어 있는 탓이다. 아, 젠장. 기껏 따돌렸는데.

코의 점이 찡긋 일그러진다. 머릿속에 생각 두 개가 톱니바퀴처럼 돌아가고 있는 사람치고는 참 평안한 얼굴. 아무래도 김마리와 최은결이 무언가를 꾸미고 있는 것 같은데. 아주 크고 무식한 일을 꾸미고 있는 것 같은데. 그 계획을 막으면서 생방송을 사고 없이 진행할 방법이 없을까. 생각이 서로 맞물려 돌아가기 시작한다. 째깍, 째깍.

"같이 가시죠? 제가 마침 포로를 하나 놓친 참입니다."

미카엘은 그 와중에도 스토리와 캐릭터를 놓지 않는다. 타고난 배우임에는 틀림이 없다. 은결은 쥐고 있던 총을 뒷주머니에 꽂는다. VJ가 따라붙은 이상 어쩔 수 없다. 연기를 하는 수밖에.

"어디로 가는데."

"어디긴요. 지하죠."

지하? 은결의 미간이 살짝 찌푸렸다 펴진다. 은결은 눈치가 좋은 사람이라기보다는 촉이 좋은 사람이었다. 눈치는 주변을 천천히 관찰하고 생각한 뒤에야 얻어지는 것이다. 하지만 촉은 그런 의식적인 과정을 전혀 거치지 않고도 번뜩이는 것이었다. 인간보다는 야수가,

문명보다는 야생이 가진 특권. 그 촉이 가볍게 반짝였다. 저 새끼. 수상한데?

"싫다면?"

은결의 대답에 미카엘은 고개를 갸웃한다. 그런 대답을 들을 거라고는 상상도 못한 듯. 하지만 그대로 침묵이 길어지면 NG다. 배우 박미카엘이 그런 실수를 용납할 리 없다. 행동은 빠르게, 표정은 예쁘게. 아름다운 낯에 다시금 미소가 번진다. 양손으로 총을 감싼 채 은결을 겨눈다.

"어쩔 수 없죠."

은결의 손이 느릿하게 뒷주머니에 꽂힌 총을 감싸 쥔다. 총으로 미카엘과 싸울 수는 없다. 저 새끼는 인기가 많아서 보나마나 실탄 빵빵하게 장전했을 텐데. 하지만, 젠장, 이런 상황에서 싸우지 않으면 뭘 해. 은결이 가까이 파고든다. 미카엘은 방아쇠를 당긴다. 커다란 총성. 하지만 은결의 몸에는 상처가 조금도 나지 않는다. 은결이 아래서부터 팔을 쳐 미카엘의 균형을 일그러트린 탓이다. 애꿎은 전등만 깨져 파편을 사방으로 떨어트린다. 은결이 붉은 입꼬리를 끌어올리며 미카엘의 명치를 강하게 후려친다. 숨이 모조리 거두어지는 고통 와중에도 미카엘은 총을 손에서 놓지 않는다. 손가락이 다시 방아쇠에 걸쳐진다.

"또 쏘려고, 새꺄?"

마이크가 은결의 목소리를 모조리 삼켜 방송으로 뱉어낸다. 유쯔한의 대사보다는 최은결의 대사에 가까웠지만. 이제 와서 그런 게 다 무슨 소용인가. 은결이 뒷주머니에서 총을 집어 든다. 총알이 얼마나 들어 있는지는 몰라도 한 가지 사실만은 분명했다.

"보스가 총알 아껴서 쓰라고 안 가르쳐줬냐?"

겁나 무겁다.

은결이 총으로 미카엘의 머리를 세게 후려친다. 비록 기절할 정도는 아니었지만 잠시 눈앞이 번쩍일 정도의 충격이 가해진다. 정신 차릴 시간을 줄 수는 없다. 총을 거꾸로 들어 미카엘의 턱을 아래서부터 위로 강하게 후려친다. 은결은 그 뒤에야 미카엘을 지나쳐 엘리베이터 앞까지 미끄러지듯 달린다.

"아, 씨......."

미카엘의 입술 사이로 모처럼 험한 소리가 새어나온다. 조금 전 턱을 맞을 때 혀를 씹었다. 눈물이 핑 돌 정도의 통증. 미카엘이 소매로 입을 닦는다. 짜증이 잔뜩 섞인 밤색 눈동자가 어깨 너머로 돌아간다. 쏘려면 쏠 수야 있겠지만, 이미 한 발을 써버린 차라 마음의 여유가 덜하다. 미카엘의 짜증스러운 외침이 들릴 때 즈음 엘리베이터의 문이 열린다.

"아, 총으로 이렇게 무식하게 패는 사람이 어디 있어요!"

그러든 말든. 엘리베이터 문이 닫힌다. 반쯤 닫혔을 때 즈음 은결이 무심한 표정으로 손을 가볍게 흔든다. 넌 지랄해라, 난 간다. 표정만 봐도 대사가 들리는 듯하다. 카메라는 마지막까지 그런 은결의 모습을 안정적으로 담아낸다. 은결의 무심한 표정 뒤로 빠르게 판단이 내려진다. 박미카엘은 못 데려갈 것 같고. 김마리를 찾아야 한다.

* * *

총성이 울린다. 마리는 걸음을 멈춘다. 시선은 아래를 향해 있다.

"......총소리."

마리보다는 윤에 가까운 목소리로 말을 뱉는다. 나직하고, 차분하고, 느릿한 관능미가 있는. 유신의 시선이 덩달아 바닥을 향한다. 아래쪽 층이다. 방음이 잘되는 이 건물의 특성을 고려하면 바로 아래층일지도 모른다. 유신은 총을 고쳐 쥔다. 하지만 마리는 아무런 행동도 취하지 않는다. 한참 동안이나 느릿하게 눈만 깜빡이다가 조심스럽게 입을 뗀다.

"현우."

"예, 보스."

"다원이 봤니?"

의외의 이름에 유신이 고개를 갸웃한다. 캐릭터 강다원, 배우 리채호. 마리가 찾는 것은 다원이 아닌 채호다. 그 사실에는 의심할 여지가 없다. 윤의 목소리로 대사를 읊는 와중에도 마리의 의식은 거두어지지 않으니까. 총성이 울리자마자 그 열일곱 소년이 가장 먼저 떠올랐다. 최은결은 강한 사람이다. 총에 총알이 몇 발 들었든 쉽게 무너지지 않는다. 박미카엘은 박미카엘이다. 총알도 넉넉히 받았을 거고, 누구보다 독하게 싸울 거다. 유신은 지금 제 옆에 안전하고 침착하게 잘 있다. 그렇다면 걱정되는 것은 한 사람뿐이다. 그런 마리의 생각을 유신이 모두 따라갔을 리는 만무하다. 하지만 유신이라고 그 연약한 소년을 걱정하는 마음이 없었던 건 아니다. 금세 질문의 의미를 알아차린 유신이 총을 내린다. 나직한 목소리로 질문이 흘러나온다.

"구할 생각이십니까."

"응."

대답은 단호하다. 하윤이 아닌 김마리의 대답이다. 뒤늦게 마리의 시선이 카메라로 돌아간다. 어떤 대사든, 어떤 행동이든 개연성이 없으면 NG다. 아직 촬영이 진행 중인 이상 방송국의 눈치를 봐야 한다. 채호를 합류시킬 극상의 이유를 제시해야 한다.

"편이 많으면 좋잖니."

물론 주어진 시간이 워낙 짧아 썩 좋은 핑계가 나오진 않았지만. 그래도 이 정도면 통 편집은 면했다. 마리가 고개를 들어 유신과 눈을 똑바로 맞춘다. 그리고 모처럼 입꼬리를 끌어올려 웃으며 말을 잇는다. 상냥한 얼굴과 달리 손으로는 권총을 고쳐서 꽉 쥔다. 빛으로 먹잇감을 유혹하여 통째로 집어삼키는, 심해의 어느 포식자마냥.

"우리도 슬슬 움직이자꾸나?"

카메라는 그런 그녀의 얼굴과 손을 각각 나누어 화면에 담아낸다.

* * *

또, 또. 뱃속이 뒤틀리는 느낌. 총을 쥔 손이 얕게 떨린다. 바싹바싹 입이 마르는 통에 립글로스가 다 지워졌다. 파리한 입술색이 고스란히 드러난다. 리채호, 혹은 강다원, 혹은······· 이름이 무슨 상관이겠는가. 어느 쪽이든, 잔뜩 겁에 질린 열일곱 소년일 뿐이다. 소년은 마른 침을 삼키며 늦은 후회를 곱씹는다. 아, 약 먹고 올걸.

조금 전의 총성이 아무래도 불길하다. 채호의 시선이 주변을 빠르게 훑는다. 연합한 사람도 없고, 사격에 자신도 없다. 그렇다면 시선을 피해 숨는 수밖에 없다. 지금까지 계속 그래왔던 것처럼.

채호는 저도 모르게 곁눈질로 VJ를 힐긋 본다. 그 새카만 카메라 렌즈에는 제 얼굴, 그리고 커다란 탁자 하나가 맺힌다. 어깨 너머로 시선을 돌린다. 그래, 저기면 된다. 날쌘 몸짓으로 탁자 아래에 몸을 숨긴다. 하지만 채도가 낮고 명도가 밝은 그 금발은 어디서나 튀기 십상이다. 새카만 카메라에는 여전히 제 모습이 선명히 맺혀 있다. 살짝 미간을 찌푸렸다 편다. VJ는 여전히 밝은 빛 아래서 저를 찍고 있다. 이런 상황에서는 카메라도 같이 숨는 게 게임 프로그램의 정석 아닌가. 엄밀히 따지면 게임 프로그램보다 드라마에 가까우니 연출이 먼저다 이건가. 피사체가 한유신이었어도 그랬을까. 불만스럽지만 채호는 입을 떼지 않는다. 이 정도 부당함은 이제 아무렇지도 않다. 그저, 누가 이 층으로 오지 않기를 바라는 수밖에. 채호는 실탄이 없을 거라 생각하면서도 권총을 양손으로 꼭 쥔다. 귀를 기울인다. 예민한 청각이 더욱 날을 세운다.

가장 먼저 가까워진 것은 엘리베이터 소리. 여기서 멈추지 않게 해주세요, 여기서 멈추지 않게 해주세요. 소년은 눈을 꼭 감고 누구인지 모를 신에게 몇 번이고 기도를 한다. 하지만, 언제나처럼.

"나는야 개똥벌레~ 친구가 없네~"

신은 소년의 편이 아니었다. 익숙한 목소리가 기괴한 노래를 부르며 다가온다. 하필이면, 하필이면 처음으로 마주치는 게 박미카엘이라니. 한숨을 내쉴 겨를도 없다. 긴장감에 뱃속이 더욱 아프게 꼬여온다. 누가 툭 치기라도 하면 토할 것 같다. 목구멍 뒤의 뜨겁고 시큼한 것이 두려움인지 아침밥인지 모르겠다.

"……하지만 곧 친구가 생길 것 같은 예감이 든다네?"

눈썰미 좋은 미카엘이 멀쩡히 선 VJ를 놓칠 리 없다. 걸음이 가까워진다. 귀 밝은 채호가 명확한 구두소리를 놓칠 리 없다. 보이는 것이라고는 여전히 카메라에 맺힌 저의 모습뿐이다. 막연한 두려움에 손이 달달 떨리기 시작한다. 꼭 쥔 총이 계속 바닥에 부딪혀 덜그럭거리는 소리를 낸다. 구두소리가 멈춘다. 그렇다 해서 숨소리마저 거두어진 것은 아니다. 속이 메스껍다. 토할 것 같아, 토할 것 같아.

"쥐새끼 오랜만?"

미카엘이 테이블 위에서 거꾸로 얼굴을 들이민다. 소년은 반사적으로 비명과 함께 방아쇠를 당긴다. 고막이 찢어질 것처럼 큰 소리가 울린다. 하지만 부서진 것은 아무것도 없다. 공포탄. 소리에 놀란 기색이 역력한 채호와 달리, 미카엘은 태연하게 미소를 지어 보인다. 상하가 바뀌어도, 명암이 바뀌어도 여전히 아름다운 얼굴이다. 하지만 그런 것이 채호의 눈에 보일 턱이 없다.

"......가, 가, 가까이 오지 마세요!"

채호는 비명에 가까운 외침을 뱉으며 총을 미카엘에게 겨눈다. 하지만 미카엘은 길게 한숨을 내쉬며 밤색의 눈동자를 한 번 굴릴 뿐이다.

"하아...... 나 오늘 운수 왜 이렇게 사납지."

채호는 그제야 미카엘의 얼굴을 찬찬히 살핀다. 그리고 그 반전된 상하에서 평소와 다른 부분을 찾아낸다. 매끈한 턱 아래에 불그스름하게 멍이 들어 있다. 살짝 미간을 찌푸렸다 편다. 파리하게 말라붙은 입술을 조심스럽게 떼어 묻는다.

"......맞으......셨어요?"

"응. 그것도 쯔한 씨한테요."

아아. 그제야 이해를 하는 듯한 표정이 채호의 얼굴에 번진다. 몇 번 눈을 느릿하게 깜빡이다 총을 내린다. 저쪽도 마냥 공격적으로 나오는 건 아니니까, 일단은 믿어보는 것도 나쁘지 않겠지. 마른 목소리로 다시금 입을 뗀다.

"......아프셨겠어요."

"그럼, 그럼. 엄―청 아팠죠."

달래듯 노련한 말씨. 그리고 건네진 손. 채호는 한 가지만은 분명하게 구분할 줄 알았다. 섬광이 있다 해도 잉어에 가까운 시선과, 섬광이 없다 해도 사람에 가까운 시선. 미카엘은 노련한 배우였으나 따뜻한 선배는 아니었다. 똑똑한 아이가 그 사실을 놓쳤을 리는 없다.

구역질이 나.

"그러니까 나와서 이야기할래요?"

그럼에도 미카엘이 내민 손을 잡은 이유는 하나였다. 지금 제게는 아무도, 아무것도 없다. 그렇다면 잠시나마 연합을 하는 것도 나쁘지 않겠지. 적어도 저 사람이라면, 죽일 때 빨리 죽게 해줄 테니까.

채호는 결국 손을 잡고 책상 아래에서 빠져나온다. 카메라의 검은 시선이 그러한 움직임을 고스란히 따라간다. 파리한 입술, 떨리는 손, 그리고 불확실성이 가득한 시커먼 권총까지. 화면에 가득 담긴 얼굴이 순식간에 굳는다. 아까부터 계속 속이 안 좋다 했더니. 하루 종일 뒤틀리던 뱃속이 결국 뒤집어진다. 미카엘의 검은 구두 끝에 토사물이 튄다.

* * *

은결의 구두 소리가 요란하다. 분명 이 즈음에 있어야 하는데. 김마리도 그렇고 한유신도 그렇고, 총을 가졌다 해도 먼저 사냥을 나갈 성격들은 아니다. 느릿하게 이리저리 서성거리면서 공격이 들어오면 기껏해야 총이나 좀 겨누고 말겠지. 방아쇠도 제대로 못 당길 거다. 그런 놈들이 위쪽 층 어디에도 없는 건, 아무래도 이상한데.

은결의 시선이 엘리베이터로 돌아간다. 버튼을 누르려다가 멈칫한다. 검은 화면 위의 붉은 숫자가 천천히 올라오기 시작한 까닭이다. 119, 120, 121……. 붉은 입술 사이로 작게 욕설이 새어나온다. 총을 꼭 쥐고는 사각지대로 몸을 숨긴다. 여기에 숨어 있다가 누구인지 보고, 위험하다 싶으면 바로 달려드는 거다. 숨을 고른다. ……123,

124, 125.

문이 열린다. 말소리 대신 발소리가 들린다. 최소한 두 사람⋯⋯ 아니, 네 사람. 네 사람의 발소리다. 아마 출연진 둘에 VJ 둘이겠지. 은결은 기척을 숨긴 채 온 신경을 엘리베이터 쪽으로 기울인다. 아직 이 각도에서는 그 사람들이 누구인지 확인할 수가 없다.

"우리 위쪽은 다 돌아보지 않았니?"

대사. 하윤, 혹은 마리의 대사다. 그제야 은결의 입술 사이로 안도의 한숨이 새어나온다. 사각지대 뒤에서 모습을 드러내기 무섭게 마리와 눈이 마주친다. 하지만 마리는 별로 놀란 기색도 없다. 눈썹만 조금 올려보이고는 감탄사를 뱉을 뿐이다.

"어머."

"⋯⋯거 썩 반가운 눈치는 아니네."

"아니란다. 반가워."

짤막하게 대사를 주고받은 후 침묵이 흐른다. 박미카엘처럼 뼛속까지 배우인 사람이 없으니 애드리브만으로 장면을 이어가기가 쉽지 않다. 은결의 시선이 느릿하게 두 사람 뒤의 VJ들을 훑는다. 그리고 다시 마리에게로 돌아온다.

"하윤."

스토리상으로 마리와 옥상까지 동행해도 문제가 없을 만큼의 개연성을 주어야 한다. 은결은 머리를 쥐어짜낸다. 하지만 계속 달리기만 한 탓인지 썩 훌륭한 아이디어가 나오지는 않는다. 조금이라도 시간을 벌기 위해 무의미한 대사를 뱉는다.

"⋯⋯한 가지 제안이 있다."

"나 먼저."

하지만 마리의 말은 결코 그런 비어 있는 대사가 아니다. 먼저 해야 할 것이 있다. 그 사실을 확실하게 말뚝으로 박는 듯한 목소리다.

"강다원. 알지?"

"너네 조직에서 놓친 경찰 프락치?"

"찾게 도와줘."

마리가 그리 말하며 다시 엘리베이터 버튼을 누른다. 이번에도, 아래로 가는 버튼을. 손끝을 따라 시선 역시 조금 아래쪽을 향해 있다. 긴 속눈썹이 뺨에 몇 번 그림자를 드리웠다 거두어진다. 그 아래서 마리가 무슨 생각을 하는지는 도무지 모르겠다. 은결의 시선이 한 번 더 VJ들을 향했다 거두어진다. 젠장, 이것들 따돌리는 게 이렇게 어려울 줄이야.

"네 제안은, 찾은 다음에 들을게."

은결의 도톰한 입술 사이로 길게 한숨이 새어나온다. 짧지만 단호한 끄덕임. 은결이 총을 다시 뒷주머니에 꽂아 넣는다.

* * *

무기가 마음에 들지 않는다. 미카엘이 총을 이리저리 돌리며 본다. 사정거리가 긴 것도 아니고, 그렇다고 소리가 작은 것도 아니고. 쇄골이 완치되지 않은 상태에서는 제대로 겨냥을 하는 것조차 어렵다. 거기다 총알마저 매번 실탄인지 공포탄인지 모르고 쏘아야 하다니. 흠이 한두 가지가 아니다.

얇고 매끈한 그 입술 사이로 얕은 한숨이 흘러나온다. 미카엘은, 다소 의외일지 모르겠으나, 갈등을 썩 좋아하지 않는다. 다툼은 아름답지 않다. 충돌은 아름답지 않다. 신이 빚어놓은 상태와 가장 유사한 평화. 모든 이가 자신의 분수를 알고 서로의 위치를 알아야만 유지되는 평화. 그러한 평화야말로 가장 아름다운 것이다. 적어도, 그런 사회에서는 조화로운 상태가 유지되니까. 하지만 가장 조화로운 사회에서도 이따금씩 균열은 생겨나는 법이다. 미카엘은 그것이 신의 시험이라고 생각했다. 그 균열을 원활하게 극복하는 사회만이 살아남을 수 있다. 만약 그 균열을 봉합하는 것이 자신의 몫이 된다면야.

"……은혜의 보좌 앞에 담대히 나아갈 것이니라."

"네?"

숨결처럼 뱉은 속삭임이건만 채호가 금세 돌아보며 묻는다. 미카엘은 그제야 그 존재를 기억한 듯 시선을 맞춘다. 이내 싱긋 눈웃음을 지어보이고는 자연스러운 말투로 대답한다.

"아니에요. 그냥 혼잣말."

"아아……."

미카엘의 밤색 눈동자가 옆으로 돌아간다. 채호가 양손으로 힘주어 꼭 잡고 있는 작은 권총. 저쪽의 총이라고 제 것보다 딱히 좋지는 않을 거다. 그러니 욕심낼 필요가 없─

미카엘이 제 생각의 흐름을 단호히 끊어낸다. 배부된 무기에 추가된 한 가지 특이점을 기억해낸 탓이다. 애초에 탄알은 필요가 없었는지도 모르겠다. 그보다 훨씬 커다란 폭발을 이렇게 쉽게 만들어낼 수 있는데. 말려 올라가는 입꼬리를 간신히 당겨서 내린다. 하, 정말. 이 좋은 머리는 어쩔 수가 없구나.

"권총은 여섯 발."

"네?"

"권총은 총 여섯 발이 들어간다고요."

뜬금없는 미카엘의 말에 채호는 고개를 갸웃한다. 하지만 미카엘은 개의치 않는다. 어차피 한 마디로 전달할 수 있는 생각은 아니었으니. 편안한 표정과 말투로 말을 이어간다.

"첫 발이 불발인데."

"……"

"나머지 다섯은 어떨 것 같아요?"

채호는 한참 동안이나 대답을 하지 않는다. 그 질문에 숨겨진 의도를 잘 파악하지 못하겠다. 어차피 시청자들은 박미카엘을 리채호보다 훨씬 좋아한다. 잘생겼지, 연기 잘 하지, 똑똑하지, 38선 이남 출신이지. 그러니 당연히 미카엘의 탄창이 채호의 탄창보다 꽉 차 있을 거다. 그 사실을 미카엘이 모를 리 없다. 그렇다고 박미카엘이 아무 소득도 없이 남의 속을 긁을 사람은 아니고. 채호는 고민하다 결국은 어색한 모양으로 조금 웃는다. 침묵을 오래 끄는 것도 예의가 아니다. 그리고 이렇게나 가까이서 동행하는 이상 미카엘을 도발해서 좋을 게 없다.

"저, 저는…… 별로 기대 안 해요."

"그래요?"

"그렇죠, 뭐, 저 같은 게……."

"에이, 왜 말을 그렇게 해요."

속이 텅텅 비어 있는 말이었지만 미카엘은 제 진심을 숨기는 데에 능한 사람이었다. 마이크에는 진심으로 후배를 아끼는 듯한 선배의 말씨가 담긴다. 콧등이 가볍게 일그러진다. 그 아름다운 얼굴에는 장난스러운 미소가 넓게 번져 있다.

"그 총, 다 쓰면 저 주실래요?"

"……네?"

"아까 저한테 한 발 쏘셨죠? 다섯 발 남았다."

채호는 영문을 모르겠다는 표정을 짓는다. 하지만 미카엘은 게임 밖의 요소까지 고려하여 계산을 하고 있었다. 스태프 측에서는 배우들이 탄창을 열어보는 것을 막기 위해 폭발장치를 설치했다고 했다. 한쪽 팔은 손쉽게 날려버릴 위력이란다. 그걸 직접 손으로 분리할 수는 없고. 멀리서 사격으로 맞혀서 폭발을 시킬 수 있다면....... 그 정도의 무기라면 최은결마저도 제압할 수 있으리라.

"......다 쓴 걸...... 왜요......?"

채호가 조심스레 묻는다. 차마 싫다는 소리는 못하겠고, 그렇다고 덥석 승낙을 하기에는 찝찝한 눈치다. 미카엘이 눈동자를 슬 굴린다. 안 그래도 일이 안 풀려서 짜증나는데 얘는 또 왜 이런담. 말투를 상냥하게 정제했음에도 질문 자체에는 약간의 짜증이 남아 있다.

"쓸 데가 있으니까 부탁을 하겠죠?"

채호는 대답을 하는 대신 총 쥔 손에 더욱 힘을 싣는다. 이성적으로는 다 쓴 총이야 뭐 어떤가 하면서도, 감정적으로 뭔가가 자꾸 켕겨 결정을 못하게 막는다. 누가 툭 치면 금세 방아쇠를 당길 만큼 잔뜩 긴장한 자세다.

순간 무언가가 미카엘의 뒤통수를 강하게 가격한다. 그 소리에 놀란 채호가 몸을 잔뜩 웅크리다 방아쇠를 당겨버린다. 여섯 발이 모두 공포탄일 거라는 채호의 예상과는 달리, 발포된 두 번째 탄알은 실탄이다. 작은 총알은 금세 유리창을 산산조각 내어놓고는 아득한 상공에 수직으로 떨어진다. 100층이 넘는 고층의 공기가 안으로 훅 들어온다. 미카엘의 얼굴이 일그러져 있다. 그 아름다운 낮 위로 밤색의 머리칼이 잔뜩 휘날려 표정을 가린다. 아, 정말, 누군지 몰라도 교양 없이. 맞은 뒤통수를 문지르며 바닥에 떨어진 것을 본다. 새카만 권총 한 자루다. 이 빌딩에 총알이 아닌 총으로 공격을 하는 사람은 한 명밖에 없지.

"쬐끄만 애 겁주고 있냐? 못난 새끼."

"누가 누구보고 쬐그맣대요."

그 대사에는 짜증이 살짝 섞여 있다. 하지만 일이 풀리지 않아 느껴지는 답답함이나, 연거푸 맞은 데서 오는 불쾌함과 비교하면 아무것도 아니다. 미카엘은 은결의 무기를 줍는 대신 고개를 돌려 은결과 눈을 마주보려 한다. 하지만 눈이 마주친 것은 은결만이 아니다. 좌로는 사격왕 김마리, 우로는 의자왕 한유신. 은결은 그 가운데서 의기양양한 표정을 짓고 있다. 짧은 웃음. 비꼬는 말투로 미카엘이 다시금 입을 뗀다.

"저를 잡으려고 아주 작정을 하셨네요."

"그래, 새꺄. 날 잡았다."

"흐음...... 이상하네."

미카엘이 고개를 갸웃하며 망설임 없이 권총을 고쳐 쥔다. 꽤나 단단하고 정확하게. 여차하면 정말 쏠 생각이다. 여차하면 정말 죽일 생각이다. 하지만 그 아름다운 얼굴에 끔찍한 진심이 비추어질 턱이 없다. 천상의 미소를 지은 악마가 대사를 뱉는다.

"원래 다구리는 나쁜 놈들이 하지 않나요?"

"야, 이 바닥에 나쁜 놈 착한 놈이 어디 있냐."

"그래요? 그럼 저는 왜......."

방아쇠가 당겨진다. 총알이 은결의 머리를 겨우 스쳐지나 그 뒤의 유리창을 깨부순다. 바람이 세지 않았다면, 쇄골이 온전한 상태였다면, 은결의 순발력이 조금만 떨어졌다면. 그랬다면 은결은 꼼짝없이 머리를 맞았으리라.

"......당신들이 나만 나쁜 놈을 만드는 것 같지?"

마주보는 양쪽의 창문이 깨어지자 바람길이 뚫린다. 강한 바람이 긴장된 분위기를 꿰뚫고 지나간다. 눈이 시려 시야를 제대로 확보하기조차 어렵다. 은결의 얼굴에 경악이 번진다. 저 새끼 미친 새끼인 줄은 알았지만 이제는 선을 넘었다. 정말 우리를 다 죽이고 혼자 살아나갈 생각이 있는 모양이다.

"나 이 이상은 못한다."

은결의 붉은 입술이 나직한 목소리를 뱉어낸다. 강한 바람소리 때문에 그 속삭임을 들은 것은 바로 옆의 마리와 유신뿐이다. 짧은 말이었으나 알아듣기에는 충분한 말이었다.

"저 미친놈은 내가 어떻게든 잡아보고 있을 테니까."

"……응."

"쬐끄만 애 구해서 탈출하는 건 네 몫이다."

마리가 총을 고쳐 쥔다. 이런 식의 실전 인질극에 대응해보기는 처음이라 어떻게 해야 할지 감이 잘 잡히지 않는다. 머리를 굴리던 와중 유신과 시선이 마주친다. 그래, 유신. 유신이 채호를 낚아채오는 거다. 그동안 제가 유신과 미카엘 사이를 가로막고 총을 겨눈 채 이동을 한다면, 적어도 채호가 다치는 일은 없을 거다. 눈빛을 주고받은 유신이 고개를 짧게 끄덕인다.

"……누가 누구보고 쬐끄맣대……."

은결은 마리의 의미 없는 농담에 굳이 힘을 들여 대꾸하지 않는다. 대신 강한 바람을 타고 미카엘을 향해 달린다. 미카엘은 방아쇠를 당기거나 도망을 치는 대신 가드를 올린다. 하지만 예상과 달리 은결은 얼굴이 아닌 무릎 뒤쪽을 강하게 후려친다. 미카엘은 무너지면서 왼쪽으로 몇 바퀴를 빠르게 구른다. 그리고 은결의 총을 쥔 채 일어난다.

마리도 채호를 향해 튀어나간다. 뒤에서는 그림자마냥 유신이 속
도를 맞추어 뛴다. 미카엘의 시선은 여전히 은결을 향해 있다.

"다리 쪽은 대미지가 약하죠."

"그럼 대가리를 쳐주랴?"

"손이 닿긴 해요?"

은결과 미카엘의 전투를 뒤로 한 채 유신은 손을 내민다. 물론, 채
호를 향해. 채호는 몸을 덜덜 떠는 와중에도 그 손을 잡는다. 어린
소년은 이것만은 확실히 구분할 줄 알았다. 섬광이 있다 해도 잉어에
가까운 시선과, 섬광이 없다 해도 사람에 가까운 시선. 그러니 섬광
이 있는 사람의 시선을 알아보지 못할 리 없었다. 두려움인지 안도감
인지 모를 마음에 눈물이 핑 돈다.

"……선배니임……."

"제 뒤로. 빨리."

채호가 눈물을 뚝뚝 흘리며 유신의 뒤로 숨는다. 하지만 그러기
무섭게 미카엘이 손을 든다. 물론, 조금 전에 주운 은결의 총을 쥔
채. 고개가 돌아간다. 밤색의 눈동자에 세 사람의 모습이 선명히 맺
힌다. 채호와 손을 잡은 유신, 그리고 그 앞에서 제게 총을 겨눈 마
리까지. 코에 찍힌 점이 가볍게 일그러진다.

"보스. 제가 말씀드린 적 없나요?"

장난스러운 표정과 말투. 하지만 마리는 긴장을 놓지 않는다. 양
손으로 권총을 꼭 쥔 채 미카엘을 똑바로 노려볼 뿐이다.

"저 양손잡이인데."

"어쩌라는 건지 모르겠구나."

마리의 대답은 단호하다. 담대하고 차분한 말씨다. 미카엘이 피식
웃는다. 그 웃음에 담긴 의미가 무엇이었는지는, 미카엘 자신도 완전

히 파악하지 못했다.

"제 유일한 친구를 데려가시려구요?"

대답 대신 마리는 방아쇠를 당긴다. 큰 총성, 큰 충격음. 너무 순식간에 벌어진 일이라 아무도 예상하지 못했다. 피해를 확인하던 미카엘의 미간이 조금 일그러진다. 불쾌감보다는 경악감에 가까운 표정이다.

"친구 같은 소리."

미카엘은 다친 곳이 없다. 마리의 총알을 맞은 것은, 그의 왼손에 들려 있던 총이다. 이렇게 강한 바람이 이는 와중에도 완벽한 겨냥과 명중. 떨어진 총은 매끈한 카펫을 따라 미끄러지다가 은결의 구두 앞에서 멈춘다.

"어딜 봐, 새꺄."

은결이 총을 공중에 던졌다 받았다를 반복한다. 그 새빨간 입술에는 모처럼 시원스러운 미소가 번져 있다.

"네 상대는 나야."

찰나를 놓치지 않고 유신은 채호를 붙잡은 채 달리기 시작한다. 마리 역시 총구의 방향을 유지하며 뒷걸음질로 그 뒤를 따른다. 계단으로 통하는 문이 큰 소리를 내며 열렸다 닫힌다. 한참 뒤에야 마리의 발뒤꿈치가 철문의 앞에 닿는다. 하지만 마리는 문을 바로 열어젖히지 못한다.

"너는 가, 인마!"

은결의 짜증스러운 목소리가 들린 뒤에야 마리의 손이 느릿하게 손잡이를 더듬어 찾는다. 그 눈동자가 가볍게 상황을 훑는다. 대치하는 두 사람, 그리고 이를 둘러싼 다섯 명의 VJ들까지. 계단 문이 열린다. 안으로 들어간다. 계단 문이 닫힌다. 강한 바람 탓에 문 잠그는 소리는 들리지 않는다.

마리가 잠긴 문에 기대어 선다. 정작 긴박한 상황에서는 뛰지 않던 심장이 그제야 요동치기 시작한다. 본능적으로, 몸이 먼저 선택의 시간이 다가옴을 알고 있다. 안전하게 숨죽여 사는 삶을 선택할 것인가. 혹은 숨을 쉬기 위해 죽음마저 감내할 것인가.

"보스. 아래쪽으로 이동하시겠습니까."

안전하게 살기 위해서는 아래로 가야 한다. 저 푸른 하늘에 무엇이 있든, 그곳의 공기가 얼마나 맑든 상관하지 않고. 햇빛이 들지 않는 지하로 가야 한다. 수많은 카메라, 마이크, 감시하는 타인들이 있는 곳으로. 안전이야 보장될 것이다. 그곳에 있는 수많은 사람들과 같은 옷을 입고, 같은 음식을 먹고, 행과 열을 맞추어 같은 길을 걷기만 한다면.

"보스?"

하지만 과연? 과연 나는 그렇게 살고 싶은가? 마리는 사랑하는 이들 때문에 자신이 원하는 삶을 늘 미루어왔다. 부모님 때문에, 약혼자 때문에, 그리고 유신이나 채호 같은 친구들 때문에. 그래서 이 당연한 질문을 이제야 제게 했다.

내 생각은 어떤데?

마리의 시선이 손에 쥔 권총 위로 떨어진다. 방아쇠를 당기면 총알이 나간다. 하지만 이 총알은 절대 제가 나온 총구를 향해 되돌아오지 않는다. 오로지 앞으로만 최선을 다해 날아갈 뿐이다. 주체적이라고 착각할 수야 있지만, 결국은 이 역시 어떠한 본체로부터 파생된 경로다.

"……난……."

은결이 잘 생각해보라고 말한 것은 결코 계산된 행동이 아니었다.

급하게 결정을 내리지 말라는 의미에서 베푼 호의였을 뿐. 하지만 어쩌면, 어쩌면 그녀의 날카로운 촉이 이러한 상황마저 예상하고 친절을 베푼 건지도 모르겠다. 마리는 그런 생각을 한다.

시선을 올린다. 그제야 유신과 채호의 모습이 시야에 들어온다. 지하에서 태어나고 자라, 햇빛은 상상도 해본 적이 없는 사람들. 그곳의 매캐한 공기와 인공적인 불빛이 이 세상의 전부라고 생각하는 사람들. 마리가 선택의 기로에 놓인 이 순간에도 그들은 아무것도 모르고 있다. 이 건물 밖에는, 그런 사람들이 수도 없이 걸어 다니고 있다.

"난 싫어."

마리는 재킷에 붙은 마이크를 과감하게 뗀다. 그런 그녀의 행동을 예상하지 못한 듯 채호가 눈을 조금 크게 뜬다. 유신은 놀란 눈치가 아니다. 그러나 그녀를 따라 마이크를 떼지는 않는다.

"위로 가자."

나직한 목소리로 지시가 떨어진다. 속삭임에 가까운 목소리. 이미 마이크가 멀어진 이상 그 목소리가 기록될 리는 만무했다. 하지만 밀폐된 계단 내에서는 소리가 울려, 유신과 채호가 듣기에는 충분한 크기로 돌아온다. 짧은 침묵 후 먼저 입을 뗀 것은 유신이다.

"얼마나 위로 갑니까?"

아직 캐릭터를 다 벗지 않은 유신이 되묻는다. 하지만 그 손은 어느새 제 셔츠에 붙은 마이크를 떼고 있다. 마리의 시선이 그 굵직한 손에 머물렀다 거두어진다. 한쪽 입꼬리를 끌어올린 채 꽤나 도발적인 속삭임이 흘러나온다.

"하늘이 보일 때까지."

　　　　　＊　＊　＊

　강한 바람이 인다. 머리칼이 시야를 가리도록 흩날리는 와중에도
두 사람은 시선을 거두지 않는다. 각자 손에 총을 한 자루씩 든 채
서로를 한참 동안이나 노려볼 뿐이다. 다섯 개의 새카만 렌즈가 둘의
움직임을 따라간다.

　"거 참 이상하네."

　미카엘의 고개가 살풋 기울어진다. 깔끔한 눈매에 웃음기가 번지
면서 코의 점이 가볍게 일그러진다.

　"왜 총을 안 쏘세요?"

　미카엘은 결국 채호로부터 총을 넘겨받지 못했다. 여전히 썩 훌륭
한 무기는 갖추지 못한 상황. 그럼에도 미카엘은 자신이 우위에 서
있음을 확신한다. 정신없이 바람이 이는 와중에도 은결의 눈빛을 정
확하게 읽을 수 있다. 태연한 척을 하고는 있으나, 은결의 눈빛에 나
타난 것은 분명 초조함이다. 은결은 무언가를 기다리고 있었다. 그
기다림이 수포가 되게끔 시간을 끌면 자신의 승리로 끝이 난다. 미카
엘은 그렇게 계산을 마친다.

　"손맛이 좋아서요, 새끼야."

　박미카엘과 뼈 실린 말을 주고받는 것은 어렵지 않다. 평소 하던
대로, 조금만 더 거칠게 진심을 내비치면 그만인걸. 지금 문제는 그
게 아니다. 은결의 눈이 빠르게 주변을 훑는다. 카메라 다섯 대, 남
은 시간 대략 10분, 마리의 위치는 확인 불가. 아무리 낙관적으로 생
각해도 결코 좋은 상황은 아니었다.

　"쯔한 씨는 참, 입도 공격적이고 취향도 공격적이네요."

　"너는 그냥 적이네요."

"흐응. 매혹적, 도발적, 관능적도 아니고 그냥 적?"

은결의 얼굴이 순식간에 일그러진다. 마음속 깊이 느낀 불쾌감을 고스란히 담아낸 듯한 표정이다. 별 그지 같은 소리를 다 한다. 은결이 총을 고쳐 쥔다. 이번에는 총구 쪽을 손에 쥔 채다. 손잡이로 짧고 빠르게 칠 생각이다.

"도적, 역적, 황건적 할 때 적 말이다, 새꺄."

반면 미카엘은 총을 들지 않는다. 어차피 시간을 끄는 것이 일차적인 목표다. 나머지 총알은 결정적인 순간을 위해 아껴두는 편이 낫다. 상대방에게 내가 가진 패를 모두 보여주지 않는 것이 게임의 기본이다. 미카엘은 기본에 충실한 미소를 짓는다.

"제가 당신의 마음을 훔친 도적인가요?"

은결은 눈동자를 굴린다. 미친 새끼. 안 그래도 마음 급한데 신경을 긁고 지랄이야. 은결의 시선이 다시 미카엘을 향할 때 즈음에는 굉장히 날카롭게 변해 있다.

"너는 여전히 무게감이 없다."

"쯔한 씨는 여전히 난폭하시구."

그 말을 신호 삼아 은결이 빠르게 파고든다. 하지만 공격을 포기한 미카엘의 몸은 한결 더 빠르게 움직인다. 아래를 치면 옆으로, 위를 치면 뒤로. 몇 번의 공격을 가볍게 방어한 미카엘이 싱긋 눈웃음을 지으며 놀리듯 말한다.

"같은 무기에 세 번은 안 당합니다."

"그러냐?"

은결이 눈썹을 움찔하며 되묻는다. 그리고는 과감하게 총을 천장을 향해 던진다. 미카엘의 밤색 눈동자가 그 검은색 물체를 따라 움직인다. 하지만 은결은 그 틈을 놓치지 않고 미카엘의 오른쪽 팔을 잡아 뒤로 과감하게 꺾는다. 채 아물지 못한 쇄골에 통증이 고스란히 전해진다. 비명이 터져 나온다. 허공에 띄워졌던 총이 미카엘의 정수리를 치며 떨어진다.

"세 번이다."

미카엘이 가쁘게 숨을 몰아쉰다. 통증이 가신 것은 아니지만 그렇다고 계속 비명을 지를 수는 없는 노릇이다. 미카엘은 바람 때문에 머리칼이 시야를 가리는 것을 다행스럽게 여긴다. 그렇지 않았다면 지금 제 진심이 고스란히 카메라에 담겨 전국에 방송이 되었으리라. 차마 연기라고는 생각할 수 없을 만큼 날 것의 악의적인 진심이.

"......쯔한 씨 그렇게 안 봤는데. 엄청 치사하네요."

"원래 싸움은 개싸움이다."

미카엘이 다시금 입꼬리를 끌어올려 웃는다. 하지만 역시 환하게 웃기는 어려웠는지 콧대 위의 점은 일그러지지 않는다.

"역시 그렇죠?"

미카엘의 구두가 빠르게 은결의 뒤축을 친다. 예상치 못한 공격에 은결이 잠시 휘청한다. 그동안 미카엘은 주머니에서 총을 꺼내든다. 그리고 총구를 그대로 은결의 머리에 겨눈다.

"팔 놓으세요."

은결의 얼굴에 얼핏 낭패의 기색이 스친다. 하지만 미카엘의 긴장이 저리도 팽팽한 상황에서 함부로 움직이는 것은 좋지 않다고 판단한다. 팔을 붙잡았던 손에 조금씩 힘이 풀린다. 은결의 손아귀에서 완전히 벗어난 뒤에야 미카엘은 총구를 은결의 머리에서 조금 떼어낸다.

"그냥, 내가 알아서 기권할게요."

은결의 미간이 찌푸려진다. 이제야 겨우 싸움의 승기를 쥐었으면서, 기권? 그 심리를 당최 이해할 수가 없다. 물론 박미카엘이야 항상 이해할 수 없는 놈이었지만.

"……너 그게 무슨 의미냐."

"무슨 의미겠어요."

미카엘이 뒷걸음질을 치기 시작한다. 바람의 길을 따라, 아주 곧게. 그 매끈한 검정 구두의 끝에 약간의 얼룩이 남아 있다. 조금 전 채호가 뱉어낸 토사물의 흔적이다. 미카엘은 그 얼룩이 아름다움 이면의 역겨움에 대한 마지막 증거라고 여긴다. 몇 걸음만 더 가면 깨져버린 창문을 지나 허공이 나타난다. 자유 낙하가 허락되는, 조금의 장애물도 존재하지 않는 완연한 허공이.

"이 바닥에 기권할 방법이 몇이나 된다고."

은결의 눈이 커진다. 이성적인 생각이, 본능적인 촉이 발동하기도 전에 몸이 먼저 움직인다. 지금 은결의 행동을 발현시키는 것은 사람을 구해야 한다는 맹목성뿐이다.

"야, 미쳤냐?"

은결이 손목을 붙잡기 무섭게 미카엘이 방향을 뒤집는다. 순식간에 허공을 등진 것은 은결 쪽이 된다. 그제야 미카엘의 얼굴에 환한 미소가 번진다. 그 미소를 끌어내는 감정은 다름 아닌 만족감이다. 싸움에서 이겼다는 만족감인지, 드디어 은결을 속였다는 만족감인지, 혹은 은결이 저를 구하려 했다는 만족감인지. 어느 쪽인지는 미카엘 자신도 잘 알지 못한다.

"원래 싸움은 개싸움이잖아요."

은결이 뒤늦게 창문틀을 붙잡는다. 다 깨어지지 못한 유리의 파편이 얇은 살갗을 파고든다. 피가 배어나온다. 하지만 은결은 더욱 힘을 주어 창문틀을 잡는다.

* * *

세 쌍의 구두가 계단을 급하게 오른다. 더 이상 오를 계단이 보이지 않을 때까지. 가장 먼저 벽에 기대어 숨을 고르는 것은 채호다. 반면 유신은 막다른 옥상까지 나아갈 생각이 확고하다. 여태껏 보았던 그 어떤 문보다 두꺼운 철문의 문고리를 잡는다.

"나가?"

카메라도, 마이크도 없는 상황에서 연기를 이어가야 할 이유는 없다. 현우의 가면을 싹 벗은 유신이 마리를 쳐다보며 묻는다. 마리는 그 질문이 자신을 향한 것임을 안다. 하지만 대답은 쉽게 흘러나오지 않는다.

지하가 아닌 옥상으로 이동했다는 것은 곧 탈출을 하겠다는 의미다. 하지만 정작 마리가 탈출을 시도하게끔 설득한 은결이 이곳에 없다. 걱정하지 말라고 이야기를 하기는 했지만, 걱정을 안 할 수 있겠는가. 전투 상대가 그토록 명석하고 잔인한 데미얀, 아니, 박미카엘인데. 그 사람이라면 분명 진심으로 덤벼들 거다.

지금 마리에게는 두 가지 선택지가 다시 나누어져 주어졌다. 옥상에서 은결의 귀환을 얌전히 기다리거나, 내려가서 은결을 데리고 올라오거나. 전자는 은결이 부탁했던 시나리오다. 그래야 VJ도 붙지 않고, 마이크가 없다는 사실을 들키지도 않는다. 하지만 후자는 확실히 일처리가 더 빠르게 될 거다. 탈출까지 시간이 얼마나 남았는지 마리는 알지 못한다. 하지만 늦어서 좋을 것은 없다고 판단한다. 은결이 다쳐서 좋을 것은, 더더욱 없다고 판단한다.

"나가."

연기가 끝났음에도 마리의 목소리에는 한 조직의 보스 같은 단호함이 녹아들어 있다. 문고리가 돌아가고, 총을 고쳐 쥔다. 스러지는 노을빛이 열린 문틈으로 비스듬하게 새어 들어온다. 마리의 길어진 그림자가 빠르게 계단을 내려가기 시작한다.

"누나는?"

달려가는 마리의 발목을 채호의 질문이 붙잡는다. 급한 걸음이 순간 멈춘다. 짧은 한숨. 이어 어깨 너머로 시선을 돌려 미소를 지으며 말한다. 안심하라는 듯.

"은결 언니 데리고 올게."

그 이상의 지체는 용납되지 않는다. 더욱 빨라진 걸음이 계단을 내려간다. 그리고 채호는 그녀를 더 이상 질문으로 잡아두지 않는다. 마리의 구두 소리가 흡사, 백설 공주를 구하려는 왕자의 말발굽 소리와 비슷하다고 생각한 까닭이다.

* * *

개새끼. 은결은 작게 욕설을 뱉는다. 개 같은 건 저나 미카엘이나 마찬가지지만 한 가지만은 분명히 달랐다. 은결은 본인이 사나운 투견임을 어느 정도 인정했으나, 미카엘은 늘 제가 고상한 인간인 척 행동했으니. 은결은 그래서 미카엘이 싫었다. 이족보행을 한다고 개가 사람이 되는 건 아닌데 말이다. 손바닥에 유리파편이 잔뜩 파고드는 것이 고스란히 느껴진다. 어느새 굵직한 핏방울이 뚝뚝 바닥으로 떨어진다. 하지만 은결은 창문틀을 놓지 않는다. 그러기에는 121층에서 내려다보이는 풍경이 너무 아득하다.

"저는 쯔한 씨를 죽이고 싶지 않아요."

미카엘이 그리 말하며 바지의 벨트를 풀어낸다. 짤그랑거리는 소리가 울린다. 생명이 위태로운 와중에도 은결의 얼굴은 심각하게 구겨진다. 저 새끼가 바지 벗는 꼴을 보느니 차라리 지금이라도 뛰어내리고 싶다는 표정이다. 반면 은결과는 생각이 달랐던 VJ 한 명이 미카엘의 허리께를 줌 인 하여 촬영한다. 벨트를 풀었음에도 바지는 흘러내리지 않는다. 날렵한 등허리에 얇은 흰 셔츠만이 땀에 젖어 달라붙어 있을 뿐. 은청색 글자가 새겨진 손가락이 느릿하게 가죽 벨트를 어루만진다. 달래듯 부드럽게, 유혹하듯 아찔하게.

"그냥, 응? 얌전하게 묶여서 나랑 같이 지하로 가요."

그 말을 들은 뒤에야 은결이 조금 표정을 푼다. 아, 그래도 저 새끼 생방송에서 바지를 벗으려던 건 아니었구나. 하지만 여전히 잔뜩 불만스러운 목소리로 질문이 돌아온다.

"……뭐 씨발, 그걸로 묶으려고?"

"다른 옵션이 없잖아요."

있긴 하지. 여기서 뛰어내리는 옵션이. 은결은 한숨을 내쉰다. 하지만 딱히 고민을 하려는 것은 아니다. 자신이 궁지에 몰렸다는 사실도 알고, 지금은 자신의 목숨이 온전히 자신의 것이 아니라는 사실도 안다. 어쩔 수 없다. 적당히 따라가다가 타이밍을 봐서 탈출하는 수밖에. 물론 10분 내로 탈출한 후 옥상까지 가는 것은 무리겠지만. 일단 여기를 벗어나야 수를 고안해낼 수 있지 않을까.

은결과 미카엘이 대치하는 동안 카메라 한 대가 느릿하게 각도를 돌린다. 인기척을 감지한 까닭이다. 계단 문이 느릿하게 열리고 마리의 모습이 화면에 잡힌다. 마리의 시선이 빠르게 상황을 훑는다. 좋아 보이지는 않는다. 우선 미카엘이 은결을 유리창 끝까지 밀어붙였으니. 위험한 상황임에도 마리는 섣불리 움직이지 않는다. 누군가를 놀라게 했다가는 은결이 더 위험해질 수 있다고 생각한 까닭이다. 주머니에서 총을 조심스럽게 꺼낸다. 지금은 안 되고, 은결이 조금 더 안전한 곳으로 들어오면.......

"뒤 돌아보세요."

은결은 미카엘의 말에 맞춰 천천히 뒤를 돈다. 돌아서면 어마어마한 높이가 더욱 아찔하게 눈에 들어온다. 숨을 고르기 무섭게 미카엘이 다가선다. 유리가 잔뜩 박혀 피가 뚝뚝 흐르는 양 손을 잡아당긴다. 그리고 아직은 하얀 은결의 손목을 가죽벨트로 단단하게 감싼다. 아득한 높이에 살짝 현기증이 인다. 은결이 눈을 감는다. 헬리콥터가 도착할 때까지 시간이 얼마나 남았는지 잘 가늠이 되지 않는다. 3분? 5분?

".......빨리 좀 해라. 여기 무섭다."

"무서워요? 천하의 유쯔한이?"

미카엘은 도리어 그리 되물으며 은결을 살짝 밖으로 밀친다. 은결이 화들짝 놀라 눈을 뜬다. 물론 벨트로 단단히 묶어둔 탓에 떨어지지는 않았지만. 위협적인 높이임에는 틀림이 없었다. 개미 같은 자동차들, 블록 같은 빌딩들. 은결이 인상을 확 구긴다. 미카엘은 그런 은결의 반응을 즐기는지 피식 웃는다.

"튼튼하네요. 이제 가실까요?"

".......너는 반드시 내 손으로 죽인다."

"에이, 장난 한 번 가지고 너무하신다. 쯔한 씨는 총으로 저 세 번이나 치셨으면서."

미카엘이 벨트 끝을 잡아끈다. 은결은 이끌리는 대로 뒷걸음질하여 나아간다. 지금은 그러는 수밖에 없다. 미친놈을 자극해서 이득 볼 게 하나도 없다.

마리는 은결이 창문으로부터 1미터 정도 떨어져 있음을 확인한 뒤에야 총을 겨눈다. 움직이는 표적을 겨냥하는 것은 역시 쉽지 않다. 하지만 미카엘의 걸음은 리드미컬하다고 느껴질 정도로 규칙적인지라, 불가능할 것 같진 않다. 마리의 총구가 벨트를 겨눈다. 저 부분을 쏘아서 끊어버리고, 은결 언니를 이쪽으로 뛰어오게 할 생각이다. 시야에 초점이 맞는다. 하나, 둘, 셋, 당겨지는 방아쇠. 총성이 크게 인다. 총알은 예상했던 궤도를 그대로 따라 날아간다.

하지만 마리는 미카엘이 자리에 멈추어 설 것이라는 사실은 예상하지 못했다. 말보다 비명이 먼저 터져 나온다. 총을 맞은 것은 벨트가 아니라, 벨트를 붙잡고 있던 아름다운 손이다. 검붉은 피가 잔뜩 터져버린 탓에 손가락의 은청색 문자들이 더 이상 보이지 않는다. 어찌 되었든, 은결은 더 이상 붙잡혀 있지 않다. 짧은 찰나에 은결이 마리와 시선을 맞춘다. 그리고 전력을 다해 계단 쪽으로 달려간다.

"뒤돌아보지 말고 뛰어!"

미카엘의 부상에 놀랄 틈도 주어지지 않는다. 마리는 은결의 저돌적인 외침에 흠칫하더니 문을 열어버린다. 은결은 열린 문을 지나 망설임 없이 계단을 한 번에 두어 개씩 뛰어 올라간다. 마리는 은결과 철문을 번갈아 보다가 결국 문을 닫아 잠근다. 양손이 묶였음에도 은결의 속도는 전혀 느려지지 않는다. 마리는 다소 버거운 숨으로 뒤를 따른다. 속도가 다르다고 길을 잃을 일은 없다. 목적지는 말하지 않아도 자명했으니까. 위로, 위로, 더 위로. 하늘이 보일 때까지.

은결이 먼저 옥상 문 앞에 도착한다. 기다리고 있던 유신이 순순히 문을 연다. 은결은 예상치 못한 인물의 등장에 눈썹을 올린다. 한유신이 와 있다는 건 분명 리채호도 이 근처 어딘가에 숨어 있다는 이야기다. 김마리는 의리 없게 혼자 탈출할 인물은 분명 아니었지. 다섯 명 중 네 명이면, 나쁘지 않다. 은결의 입꼬리가 조금 말려 올라간다.

노을빛 옥상 위로 나아가자 채호가 먼저 은결의 뒤로 쪼르르 다가간다. 단단히 묶인 가죽벨트를 풀려는 건지 이리저리 꼼지락댄다. 은결은 느릿하게 눈을 깜빡이며 그런 채호의 행동을 살피다 나직한 목소리로 입을 뗀다.

"리채호."

"ㄴ, 네, 선배님!"

"내 마이크부터 떼서 저 밖으로 집어던져."

채호는 군말 없이 은결의 앞으로 이동한다. 마이크를 뗀다. 그 동안 은결은 느릿하게 시선을 위로 돌린다. 특별히 보이는 것은 없다. 강한 바람 탓에 헬리콥터 소리도 잘 들리지 않는다. 하지만 어느 쪽이든 은결은 놓치지 않을 자신이 있었다. 이리도 아름다운 하늘에 균열은, 아무리 작다 해도 지나칠 수가 없다. 떼어낸 마이크가 작은 점이 되어 강렬한 노을빛 아래로 사라진다.

마리가 숨을 몰아쉬며 나타난다. 유신은 그제야 옥상의 두꺼운 철문을 잠근다. 채호는 한참 동안이나 낑낑거리다 결국 은결을 묶은 가죽 벨트를 풀어낸다. 네 사람은 영원처럼 느껴지는 1분을 그렇게 흘려보낸다.

가장 먼저 헬리콥터의 이질적인 소리를 들은 것은 채호다. 가장 먼저 헬리콥터의 이질적인 움직임을 본 것은 은결이다. 모든 것이 완벽하게 조화를 이루는 서울 상공에 검은 균열이 인다. 헬리콥터가 옥상 가까이에 이동할수록 균열은 점점 더 확대된다. 돌아가는 날개, 번쩍이는 표면, 그리고 비어 있는 조종석이 모두 보일 때까지.

"……조종사가…… 없는데요?"

"그거 원격으로 하는 애가 있다."

"누군데요? 믿을 수 있어요……?"

"못 믿으면 어쩔 거냐."

"어, 어, 어디로 가는 건― 아악, 선배님!"

더 이상의 질문은 받지 않겠다는 듯 은결이 채호를 들어 어깨에 걸쳐버린다. 그리고는 망설임 없이 성큼성큼 헬리콥터에 올라탄다. 그 모습을 지켜보던 유신이 마리에게로 눈을 돌린다. 숨결이 정리된 듯 마리의 가슴은 더 이상 크게 일렁이지 않는다.

"마리."

마리는 대답을 하는 대신 고개를 돌려 유신과 시선을 맞춘다. 유신은 지금의 상황에 대해 아무것도 아는 것이 없다. 마리가 왜 갑자기 탈출을 감행하는 건지, 이 헬리콥터는 어디를 향해 가는 건지. 그럼에도 유신의 눈에는 의심이 보이지 않는다. 당신이 있는 곳이라면 어디든 저도 가겠다는 결연한 의지 탓이다.

"먼저 탈래?"

마리는 짧게 고개를 젓는다. 지금쯤이면 박미카엘과 VJ들이 저들의 목적지가 어딘지 대충 짐작을 했을 거다. 계단을 올라오는 발소리가 얼핏 들리는 듯도 하다. 마리는 마지막까지 제가 자리를 지키는 편이 낫다고 생각한다. 유신이 총을 바꿔준 덕분에 무기도 좋고, 사격도 자신이 있다.

"너 먼저."

"알았어."

유신은 군말 없이 먼저 헬리콥터에 탑승한다. 마리는 그 뒤를 빠른 걸음으로 쫓는다.

아주 가까이서 총성이 울리는 것은 바로 그 순간이다. 사이렌이 마구 울린다. 마리는 소리가 난 곳을 향해 시선을 돌린다. 그곳에는 박살이 난 문 손잡이, 그리고 열린 철문 뒤로 나타난 한 사람의 모습이 보인다. 마리는 자리에 멈추어 서서 총을 양손으로 잡는다.

"왼손을 쏘셨네요. 제가 당신의 왼팔이긴 했습니다만."

미카엘의 왼손에는 옷을 찢어 대충 만든 붕대가 감겨 있다. 아직 지혈이 다 되진 않은 건지 계속 피가 배어나오는 중이다. 하지만 다쳤다 해서 미카엘에게 싸울 의지가 없는 것은 아니었다. 오른손에는 여전히 권총이 들려 있다. 두 사람은 한참 서로에게 총구를 겨눈 채 대치한다.

"날 쏠 거니?"

마이크도, 카메라도 없으나 마리는 본능적으로 윤의 목소리를 낸다. 미카엘은 양쪽 입꼬리를 부드럽게 끌어올린다.

"필요하다면요."

마리의 등 뒤에서 헬리콥터 소리가 요란하게 울린다. 곧 이륙을 하려는 듯. 그녀를 재촉하는 외침 역시 들린다. 하지만 마리는 움직이지 않는다. 여전히 총을 겨눈 채 대본에 없는 대사를 읊을 뿐이다.

"무엇 때문에 망설이는지 모르겠구나."

미카엘은 짧게 아랫입술을 짓씹는다. 그녀의 말에는 일리가 있다. 방아쇠를 당기면 그만인데. 죽여 버리면 그만인데. 저는 어째서 망설이고 있는가. 헬리콥터가 허공으로 떠오르는 이 일촉즉발의 상황에서까지. 손과 어깨가 통증에 잔뜩 욱신거린다. 그리고 미카엘은, 고통이 드리워진 뒤에야 제 진심을 똑바로 들여다본다.

"……양심 때문입니다."

제게 양심이라는 것이 남아 있는지조차 의문이었는데.

"나약한 게 욕심만 많아서는."

마리의 말은 짧지만 단호하다. 총성이 울린다. 이번에는 미카엘의 손이 아닌 총을 정확히 쏘아서 떨어트린다. 하지만 미카엘은 굳이 다시 총을 집으려 하지 않는다. 마리가 입꼬리를 올린다. 고개를 갸웃하며, 꽤나 얄밉게 마지막 대사를 읊는다.

"생각해보렴. 욕심 때문에 지는 것보다야, 양심 때문에 지는 것이 낫지 않겠니."

그제야 마리는 달린다. 그리고 떠오르는 헬리콥터의 사다리에 한 손으로 매달린다. 조금씩, 조금씩 더 옥상으로부터 멀어진다. 그 순간 옥상 문이 큰 소리를 내며 열린다. VJ 한 명이 숨을 헐떡이며 들어온다. 마리는 카메라의 검은 렌즈에 담긴 자신의 모습을 바라본다. 제가 지금껏 이보다 더 보스처럼 보였던 적이 있던가. 총을 든 오른손을 천천히 올린다. 짧은 총성.

잡음이 울린다. 화면이 꺼진다.